AF402934

Daniel Tappeiner, Jahrgang 1983, geboren in Norditalien, war über ein Jahrzehnt lang in einem weltführenden Dentalkonzern tätig, wo er Tages- und Entwicklungstätigkeiten verrichtete. Tappeiner lebt gemeinsam mit seiner Ehefrau in Meran bei Südtirol, Italien.

DIE FREMDE EHEFRAU

DANIEL TAPPEINER

Erstausgabe Januar 2025

Copyright © 2025 dp Verlag, ein Imprint der
dp DIGITAL PUBLISHERS GmbH
Made in Stuttgart with ♥
Alle Rechte vorbehalten

Die fremde Ehefrau

ISBN 978-3-98998-569-8
E-Book-ISBN 978-3-98998-567-4

Covergestaltung: Buchgewand
Unter Verwendung von Abbildungen von
© stock.adobe.com: © andras_csontos
shutterstock.com: © Aleshyn_Andrei
depositphotos.com: © svetas
Lektorat: Regina Meißner
Satz: dp DIGITAL PUBLISHERS GmbH
Druck und Bindung: Books on Demand GmbH, Norderstedt

Das Werk darf – auch teilweise – nur mit
Genehmigung des Verlages wiedergegeben werden.

Sämtliche Personen und Ereignisse dieses Werks sind frei erfunden. Etwaige Ähnlichkeiten mit real existierenden Personen, ob lebend oder tot, wären rein zufällig.

1

Brea, Kalifornien, 12. Mai 2016

Drei schwarze Limousinen des Fabrikats *Cadillac* warteten am Straßenrand direkt vor dem asiatischen Restaurant. Während Don gemeinsam mit seiner rechten Hand Frank, Clarice aus der Rechtsabteilung und einem ihrer Ingenieure das Lokal verließ, hielt ihnen ein Mitarbeiter des Etablissements die Tür auf. Ihnen schloss sich eine Schar japanischer Volksvertreter an, die aus hochrangigen Staatsmännern und dem halben Stab des Sicherheitsrates bestand. Mehrere Hünen von Männern in schwarzen Anzügen spähten mit Argusaugen hinter ihren dunklen Sonnenbrillen die Umgebung aus und ebneten ihrer Klientel sicheres Geleit zu den Automobilen.

Zum Abschied verneigten sich Frank, Clarice und der Mitarbeiter vor den Asiaten, während Don es ihnen gleichtat – so wie er es heute Morgen gelernt hatte. *Den gesamten Oberkörper um etwa dreißig Grad neigen, nicht zu schnell und nicht zu langsam. Die Hände bleiben dabei flach an den Seiten der Oberschenkel. Der Rangniedrigere beugt sich tiefer und länger als der Höherstehende – ich also länger als die. Geschafft.*

Ebenso verneigte sich ein jedes ihrer Gegenüber, wobei sämtliche der japanischen Gesichter von einem überfreundlichen Lächeln beherrscht wurden. Anschließend bewegte sich einer nach dem anderen der Delegation auf eine der schwarzlackierten Karossen zu, während die Sicherheitsmänner ihnen die Wagentüren öffneten.

Don konnte es kaum erwarten, bis das Geschwader im Inneren der Limousinen verschwunden war. Denn es war anstrengend gewesen, das Jonglieren zwischen guten Argumenten und professionellem Auftreten. Ein jedes dieser Treffen war von Anspannung geprägt und er war immer wieder froh, wenn es vorbei war. Auch dieses Mal war er während des Essens unruhig auf seinem Sessel hin und her gerutscht und hatte mehrmals aus dem Fenster geblickt. Mit seinen dunkelblauen Augen beobachtete er, wie die Mittagssonne ihre hellen Kegel über das gesamte Orange County warf. Über die vielen Gebäude, die sie mit ihrem gelben Schleier umhüllte und die oftmals sogar noch höheren Palmen, die hinter jeder Ecke hervorragten. Er blickte auf den lautlosen Verkehr, der sich vor dem Lokal langsam und schleppend vorbeibewegte und die zahllosen Menschen, die eilig davor umherschwirrten und von denen jeder genau zu wissen schien, wo er hinwollte.

Dabei hatte ihm Clarice nicht nur einmal einen jener Blicke zugeworfen, die davon zeugten, dass sie ihn wieder mal ertappt hatte. Ertappt dabei, wie er ganz woanders war, wobei sich ihre Augenbrauen beinahe bis zum Ansatz ihres Haars hochgezogen hatten. Jenem brünetten Haar, das sie zum Anlass des Tages zu einer Geisha-Frisur mit Dutt und Kanzashi-Haarnadeln gestylt hatte.

Ab und an, ohne dass Don oder einer seiner Begleiter etwas davon verstanden hatten, stammelten die japanischen Männer in ihrer Muttersprache untereinander im Chor, bis sie sich ihnen wieder zuwandten und erneut eine Aneinanderreihung an Fragen stellten. Und so hatte die Konversation ihren Lauf genommen. Förmlich und ermüdend.

Bei Erstgesprächen, noch bevor ein Geschäft zustande kam, war Don stets anwesend. Es galt dem Kunden gegenüber als Zeichen der Anerkennung und des Respekts, wenn der Inhaber des Unternehmens dem Treffen persönlich beiwohnte. Den weiteren Verlauf überließ er jedoch den fachkundigen Händen seines Stellvertreters Frank. Frank Witherspoon war ein ebenso fähiger Mann wie er selbst und sie hatten in all den Jahren kaum eine Meinungsverschiedenheit gehabt, weshalb Don ihm bereits seit Längerem den Großteil der Leitung von *Cullen Armaments* anvertraut hatte.

Somit fielen weitere Treffen und anfällige Formalitäten in den Arbeitsbereich von Frank und dem Rest der Truppe. Don für seinen Teil würde sich nun zurückziehen und spielte mit dem Gedanken, einen Spaziergang zu unternehmen. Eine der vielen Einkaufsmeilen Breas hinabschlendern und den mühseligen Geschäftsalltag hinter sich lassen. *Ja, so werd' ich das machen.*

Er sah, wie der letzte der japanischen Repräsentanten in einer der beiden Limousinen verschwand und die Fahrzeuge kurz darauf langsam davonrollten. Auch Clarice hatte inzwischen im hinteren Teil der dunklen Firmenkarosse Platz genommen, während Frank gerade dabei war einzusteigen. Bereits mit einem Fuß im

Inneren hielt er inne und sah sich forschend nach allen Seiten um. „Don, kommst du?"

Don blickte in Franks erwartungsvolle Augen und wusste, dass die Antwort, die er ihm gleich geben würde, wie immer für ein Kopfschütteln sorgen würde. Trotzdem setzte er ein seichtes Lächeln auf und erwiderte in beiläufigem Ton: „Fahrt ihr schon mal, ich werde mir noch ein wenig die Beine vertreten."

Franks Blick erstarrte für einige Sekunden, als sich sein Ausdruck schließlich wandelte, als wäre er besorgt und mutlos zugleich. „Was soll denn das, Don?"

„Nichts weiter, ich möchte einfach noch ein bisschen durch die Gegend spazieren und die Sonne genießen – alleine."

Es war unübersehbar, wie sich Franks Brauen langsam hoben. „Du willst also bloß noch ein wenig in Ruhe durch die Gegend spazieren. Aha."

Don kam kaum umhin, ein Schmunzeln zu verbergen. „Ja. Ist das drin – oder sollten wir das zuvor mit dem Vorstand absprechen?"

Was auch immer Franks plötzliches Lächeln zu bedeuten hatte, er schien Dons Wunsch zu respektieren. „Natürlich ist das drin. Dann wünsche ich dir noch einen schönen Tag, Don."

„Ich dir auch. Mach's gut."

Don sah, wie sich Frank in den Wagen schwang und hinter den schwarzgetönten Scheiben verschwand. Natürlich würde es Clarice kaum schaffen, sich einen Kommentar zu verkneifen, so viel war Don klar. So etwas wie *Will er wieder alleine sein?* oder *Tanzt er wieder mal aus der Reihe?* Er konnte die Szene förmlich vor seinen Augen sehen, Clarices ironischer Blick und wie Frank eine schlichtende Bemerkung dazu abgab.

Wie auch immer, dachte Don locker und überquerte die belebte Straße, während er vernahm, wie sich die schwarze Limousine im Hintergrund in Bewegung setzte. Dabei fuhr er sich einmal kurz mit der Hand über sein kantiges, glattrasiertes Gesicht. Anschließend lockerte er die Designerkrawatte und strich sich eine Strähne seines mittellangen, karamellfarbenen Haars nach hinten. Dann öffnete er den obersten Knopf seines samtweißen Hemdes, das er unter einem dunklen Anzug trug und stapfte auf den Fußgängerweg.

Sowie er um eine Ecke bog, reihten sich mit Sonnenblenden überdachte Cafés zwischen Modeboutiquen, Galerien und Schmuckgeschäfte ein, zugleich schimmerten ihm farbenfrohe Aushängeschilder entgegen, so weit das Auge reichte.

Die Luft stand still und war gesättigt von der Sonne, sodass die Hitze sein Gesicht berührte. Gemächlichen Schrittes schlenderte er die dichtgefüllte Einkaufsmeile entlang und ließ seinen Blick von Schaufenster zu Schaufenster schweifen. Obgleich lebender Trubel um ihn herrschte, spürte er, wie seine Anspannung sank und all die Gedanken um Geschäft und Termine allmählich schwanden.

Unbekümmert hielt er an einer der Auslagen inne. Sie war leer, zu sehen war lediglich die weiße, rundgebogene Dekorationswand, hinter der sich der Verkaufsraum befand. Er blickte empor und las die Schrift, die sich in einer hellpinken Buchstabenreihe über der angrenzenden Eingangstür erstreckte. Die Zeichen funkelten und reflektierten das helle Sonnenlicht, wobei sie in Einheit die Worte *Lorelana Jewellerys* bildeten. Eine Marke, die laut seines Wissens gleichzusetzen war mit *Guess* oder *Fossil* und all den anderen berüchtigten Schmucklabels.

Plötzlich kam hinter dem Ladenfenster Bewegung ins Spiel, als sich eine Werbetafel aus Pappe von oben herabsenkte. Sie war an zwei transparenten Schnüren befestigt und offenbarte eine Abbildung von *Brad Pitt*, der ein goldenes Armband an seinem Handgelenk trug. Der Slogan *Wenn es ihm steht, steht es auch Ihnen* fiel Don augenblicklich ins Auge.

Er trat einen Schritt näher und beugte sich vor. Sowie Don seinen Blick nach oben richtete, kamen hinter dem Vorsprung zwei zarte Hände mit pink lackierten Fingernägeln zum Vorschein. Schlanke, geschmeidige Finger jonglierten mit den Enden der Fäden, als versuchten sie, ein Marionettenspiel darzubieten. Als die Tafel schließlich auf mittlerer Höhe in endgültiger Position schien, war deutlich zu erkennen, dass sie alles andere als waagerecht war. Dons Lippen entwich erneut ein amüsiertes Lächeln.

Er reckte sich ein wenig, um mehr von jener Person zu erspähen, die hier im wahrsten Sinne des Wortes die Finger im Spiel hatte. Plötzlich schwang sich ein Strom aus gewelltem, goldblondem Haar von oben herab, wie der fallende Vorhang einer Theaterbühne. Folgend strich eine der zierlichen Hände die gelbe Mähne beiseite. Eine kleine, spitze Nase, zarte Konturen eines weichen Gesichts und schmale Lippen, die zu einem sinnlichen Mund verschmolzen, traten zum Vorschein. Peinlich genau inspizierten große, meergraue Augen das getane Werk, als sie kurz darauf in Dons Richtung blickten.

Für einige Sekunden schien es, als sei die Zeit stehen geblieben und dabei sämtliche umliegende Geräusche verstummt. Don schluckte und bemerkte, wie der Blick der blonden Gestalt, die ihm hinter dem Schaufenster entgegensah, ebenso erstarrte wie seiner. Augenblicklich versuchte er, sich wieder zu fangen und einen lockeren Ausdruck aufzusetzen, worauf er sich bemühte, der jungen Dame mit einer Geste beizubringen, dass sich ihre Schöpfung in äußerster Schieflage befand. Verzagt kräuselten sich ihre Augenbrauen, so als fragten sie in aller Verzweiflung: *Sind Sie sicher?*

Don zögerte einen Moment lang, presste dann schweren Herzens seine Lippen aneinander und nickte. Anschließend deutete er mit dem Finger auf die rechte Seite der Tafel und leitete die Dame an, diese etwas anzuheben. Sie begann zu hantieren, während sich der Gegenstand wie von Geisterhand zu bewegen schien.

Anschließend sahen ihm ihre großen Augen erneut fragend entgegen, worauf er kritisch seine Lider zusammenkniff. Er wiederholte die Geste und die Papptafel bewegte sich ein weiteres Mal.

Noch ein klein bisschen ... ja genau ... perfekt! Letztlich signalisierte er mit einem Daumen nach oben, dass es geschafft war und sah, wie ihm die Frau ein dankbares Lächeln entgegenwarf.

So verabschiedete sich Don mit einem kurzen Wink, wandte sich um und setzte seinen Weg fort. Nach einigen Schritten ertönte im Hintergrund das Schellen einer Ladenglocke, zugleich vernahm er den Klang einer weiblichen Stimme.

„Hey, Sie!"

Don hielt inne und drehte sich um. Es war die blonde Frau aus dem Schaufenster und er sah, wie sie auf ihn zumarschierte. Sie trug ein elegantes, lilienweißes Sommerkleid und dazu ein beigefarbenes Paar Ballerinas. Der Saum ihres Kostüms, das ihre glattrasierten, schlanken Beine umhüllte, flackerte in der warmen Brise, während sie eilig herbeikam. Direkt vor ihm machte sie Halt, strich sich eine ihrer blonden Strähnen hinters Ohr und blickte ihm mit heiterem Ausdruck entgegen. „Vielen Dank für Ihre Hilfe!"

„Keine Ursache. Ihre Vorgesetzten werden sicher zufrieden sein."

Einen Moment lang sah sie verschämt zu Boden, blickte dann aber gleich wieder auf. „Das müssen sie gar nicht – *ich* bin die Chefin."

„Sie meinen", setzte Don an und zögerte kurz, um sich wohlüberlegt auszudrücken. „Ihnen gehört das Geschäft und Sie verkaufen für Lorelana Jewellerys deren Produkte?"

„Ja, es ist mein Lokal." Verstohlen kniff sie ihre Augenlider aneinander und fuhr mit etwas schamhaftem Ton fort. „Und die Mitarbeiter dort drin verkaufen meine Produkte."

Ein Augenblick der Stille entstand und Don bemühte sich, seine Kinnlade nicht nach unten sacken zu lassen.

„Sie sind die Lorelana-Tochter?", meinte er schließlich euphorisch.

„Jup."

„*Die* Lorelana-Tochter, von der niemand weiß, wie sie aussieht, weil sie sich nie den Medien zeigt?"

Auf ihrem Gesicht zeigte sich ein überraschter Ausdruck. „Haben Sie denn schon mal online nach mir gesucht?"

„Nein, eigentlich nicht."

„Hätten Sie das getan, wären Sie sicherlich früher oder später fündig geworden. Es ist ja nicht so, dass ich mich verstecke. Ich stelle mich nur nicht so gerne ins Rampenlicht – das ist alles."

Don war durch und durch begeistert von ihrer Haltung. Sie stammte aus bekanntem und einflussreichem Hause und war dennoch ziemlich bescheiden. *Und obendrein auch noch eine äußerst ansehnliche Erscheinung*, ergänzte er in Gedanken.

„Ich verstehe", erwiderte er und fügte zwanglos hinzu: „Wie haben Sie es geschafft, Brad Pitt eines Ihrer Armbänder überzuziehen?"

„Die Kampagne ist allein unserer Werbeagentur geschuldet", antwortete sie locker. „Ich persönlich habe ihn nur einmal ganz kurz zu Gesicht bekommen. Das war zu Beginn des Shootings. Und selbst da hat es sich lediglich um eine knappe Begrüßung gehandelt – es war allerdings eine überaus höfliche Begrüßung."

„Brad Pitt ist also ein sehr freundlicher Mensch – ist notiert."

„So ist es."

Es folgte eine kurze Pause, als sie ihm plötzlich mit einem herzlichen Lächeln ihre Hand entgegenstreckte. „Becky Hoberman."

Er tat es ihr gleich. „Nicht Becky Lorelana?"

„Ach, das ist doch bloß ein erfundener Markenname."

„Ehrlich?"

„M-hm", bejahte sie.

„Und ich bin Don Cullen.“

„Abkürzung für Donald?“

„Gott bewahre“, wehrte er mit einer Geste ab. „Don. Einfach nur Don – so steht's auch in der Geburtsurkunde.“

Ihr Lächeln wurde breiter, wobei sich Don beinahe darin zu verlieren drohte.

„Alles klar, Don Cullen.“

„Ebenso, Becky Hoberman“, gab er zurück.

Einige Sekunden blickten sie sich noch stumm entgegen, bis Don erneut das Schweigen brach. „Tja, dann mache ich mich mal wieder auf den Weg.“

Verlegen nickte sie. „Oh ja, ich auch ...“

Noch immer hielten sie eindringlichen Augenkontakt, wobei weder Becky noch er selbst auch nur die geringste Anstalt machten sich fortzubewegen. Er rang mit sich und rieb seine Zähne aneinander, als er sich endlich ein Herz fasste.

„Wissen Sie was?“, sagte er entschieden. „Wie wär's, wenn ich Sie irgendwann auf einen Drink einlade, würden Sie dazu Ja sagen?“

Wie aus der Pistole geschossen entgegnete sie: „Irgendwann? Warum nicht morgen?“

Don war verblüfft und erfreut zugleich, denn anscheinend war sie von ihm genauso angetan wie er von ihr.

„Sie sind keine Frau des Wartens, nicht wahr?“

„Selbst als die Geduld verteilt wurde, habe ich mich schon vorgedrängelt.“

Ihm entglitt ein heiteres Lachen und er klatschte in die Hände. „Na dann, ich werde mir die Zeit nehmen – was schlagen Sie also vor?“

„Nun, wenn ich wählen darf, dann plädiere ich für einen Lunch im *Bowen-Club*. Ist Ihnen der Name geläufig?"

„Ja, ich weiß, wo das ist. Ich fürchte bloß, ich bin kein Mitglied dieses Clubs."

Mit einer lockeren Handbewegung winkte sie ab und erwiderte: „Sie treten natürlich als mein Gast ein." Anschließend stemmte sie die Hände in die Hüfte und blickte ihm erwartungsvoll entgegen. „Ich erwarte Sie vor dem Eingang. Wäre Ihnen zwölf Uhr mittags recht?"

„Zwölf Uhr, abgemacht."

„Fein." Becky sah ihn einige Momente lang stumm an und sagte dann: „Gut, dann sehen wir uns morgen."

„Ja, bis morgen!"

Sie winkten sich zum Abschied zu, worauf sie sich gemeinsam umwandten und jeder seines Weges ging.

Was für eine Frau, schoss immer wieder durch seine Gedanken. Zu wissen, er würde ihr am darauffolgenden Tag wiederbegegnen, erfüllte ihn mit Vorfreude sowie einer bestimmten Art an Unruhe – allerdings im positiven Sinne. Schon lange hatte es nichts mehr in seinem Leben gegeben, dem er mit Spannung oder gar Neugier entgegengefiebert hätte. Becky wiederzusehen, war hingegen aufregend und eine willkommene Abwechslung zugleich. Jemanden unbedingt wiedersehen zu wollen, war ein Bedürfnis, von dem er schon beinahe vergessen hatte, wie es sich anfühlte. Und wie er so darüber nachdachte, verspürte tiefe Zufriedenheit.

Er schätzte ihre lockere, unbekümmerte Art und ihr warmherziges Wesen. Auch konnte er sich nicht erklären, weshalb er in ihrer Gegenwart dieses eigenartige

Gefühl von Vertrautheit empfand. In welcher Hinsicht er sich sonst noch zu ihr hingezogen fühlte, war ihm natürlich weniger ein Rätsel. Becky war schließlich eine überaus attraktive Frau und besaß ein nahezu makelloses Äußeres. Dennoch würde Don es niemals wagen, sie einzig und allein darauf zu reduzieren, denn da war noch mehr – viel mehr. Es war diese unvergleichliche Herzlichkeit, die sie ausstrahlte und das Bildnis einer intelligenten, erfolgreichen und trotz allem bescheidenen Frau, das sie verkörperte. All diese Eigenschaften waren es, die ihn an ihrer Person so sehr faszinierten und in ihm den Drang hervorriefen, seine Verpflichtungen allesamt hinter sich zu lassen und seinem grauen Alltag zu entfliehen.

Und so schritt er gemächlich weiter, bis ans Ende der Geschäftsstraße, wo er sich ein Taxi nahm und den Heimweg antrat.

2

Don ließ seinen Blick über das Parkgelände des *Bowen-Clubs* schweifen, das so groß war wie der Stellplatz eines Supermarktes. In den Parklücken erspähte er Automobile der Marken *Porsche*, *Mercedes* und *Ferrari*, auch einen *Lamborghini* meinte er entdeckt zu haben. Er spürte, wie ihn unwillkürlich ein Schmunzeln überkam, denn was er sah, beeindruckte ihn nicht sonderlich. Er selbst hätte sich problemlos einen gleichermaßen teuren Untersatz leisten können, doch in seiner Garage stand lediglich das aktuelle Modell eines *Alfa Romeos*. Dass er sich persönlich ans Steuer setzte, kam ohnehin recht selten vor und auch heute hatte ihn wie üblich sein Fahrer gebracht.

Angrenzend erblickte Don ein riesenhaftes Bauwerk von historischer Architektur. Die Weite des Grundstücks, das sich auf der Rückseite erstrecken mochte, ließ sich hinter dem sechs Meter hohen Sicherheitszaun und den ebenso hohen Kiefern nur erahnen.

„Sie sind ja schon da."

Die Stimme, die er aus dem Hintergrund vernahm, riss ihn aus seinen Gedanken und er wandte sich zum Eingang um. Es war Becky, sie stand an der Schwelle einer offenen Tür und blickte ihm mit vergnügtem Lächeln entgegen. Erneut trug sie ein weißes Kleid, dieses allerdings betonte ihre Figur bei weitem mehr als das am Tag zuvor. Dennoch schien sie Wert auf ein dezentes Dekolleté zu legen und nicht mehr Bein zu zeigen als angebracht.

„Na, Sie anscheinend auch – ich habe Sie gar nicht kommen sehen."

„Ich war schon etwas früher hier, da ich für uns noch eine Kleinigkeit arrangieren musste", gab sie zurück und wies ihn mit einer Geste an einzutreten.

Er bewegte sich auf sie zu und hielt dicht vor ihr inne, wobei er in ihre funkelnden, tiefgrauen Augen blickte und sagte: „Hallo."

„Hey", erwiderte Becky und sah ihm einen Moment lang ebenso eindringlich entgegen.

Schließlich zeigte sie wiederholt nach drinnen und setzte zum Gehen an. „Wenn Sie mir bitte folgen würden."

Bereitwillig kam er ihrer Bitte nach und schloss sich ihr an. Sie traten durch die große Eingangshalle, bis sie an einer Empfangstheke ankamen, wo ein Mitarbeiter in rotem Sakko sie erwartete. In seinen Händen hielt er einen Lunchkorb aus hellem Weidematerial und eine gemusterte Picknickdecke.

Dankend nahm Becky beide Utensilien entgegen und reichte den Weidenkorb an Don weiter. Anschließend ging Becky weiter und Don folgte ihr bis zu einem offenen Durchgang, wo sie einen langen, schlicht beleuchteten Korridor erreichten. Links und rechts säumte sich eine Reihe verschlossener, gläserner Türen. Dahinter erblickte er Thermalbäder und Massageräume, während er den dampfenden Geruch ätherischer Öle vernahm.

„Ich hoffe, ich wirke nicht überheblich auf Sie, weil ich Sie an einen solchen Ort führe?“, bemerkte sie, als sie sich zu ihm gesellte. „Die Mitgliedschaft ist ein Überbleibsel meines Vaters.“

„Keineswegs, ich betrachte es als erfrischend.“

„Da sich das Etablissement gleich am Rande der Stadt befindet, bietet es sich für mich geradezu an, wenn ich mal das Verlangen nach Erholung und Natur verspüre, ohne dass ich dabei gleich eine lange Fahrt auf mich nehmen muss.“

„Absolut verständlich“, merkte er an, während sie einen backsteinernen Rundbogen passierten, der ins Freie führte.

Augenblicklich hatte die Sonne sie wieder und strahlte ihnen warm entgegen. Rechts von sich erkannte er den makellosen Rasen eines Golfplatzes und mehrere Golf-Carts, deren Insassen die Fahrzeuge gemächlich über die Grünfläche lenkten. Becky steuerte einem kieselsteinernen Pfad entgegen, der auf der linken Seite in einer Parkanlage mündete. Als sie diese erreichten und dem Weg weiter folgten, verdichtete sich rings um sie eine bunte Farbenpracht aus exotischen Pflanzen, Wildsträuchern und Baumgewächsen jeglicher Art. Hin und wieder flatterte ein Schmetterling an ihnen vorüber und der süßliche Duft von Blütengewächsen lag in der Luft.

Don erfüllte plötzlich eine Art innere Ruhe und ihm wurde warm ums Herz. Er konnte sich nicht mehr daran erinnern, wann er das letzte Mal Luft in seine Lungen gebracht und dabei an keinerlei Zahlen oder Quartalsergebnisse gedacht hatte. Heute jedoch, in diesem

Augenblick, war es anders und er fühlte sich frei von jeglichen Gedanken.

„Sie verkehren also eher selten in solchen Kreisen?", fragte Becky beiläufig.

Er warf ihr einen kurzen Blick zu und sah sich dann weiter um. „Lediglich des Geschäftszwecks wegen. Privat allerdings, hatte ich noch nie das Bedürfnis, gemeinsam mit Anwälten und Richtern auf einer grünen Weide Bälle einzulochen."

In ihrem Gesicht las er, dass seine Aussage sie amüsierte, worauf sie erwiderte: „Na dann bin ich aber froh, dass ich kein Anwalt bin."

„Ja, Sie sehen auch nicht so aus – Sie haben kleinere Hände und längeres Haar."

Nun lachte Becky lauthals. „Oh ja, diese äußerlichen Unterschiede sind ein Segen!"

Nach einigen Augenblicken machte sie unvermittelt Halt und zeigte mit dem Finger auf eine Grünstelle abseits des Weges. „Das hier wäre doch ein schönes Plätzchen, was sagen Sie?"

„Perfekt", antwortete Don. Als sie die Stelle auf der frisch gemähten Grasfläche betraten, setzte er den Picknickkorb ab, während Becky die karierte Decke ausbreitete, die sie unter dem Arm getragen hatte. Er entledigte sich des silbergrauen Jacketts seines Seidenanzugs, unter dem er nichts weiter als ein weißes Shirt mit V-Ausschnitt trug. Er faltete es sorgfältig und legte es sich über den Arm, als er sie dabei ertappte, wie sie für die Dauer eines Augenzwinkerns seinen Körper musterte.

„Nun haben Sie mich aber neugierig gemacht, die Frage nach ihrem Beruf ist jetzt wohl unerlässlich", lenkte Becky unverzüglich ab und zupfte verlegen an einer ihrer blonden Strähnen.

Gemeinsam ließen sie sich nieder und er erkannte, dass sie den gedrückten Ausdruck erhaschte, der ihn unweigerlich überkam. Don war seinem Geschäft gegenüber noch nie sonderlich euphorisch gewesen und es strömte ihm wohl aus jedweder Pore. Auch Frank und der Vorstand wussten um seinen hin und wieder aufkommenden Missmut und trieben ihn und das Unternehmen stets voran. Don schätzte das Engagement seiner Mitarbeiter und vertraute ihnen voll und ganz. Wodurch er pflegte, ihnen so viel eigenständigen Spielraum abzutreten wie nur irgend denkbar – und das nicht zuletzt aus purem Eigennutz. Trotzdem musste er in sämtliche Entscheidungen einbezogen werden, Unterschriften abgeben und neue Strategien absegnen sowie in jegliche interne Probleme eingebunden werden, was in der Regel ein Meeting nach dem anderen zur Folge hatte.

„Mein Unternehmen stellt Rüstungskomponenten her – im Bereich der Abwehr", antwortete er schließlich.

Beckys Blick zeugte von Interesse. „Sie meinen sowas wie Raketenabfangstationen?"

„Ja genau, wir erstellen die Pläne und produzieren die Einzelteile. Zusammenbauen muss es der Kunde selbst."

„Warum das?"

„Zum einen, um einen einfacheren Transport zu gewährleisten und zum anderen, da es auf diese Weise für den Kunden günstiger ist." Er kratzte sich am Kinn. „Aber um ehrlich zu sein, versuche ich mich damit bloß halbwegs von meiner Schuld freizusprechen. So nach dem Motto: Ich baue keine Waffen, sondern stelle nur die Teile dafür her. Ziemlich lächerlich, nicht wahr?"

Becky sah ihm in die Augen. „Ganz und gar nicht, finde ich. Ich erachte es als lobenswert, dass Ihnen diese Diskrepanz bewusst ist. So merkt man, dass Sie ein Gewissen besitzen. Und ich hatte schon Angst, Sie wären Börsenmakler oder sowas Ähnliches – da sucht man vergebens nach jedem noch so kleinen Funken an Moral."

Er schmunzelte ein wenig, als sie ihn gleich darauf fragte: „Wie kamen Sie denn zu diesem Beruf?"

„Aus dem ältesten Grund der Welt: Ich bin wie Sie wohl oder übel in die Fußstapfen meines Vaters getreten. Ich war der einzige Erbe und es lag in meiner Verantwortung, den Konzern weiterzuführen. Dennoch war ich nie besonders angetan vom Geschäft mit dem Tod und dem Krieg."

„Warum sehen Sie es nicht als Geschäft des Schutzes an? Immerhin sind Sie kein kolumbianischer Waffenhändler – Ihr Metier dient doch viel mehr der Verteidigung."

„Dennoch schlage ich Profit aus der real bestehenden Möglichkeit, dass auf irgendeinem Fleckchen Erde ein Krieg ausbricht." Don ließ seinen Blick kurz in die Ferne schweifen, hinweg über das viele Grün bis an die Grenzen der Anlage, dann fuhr er fort: „Und genau darum stelle ich mir immer wieder dieselbe Frage: Schütze ich damit die Welt oder mache ich sie dadurch nur noch gefährlicher?"

Becky sah ihm aufmerksam entgegen, während sich die Züge ihres Gesichts zu einem gutmütigen Ausdruck formten. „Natürlich verstehe ich Ihre Ansicht. Nun, meiner Meinung nach sollte man gegenüber dem, was man tut, niemals abgeneigt sein." Sie hielt einen Moment inne und fügte vorsichtig hinzu: „Haben Sie schon mal daran gedacht zu verkaufen?"

„Öfter, als Sie denken. Dennoch ist es das Vermächtnis meines Vaters. Ich bin mir nicht sicher, ob ich es letztendlich übers Herz bringen würde. Das ist der einzige Grund, weshalb ich weitermache."

„Das verstehe ich sehr gut", erwiderte sie.

Sie hatte offenbar erkannt, wie unangenehm ihm das Thema war, worauf sie es auf elegante Weise beendete, indem sie ihre Handflächen laut auf die Schenkel fallen ließ und sagte: „Wer weiß, vielleicht, wenn die Zeit reif ist. Und bis dahin trösten Sie sich damit; Broker, Banker und Politiker sind schlimmer – glauben Sie mir."

„Nun, dann vertraue ich mal auf Ihr Wort", antwortete er und fühlte sich dabei ungemein wohl.

Sie sahen sich mehrere Sekunden lang tief in die Augen, bis Becky irgendwann die Stille brach. „Sie haben vielerlei Facetten, Mr. Cullen."

„Sie ebenfalls – und ich spreche dabei von ausschließlich positiven."

Wieder lächelte Becky und er spürte mit jeder Faser seines Körpers, wie vernarrt er in dieses Lächeln war.

„Dann lassen Sie uns mal anstoßen", meinte sie und griff nach dem Lunchkorb. „Horsd'œuvre und Champagner?"

***

Ein Schleier aus lieblichem Rot legte sich über den Horizont, während sich der Nachmittag allmählich dem Ende zuneigte. Der Fluss an amüsantem Gesprächsstoff schien kaum abzureißen, sodass sich Becky und Don während als auch nach dem Lunch ununterbrochen unterhielten. Ihre Gespräche drehten sich um Literatur, Theater und Weltgeschehen, wobei sie, wie Don erfreut feststellte, den meisten Themen gegenüber dieselben Ansichten teilten.

Mittlerweile hatten sie den Club verlassen und waren von dort aus einem abgelegenen Fußweg gefolgt, fernab von jeglichem Trubel und Straßenlärm.

„*Shakespeares* und *Nikolai Leskows Macbeth* sind zwei völlig unterschiedliche Geschichten, haben aber dennoch Gemeinsamkeiten", predigte Don euphorisch, während er mit beiden Händen gestikulierte. „Die Verfilmung von *Leskows Lady Macbeth* aus 2016 fand ich sehr gelungen – von *Shakespeares* Werk muss ich erst noch eine überzeugende Adaption sichten."

„Oh, da könnte ich Ihnen sofort ein Beispiel nennen!", warf Becky ein.

„Wohl kaum."

„Jetzt seien Sie mal nicht so kritisch."

„Na, aber sicher doch."

Lächelnd schüttelte Becky den Kopf, wobei ihr Schritt langsamer wurde und sie schließlich stehen blieb. Don sah sich zu ihr um und beobachtete, wie sie verträumt in den rosa Himmel starrte.

„Wunderschön, nicht wahr?"

„Absolut", pflichtete er bei.

„Egal wie fortschrittlich wir werden, keine Technik der Welt wird je einen solchen Anblick ersetzen können.“

Don erwiderte aufrichtig: „Da stimme ich Ihnen voll und ganz zu.“

Sie schwiegen und genossen den Moment. Er sah abwechselnd zwischen ihr und dem abendlichen Himmelsschauspiel umher, als er seinen Blick nicht mehr von ihr losreißen konnte: Ihr traumverlorener Ausdruck und ihre großen, meergrauen Augen, die sowohl Wärme, Güte als auch Scharfsinn ausstrahlten. All dies zog ihn völlig in ihren Bann, sodass er wie angewurzelt dastand und sich in seinen Gedanken verlor.

„Was ist?“

Ihre Frage riss ihn prompt aus seiner Blase und katapultierte ihn ins Hier und Jetzt zurück.

„Wissen Sie …“, er zögerte und fühlte sich noch immer ein wenig abwesend.

„Was?“, wiederholte sie und musterte seinen Ausdruck.

Dann blickte er ihr plötzlich bestimmt und eindringlich entgegen. „Ohne respektlos zu wirken, aber würde man es als unverschämt betrachten, wenn ich tief in meinem Inneren den Wunsch verspüre, dass Sie sich mir in diesem Augenblick völlig hingeben … jetzt sofort, auf der Stelle?“

Die Luft zwischen ihnen schien zu stocken und als würden sich die umliegenden Geräusche mit einem Schlag dämmen, breitete sich eine mystische Stille aus. Mit scharfem, durchbohrenden Blick sah sie ihm in die Augen, zugleich war da aber auch ein dezentes, in sich gekehrtes Lächeln zu verzeichnen, als fühlte sie sich irgendwo tief im Verborgenen geschmeichelt.

„Nun …", setzte Becky kurz darauf an und versuchte gelassen zu wirken, wobei ihre Stimme trotz allem einen leicht heiseren Klang vernehmen ließ. „Wenn Sie es sich nur denken würden, ganz tief in Ihnen, dann wäre es noch einigermaßen hinnehmbar und würde als das natürliche Produkt männlicher Fleischesgier gelten. Aber leider haben Sie es laut ausgesprochen."

Die Atmosphäre glühte, als stünden sie inmitten eines brennendheißen Flammenringes. Und wieder war da diese kaum auszuhaltende Stille. Es fühlte sich an, als schien sich die Luft mit jeder Sekunde weiter zu erhitzen, sodass er fürchtete, der Bereich zwischen ihnen könnte sich jeden Moment in einer unsagbaren Feuersbrunst entladen.

„Ich wollte nur ehrlich sein", sagte Don. „Denn egal wie Sie es drehen und wenden: Wir verbringen Zeit miteinander, wir sprechen und tauschen uns aus … doch all dies führt dennoch nur unweigerlich dazu, dass ich immer mehr von Ihnen will – ungeachtet der männlichen Lust nach Fleisch, wie Sie es beschreiben. Denn es ist viel mehr als das; es ist der natürliche Verlauf der Gefühlswandlungen. Von Sympathie und Faszination zu Gefallen, bis schrittweise hin zu unbändigem Verlangen. Ich bin nun an Letzterem angekommen. Welcher ist Ihr Standpunkt?"

Der Augenblick war intensiv und nervenzerfetzend. Beckys Ausdruck wechselte schlagartig, worauf sie ihm durchdringend entgegensah, sodass er buchstäblich glaubte von ihrem Blick durchbohrt zu werden.

Schließlich trat sie einen Schritt näher. Nun standen sie sich ganz nah gegenüber und Don vernahm, wie ihr Atem immer schneller und lauter wurde. Ihre Lippen zitterten, es war ihr nicht anzusehen, ob vor Nervosität oder vor Erregung. Ihm war heiß unter seinem T-Shirt und er hatte Angst, es könnte ihm den Atem abschnüren. Er wusste nicht, was passieren würde, aber er hoffte zumindest, dass genau das geschehen würde, was er sich wünschte. Und während er darüber nachdachte, umklammerte Becky unerwartet sein Gesicht und küsste ihn hastig.

Der Kuss war heftig, hungrig und Don spürte, wie sie mit kreisender Zunge tief in seinen Mund eindrang, während sie ihn immer enger an sich zerrte. Er widersetzte sich keineswegs, denn genau in diesem Augenblick, nun da sein Herz pochte wie ein gesammeltes Trommelregiment, erkannte er, wonach er immer gesucht hatte. Nämlich nach ihr. Einer so unheimlich starken und anziehenden Frau, wie sie es war, und die er nun nie wieder loslassen würde.

Er verlor sich in ihrem Kuss und schmiegte sich an ihren Körper, den er nun mit beiden Händen begehrend berührte. Er wusste, würden sie nicht unverzüglich damit aufhören, würden sie sich auf der Stelle einander hingeben – ohne jegliche Reue. Und so wehrte er sich und lehnte sich gegen seine Lust auf. Offenbar bemerkte sie seine plötzliche Zurückhaltung und ließ von ihm ab. Erstaunt, aber auch etwas verlegen blickte sie ihm in die Augen, während ihr Atem nach wie vor bebte. Noch immer hielt er sie fest in seinen Armen, wobei er mit aller Mühe versuchte, sich wieder zu fangen.

„Was nun?", fragte er knapp und ruhelos.

Sie schwieg für einen Moment, dann zeigte sie mit dem Finger den Fußweg entlang und antwortete leise: „Etwa zwanzig Meter in die Richtung liegt mein Anwesen."

***

Er hatte sich im Badezimmer noch etwas frisch machen wollen und sie hatte ihm erklärt, wo sich die Räumlichkeiten befanden. Als er unmittelbar darauf in das Zimmer trat, lag sie bereits nackt auf dem Bett. Sie beobachtete, wie er sein Shirt abstreifte und seinen strammen Körper entblößte. Das gedämmte Licht in dem Raum sorgte dafür, dass sich die Konturen seines dezenten Muskelbaus als kleine Schattenlinien auf seiner geschmeidigen Haut abzeichneten.

Ihr Herz schlug zum Zerspringen, denn was sie da tat, war absolutes Neuland für sie. Noch niemals hatte sie einem Mann gleich beim ersten Treffen gewährt, in ihr Haus zu kommen. In ihr Schlafzimmer. Keinem zuvor hatte sie sich so schnell auf ihre intimste Weise geöffnet. Ihm erlaubt, die geheimste Schwelle zu übertreten. Zu sehen und zu spüren, was bislang nur einer Handvoll Auserwählten gestattet war. Und sie hätte sich dafür ohrfeigen können, dass sie ihren eigenen Regeln nun trotzte.

Don hatte mehr positive Eigenschaften zu ihrem ersten Date mitgebracht als jeder davor. Er war kultiviert, humorvoll, gutaussehend und wie sich anhand des Missmuts seinem Job gegenüber herauskristallisierte, besaß er als Extrabonus auch noch einen ausgeprägten, moralischen Kompass. Trotzdem wusste sie, dass jeder

Eindruck täuschen konnte, besonders der erste. Egal wie traumhaft und vielversprechend das Paket auch aussah, den Inhalt kannte man erst, wenn man es geöffnet und darin herumgekramt hatte, so viel war ihr klar. Ihre Erfahrung im Umgang mit Beziehungen lehrte sie, dass man selbst nach einem Jahr noch nicht jede einzelne Seite eines Menschen kannte – und genau darum galt es, ihre selbst auferlegten Regeln einzuhalten und nichts zu überstürzen. Er konnte auch jemand sein, der am nächsten Morgen, wenn sie aufwachte, verschwunden wäre – die Gefahren waren vielschichtig.

Aber warum sollte es nicht auch mal anders kommen, fragte sie sich in Gedanken und versuchte sich verzweifelt damit zu trösten, dass jede Ausnahme die Regel bestimmen konnte. Außerdem war Don nicht wie die meisten. Schon von der ersten Sekunde an hatte sie sich auf betörende Weise zu ihm hingezogen gefühlt. Sein gesamtes Auftreten und sein faszinierender Charakter hatten sie wie eine Wucht getroffen und an Ort und Stelle verzaubert. Hinzu kam, dass er ein Mann war, der selbst dann, nachdem sie ihn einen ganzen Tag lang kennengelernt hatte, von Minute zu Minute immer noch interessanter zu werden schien. Außerdem hatte sein Sexappeal sie schon in Wallung gebracht, noch bevor sie überhaupt den Club verlassen hatten. Und so wusste sie, dass ihr keine andere Antwort übrigblieb als jene, die sie ihm gegeben hatte – obgleich sie sich dabei so schuldig fühlte wie ein junges Schulmädchen.

Während er Knopf und Reißverschluss seiner Anzugshose öffnete, richtete sie sich auf und trat an ihn heran. Sie berührte seinen Leib, die Muskeln und das Fleisch. Dann ließ sie ihre Hände über seinen Körper gleiten und half ihm dabei seine Hose und Boxershorts loszuwerden.

Glühend vor Ekstase berührte sie seinen strammen Hintern und drückte Don unsanft zu sich. Zugleich wollte sie wütend auf ihn sein, doch sie konnte es nicht. Sie wollte ihn zum Teufel jagen, aber sie tat es nicht. Im Gegenteil, sie wollte sich nur noch an ihn klammern und ihn für immer festhalten. Und während sie ihre lüsternen Hände über seine harte Brust streifen ließ, überkam sie der Gedanke, dass es sich hierbei nicht mehr bloß um pure Anziehungskraft und Verlangen drehen konnte, sondern dass es viel mehr sein musste, das sie verband. Nämlich Zuneigung. Don war der Mann, nach dem sie strebte. Er war der Mann, auf den sie so lange gewartet hatte und den sie keine Sekunde mehr aus den Augen lassen würde. Dann sah sie ihn eindringlich an und küsste ihn leidenschaftlich. Sie küsste ihn mit solch unbändigem Temperament, dass sie fürchtete, sie könnte ihn verschrecken. Der Kuss war hart, impulsiv und strotzte vor Verlangen. Endlich würde sie ihren Hunger stillen, den Hunger nach ihm.

Plötzlich bemerkte sie, wie er innehielt.

Sie blickte zu ihm auf. „Ja?", fragte sie rastlos.

Er sah ihr in die Augen und ein verschmitztes Lächeln wich über seine Lippen. „Hätte beinahe die Sache mit deiner Ungeduld vergessen."

Sie verkniff sich ein Lachen – *der Mann ist doch kaum zu fassen.* Dann wurde Dons Ausdruck wieder ernst und sie fühlte, wie er mit aller Sanftheit mit beiden Händen ihre Brüste umklammerte. Geschmeidig glitt er an ihr hinab, wobei seine Lippen sich ihrem Busen näherten. Sie spürte, wie sich ihre Brustwarze zwischen seinen Zähnen erhärtete. Augenblicklich sträubten sich ihr die Haare über den gesamten Körper. Eine Schar spannungsgeladener Impulse sauste wie Geschosse durch sämtliche ihrer Regionen, besonders durch ihren Unterleib.

Als er sich wieder aufrichtete, gingen ihre zierlichen Finger auf Wanderung und konnten ertasten, dass er ebenso erregt war wie sie. Plötzlich drückte er sie an sich und küsste sie, zügig und stürmisch. Dann umklammerte er sie mit seinen starken Armen und presste ihren Körper eng an sich. Sie machte einen Satz und schwang ihre Beine um seine Taille, während sie sein Gesicht mit unzähligen Küssen überhäufte.

Vorsichtig trug er sie zu Bett und ließ sie sanft auf das weiche Seidenlaken niedergleiten, und sie ließ es mit sich geschehen – alles, was er wollte.

Er schlängelte sich an ihr hinab und streifte dabei mit seiner Zunge über die erregte Haut ihres Körpers. Als sein Mund ihre kahle Scham erreichte, konnte sie fühlen, wie ihre Muskeln zuckten und ihr gesamter Leib wie wild bebte. Und dann begann er.

Kribbeln.

Zucken.

Stimulierende Schläge schossen durch ihren Körper und entluden sich binnen Sekunden in einer ekstatischen Explosion. Sie stöhnte laut auf, während sich ihre beiden Hände durch sein Haar gruben und sich dort festkrallten. Sie hielt einen Augenblick lang die Luft an, ihr gesamter Körper war angespannt, dann stieß sie erneut einen gellenden Schrei aus. Einen

Schrei der Befreiung, worauf ihre Muskeln erschlafften.

Dann griff sie nach seinem Gesicht und bewegte ihn dazu, ihr noch näher zu kommen. Denn nun wollte sie mehr. Sie wollte ihn endlich in sich spüren. Ganz tief. Was sollte die Quälerei, er wusste doch, wie es um ihre Geduld stand! Er schien zu begreifen und beugte sich über sie. Geschmeidig suchte er den Platz zwischen ihren Schenkeln und dann war es so weit. Behutsam und vorsichtig glitt er in sie und sie klammerte sich an ihn. Sie konnte fühlen, wie er sich sacht bewegte. Vor und zurück. Immer wieder, bis sie schließlich fürchtete, von innen heraus zu verglühen. Überwältigt stockte ihr der Atem und ihr gesamter Leib zuckte. Und als hätte sich mit einem Schlag eine gewaltige Energie in ihr entladen, stöhnte sie erneut gellend und ekstatisch auf. Dann umfasste sie seine Wangenknochen, zog sein Gesicht zu sich heran und drückte ihm eine Schar fester Küsse auf, während sie Schübe elektrisierender und prickelnder Reibung in sich verspürte. Und sie genoss es.

Jede Sekunde davon.

3

Die Zeit war unaufhörlich fortgeschritten. Jahre, die einst Monate waren und Tage, die einmal Stunden waren, zeugten davon, dass nichts so beständig war wie die Zeit selbst. Und auch Beckys und sein Leben hatte weder Halt noch Rast gemacht, wie Don immer wieder feststellte.

Unvermeidbar hatte sich, wie in jeder Ehe, auch in ihrer allmählich der Alltag eingeschlichen. Die letzten Jahre, und besonders die letzten zwei, bestanden aus einer Aneinanderreihung von Tagen, die ein und derselbe zu sein schienen. Termine, Deadlines und Verkaufsgespräche dominierten beiderseits ihren Lebensweg.

Besonders Don selbst war es, der eingespannt war. Sein Geschäft hatte Hochkonjunktur, seit ein beispielloser Konflikt in Osteuropa im Begriff war, die Welt aus den Angeln zu heben. Er wünschte, er würde Becky öfter in den Arm nehmen, aber immer genau dann, wenn er daran dachte, war einer von ihnen beschäftigt. Entweder hing Becky an der Strippe oder ihm fiel plötzlich etwas ein, das er noch schnell erledigen wollte, bevor er es vergessen würde oder es zu spät wäre. Manchmal war es wie verhext.

Doch das änderte nichts an seiner Liebe zu ihr. Zu keiner Zeit. Und er hoffte, dass es ihr ebenso erging.

Noch immer loderte ein immenses Feuer in ihm, wenn sie sich liebten, was allerdings auch nicht mehr so häufig geschah wie einst. Sie verstanden sich noch immer gut und selbst wenn sie nicht mehr so viel Zeit miteinander verbrachten wie früher, sahen sie sich noch immer als gemeinsame Front gegen den Rest der Welt. Mit Stolz konnte Don von sich behaupten, es geschafft zu haben, ihr in all den Jahren nicht ein einziges Mal fremdgegangen zu sein, obgleich ihm das ein oder andere Angebot durchaus untergekommen wäre.

Natürlich gab es ab und an Streit und Meinungsverschiedenheiten, aber auch das änderte nichts an seiner Liebe. Zwar war die anfängliche Euphorie mit den Jahren verflogen, der Zauber und die Magie ihrer Liebe jedoch blieben. Denn, dass sie die Einzige für ihn war, stand nach wie vor fest.

Geheiratet hatten sie drei Jahre nach ihrem ersten Zusammentreffen. Es war ein Fest im kleinsten Kreise gewesen, mit nur einigen geladenen Gästen wie ausgewählten Verwandten und ein paar Mitarbeitern. Der Tag war sicherlich einer der wichtigsten ihres Lebens, doch der größte war für sie nach wie vor der, als sie sich vor acht Jahren kennengelernt hatten. Sie gaben nichts darauf, sich monatelang mit der Organisation und den Vorbereitungen des vermeintlich schönsten Tages herumzuplagen und sich letztlich bis kurz davor völlig ausgelaugt zu fühlen, wie sie es anhand zahlreicher Beispiele in ihrem Bekanntenkreis miterlebt hatten – von dem übrigens knapp die Hälfte mittlerweile in Scheidung lebte. So war die Feier bescheiden ausgefallen und dennoch hatten auch sie, auf diese Weise einen wunderbaren Tag erlebt.

Auch heute noch spürte er, wie ein zartes Flattern in seiner Bauchgegend erwachte, wenn er sich daran erinnerte, wie sie sich am Tag nach ihrer Begegnung zum ersten Mal körperlich geliebt hatten. Oder immer dann, wenn er von hinten ihre Taille umfasste, während sie sich im Badezimmer zurechtmachte. Wie sie ihn auf das Kitzeln seiner stacheligen Bartstoppeln hinwies, wenn seine Lippen über ihren Nacken strichen und er ihr Haar sanft über ihre Schulter schob, damit er ihren Hals küssen konnte. Aber auch das war immer seltener geworden.

Trotzdem liebte er sie, damals wie heute, egal wohin sich die Dinge entwickeln würden, und es wäre ihm nicht schwergefallen, für sie auf vieles zu verzichten. Sein gesamtes Bestreben bestand darin, ihr ein guter Mann zu sein und sie glücklich zu sehen.

Wie oft hatte sie ihm erzählt, wie viel Tadel sie sich selbst auferlegt hatte, weil sie so schnell mit ihm geschlafen hatte. Nie hätte sie erwartet, dass es irgendwann sogar zu einer Heirat kommen würde. Sie hatte es sich damals zwar gewünscht, wie sie stets erwähnte – dass es echt wäre, dass er der Richtige wäre, aber sie hatte kaum gewagt, tatsächlich damit zu rechnen. Doch letztlich hatte sie recht behalten und ihre Hoffnung war augenscheinlich zur Wahrheit geworden.

Und obgleich ihr gemeinsames Leben stets die ein oder andere Überraschung für sie bereitgehalten hatte, hätte er keine einzige Stunde davon eintauschen wollen. Weder an guten Tagen, an schlechten, noch an solchen wie heute. Denn heute war wieder einer jener Wochentage, an denen eine hektische Situation der nächsten gefolgt war. Telefonate, Besprechungen und ein stetiges Verweilen im Straßenverkehr aufgrund der scheinbar niemals endenden Autobahnreparaturen an den Stadtzufahrten, hatten ihren Stundenplan völlig ausgefüllt – praktisch ein ganz normaler Freitag. Becky und Don sahen es wie gewohnt mit Humor und hatten sich, als sie vor anderthalb Stunden nahezu gleichzeitig nach Hause gekommen waren, gegenseitig daran gemessen, wer länger im Stau gestanden hatte.

Inzwischen hatten sie geduscht und waren soeben dabei sich für eine Benefizgala zurechtzumachen.

Becky rief aus dem Schlafzimmer nach ihm. Don spitzte aus dem Badezimmer durch den offenen Türspalt. „Ich frisiere mir gerade die Haare!"

Sie erwiderte etwas, aber er verstand es nicht. Er trat aus dem Raum, die Finger voller Haargel. „Was?"

„Wenn ein Paar heutzutage zu spät kommt, darf der Mann nicht mehr den Kopf schütteln und spöttisch das Wort *Frauen* von sich geben, von wegen diese kämen nicht aus dem Bad – ich werde heute eine neue Ära einleiten und beim Empfang sagen: *Männer*... Und das mit einem auffälligen Augenrollen dazu!"

„Du hast meinen Segen, Schatz. Du weißt, ich bin voll und ganz für Emanzipation!", rief er ihr zu. Und sie hatte tatsächlich recht; in ihrer Beziehung war eindeutig er derjenige, der mehr Zeit im Badezimmer verbrachte. Aber nicht, wie sie es zu glauben pflegte, weil er überaus eitel oder pingelig war. Nein. Sondern aus dem einfachen Grund, dass er dort trödelte. Das Bad war der einzige Ort, an dem für ihn die Zeit stillstand.

Es war ein Ort der Ruhe, der Rast und der Freiheit, an dem er keinerlei Hektik oder negative Gedanken zuließ – es war sein Aus-Bereich auf jenem turbulenten Spielfeld namens Leben.

Er wusch sich das Gel aus den Händen und sah ein letztes Mal in den Spiegel. Er war noch immer gutaussehend und athletisch, er hatte in den letzten acht Jahren höchstens drei oder vier Kilo zugenommen. Aber als er mit der Hand durch sein Haar fuhr, erblickte er immer öfter graue Strähnen darin. *Wie die Zeit vergeht* … Als er Becky kennengelernt hatte, war er zweiunddreißig Jahre alt gewesen und sie vier Jahre jünger. Jetzt war er vierzig, fühlte sich aber kein Jahr älter als damals. Obgleich jene Haarsträhnen das Gegenteil bewiesen. *Was soll´s*, dachte er und versuchte auszublenden, was er soeben entdeckt hatte.

In schwarzem Smoking trat er ins Schlafzimmer und rückte seine Fliege zurecht.

„Na du?", meinte Becky, die sich gerade aufs Bett setzte und in ihre zehenfreien, hochhackigen Schuhe schlüpfte.

„Ich bin fertig."

Becky blickte auf und musterte ihn. „Na wenigstens hat sich der lange Badaufenthalt gelohnt, du siehst gut aus."

Sie trug ein dunkelbraunes Cocktailkleid, war wie immer dezent geschminkt und hatte ihr Haar in einem kunstvollen Knoten nach oben gesteckt. Wie üblich war Don verblüfft. Denn egal ob aufgedonnert oder morgens im Bademantel gleich nach dem Aufstehen, Becky sah stets umwerfend aus. Sie besaß diese natürliche Schönheit, die auch ohne jedes Make-up auskam.

„Na und du erst", erwiderte er und reichte ihr eine Hand. „Du wirst wieder mal alle anderen Frauen ausbooten und dir neue Feindinnen machen."

„Ach was", winkte sie ab und ließ sich von ihm aufhelfen.

Er gab ihr einen zarten Kuss und einen sanften Klaps auf den Po. „Na los, wir sind sowieso schon zu spät dran."

„Ist nicht meine Schuld", gab Becky zurück und begab sich zur Tür.

„Hey!"

Sie blieb im Türrahmen stehen und wandte sich zu ihm um. „Ja?"

„Liebst du mich?"

„Na klar."

Und da war es wieder. Dieses flüchtige Augenzwinkern und dieser kurze Luftkuss, den sie im stets zuwarf, immer wenn er sie danach fragte. Diese beiden Gesten, in die er sich mit den Jahren so sehr verliebt hatte. Dann trat sie aus dem Raum und er vernahm das klacksende Geräusch ihrer Schuhe, während sie den gefliesten Flur bis zur Eingangskommode entlangschritt.

Don warf einen Blick auf die Uhr: schon fast acht. Das Dinner auf der Benefizveranstaltung würde bereits in fünf Minuten beginnen. Sie müssten noch durch den bewaldeten Vorort und hinterher ins Stadtzentrum, was mindestens eine halbe Stunde beanspruchte. Er zuckte mit den Schultern. *Spenden kann man auch, wenn man zu spät kommt*, dachte er und nahm die Sache gelassen.

***

Becky starrte ausdruckslos hinaus auf die Straße, mal durch die Frontscheibe, mal aus dem Seitenfenster. Draußen war alles dunkel, mit Ausnahme von kaum zu erkennenden Silhouetten einer Vielzahl an Baumstämmen, die auf beiden Seiten der Landstraße an ihnen vorüberzogen. Ab und an brachen sich die in Schwarz getauchten Schatten des Waldes am Licht des Mondscheins, ansonsten sah und hörte man nichts von dem Land, das sie umgab. Jene einsame Strecke durch die dunklen Wälder nutzte jeder für sich mehrmals pro Tag. Im Gegensatz zu Becky genoss Don es, sie nachts zu durchfahren. So wie jetzt, wenn die Stille zusammen mit der alles umhüllenden Finsternis eine friedliche und beruhigende Wirkung auf ihn ausübte.

Am Straßenrand befanden sich weder Laternenpfähle noch Leitpfosten, es war eine Fahrt durch völlige Dunkelheit. Durch eine schwarze Nacht, die von keinerlei Licht in der Landschaft gemildert wurde. Dennoch schien es plötzlich so, als wären sie nicht mehr allein auf der Straße. Winzige Lichtkegel, weit vor ihnen, brachen sich durch das Finster und steuerten direkt auf sie zu. Dahinter blitzten rot-blaue Sirenenleuchten auf, deren Schein sich in alle Himmelsrichtungen verteilte. Die Scheinwerfer schienen immer schneller auf sie zuzurasen, wobei sie stetig größer und größer wurden.

Don kniff die Augenlider zusammen, versuchte zu erkennen, was da vor sich ging. „Was verdammt …"

„Schatz, fahr langsamer", sagte Becky ein wenig erregt und fasste dabei an den Ärmel seines Jacketts.

Don ging vom Gas, bis sein Tacho nur noch 30 km/h anzeigte, während die Klänge aufheulender Sirenengeräusche die Stille der Nacht jäh beendeten. Im selben Moment wurde ihm klar, dass sich da vor ihnen nichts weniger als eine Verfolgungsjagd abspielte.

Ein zittriger Unterton schlich sich in Beckys Stimme. „Fahr an den Rand!"

„Ja doch!"

Schlagartig tanzten die Lichtkegel inmitten der Dunkelheit wie Ping-Pong-Bälle kreuz und quer über die Fahrbahn und Don begriff sofort, dass der flüchtige Lenker die Kontrolle über sein Fahrzeug verloren hatte. Don hatte ihr Auto bereits am Rand der Straße zum Stehen gebracht, ein weiteres Ausweichen war aufgrund der dicht angrenzenden Wälder nicht möglich.

Er und Becky starrten wie Statuen auf das umherschleudernde Gefährt, das ihnen mit hoher Geschwindigkeit entgegenschoss. Mit einem Mal ging alles ganz schnell und Don überlegte in Sekundenbruchteilen, ob er versuchen sollte, vorwärts oder rückwärts auszuscheren. Es war jedoch vergebens, denn niemand konnte auch nur ansatzweise erahnen, ob oder wo das Fahrzeug aufprallen würde. In Gedanken hoffte Don, der Wagen würde einfach an ihnen vorbeigleiten und er begann ein Gebet – was er zustande brachte, waren allerdings nur die ersten paar Worte davon. *Vater im Himmel ...* Dann vernahm er, wie Becky lauthals aufschrie, während sich ihre Finger am Stoff seiner Anzugjacke festkrallten: „Oh mein Gott!"

Sein letzter Blick galt ihr. Er sah in ihre weit aufgerissenen, von Angst erfüllten Augen, die kaum glauben wollten, was passierte. Es war ein Ausdruck, den er noch niemals in ihrem Gesicht gesehen hatte. Schrecken, Verzweiflung, Bedauern, er drückte all jene Emotionen zur selben Zeit aus. Und Don wusste genau, was sie damit meinte – es war das Bedauern darüber, dass ihr gemeinsames Leben nun womöglich endete. Das Leben, das sie so gern noch ein wenig länger mit ihm geteilt hätte. Dann drang für einen kurzen Augenblick das schrille Pfeifen bremsender Autoreifen in sein Gehör, als schließlich Metall auf Metall krachte.

Ein Nebel aus Reifenqualm mischte sich mit den Dampfwolken ramponierter Motoren, zugleich verstreuten sich Tausende Scherben zerklirrender Front- und Seitenscheiben überall in der Luft. Fliegende Erdbrocken und aus dem Boden gerissene Wurzeln von Gebüsch schossen an Dons Gesicht vorüber, während sich sein Fahrzeug mehrmals überschlug. Was blieb, war das ohrenbetäubende Geräusch eines Donnerschlags, als das Gehäuse seines Wagens gegen den Stamm einer Eiche prallte.

Und dann war es still.

Don spürte, wie eine Träne über sein Gesicht floss. Sie mündete am Kragen seines Hemdes, wo sie gemeinsam mit seinem eigenen Blut vom edlen Baumwollstoff aufgesogen wurde.

Er röchelte und bekam kaum Luft. Bis letztlich alles verschwamm und sich vor seinen Augen ein Nichts aus schwarzer Dunkelheit ausbreitete.

4

Stimmen. Eine Vielzahl an Stimmen, welche sich gegenseitig etwas zuriefen. Ein ununterbrochenes Wackeln und das Geräusch von Rädern, die über einen glatten Boden rollten. Als er seine Lider einen Spalt öffnete, drang sich ihm der Schein geschwind vorüberziehender Neonlichtlampen entgegen.

Er konnte nicht schlucken. Ein breiter, transparenter Schlauch ragte aus seinem Rachen und eine fremde Hand über seinem Gesicht beförderte mittels eines Beatmungsbeutels Luft durch den Schlauch. Er spürte, wie sich sein Atemorgan mit jedem Stoß aufquoll und im Anschluss wieder in sich zusammenfiel.

Um ihn herum versammelte sich eine Schar fremder Gesichter, die auf ihn herabblickten und in medizinischem Kauderwelsch miteinander kommunizierten. Es waren verschiedene Männer und Frauen in weißen Kitteln, welche die ratternde Trage, auf der er lag, eilig durch den hellen Korridor schoben.

Er war schwach und bewegungsunfähig. Erschöpft fielen seine Augenlider zu und es wurde wieder dunkel. Akustisch nahm er ein Durcheinander an Sprachfetzen und medizinischen Fachausdrücken wahr, konnte ihnen jedoch nicht folgen.

„Was haben wir hier? Erstatten Sie mir Bericht!"

„Anfang vierzig, männlich, Autounfall! Enormer Blutverlust, mit zwei Konserven 0-negativ kompensiert!

Schwacher Puls! Kollabierte Lunge, mögliche innere Verletzungen, vor Ort eine Thoraxdrainage gelegt und intubiert! Verdacht auf Schädelhirntrauma, dazu mehrere Knochenbrüche!"

„Machen Sie ein Notfalllabor, Thoraxaufnahme, Röntgenbilder und bereiten Sie das *MRT* vor! Und jetzt ab in den OP mit ihm – sofort!"

„Alles klar!"

Schrittgeräusche. Türen, die aufgerissen wurden und zuknallten. Weitere Personen, die hinzukamen und wieder Stimmen.

Er begriff gar nichts, weder, wo er war noch was vor sich ging.

Bis sich das Gesprochene letztlich in einem dumpfen Wortgemenge verlor und die Stimmen allmählich verklangen. Langsam und schleichend. Bis nur noch Stille herrschte.

Dunkelheit und Stille.

5

Als er die Augen öffnete, sah er, wie sich ein weißes Leinentuch über seinen Leib schwang. Er spürte, wie er wackelte, während eine junge Frau seinen Körper in das Bettlaken eintütete, wie man es mit kleinen Kindern machte. Sie trug ein einfarbig rotes Kostüm, wobei jede ihrer Bewegungen so fingerfertig war, als täte sie den ganzen Tag nichts anderes.

Es war ruhig, beinahe friedlich. Seine Augäpfel bewegten sich schwerfällig von links nach rechts und er erkannte einen weißen, sauberen Raum. Die Luft war ein wenig stickig und es roch nach Desinfektionsmitteln. Dann begriff er, dass er sich in einer Klinik befand und die Frau wohl eine Krankenschwester war.

Aber warum ein Krankenhaus? Er war doch auf dem Weg zur Gala. Dann blitzten plötzlich rote und blaue Polizeilichter vor seinem inneren Auge auf. Die Scheinwerfer. Der Wagen, der auf sie zuraste und ... *Becky!*

Wie ein Blitz durchwanderte ein Zucken seinen gesamten Leib und sein Herz begann wild zu trommeln. Er wollte sich erheben, doch sein Körper war zu kraftlos und sackte gleich wieder in sich zusammen. Desgleichen bemerkte er, dass sein linker Arm bis zur Schulter eingegipst war und sich so schwer anfühlte wie Blei.

Er versuchte zu sprechen, aber sein Mund war so trocken, dass er nicht einmal schlucken konnte. Seine Lippen hafteten noch einen Augenblick wie zugeklebt aneinander, bevor sie sich öffneten.

„Mr. Cullen, Sie sind wach", erklang die Stimme der jungen Dame. „Brauchen Sie etwas, möchten Sie etwas trinken?"

Don nickte und die Frau marschierte um das Bett und griff nach einem Becher Wasser mit einem Strohhalm, der direkt neben ihm auf dem Nachtkästchen stand. Während er trank, hatte er alle Mühe, sich nicht zu verschlucken, als er den Strohhalm schließlich mit der Zunge wieder aus seinem Mund schob.

„Wo ist meine Frau?" Seine Worte waren nicht mehr als ein kratziges Flüstern und er wiederholte die Frage.

„Ich werde sofort Ihre Ärztin ausrufen lassen."

„Warten Sie!", krächzte er und versuchte, sie aufzuhalten. „Sagen Sie mir bitte, was mit meiner Frau ..."

Die Krankenschwester aber eilte bereits durch den Türstock und verschwand in einem hell beleuchteten Korridor.

Unruhig wartete er einige Minuten, während er von Sekunde zu Sekunde nervöser wurde. Seine Gedanken drehten sich wirr im Kreis, wobei er versuchte, die Situation so gut es ging zu analysieren. Die Klinik, in der er sich befand, konnte nur das *Regent County* sein. Es war das nächstgelegene Krankenhaus. Dort arbeitete auch sein guter Freund Elliot, den er von Kindesbeinen an kannte. Einer der hochdekoriertesten Chirurgen des Landes und zugleich Leiter der Forschungsabteilung. Vor seinem inneren Auge verschwammen die Bilder und die Gestalt seines Freundes Elliot wandelte sich in eine pechschwarze Nacht. Die Nacht des Vortages, an der sich die Linie seines Lebens zu einer Kehre verformt hatte. Wohin diese führte, würde er in wenigen Augenblicken erfahren.

Und wer war eigentlich der Lenker dieses fremden Wagens? Warum war er geflohen? *Dieses verdammte Arschloch! Wenn ich den in die Finger ...* das Geräusch der sich plötzlich öffnenden Tür war Dons Zeichen der Befreiung aus seinen konfusen Gedanken und er atmete tief aus.

Eine recht ansehnliche Frau in den Vierzigern trat in das Zimmer und begrüßte ihn mit einem höflichen Nicken. Ihr schneeweißer Arztkittel schwang sich locker um ihre schlanke Figur und ihr brünettes, mittellanges Haar trug sie zu einem Pferdeschwanz gebunden.

„Guten Tag, Mr. Cullen. Ich bin Dr. Swanson und ich war dabei, als Sie letzte Nacht eingeliefert wurden", sagte sie und trat an den Bettenrand. „Ihre Operation ist gut verlaufen, wir konnten Ihren Pneumothorax beheben und auch Ihren doppelt gebrochenen Oberarm haben wir richten können – Sie werden keine bleibenden Schäden davontragen. Ansonsten haben Sie noch eine mittelschwere Gehirnerschütterung und einige Schnittwunden, die genäht werden mussten. Aber alles in allem sind Sie glimpflich davongekommen."

Das interessiert mich alles 'nen Scheißdreck! „Alles klar, vielen Dank. Aber wie geht es meiner Frau, Becky Cullen?"

Dr. Swanson war sicherlich Profi in ihrem Metier und es war ihr kaum anzusehen, dennoch erkannte Don, wie ihr Ausdruck ein wenig schwermütig wurde.

„Es ist wohl besser, wenn Sie das mit Mrs. Cullens Arzt Dr. Heardman besprechen. Er kann Ihnen Genaueres sagen." Ihre Stimme klang freundlich und während sie sprach, begab die Ärztin sich bereits durch den Raum in Richtung Ausgang. „Ich werde sofort veranlassen, dass Sie mit ihm sprechen können."

„Halt!", versuchte Don zu rufen, es klang jedoch nach nicht mehr als einem Krächzen.

Dr. Swanson hatte die Tür bereits geöffnet und blieb an der Schwelle stehen.

„Lebt sie noch?" Und schon allein dadurch, dass er die Frage stellen musste, spürte er, wie ein kalter Schauer seinen gesamten Körper überfiel.

Sie neigte ihren Kopf zu ihm und nickte ausdruckslos. Dann trat sie nach draußen.

6

Man hatte ihn in einem Rollstuhl aus seinem Zimmer geschoben und anschließend mittels Aufzug eine Etage höher auf die Intensivstation befördert. Eine Schwester rollte ihn langsam den Krankenhausflur entlang. Dem Einzelzimmer entgegen, in dem sich seine Frau befinden würde.

Sie erreichten die transparente Glastür und Don konnte bereits einen Blick ins Innere erhaschen. Augenblicklich lastete ein Gefühl der Schwere auf seiner Brust und für einige Sekunden konnte er kaum atmen. Er sah ihren Körper, der reglos in einem Bett lag. Unmengen an Schläuchen ragten aus ihrem Leib und führten zu unterschiedlichsten Gerätschaften. Ihr halbes Gesicht war bandagiert und teils mit dicken Wundkissen bedeckt. Dort, wo sie das Blut der darunterliegenden Nähwunden aufgesogen hatten, waren rot verfärbte Stellen zu erkennen. Einzig ihre geschlossenen Augen, ihre Nase und der Mund lagen frei.

Ein Arzt, es war wohl Dr. Heardman, stand an ihrem Pflegebett und erblickte Don durch die Tür. Sofort schritt er herbei und gewährte ihm Einlass, worauf die Schwester ihn in den Raum schob.

Ein konstantes, sich wiederholendes Piepen, das aus einer der Maschinen ertönte, bohrte sich in Dons Gehör. Als er näher an ihr Bett geschoben wurde, begann sein Herz derart stark zu trommeln, dass er annahm, es könnte jeden Moment aus seiner Brust platzen. Gleichzeitig bemerkte er, wie seine Hände unentwegt zitterten.

Angekommen, blickte er auf Beckys geschundenen Körper und umklammerte mit seiner freien Hand das Geländer – so fest, dass die Haut seiner Finger bleich wurde. Verbitterung und Trauer stiegen in ihm auf und er spürte, wie Tränen aus seinen Augen traten.

„Was … was ist mit ihr?", fragte er leise, wobei er es kaum schaffte die Worte auszusprechen.

Als er dem Arzt entgegenblickte, erkannte er seinen betroffenen Ausdruck. Die Haut seines Gesichts war runzlig und zerknittert, obgleich er kaum älter als fünfzig Jahre alt zu sein schien.

„Nun, Mr. Cullen", setzte er mit behutsamer Stimme an. „Ihre Frau liegt in einem tiefen Koma. Sie hat leider schwere Hirnverletzungen davongetragen."

Einen Moment lang war es ruhig und erneut wehte ein kühler Schauer über Dons Nacken. „Was bedeutet das?"

„Das bedeutet, dass wir nicht wissen, wann oder ob Ihre Frau überhaupt je wieder aufwachen wird. Wir müssen also abwarten, was passiert."

Don versuchte es, doch er konnte Dr. Heardmans Aussage kaum begreifen. Er dachte einen Augenblick lang nach, dann nahm er sich zusammen und fragte: „Ist sie etwa hirntot oder sowas?"

„Sicher feststellen kann man das nur durch ein *EEG*, eine *Elektroenzephalografie*. Und jenen Test machen wir für gewöhnlich erst, wenn ihr Körper bereits von lebenserhaltenden Maschinen unterstützt wird. Das ist aber noch nicht der Fall."

Noch nicht der Fall. Was sollte ihm diese Formulierung vermitteln? Wieder perlte eine dicke Träne über Dons Gesicht.

„Was wollen Sie damit sagen?“

Dr. Heardman blickte kurz unbeholfen umher. „Es ist so, dass –“

„Was kann im allerschlimmsten Fall passieren?“, schnitt Don dem Arzt das Wort ab und sah ihm entschieden entgegen. „Sagen Sie es mir.“

„Nun, es könnte passieren, dass ihre Hirnfunktionen mit der Zeit abnehmen und irgendwann völlig ausbleiben. Dadurch würde ihr Gehirn lebenswichtige Funktionen wie Atmung und Herzschlag nicht mehr weiter steuern. Ihre Frau könnte dann, ohne an eine Herzlungenmaschine angeschlossen zu werden, nicht weiterleben.“

Don berührte Beckys bewegungslose Hand und presste seine Augenlider aneinander. Dann schluchzte er mehrmals und wischte sich die Tränen aus den Augen.

„Haben Sie eine Ahnung“, fragte Dr. Heardman vorsichtig, „ob Ihre Frau für solche Fälle eine Patientenverfügung besitzt?“

Don stockte der Atem, er wollte kaum darüber nachdenken. Trotzdem wusste er, dass die Situation es erforderte.

„Ja“, flüsterte er und er hasste, was er gleich sagen würde. Doch es war nun einmal die Wahrheit und er war es ihr schuldig, sie auszusprechen. „Becky hat eine Patientenverfügung. Wir haben öfters darüber gesprochen. In derartigen Fällen würde sie sich keine lebensrettenden Maßnahmen wünschen.“ Dann blickte er eindringlich in Dr. Heardmans Augen. „Aber sie könnte doch auch wieder gesund werden? Oder?"

Er sah, wie Dr. Heardman ganz offensichtlich nach den richtigen Worten suchte.

„Zwar weist Ihre Frau nicht mehr alle klinischen Reflexe auf, die man für eine gesunde Hirnaktivität feststellen sollte, wie zum Beispiel ihre Pupillenreaktion. Das könnte aber auch bloß eine vorübergehende Ursache haben und mit ihrem Koma zusammenhängen. Andere Reflexe wurden wiederum durchaus positiv gewertet. Somit muss man also erst feststellen, ob die Nervenzellen ihres Stammhirns lediglich beeinträchtigt oder irreparabel geschädigt sind – das alles wird sich mit der Zeit herausstellen. Die Chancen für eine Genesung stehen also gleich hoch wie für eine Verschlimmerung ihres Zustandes." In Heardmans Augen leuchtete ein kleines Funkeln auf. „Wissen Sie, Mr. Cullen, es geschehen in diesem Leben oftmals Dinge, die selbst wir Ärzte nicht verstehen oder voraussehen können. Glauben Sie mir, ich habe schon so einiges erlebt. Daher sage ich Ihnen: Die Hoffnung bleibt immer."

Es wurde still und Don wusste nicht, was er dem entgegnen sollte. Im Grunde wusste er nichts mehr. Wenn er etwas verstanden hatte, dann war das nur eines, und zwar, dass es allem Anschein nach von purem Glück abhängig war, ob er seine geliebte Frau je wieder in den Arm nehmen könnte oder nicht. Ob Becky leben oder sterben würde, war also völlig dem Zufall überlassen, als drehte man an einem Rad und beobachtete, ob der Zeiger bei Grün oder bei Rot stehen bliebe.

Don wandte sich wieder Beckys reglosem Körper zu und sagte: „Vielen Dank, Dr. Heardman. Würden Sie mich jetzt bitte einen Augenblick mit ihr allein lassen?"

„Natürlich", antwortete Dr. Heardman unverzüglich. Folgend wies er die Schwester an, die Don ins Zimmer gebracht und die Unterhaltung schweigend belauscht hatte, ihm zu folgen.

Als die beiden den Raum verlassen hatten, presste Don Beckys Hand gegen seine Wange, während seine bitteren Tränen auf ihr frischgewaschenes Laken tropften. Eine nach der anderen, er konnte nichts dagegen tun. *Wieso nicht ich? Warum sie?* Warum war das ausgerechnet ihnen zugestoßen? Fragen um Fragen. Sie drehten sich in seinem Kopf wie ein rasender Orkan, sodass ihm beinahe schwarz vor Augen wurde. Es waren Fragen, auf die es keine Antworten gab. Wie sollte er nun weiterleben? Ohne sie. Ohne ihr Lächeln. Ohne ihr Augenzwinkern und ihren Luftkuss. Ohne die vielen wortlosen Momente, in denen trotzdem jeder von ihnen beiden immer genau wusste, was im anderen vorging. Ohne die Neckereien. Was sollte aus dem einen werden ... ohne den anderen?

Warum lag sie praktisch im Sterben, während er bloß einige Knochenbrüche und einen Pneumothorax erlitten hatte? *Pneumothorax ...* Ja, er wusste, was das war. Elliot hatte es ihm einmal beiläufig erklärt. So etwas geschah immer dann, wenn durch eine Verletzung an der Brust oder durch einen heftigen Aufschlag Luft im Inneren des Brustkorbes in den spaltdünnen Zwischenraum von Lunge und Rippen drang. Dadurch konnte sich die Lunge nicht mehr richtig ausdehnen, das war auch der Grund, weshalb er in dem Wrack so schwer hatte atmen können.

Doch egal, wie lange er über das, was ihnen widerfahren war, nachdachte und wie sehr er es auch drehte und wendete, es war und blieb eine unergründliche Fügung.

Und so saß er noch lange Zeit an ihrem Bett und hielt ihre Hand.

Mehr konnte er nämlich nicht tun.

Irgendwann hörte er, wie sich langsam die Tür öffnete. Er warf einen Blick hinüber und dort war Elliot. Er stand im Türrahmen, in hellgrüner Chirurgenrobe und mit bedrückter Miene. Er war ein großer, schlanker Mann – je nach Betrachter vielleicht ein wenig zu schlank. Er besaß ein kantiges Gesicht mit ausgeprägten Wangenknochen und hatte helle, braune Augen. Sein lockiges, beinahe schulterlanges Haar, das von Natur aus einen rötlichen Ton besaß, trug er sorgfältig unter ein Haarnetz gestülpt. Sein Standardaufzug, jedes Mal, bevor er einen Operationssaal betrat.

„Scheiße verdammt, ich hab's eben erst erfahren", meinte er aufgelöst, während er näherkam. „Ich habe sofort meine anstehende Operation an einen anderen Arzt abgegeben und bin hergekommen!"

Elliot war noch nie sonderlich erpicht darauf gewesen, seriös oder wortgewandt zu wirken, da er wusste, es würde nichts an seinen brillanten Fähigkeiten ändern. Er war jemand, der stets überzeugt von sich und seinen Fertigkeiten war und somit total im Reinen mit sich.

Er trat hinter Don und legte eine seiner Hände auf dessen Schulter. „Tut mir echt leid, Mann ..."

Don nickte und wusste Elliots Anteilnahme zu schätzen. Gleich darauf schritt dieser eilig zum unteren Rand des Bettes. Dort nahm er das Krankenblatt zur Hand, das sich in einer Halterung am Geländer befand und studierte es aufmerksam.

Langsam wandte Don ihm seinen Blick zu. „Sie sagen, ihre Chancen stehen fünfzig zu fünfzig."

Elliot sah ihm entgegen, gab allerdings kein Wort von sich und kaute bloß nachdenklich auf seiner Lippe.

„Könntest du vielleicht ...", sagte Don, stockte dabei jedoch immer wieder. „Na ja, weißt du ... eine zweite Meinung wäre vielleicht ..."

„Na klar, Don." Elliot schob das Blatt wieder in die Halterung, ging auf ihn zu und klopfte ihm auf die Schulter. „Ich werde mit den Ärzten reden und mir alles genau ansehen."

„Danke."

„Kein Ding. Ich sag dir Bescheid, sobald ich Näheres weiß."

Wieder nickte Don. Im selben Moment trat die Krankenschwester in den Raum.

„Mr. Cullen, man wird nun die Verbände Ihrer Frau wechseln und sie einer Reinigung unterziehen. Ich werde Sie inzwischen auf Ihr Zimmer bringen."

„Wir sehen uns später. Okay?", meinte Elliot und klopfte Don erneut auf die Schulter.

„Ja, gut."

Elliot verließ das Zimmer, während die Schwester herbeikam und an die Schiebegriffe des Rollstuhls fasste. Sie ließ Don noch einen Augenblick Zeit, den er nutzte, um mit einer zarten Geste Beckys Hand zu küssen. Anschließend gab Don mit einem Handzeichen zu verstehen, dass sie loskönnten.

Als sie die Tür öffnete und ihn über die Schwelle rollte, erblickte Don am anderen Ende des Korridors eine kleine Ansammlung Anzug tragender Personen. Sie standen im Kreis an einem Kaffeeautomaten. Es waren Frank sowie einige Mitarbeiter von *Cullen Armaments*, darunter auch Clarice. Mit schwermütigen Mienen sprachen sie miteinander, durch die Entfernung konnte Don allerdings kein einziges Wort verstehen. Als sie ihn plötzlich aus der Ferne ausmachten, blickten sie ihm schweigend und mit erwartungsvollen Gesichtern entgegen.

Auch wenn es ihm leidtat und es sich unangenehm anfühlte, wandte er seinen Blick ab und sah zur Schwester auf. „Keine Besucher für mich. Bitte sorgen Sie dafür – egal, wer es ist."

„Natürlich, Mr. Cullen."

Dann schob sie ihn in entgegengesetzter Richtung zu den Fahrstühlen.

7

Es waren ungefähr zwei Stunden vergangen. Er hatte sich etwas ausgeruht und eine kleine Mahlzeit zu sich genommen. Ein Stück salzlose Hühnerbrust sowie ein Glas ungezuckerten Tee.

Eine Schwester trat ein. Ein fremdes Gesicht, es hatte wohl ein Schichtwechsel stattgefunden.

„Die Polizei möchte mit Ihnen sprechen."

Das hatte er ganz vergessen – natürlich würden ihm auch die Cops einen Besuch abstatten wollen. Die Schwester hielt die Tür auf und herein kam eine junge Lateinamerikanerin, deren Äußeres ebenso attraktiv wie gepflegt wirkte. Ihr langes, schwarzes Haar war offen und sie trug einen dunklen Rock und dazu eine weiße Bluse.

„Guten Tag, Mr. Cullen, Brea Police-Department. Ich bin Detective Sarenga", verkündete die Frau und nickte ihm dabei förmlich zu.

Während sie näherkam, setzte sich Don auf und versuchte vergeblich, sich mit dem Finger im Spalt zwischen Schlüsselbein und Gips zu kratzen. „Wie kann ich Ihnen helfen, Detective?"

„Zuallererst möchte ich Ihnen im Namen des gesamten Departments ausdrücken, wie sehr es uns für Sie leidtut, was geschehen ist", meinte sie und setzte einen ihm wohlgesonnenen Blick auf.

Don nickte ihr entgegen, worauf Sarenga ohne weitere Pause fortfuhr: „Ihre Aussage in dieser Angelegenheit ist reine Formsache. Wir wissen natürlich genau, was passiert ist – die anwesenden Streifenpolizisten haben bereits einen detaillierten Bericht abgegeben. Um Sie in dieser Zeit nicht länger zu behelligen, habe ich hier schon mal etwas vorbereitet."

Sie zückte ein bedrucktes Blatt Papier aus einem Aktenordner, den sie unter ihrem Arm trug und reichte es ihm. „Im Grunde steht da nur, dass Sie in der Nacht des zweiten Juni gemeinsam mit Ihrer Frau auf besagter Landstraße unterwegs waren und Zeuge einer Verfolgungsjagd wurden. Sie scherten aus, als der Lenker eines alten *Dodge Challenger* die Kontrolle über sein Fluchtfahrzeug verlor und letztlich mit Ihnen kollidierte. – Selbstverständlich können Sie Ihre eigene Aussage formulieren und dem etwas hinzufügen, ansonsten müssten Sie das Dokument nur überfliegen und unterschreiben."

„Das ist sehr entgegenkommend von Ihnen. Vielen Dank." Tatsächlich war Don positiv überrascht und nahm das Stück Papier willig entgegen.

„Service rundum, wir achten auf unsere Bürger", erwiderte Sarenga und lächelte teils höflich, teils scherzhaft.

Er las sich das Dokument aufmerksam durch und als er wieder aufsah, hielt ihm die Frau bereits einen Kugelschreiber entgegen. Dankend nickte er und unterschrieb.

Sie nahm Stift und Papier wieder zu sich und verstaute beides in dem Ordner. „Damit wäre der Fall dann wohl so gut wie abgeschlossen."

„Wer war der Kerl überhaupt?", wollte Don wissen.

„Gus Austin, genannt *Gus, der Finger.*" Ihre Antwort kam so unvermittelt, dass er seine Frage kaum beenden konnte. „Ein Kleinganove mit 'nem ellenlangen Strafregister." Der Rest ihrer Ausführung klang teilnahmslos, wenn nicht sogar leicht gelangweilt. „Das reinste Klischee: Er hatte kurz zuvor in der Innenstadt einen Schnapsladen ausgeraubt und wollte dann über die Wälder flüchten."

„Ist er auch hier gelandet?", fragte Don, während ihn plötzlich ein Gefühl des Gräuels in der Magengegend überfiel.

Sarenga blickte einen Moment lang ausdruckslos zur Seite, bevor sie antwortete: „Er hat den Unfall nicht überlebt. Er war wohl auf der Stelle tot ... nennen Sie es höhere Gerechtigkeit, wenn Sie so wollen."

Gerechtigkeit? Don wusste, dass es Detective Sarenga bloß gut mit ihm meinte und zweifelsohne überkam ihn bei der Nachricht ein einigermaßen erleichterndes Gefühl, dennoch konnte von Gerechtigkeit wohl kaum die Rede sein. Mit nichts auf der Welt könnte gegenüber dem, was Becky zugestoßen war, der Gerechtigkeit je Genüge getan werden. *Mit rein gar nichts.*

Don fuhr sich mit der Hand übers Gesicht. „Ich verstehe."

Die beiden wechselten einen kurzen, aber eindringlichen Blick, darauffolgend streckte die Ordnungshüterin Don die Hand entgegen. „Nun gut, Mr. Cullen. Dann verabschiede ich mich mal. Gute Besserung und ich wünsche Ihnen noch viel Glück."

„Vielen Dank."

„*Ich* danke."

Sie schritt dem Ausgang entgegen und verließ das Zimmer. Aber sowie die Tür einschnappte, so schnell vernahm Don, wie sie sich wieder öffnete, als hätte ein Besucher dem anderen die Klinke in die Hand gedrückt. Es war Elliot, der hereinkam. Bevor er jedoch über die Schwelle trat, warf er Sarenga noch einen fragenden Blick hinterher.

„Wer war das denn?"

„Polizei", antwortete Don.

„Was wollte sie?"

„Meine Aussage. Und mich darüber informieren, dass der andere Typ den Aufprall nicht überlebt hat."

Während Elliot ans Bett kam, zuckte er einmal kurz mit den Schultern und Don wusste genau, was er damit meinte. Als sich Elliot schließlich zu ihm setzte, hakte Don sofort nach: „Und, was hast du rausgefunden?"

Elliot warf ihm einen Blick zu, der ihn nicht unbedingt zu großer Zuversicht verleitete. „Tja, Don, es ist so, wie die Ärzte gesagt haben. Im Moment kannst du tatsächlich nur abwarten."

Abwarten ... Immer nur warten. Worauf? Dass sie stirbt? Missmut überkam Don und er sah Elliot scharf in die Augen. „Sag mir die Wahrheit. Ist es möglich, dass sie wieder aufwacht?"

„Natürlich ist das möglich. Aber ich bin jetzt ganz ehrlich zu dir", antwortete Elliot vorsichtig und überlegt. „Die Chancen dafür stehen gering. Und falls sie wirklich aufwacht, besteht die Möglichkeit, dass sie Hirnschäden davongetragen hat. Jeder einzelne Tag im Koma erhöht dieses Risiko."

Don schluckte und Elliot fuhr fort: „Ich weiß aber auch von Fällen, in denen Patienten nach Monaten aus

einem Koma erwacht sind und keinen einzigen Schaden davongetragen haben, weder körperlich noch
sonst wie. Wenn sich also Beckys Gehirnverletzungen
erholen, ist alles möglich. Pass auf: Das Erwachen aus
einem Koma ist kein plötzliches Ereignis, es geschieht
Schritt für Schritt. Wer in einem Koma liegt, kann nach
einer gewissen Zeitspanne in den Zustand des Wachko-
mas kommen. Dann funktionieren auch sämtliche
neurologischen Reflexe wieder und dem Patienten
würde theoretisch nichts mehr im Wege stehen, um
wieder wach zu werden. Andernfalls kann aber auch
das komplette Gegenteil eintreten – was der
schlimmste Fall wäre." Elliot machte eine Pause, dann
stand er auf und fügte hinzu: „Das ist alles, was ich oder
jemand anderes dir sagen kann. Es ist also tatsächlich
so, dass es im Moment nichts anderes gibt, als abzuwarten."

Abwarten. Don hasste das Wort mittlerweile.

Langsamen Schrittes begab sich Elliot zur Tür. „Ich
sehe später noch mal nach dir."

„Hey!", rief Don unvermittelt.

Elliot hielt inne und wandte sich um. „Ja?"

„Danke."

„Keine Ursache, Alter."

Sie sahen sich noch einen Moment lang schweigsam
an, dann verschwand sein Freund nach draußen.

Nun hatte man ihm also erklärt, was er ohnehin
schon wusste. Und wenn Elliot es sagte und keinen anderen Weg wusste, dann musste es wohl so sein, dachte
Don. Trotzdem hatte ihn das keinen einzigen Schritt
weitergebracht. Er war noch immer am selben Punkt
und hatte keine Ahnung, was er nun glauben sollte.

Warum konnte ihm kein einziger dieser allwissenden Träger von Weißkitteln eine anständige Antwort liefern, fragte er sich verdrossen. Was sollte er nun tun? Voller Zuversicht auf Beckys Erwachen hoffen? Oder sollte er vom Schlimmsten ausgehen und sich darauf vorbereiten? Vorbereiten auf ein Leben ohne sie. Doch das wäre kein Leben. Nicht für ihn. Und ein solches Leben würde er auch niemals wollen.

So saß er also wieder allein in seinem Zimmer.

Ohne Antworten.

Einsam.

Machtlos.

Hilflos.

Während eine weitere, einsame Träne über sein Gesicht perlte.

Abwarten. Na klar, einfach nur abwarten ...

8

29. Juni

Nahezu vier Wochen lang hatte sich nichts geändert. Jeder Tag war eine Aneinanderreihung von Stunden und Minuten, an denen Don nicht wusste, wie es weitergehen sollte.

An Schlaf war, ohne die großzügigen Hilfsmittel der Ärzte, kaum zu denken gewesen. Panikattacken hatten ihn täglich heimgesucht und selbst der ein oder andere dumme Gedanke hatte ihn überkommen. Als er sich nachts allein in seiner Küche befand und ein Stück Brot abschnitt. Seine Augen starr auf das Messer gerichtet, das er in seiner Hand gehalten hatte. Das Werkzeug, das ihm umgehend hätte Frieden bescheren können. Sein Leid und den Schmerz hätte beenden können. Ein für alle Mal. Bis ein letzter, verbliebener Funke der Hoffnung ihn letztlich doch noch davon abgehalten hatte.

Er selbst war inzwischen aus der Klinik entlassen worden und aus seinem Gips war eine Schiene am Oberarm geworden. Von *Cullen Armaments* hatte er weder etwas wissen noch hören wollen. Dazu war nicht mehr nötig gewesen als ein kurzes Telefonat mit Frank, der ihm natürlich sein Bedauern ausgedrückt hatte. So wie jeder, der ihm begegnet war. Doch er war sie leid, all die Ausdrücke des Bedauerns und der Anteilnahme.

Den Großteil des Tages hatte er im Krankenhaus verbracht und sich von Snacks und ungesunden Getränken aus dem Automaten im ersten Stock ernährt. Die Fahrt über die Landstraße, durch die Vorstadt und anschließend ans andere Ende der Stadt bis zur Klinik, hatte ihn täglich mehr als eine Stunde gekostet – ganz zu schweigen von dem unguten Gefühl, wieder in einem Auto zu sitzen und es zu lenken. Und obwohl man ihm gesagt hatte, er müsse nicht unausgesetzt vorbeikommen, hatte er den Weg auf sich genommen. Jeden Tag.

Stunde um Stunde war er an Beckys Bett gesessen. Hatte beobachtet, wie sie für Tests und Untersuchungen aus dem Raum und wieder hineingeschoben wurde. Ab und zu hatte sie ihr Zimmer für einige Tage mit anderen Unfallopfern teilen müssen, inzwischen durfte sie es jedoch wieder für sich allein beanspruchen.

Die meiste Zeit über hatte er ihre Hand gehalten und ins Leere gestarrt. Manchmal war es, als würde er einen leisen Druck vernehmen, der ihn in seiner Hoffnung bestärkte, dass Becky seine Anwesenheit wahrnahm. Er sprach mit ihr, erzählte ihr, wie sehr er sie vermisste und wieder nach Hause holen wollte. Dennoch waren weitere Reaktionen von ihr ausgeblieben.

An dieser Routine hatte sich in all den Wochen nichts geändert und Beckys Zustand war fortwährend derselbe geblieben. Was die vielen Sorgen um sie keineswegs milderte und irgendwann unweigerlich dazu führte, dass er sich völlig in ihnen verrannte. Seine schrecklichsten Vorstellungen hatten ungeheure Ausmaße angenommen und waren immer lebhafter geworden. Dass ihre Atmung aussetzte, dass ihr Herz stehenbliebe. Dass sie sterben und aus seinem Leben verschwinden würde. Fort. Einfach so, als hätte es sie nie gegeben. Die Ängste, dass seine schlimmsten Befürchtungen zur Wahrheit würden, hatten ihn beinahe in den Wahnsinn getrieben – das befreiende Küchenmesser dabei stets im Hinterkopf.

Aber dann, es war erst vor knapp einer Woche gewesen, waren Beckys Vitalwerte von einem Moment auf den anderen gestiegen. Es war wie ein Wunder, selbst jene Hirnstammreflexe, die man bisher kläglich vermisst hatte, waren wieder vollständig zurückgekehrt. Als Freundschaftsdienst hatte Elliot heimlich sogar eine *EEG*-Analyse an ihr durchgeführt, um ihre Gehirnaktivität zu messen. Jenes Ergebnis war ebenfalls positiv gewesen.

Don hatte den Glauben schon beinahe aufgegeben, doch es war tatsächlich passiert und Dr. Heardman hatte, entgegen jeder Erwartung, recht behalten – *ja, die Hoffnung bleibt immer.*

Ob sie aufwachen würde, war zwar noch immer fraglich gewesen, doch nun hatte Don endlich einen Grund zur Zuversicht. Einen Grund, weiterzumachen.

Und das Messer wieder aus seinen Gedanken zu verbannen.

Bis heute Morgen, er war gerade dabei gewesen, sich zurechtzumachen, als der erlösende Anruf gekommen war.

„Mr. Cullen, Ihre Frau ist vor etwa einer Stunde zu Bewusstsein gekommen!“ Es war Dr. Heardman persönlich, der den Anruf getätigt hatte.

Ohne Kaffee, ohne das Sandwich zu Ende zu essen, von dem er bereits einmal abgebissen hatte, war Don augenblicklich zur Garage geeilt, in Beckys Cabrio gesprungen und hatte den Motor aufheulen lassen.

9

Elliot erwartete ihn bereits am Eingang des Krankenhauses und begab sich gemeinsam mit ihm zu den Fahrstühlen. Als sie einen der Lifte betraten, betätigte Elliot den Schalter für die fünfte Etage, worauf sich die Türen schlossen und sie nach oben befördert wurden.

Unruhig starrte Don auf die digitale Anzeige über dem Aufzug, welche die Etagen im Schneckentempo aufwärtszuzählen schien. Es dauerte eine kleine Ewigkeit, bis das erlösende Klingeln ertönte und sich die Fahrstuhltüren wieder öffneten.

Don betrat den langen, lebhaften Korridor, ringsum säumten sich reihenweise Zimmer mit offenstehenden oder geschlossenen Türen. Verschiedene Ärzte standen an einer der Schwellen und diskutierten, ein bettlägeriger Mann wurde von zwei Pflegern aus einem Raum in den nächsten geschoben und eine Krankenschwester mit Röntgenaufnahmen in den Händen lief eilig an Don und Elliot vorüber.

Don wusste, dass Beckys Zimmer eines der letzten am Ende des Flurs war. Als er sich schließlich den Gang hinaufbewegte, spürte er, wie seine Nervosität mit jedem Schritt zunahm. Seine Hände begannen leicht zu zittern, und er fühlte sich wackelig auf den Beinen.

Er konnte kaum glauben, dass er sie bereits in wenigen Augenblicken wiedersehen würde. Wie sie ihm gesund und munter entgegenblicken würde. Allein der

Gedanke daran erwärmte sein Herz und am liebsten hätte er einen Freudensprung gemacht. Endlich war die Zeit der Qual vorüber, nun würde alles wieder gut. Noch vor einer Woche war er am Rande seiner Kräfte angekommen, jetzt aber war das, was er sich all die Zeit über so sehnlich gewünscht hatte, endlich in Erfüllung gegangen.

Nur noch einige wenige Schritte, dachte er und konnte bereits die gläserne Zimmertür erkennen. Seine Anspannung stieg und er reckte seinen Hals, um sie endlich zu erblicken.

Direkt vor der Tür stand ein weiterer Kittelträger, Don hatte ihn noch nie zuvor gesehen. Von draußen konnte er schon das Fußende ihres Bettes erkennen, als sich ihm der Mann in den Weg stellte. Er war dürr und groß, auf seiner Stirn saß eine Hornbrille und sein Haar war schütter. Mit Sicherheit stand er kurz vor der großen Sechzig, dennoch wirkte seine Erscheinung, als könnte er noch mehrere Marathons laufen.

„Mr. Cullen?", meinte der Doktor und streckte Don die Hand entgegen. Der Mann machte einen sympathischen Eindruck, obgleich Don ihn dafür hätte würgen können, dass er ihm die Sicht versperrte.

„Ja?"

„Mein Name ist Greg Fonda, ich bin Neurologe und überwache für die nächste Zeit den Gesundheitszustand Ihrer Frau."

Nach einem kurzen Händeschütteln beobachtete Don, wie der Mann versuchte, ihn mit einer Geste zu beschwichtigen und mit vorsichtigen Worten fortfuhr: „Mr. Cullen, ich weiß, dass Sie in diesem Moment nichts lieber täten, als diesen Raum zu betreten."

„Allerdings“, meinte Don unruhig.

„Und das dürfen Sie auch gleich – aber zuvor muss ich Sie noch auf etwas Dringendes hinweisen.“

10

„Ihr Mann ist hier, Mrs. Cullen", sagte die Pflegerin, die an ihrem Bett stand.

Darauf betätigte die Schwester einen Schalter an einer Fernbedienung und sie spürte, wie sich die Lehne des Bettes automatisch aufrichtete. Unterdessen richtete sie den Blick auf die sich öffnende gläserne Tür.

Ein Mann in teurer Anzughose und Hemd trat dahinter hervor. In taktvollem Abstand folgten ihm zwei Ärzte in weißen Kitteln. Einer der beiden war groß und trug eine Brille, der andere war jünger und besaß lockiges, rotes Haar.

Der Mann in der teuren Hose kam in langsamen Schritten auf sie zu. Er war attraktiv – äußerst attraktiv sogar. Sein Körper war stämmig und er hatte dunkelblaue Augen und hellbraunes Haar. Mit einer Mischung aus Besorgnis und Freude blickte er ihr entgegen. Er gab sich heiter, obwohl ihm sicher nicht danach zumute war. *Keine Sorge, mein Lieber, du bist nicht der Einzige, dem es so geht.* Schon seit sie vor einigen Stunden zu sich gekommen war, hatte sie sich keine einzige Sekunde lang anders gefühlt als verloren. Verloren; es war wohl nur dieses eine Wort, das ihren Gefühlszustand beschreiben konnte.

Dr. Fonda hatte ihr bereits erklärt, dass ein schweres Gehirntrauma, wie sie es erlitten hatte, oftmals mit einer vorübergehenden Amnesie einherginge. Was in ihrem Fall offensichtlich so war. Sie hatten kurz darüber gesprochen, nachdem sie einige Schreibübungen durchlaufen und Kreise und Rechtecke hatte malen müssen. Dennoch: Aufzuwachen, nicht zu wissen, wo man war und weshalb man eigentlich dort war – und am schlimmsten; nicht zu wissen, *wer* man war, war nicht bloß deprimierend, sondern reinweg beängstigend. Es war erschreckend, nichts über sich selbst zu wissen, weder seinen Namen noch etwas über die eigene Herkunft. Keine Erinnerungen an Mutter und Vater oder die eigene Kindheit, ob sie ein aufgewecktes Mädchen war oder eher ein zurückgezogenes Entlein. Ob sie im Jugendalter beliebt oder ein Einzelgänger gewesen war, mit wem sie ihr erstes Mal gehabt hatte und ob der Typ es wert gewesen war oder nicht. Was ihr Lieblingssong war und was sie gern aß – nichts davon war da. Alles war verschwunden, und selbst dieser Ausdruck traf noch nicht einmal richtig zu. Es fühlte sich nämlich nicht so an, als wäre da je etwas gewesen und nun hätte sie es verloren – nein, für sie war es, als sei sie soeben erst geboren worden und davor war nichts. Bis vor zwei Stunden hatte sie noch nicht existiert. Alles, was da war, war Leere. Nichts als Leere. Und es machte ihr eine Heidenangst.

Anscheinend war sie seit acht Jahren verheiratet und sie wusste nicht, mit wem. Sie konnte sich noch nicht einmal an ihren Mann erinnern. Wer war es, der sie damals zum Traualtar geführt hatte? War er ein guter Mann? War ihre Ehe gut? Oder war es eine jener Ehen, in der Außenstehenden die glanzvollsten Momente vorgespielt wurden, wobei die restliche Zeit, hinter den eigenen vier Wänden, bloß gebrüllt und sich gezankt wurde, sprich außen hui, innen pfui?

Was, wenn sie jemanden aus der Vergangenheit träfe, was würde derjenige sagen? *„Ich wusste schon immer, dass du einmal heiraten würdest!"* oder *„Du verheiratet? Das sieht dir gar nicht ähnlich."* Sie hatte keine Ahnung, was von beidem zutreffen würde. Sie wusste nicht, was typisch für sie war – sie wusste gar nichts. Es war der reinste Horror, und *sie* war mittendrin. Der schlimmste Moment war der kurz nach ihrem Aufwachen gewesen, als sie wie ein Säugling das Licht erblickt hatte. Wie ein Wesen ohne eigenes *Ich*. Ohne zu verstehen, wer, was und wo. Augenblicklich waren blanke Panik und Hysterie über sie hereingebrochen, worauf eine Pflegerin und ein zufällig anwesender Arzt sie hatten beruhigen müssen. Vorsichtig und verständnisvoll hatten sie auf sie eingesprochen und sie allmählich zur Besänftigung gebracht. Bis irgendwann Dr. Fonda verständigt wurde, nachdem sie begriffen hatten, was für einen Fall sie da vor sich hatten. Nämlich einen Fall von absolutem Gedächtnisverlust.

Und nun war ihr Mann da. Don Cullen, wie man ihr zuvor erklärt hatte. Ihr *Ehemann*. Den sie nicht kannte und über den sie nichts wusste. Stramm, gutaussehend und elegant. Aus seinen Augen konnte sie lesen, wie verzagt er zu sein schien. Sie konnte sich kaum vorstellen, wie entmutigend und trostlos es sein musste, wenn der eigene Partner, der Mensch, den man liebte, sich nicht mehr an einen erinnerte. Auch er musste sich definitiv die Frage stellen, was jetzt aus ihnen werden sollte. Ungeachtet jedes Einfühlungsvermögens nahm sie sich in Gedanken dennoch das Recht zu behaupten, dass sie schlimmer dran war.

Ihn zu sehen, so hatte sie gehofft, würde ihrem Gedächtnis auf die Sprünge helfen. Aber da war nichts. Nichts, was ihr an ihm bekannt vorgekommen wäre oder sie in irgendeiner Weise an etwas erinnert hätte. Es war zum Haareraufen. *Verdammt nochmal ...*

Vorsichtig kam er ihr entgegen und je dichter er an sie herantrat, desto mehr sah es so aus, als versuchte er sich einem scheuen Rehkitz anzunähern. Er wagte es nicht sie zu berühren, obgleich sie wusste, dass er es wollte. Sie nahm es wahr, als er intuitiv die Hände nach ihr ausstreckte, die Geste allerdings auf halbem Wege wieder zurücknahm. Als er am Bettenrand angekommen war, blickte sie in sein bemühtes Gesicht. Bisher war es lediglich eine Art Verständnis gewesen, aber während sie ihn beobachtete und sah, wie er unbeholfen und verlegen kaum wusste, was er tun oder sagen sollte, verspürte sie sogar ein wenig Mitleid mit ihm.

„Becky, Schatz?", brachte er krampfhaft hervor.

Doch sie schwieg. Was sollte sie auch schon darauf erwidern?

Becky. Ja, das war wohl ihr Name. So hieß es jedenfalls, dachte sie. Trotzdem konnte sie sich nicht mit ihm identifizieren. Für sie war er nichts weiter als ein Wort. Ein Wort, das lediglich der Benennung einer beliebigen Person diente.

Sie bemerkte, wie ihr eigener Blick verzweifelte Züge annahm, während sie überlegte, wie sie am besten reagieren könnte. Letztlich nahm er ihr die Bürde ab, setzte sich neben sie ans Bett und sagte: „Hör zu, Schatz, es wird alles gut. Ich werde dir nicht zu nahekommen, solange du das nicht willst. Keine Sorge." Seine Stimme klang weich und sanft und während er sprach, entschloss er sich dennoch dazu, nach ihrer Hand zu greifen. Als er ihre weiche Haut berührte, war er zärtlich und vorsichtig, zugleich sah er ihr mit seinen blauen Augen eindringlich entgegen. „Und wenn du möchtest, dann bringe ich dich so schnell wie möglich von hier fort. Nach Hause, wo du dich erholen kannst. Dort erzähle ich dir dann alles über dich, dein Leben und dein Familienunternehmen." Er machte eine kurze Pause, dann wiederholte er mit einer noch deutlicheren Fürsorge in seinem Ton: „Aber nur, wenn du es möchtest."

Sie musterte ihn aufmerksam und erblickte eine einzelne Träne, die über seine rechte Wange rieselte. Plötzlich wurde ihr ein wenig warm ums Herz, denn was er sagte, schien er ehrlich zu meinen. Er war der erste Mensch, der ihr seit ihrem Erwachen begegnet war, der ein derartiges Gefühl in ihr hervorrief. Ein Gefühl der Sicherheit und der Geborgenheit. Und dass nur er dies vermochte, musste doch sicherlich etwas zu bedeuten haben.

Als sie darüber nachdachte, was er gesagt hatte, wurde ihr noch im selben Moment klar, dass sie sehr wohl ein Leben hatte. Eine Vergangenheit. Und ganz offensichtlich ein Unternehmen, das es bedarf weiterzuführen, wie man ihr bereits erzählt hatte. Sie wollte dieses Leben kennenlernen. Wieder zurück dorthin. Doch wie könnte sie all dem wieder näherkommen, wenn nicht durch ihn? Er war ihr Ehemann und offenbar liebte er sie. Mit ihm könnte sie es schaffen. Seit er ihre Hand berührt hatte, verspürte sie tief in ihrem Inneren zum ersten Mal so etwas Ähnliches wie Zugehörigkeit.

All diese Überlegungen führten sie unweigerlich zu dem Entschluss, dass sie ihm vertrauen sollte.

Sie zögerte erst, doch schließlich schienen ihr seine Worte ein kleines Lächeln wert zu sein und sie nickte ihm zu. Womöglich würde sie dadurch auch die ein oder andere Erinnerung wiedererlangen. Einen Versuch war es jedenfalls wert, dachte sie.

Inzwischen hantierte einer der beiden anderen Männer, es war der mit den roten Locken, mit einer kleinen, digitalen Handkamera. Er klappte das Display aus, betätigte die Aufnahmetaste und folgte jeder von Beckys Bewegungen. Die Kamera schwenkte über ihren Körper, ihr Gesicht, ihre Beine und den Mann, der ihre Hände hielt. Währenddessen lächelte der Fremde hinter der Linse und meinte: „Wunderbar ... Irgendwann wirst du noch darüber lachen, dass du dich an dem Tag an nichts erinnert hast, Becky.“

Sie wusste nicht so recht, was sie davon halten sollte. So wie er sprach, war das Erste, was ihr in den Sinn kam, dass er vermutlich nicht nur Arzt, sondern auch ein enger Freund von ihnen zu sein schien. Ihr Mann Don warf der Kameralinse noch ein kurzes, verlegenes Lächeln entgegen, anschließend beendete der Arzt die Aufnahme. Er ließ das Gerät in der Seitentasche seines Kittels verschwinden und nickte jedem von ihnen zum Abschied zu. „So, ich werd' euch jetzt mal alleinlassen. Ihr habt sicherlich einiges mit Dr. Fonda zu besprechen.“

Don blickte zu ihm auf. „Danke, Elliot.“

Dieser aber winkte bloß mit einem bescheidenen Lächeln ab und verließ den Raum.

„Elliot?“, fragte sie.

„Ja, ein Freund von uns. Er und ich waren sogar im selben Kindergarten."

Aus den Augenwinkeln erkannte sie, wie Dr. Fonda nähertrat. „Nun, Mr. und Mrs. Cullen."

Mrs. Cullen. Wie viele Male hatte sie den Namen nun bereits gehört, seit sie aufgewacht war und noch immer konnte sie nichts mit ihm anfangen. Nichts mit ihm verbinden.

„Wie Sie vielleicht wissen oder auch nicht wissen, bin ich zudem im Bereich der Hirnforschung tätig und Spezialist auf dem Gebiet der Amnesie", fuhr Dr. Fonda fort und zog dabei einen Stuhl unter einem Tisch hervor, auf dem mehrere Vasen mit bunten Blumensträußen und Genesungswünschen standen. „Wie Dr. Vaughn soeben erwähnt hat, könnten wir die Zeit nutzen, um näher über Ihren Zustand zu sprechen – dabei können Sie mir natürlich all Ihre Fragen stellen."

Zweifelsohne wollte sie mehr über ihre Störung erfahren, was noch alles auf sie zukommen und wie sie besser damit umgehen könnte. Gleichzeitig hatte sie aber auch das Gefühl, als wäre ein Güterzug mit zwanzig Wagons über sie hinweggerollt. Ihr Erwachen, all die Informationen, die vielen Menschen und die erste Begegnung mit ihrem Mann Don. All das hatte sie überrumpelt und völlig ausgelaugt, sodass sie nun eine Pause benötigte – und wenn es sich dabei auch nur um einige Minuten handelte.

„Einverstanden, aber vorher würde ich gern noch auf die Toilette gehen", erwiderte sie auf Dr. Fondas Angebot und versuchte, sich aus dem Bett zu rappeln.

„Aber selbstverständlich, Mrs. Cullen." Er wollte ihr unmittelbar zu Hilfe kommen, als sie ihn mit einem

Wink innehalten ließ. Wie sie aus den Augenwinkeln erkannte, hatte auch Don die Mahnung registriert, worauf er ihr unverzüglich Freiraum ließ.

Als ihre Zehen den bakteriostatischen Gussboden berührten, wartete sie noch einen Moment lang. Bis sie tief ausatmete, die Arme am Bettenrand abstützte und dann ihr Gewicht auf ihre Beine verlagerte. Sie hatte es kaum kommen sehen, da brach ihr Körper auch schon in sich zusammen. Noch bevor sie am Boden aufschlug, spürte sie, wie zwei starke Arme sie umschlangen und ihr Halt boten. Es war Don. Als er sie aufrichtete, klammerte sie sich instinktiv an ihm fest und nahm die Wärme seines Körpers wahr. Ihm zugewandt konnte sie in seine gütigen Augen blicken und da war es plötzlich, als wäre die Zeit für einige Sekunden stehen geblieben: Ihr Herz begann zu klopfen und ein Hauch von Verlegenheit durchfuhr sie.

„Komm, ich helfe dir“, sagte er, worauf sie augenblicklich wieder zu Sinnen kam.

Er schwang einen ihrer Arme um seinen Nacken und gemeinsam schritten sie voran. Ihr Zimmer war mit einer separaten Toilette ausgestattet, welche in nur wenigen Metern zu erreichen war. Anfangs wacklig auf den Beinen, fühlte sich Becky mit jedem Schritt sicherer und kräftiger. Don öffnete die Tür und begleitete sie zum Waschbecken, wo sie sich abstützte.

„Alles klar?“

Sie nickte dankbar und er versicherte sich mit sorgsamen Augen, ob es auch wirklich so war. Zum Schluss schenkte er ihr noch ein sanftes Lächeln, dann trat er nach draußen und schloss die Tür hinter sich.

Als sie allein war, senkte sie den Kopf und atmete tief durch. Einige Momente lang verharrte sie in dieser Position, bis sie irgendwann zum Spiegel aufblickte und ihr Gesicht musterte. Es war das Gesicht einer Fremden. Eines Menschen, den sie erst noch kennenlernen musste.

Im Großen und Ganzen war sie mit ihrem Spiegelbild zufrieden und der Anblick verriet ihr, dass sie wohl als hübsche Frau durchging. An einigen Stellen war ihre Gesichtshaut von roten, dünnen Narben gezeichnet. Es waren Unfallnarben, die sorgfältig genäht worden waren und bald so gut wie verschwunden sein würden, hatte Dr. Heardman ihr versichert. Doch sie waren auch jetzt schon kaum mehr zu sehen. Vorsichtig strich sie mit dem Finger über eine der nahezu völlig verheilten Wucherungen und blickte hinterher in ihre graublauen Augen. Ja, daran könnte sie sich gewöhnen, dachte sie, und hoffentlich auch an den Rest, der noch folgen würde.

Sie betätigte den Hahn und wusch sich ihr Gesicht mit kaltem Wasser. Anschließend trocknete sie sich ab und warf noch einen letzten Blick in den Spiegel. Dann verließ sie den Raum wieder.

Zurück im Zimmer, sah sie, wie sich Don auf der Stelle aus seiner sitzenden Position erhob.

„Nein, bitte bleib", appellierte sie, worauf sich Don langsam wieder auf das Bett sinken ließ.

Mühevoll und schleppend begann sie sich fortzubewegen. Es hatte ein wenig gedauert, bis sie sich an den Wänden und dem Geländer eines weiteren, freien Bettes entlanggetastet hatte, dennoch saß sie bereits kurze Zeit später an Dons Seite und wartete darauf, dass Dr.

Fonda sie aufklärte. Dieser hatte auf dem Stuhl am Tisch Platz genommen und blickte den beiden mit verschränkten Händen entgegen.

„Wie ich heute schon mal beiläufig angesprochen habe", begann er, „ist bei derartigen Hirnverletzungen eine Form von Amnesie als Folge nicht untypisch. Genau genommen hätte es noch schlimmer kommen können. Es hätte durchaus passieren können, dass Sie selbst Gehen und Sprechen neu erlernen müssten."

Ein kurzes Zucken durchfuhr sie. *Gehen und Sprechen lernen*, das hatte noch gefehlt, schoss ihr durch den Kopf. Demzufolge konnte sie sich also glücklich schätzen.

„Wie lange dauert dieser Zustand noch an?", warf Becky unerwartet ein.

Dr. Fonda rückte seine Brille zurecht. „Nun, diese Amnesie könnte sich über Tage oder gar Monate hinziehen, das ist schwer zu sagen. Im Normalfall sollten Ihre Erinnerungen allerdings bruchstückhaft wiederkehren, eine nach der anderen, bis schrittweise alles wieder da ist. Auslöser dafür können Gerüche, Orte oder bekannte Personen sein." Er hielt kurz inne und es war unschwer zu erkennen, wie sich urplötzlich einige Falten quer über seine Stirn zogen. „Im Gegensatz zu einem vorübergehenden Gedächtnisverlust könnte Ihre Amnesie aber möglicherweise auch bleibend sein – was wir natürlich nicht hoffen wollen."

Becky sträubten sich die Nackenhaare. Ein bleibender Verlust ihres Gedächtnisses wäre rundum eine Katastrophe. Sie hatte immerhin fest vor, zu sich selbst zurückzufinden und bald wieder ein ganz normales Leben zu führen.

„Was können wir in dem Fall tun?", warf Don mit merklicher Bestürzung ein, wobei er ihr die Worte aus dem Mund nahm.

„Na ja, Mr. und Mrs. Cullen, dazu müssten wir die Schwere der Amnesie erst mal einordnen können, und das benötigt Zeit. Wissen Sie, das Thema der Amnesie ist ein weitreichendes und bisher noch nicht völlig erforschtes Gebiet und jeder einzelne Fall ist absolut individuell." Dr. Fonda war anzusehen, dass er sich nun in seinem Element befand und auch seinem Tonfall war ein wenig Euphorie zu entnehmen. „*Ihr* Fall zum Beispiel, enthält äußerst interessante Komponenten. Sie können essen, schreiben, rechnen und beherrschen auch sonst alles Erlernte noch – einen ähnlichen Patienten habe ich schon mal betreut, er hatte sogar noch immer die Fähigkeit, fremde Sprachen zu sprechen, die er sich einst angeeignet hatte. All das verschafft Ihnen in Ihrer Situation einen enormen Vorteil. Denn so müssen Sie wenigstens nicht völlig bei null beginnen. Dennoch haben Sie Ihre jüngsten Erinnerungen sowie Ihr Langzeitgedächtnis verloren, sprich Ihre Vergangenheit ist wie ausgelöscht. Würde dieser Zustand für immer andauern, so müsste man Ihnen mittels Erzählungen, Fotomaterial und Ähnlichem dazu verhelfen, ihr eigenes Ich kennenzulernen, sich mit diesem auseinanderzusetzen und es zu akzeptieren. Trotz fehlendem Gedächtnis könnten Sie sich zum selben Menschen entwickeln, der Sie einmal waren." Dr. Fondas Begeisterung schien mit jedem Wort anzusteigen und auf seinen Lippen war sogar ein winziges Lächeln zu entdecken. „Es gibt da einen Fall aus New Mexico, in dem eine junge Frau ihr Gedächtnis nach einem Komplettverlust nie wieder zurückerlangt hat, nicht eine einzige Erinnerung. Trotzdem hat sie durch Zufall exakt dieselben künstlerischen Vorlieben und Leidenschaften entwickelt wie einst in ihrem vorigen Leben und letztendlich hat sie sich sogar wiederholt in ihren eigenen Mann verliebt – die beiden sind heute glücklich.“

Becky und Don blickten sich für den Bruchteil einer Sekunde unbewusst entgegen, wobei Becky der Hauch eines Hoffnungsschimmers durchfuhr.

„Allerdings könnte es auch anders kommen“, meinte Dr. Fonda mit ernsten Gesichtszügen. „In den Niederlanden gab es den Fall eines Steuerberaters, der nach einem Sturz sein Gedächtnis gänzlich verloren hatte. Zwar verfügte er noch immer über sein gesamtes Berufswissen und konnte seinen Job auch weiterhin problemlos ausführen, allerdings bescherte ihm diese Arbeit keine Freude mehr. Dies galt auch für seine von Kindestagen an große Leidenschaft, dem Tennissport. Aus heutiger Sicht kann er nicht mehr nachvollziehen, wie sein altes Ich diesem Hobby jemals etwas abgewinnen konnte – obgleich er noch immer ein guter Spieler wäre. Schließlich hat er Weiterbildungen absolviert und einen neuen Beruf ergriffen, aus ihm ist quasi ein völlig anderer Mensch geworden, der nichts mehr mit dem gemein hat, der er einmal war. Obgleich einige Charakterzüge noch immer tief in seiner Persönlichkeit verankert sind. Zum Beispiel sagte seine Schwester in einem Interview – ich zitiere: *Ich kenne diesen Mann nicht, doch bei jeder Diskussion weiß ich aufgrund seiner Sturheit; das ist mein Bruder.* Ein pures Paradoxon, wenn Sie mich fragen.“

Dr. Fonda machte eine Pause und musterte sie aufmerksam, vermutlich um herauszufinden, wie sie die Informationen aufnahmen. Alle drei schwiegen und es wurde auf eine unheilvolle Weise ruhig im Zimmer. Der Moment war düster und beklemmend und zur selben Zeit schossen Becky Hunderte Gedanken durch den Kopf.

„Wie Sie sehen, ist das Thema Gedächtnisverlust ein wahres Mysterium", brach Dr. Fonda die Stille und riss Becky aus ihrem Dämmerzustand. „Trotzdem rate ich Ihnen, optimistisch zu sein. Tatsächlich kehrt in den allermeisten Fällen das Gedächtnis der betroffenen Patienten innerhalb weniger Wochen wieder vollständig zurück. Machen Sie sich also keine großen Sorgen und versuchen Sie vorerst einfach nur ..." *Nein, sag's nicht,* dachte sie augenblicklich und wusste genau, was jetzt kommen würde.

„... abzuwarten", beendete Dr. Fonda seine Phrase.

Abwarten! Ein weiteres Mal stand da nun dieses Wort im Raum. Seit sie heute Morgen ihre Augen geöffnet hatte, war jenes Wort auf all Ihre Fragen hin die Schlussparole einer jeden Antwort gewesen. *Wenn ich es nur noch ein einziges Mal höre, dann* – umgehend verwarf sie den Gedanken wieder und konzentrierte sich erneut auf Dr. Fondas Darlegungen.

„Nun, ich denke, vorläufig habe ich Ihnen das Wichtigste gesagt." Dr. Fonda richtete seinen Blick auf Don. „Und wie erwähnt; sprechen Sie mit Ihrer Frau, erzählen Sie ihr so viel wie möglich über ihr Leben, ihre Gewohnheiten – einfach alles. Dann wird sich das Ganze schon bald wieder einrenken."

Er erhob sich und reichte beiden die Hand. „Und jetzt werde ich Sie beide erst mal alleinlassen. Ich werde morgen wieder nach Ihnen sehen. Bis dahin wünsche ich Ihnen einen schönen Tag."

Nachdem sich Becky und Don von Dr. Fonda verabschiedet hatten, begab sich dieser durch die Tür hinaus in den belebten Korridor. Sie schauten ihm hinterher, während eine peinliche Stille den Raum ausfüllte. Sie wagten es kaum sich anzusehen, bevor Don den Anfang machte und ihr in die Augen blickte. Sie betrachtete die sorgenumwobenen Züge seines Gesichts und obgleich sie ihn kaum kannte, war sie froh, dass er da war.

Während sie einfach nur so dasaßen, spürte Becky, wie ermüdet sie war von der Flut an Informationen, die auf sie eingeprasselt war und von all den Gedanken, die nun in ihrem Kopf kreisten. Und so sahen sie sich noch eine Zeit lang schweigsam entgegen, bis sie ihm letztlich nicht mehr als einen einzigen Satz schenkte: „Bring mich so schnell es geht hier raus."

Er sah sie an und drückte erneut ihre Hand.

Dann nickte er. „Versprochen."

11

15. Juli

Die Fahrt nach Westen, zum Strandhaus in der Nähe von Huntington Beach, nahm keine Stunde in Anspruch. Das letzte Viertel der Strecke führte über einige steile Hügel, dann an der Küste entlang durch flacheres Gelände.

Ein in die Höhe ragendes, schweres Gitter öffnete sich und Don ließ Beckys feuerroten *Beetle Cabrio* die knapp zwanzig Meter lange Einfahrt entlangrollen. Er parkte direkt vor dem Eingang eines modernen Strandhauses und stellte den Motor ab. Becky wollte gleich aussteigen, als sie bemerkte, wie Don stumm durch die Frontscheibe starrte. Zugleich kratzte er sich unbewusst an jener Schulter, wo er erst Gips und dann Schiene getragen hatte. Beides war er inzwischen losgeworden.

Becky wollte gerade etwas sagen, da wandte er sich ihr mit melancholischem Blick entgegen. „Das ist dann wohl der Beginn deines neuen alten Lebens."

Sie erkannte die Sanftmut in seinen Augen und hatte keinen Zweifel daran, dass ihm der Moment naheging. Seit ihrem Erwachen war er ihr nicht mehr von der Seite gewichen und hatte sich liebevoll um sie gekümmert. Dabei hatte er sie die gesamte Zeit über mit Samthandschuhen angefasst und war ihr keinen einzigen

Augenblick zu nahegekommen. Er hatte stets einen angemessenen Abstand gehalten sowie ihre Intimsphäre respektiert. Manchmal jedoch war es gekommen, dass sich ihre Körper durch Zufall gestreift hatten, wenn sie aneinander vorbei gewollt oder zugleich nach der Schublade des Nachtkästchens gegriffen hatten, das sich am Bett ihres Patientenzimmers befunden hatte. Jene Momente hatten sie schlagartig verunsichert und sie beobachtete stets, dass auch er kaum wusste, wie er sich verhalten sollte. Es waren peinliche Momente gewesen, die den Inbegriff purer Ironie versinnbildlichten. Schließlich war Don ihr Ehemann, es gab wahrscheinlich keinen Zentimeter ihres Körpers, den er nicht kannte, dennoch fühlte sich seine Gegenwart wie eine neue Bekanntschaft an. Dem ungeachtet wusste sie, dass die Situation nicht nur für sie, sondern ebenso für ihn mehr als sonderbar sein musste.

Trotzdem hatte ihn nichts davon abbringen können, sie zu umsorgen, tagein, tagaus. So hatte sich im Umgang zwischen ihnen allmählich eine Art Ungezwungenheit eingeschlichen und anstelle sich ununterbrochen dieselben Fragen zu stellen, ob sie sich je wieder erinnern würde oder wie es weitergehen sollte, hatte es Becky irgendwann einfach nur noch genossen; seinen Beistand, sein Engagement, seine Fürsorge. Und während all dieser Momente hatte sie förmlich spüren können, dass da etwas war. Etwas zwischen ihnen, und das hatte ihr Zuversicht gegeben.

Einmal war er sogar an ihrem Bett, auf jenem unbequemen Stuhl eingeschlafen, seinen Kopf auf ihrer Taille ruhend. Sie hatte es bemerkt, als sie mitten in der Nacht zufällig aus dem Schlaf erwacht war. Folgend hatte die Nachtschwester, die ihn während ihres Rundgangs vorgefunden hatte, bereitwillig ein Auge zugedrückt und behutsam eine Decke über ihn gebreitet.

Nun waren mehr als zwei Wochen vergangen, seit sie wieder ins Leben zurückgekehrt war und sie fühlte sich körperlich fit. Die Zeit im Krankenhaus war vorüber und trotzdem war er immer noch da. Hier bei ihr. Er sah ihr von der Fahrerseite des Cabrios aus mit durchdringendem Blick entgegen und sie studierte das Blau in seinen Augen. Sein markantes Gesicht und dessen sonst so männliche Züge glichen denen eines verzagten Jungen und sie konnte sich denken, wie schwer ihm die gegenwärtige Situation fiel. Eine Situation, in der er alles für einen anderen Menschen tat, ohne dabei etwas zurückzubekommen und ohne zu wissen, ob seine Bemühungen je Früchte tragen würden oder welchen Ausgang die Lage nehmen würde.

Plötzlich näherte sich seine Hand ihrem Gesicht. In all der Zeit schien es zum ersten Mal, als sei es ihm unmöglich, auch nur eine einzige Sekunde länger die Distanz zu wahren. Seine Miene wirkte, als würde er Qualen durchleiden, während er mit beinahe flehentlichem Ton zu sprechen begann: „Du kannst selbstverständlich Nein sagen, aber ... darf ich? Bitte."

Was er tat, war unerwartet und sie hatte keine Ahnung, was er vorhatte. Wollte er sie küssen? Beabsichtigte er sie an sich zu drücken und zu umarmen?

Irritiert starrte sie ihm entgegen und wollte ihn nicht enttäuschen, worauf sie als Antwort letztlich ein unsicheres Nicken hervorbrachte. Dann spürte sie, wie er mit seinen weichen Fingern ihre Wange streichelte. Zart und sacht, so als würde er sie kaum berühren. Es fühlte sich nach nicht mehr an, als würde eine kühle Brise sie streifen, wobei sich ihr augenblicklich die Nackenhaare aufrichteten. Wie ein unerfahrenes Mädchen ließ sie es einfach mit sich geschehen und war überrascht darüber, wie sinnlich dieses Gefühl war, das sie soeben durchströmte. Anschließend strich er sanft über ihr blondes Haar. Im selben Moment wurden seine Augen glasig und begannen zu schimmern. Der Anblick rührte sie und sie begriff, dass Don sich für eine lange Zeit nichts sehnlicher herbeigewünscht hatte als diesen einen gemeinsamen Augenblick der Zärtlichkeit.

Hatte sie je jemand in ihrem Leben auf diese Weise berührt, fragte sie sich. Ihre Mutter? Ihr Vater oder vielleicht jemand anderes? Sie wusste es nicht. Dennoch ertappte sie sich dabei, wie sie sich daran weidete und gleichermaßen ein sinnliches Gefühl der Zuneigung verspürte. Eine Zuneigung ihm gegenüber. Es fühlte sich fremd an und dennoch berührte sie dieses Gefühl in ihrem tiefsten Inneren.

Als er seine Hand wieder zurücknahm, war es, als würde sie aus einem Traum erwachen. Er ließ verlegen den Kopf sinken und sie vernahm ein leises und kaum verständliches *Danke* aus seinem Mund. Becky beobachtete ihn und wartete, bis er wieder zu ihr aufsah, dann ließ sie ihren Lippen ein zögerliches Lächeln entweichen.

Als er ihre Reaktion erhaschte, schien er erleichtert, und der Ernst in seinem Ausdruck begann sich zu verflüchtigen. Daraufhin lockerte er die Situation, indem er die Wagentür öffnete und munter verlautete: „Na, dann lass uns mal reingehen.“

Sie verließen das Cabrio und Don hievte eine Reisetasche von der Rückbank. Darin befanden sich Utensilien wie Kleidung, Unterwäsche und Zeitschriften, die er Becky während ihres Aufenthalts in der Klinik von zu Hause mitgebracht hatte. Sie traten einige Marmorstufen bis zum Eingang empor, wo Don mit einem Schlüsselbund hantierte. Er entsperrte den doppelten Schließriegel in der Sicherheitstür und öffnete sie.

Als Becky den ersten Fuß hinter die Schwelle setzte, war sie mehr als überwältigt. Helle, warme Sonnenstrahlen schienen ihr von allen Seiten durch gläserne Außenwände entgegen, selbst über die Treppen, die in den zweiten Stock führten, warf sich ein sonniger Lichtkegel hinab bis zum Absatz. Von der Diele aus betraten sie einen großen Wohnraum mit Hausbar sowie eine daran anschließende Küche. Im oberen Stockwerk befänden sich zwei Schlafzimmer, zwei Bäder und ein Arbeitszimmer, wie Don ihr soeben mitteilte.

„Hier leben wir also?", fragte sie, während sie kaum aus dem Staunen herauskam.

Er schloss die Tür und setzte die Tasche ab. „Na ja, nicht wirklich. Ich denke, ich muss dir etwas gestehen." In seiner Stimme lag ein reumütiger Unterton. Sie wandte sich zu ihm um.

„Eigentlich ist das unser Ferienhaus, wir kommen immer hierher, wenn es sich von beiden Seiten aus geschäftsmäßig einrichten lässt."

Sie begriff nicht ganz und spürte, wie sich ihre Augenbrauen kräuselten, worauf sie abwartete, was er ihr zu sagen hatte.

„Doch ich habe unterdessen all unsere Habseligkeiten von einem Packdienst hierher transportieren lassen –

bis auf den letzten Schuhkarton. Ich habe je morgens eine Stunde damit verbracht, alles einzuräumen und für deinen Einzug klarzumachen." Dann biss er sich auf die Lippe und sein Ausdruck wirkte gedrückt. „Ich weiß, dass Dr. Fonda gesagt hat, du solltest deine Zeit in gewohnter Umgebung verbringen. Zum Beispiel in unserem Haus in Brea. Aber in den letzten Wochen, die ich dort verbracht habe, gab es für mich nichts anderes, als jede einzelne Minute um dein Leben zu bangen. Es war meine persönliche Hölle auf Erden und ich kann und will nicht mehr dorthin zurück. Ich verbinde nichts Gutes mehr mit unserem Zuhause. Natürlich können wir so oft du willst hinfahren und du kannst dich dort umsehen. Trotzdem würde ich es vorziehen, dieses Anwesen hier, fernab von allem, als gemeinsamen Neubeginn zu betrachten."

In seinem Blick erkannte sie den Schwermut, der sich über jenen Zeitraum in ihm angesammelt haben musste.

„Ich hoffe inständig, du kannst das irgendwie nachvollziehen", fügte er hinzu, während sie ihm förmlich ansah, wie er sich in genau diesem Moment in jene trostlose Zeit zurückversetzt fühlte.

Sie hatte Mitleid mit ihm und verspürte ganz plötzlich das Verlangen danach, ihm in Anbetracht dessen, was er alles für sie getan hatte, ein Stück weit entgegenzukommen. So trat sie einen Schritt auf ihn zu und sah ihm tief in die Augen. Anschließend legte sie ihre Hand zärtlich an seine Wange und sagte in voller Aufrichtigkeit: „Ich weiß. Alles ist gut. Ich verstehe das."

Sein Blick verriet ihr, dass sie ihm kein größeres Geschenk hätte machen können als diese Geste. Da strich er mit seinen Fingern zart über ihre Hand, während seine Lippen ein Lächeln formten. Es war wohl das erste Mal, seit er damals in der Klinik ihr Zimmer betreten hatte, dass sie so etwas Ähnliches wie Wohlbehagen oder Zufriedenheit aus seinem Gesicht las. Und dieser Anblick war es ihr wert gewesen. Zugleich war es das Mindeste, das sie für ihn hätte tun können.

Unvermittelt kehrte sie zur Ausgangssituation zurück, indem sie sich umwandte und erneut die Grundrisse des Gebäudes betrachtete. „Also dann, zeig mir den Laden mal!"

Don schritt an ihr vorüber und begab sich durch den Wohnraum. Becky folgte ihm, während er abwechselnd nach links und rechts zeigte und je ein paar Worte fallenließ. Am anderen Ende angekommen, öffnete er eine gläserne Schiebetür, durch die sie zur Sonnenterrasse auf der Rückseite des Hauses gelangten. Dort befand sich ein Swimmingpool, der von edlen Bodenplatten aus Naturstein sowie mehreren Liegestühlen umgeben war. Im Hintergrund erkannte Becky eine hölzerne Umzäunung, die ihr vielleicht bis an die Taille reichte. Sie war umwuchert von wildwachsenden Hecken und Sträuchern und trennte das Grundstück von den spitzenkantigen Klippen, welche mindestens fünfzehn Meter in die Tiefe führten. In der Mitte erblickte sie eine im Zaun verankerte Gartentür mit rostigem Riegel.

„Wohin führt denn die Zauntür da?", wollte Becky wissen und zeigte mit dem Finger auf sie.

Er folgte ihrer Blickrichtung und antwortete: „Von dort aus könnte man über die Felsen nach unten zum Strand klettern – aber vergiss das mal lieber ganz schnell, es ist sehr gefährlich. Dabei wäre uns schon mal beinahe ein Unglück passiert."

Sie nickte und blickte sich noch ein wenig um. Und obgleich kein einziger Millimeter des anmutenden Anwesens eine Erinnerung in ihr weckte, fühlte sich der Moment gut an. Es war, als hätte sie die Schwelle zu einem kleinen Paradies übertreten. *Ihrem* Paradies und sie war stolz darauf.

Aus den Augenwinkeln sah sie Don auf sich zukommen. „Wenn du möchtest, kannst du nach oben gehen und dich frisch machen. Es ist alles da, deine Kleider, Bikinis und all deine Badezimmersachen. Ich werde uns inzwischen ein paar Margaritas mixen."

Das klang nach einer guten Idee. Schon während der Fahrt hatte sie das ein oder andere Mal von einer kalten Dusche geträumt. Sich vom Krankenhausgeruch reinzuwaschen und damit den Übergang in eine neue alte Zukunft zu besiegeln.

„Alles klar. Wir sehen uns gleich."

***

Gemeinsam ruhten sie auf den Liegen unter einem der Schirme und hielten kühle Margaritas in den Händen. Sie beobachteten die Sonne und das Meer, das sich hinter den Klippen als ein in trübes Blau getauchter Schleier am Horizont entlang schwang.

Hin und wieder bemerkte Becky, wie einer seiner Blicke unbeabsichtigt über ihren Körper glitt, worauf er sich wie ein Gentleman sofort wieder abwandte. Dass ihr oranger, knappgeschnittener Bikini an ihrer eingecremten Haut einem Hauch von Nichts glich, war ganz und gar keine Absicht gewesen. Als sie im Schrank nach ihren Badeklamotten gesucht hatte, ergriff sie einfach den Erstbesten, den sie zu fassen bekam.

Sie nippte einige Male an der Margarita, dann nahm sie ihre Sonnenbrille ab und stellte das Getränk zu Boden. „Mochte ich denn Margaritas?"

„Du hast sie gehasst."

„Was?" Verblüfft wandte sie ihren Blick in seine Richtung. „Warum hast du mir dann einen gemacht?"

„Das sollte doch ein Neubeginn werden, oder?"

Einen Moment perplex, kam sie nicht umhin, sich ein Schmunzeln verkneifen zu müssen. „Du Blödmann, du!"

Sie fuhr aus und gab ihm mit der flachen Hand einen Klaps gegen die Schulter, worauf Don lachte. „Wenn du jetzt dein Gesicht sehen könntest."

Dann schaute er ihr erwartungsvoll entgegen. „Hat er dir denn geschmeckt?"

„Kein bisschen."

„Die gute alte Becky", meinte er und richtete sich auf. „Ich werde dir einen Martini auf Eis bringen. So wie es dir stets beliebte, wenn wir am Pool saßen."

Sein strammer, mit Sonnencreme eingeriebener Körper glänzte in der Hitze und sie beobachtete, wie er seine Badehose zurechtrückte. Was sie sah, gefiel ihr und war jeden verstohlenen Blick wert.

Als er im Haus verschwunden war, bemerkte sie, wie ihr ein seichtes Lächeln über die Lippen huschte. Sie war erfreut darüber, dass das Eis zwischen ihnen so schnell gebrochen war. Es war Don tatsächlich geglückt, in Windeseile eine lockere Stimmung aufzubauen. Durch ihn war es ihr möglich, sich allmählich zu entspannen, den Ernst der Lage so gut es ging beiseitezuschieben und einfach nur ein zwangloses Dasein zu genießen. Und dafür war sie ihm dankbar.

Es dauerte nur wenige Minuten, da kam er bereits mit einem Glas Martini hinter der Glastür hervor. Er überreichte ihr das Getränk, das sie dankend annahm und machte es sich wieder auf der Liege bequem.

„Don?“

„Ja?“

Sie ließ ihrer Stimme weder einen gekränkten noch einen heiteren Ton beikommen, sondern sprach völlig neutral. „Würdest du mir einen Gefallen tun?“

„Na klar.“

„So was wie mit den Margaritas, machst du das bitte nie wieder? In keiner Hinsicht. Ich möchte schließlich zu meinem wahren Ich finden.“

Er wandte sich zu ihr und aus seinen Augen las sie, dass in seinem Inneren eine kleine Erschütterung stattgefunden hatte.

„Natürlich, versprochen“, antwortete er. „Es sollte nur ein kleiner Scherz sein, ich habe das einfach nicht als besonders wichtig eingestuft. Es tut mir sehr leid.“

Sie lächelte ihn an und winkte schlichtend ab. „Schon vergessen.“ Dann wechselte sie das Thema und zeigte auf ihren Martini. „Na dann, zum Wohl.“

Während sie einen Schluck zu sich nahm, spürte sie seinen Blick und wie er versuchte, anhand ihrer Gesichtszüge zu erkennen, ob ihr der Drink auch wirklich schmeckte. „Ja, das ist schon viel besser.“

„Freut mich“, entgegnete er und lehnte sich entspannt zurück.

Für eine Weile genossen sie das herrliche Wetter und ließen sich von der Sonne braten. Irgendwann jedoch beugte sich Becky vor und kaute auf ihren Lippen. Sie begann mit der Fingerspitze auf dem Rand des Glases zu kreisen und starrte stumm auf das Wasser des Pools.

„Wie war ich denn so?", fragte sie unvermittelt.

Sie wartete einen Moment lang, bekam aber keine Antwort. Als sie zu ihm blickte, sah sie, wie ein Lächeln sein Gesicht zierte.

„Wenn das nur so einfach zu beantworten wäre …" Gedankenvertieft und wohl auf der Suche nach den richtigen Worten beobachtete er eine Möwe, die am Himmel vorüberzog.

„Du bist fürsorglich", begann er. „Mitfühlend und freundlich. Immer und jedem gegenüber."

Wieder dachte er kurz nach, als er zur Sonne aufblickte und fortfuhr: „Ich denke, es ist am besten, wenn ich dir Folgendes erzähle: Da war diese Mitarbeiterin, eine Verkäuferin einer deiner Geschäfte. Es hieß, sie würde klauen. Doch solange ihre Schuld nicht bewiesen war, hast du nicht ein einziges schlechtes Wort über sie verloren und an sie geglaubt. Erst als eine Kameraaufnahme den Verdacht bestätigt hatte, hast du die Konsequenzen gezogen und das Arbeitsverhältnis aufgelöst."

Becky schwieg einen Moment lang, dann erwiderte sie: „Das ist doch ziemlich naiv, oder nicht?"

„Nein, keinesfalls. Denn du warst hinterher auch nicht enttäuscht oder so – du weißt nämlich ganz genau, wie die Welt funktioniert. Du warst einfach nur fair und glaubst bis zum Schluss stets an das Gute im Menschen." Don blickte ihr eindringlich entgegen.

„Und das ist etwas Wunderbares. Nur so kann man in dieser Gesellschaft in einem Miteinander leben und nicht in einem Gegeneinander."

Sie überlegte kurz und erwiderte dann: „*In einem Miteinander und nicht in einem Gegeneinander* ... das hast du schön gesagt."

Er wandte sich ab und ließ sich wieder nach hinten sinken. „Falsch. Du warst es, die das gesagt hat."

Sie war verblüfft und spürte, wie sich ihre Augenbrauen anhoben.

„Ja, man darf sich auch ruhig mal selbst bewundern. Tu dir keinen Zwang an", fügte er mit einem Lächeln hinzu.

So jemand bin ich also? Es war schön, nur Gutes über sich selbst zu hören und einen Menschen an ihrer Seite zu wissen, der diese Eigenschaften an ihr zu schätzen vermochte. Was sie zu hören bekam, empfand sie als Balsam für ihre Seele. Es war wie das Schulterklopfen des Chefs, das anerkennende Wort eines Elternteils oder das Lob eines Lehrers. Plötzlich fühlte sie sich in den Körper eines kleinen Mädchens versetzt, das jene Wertschätzung erfuhr, nach der es lechzte. Weshalb Dons Worte derartige Empfindungen in ihr hervorriefen, war ihr allerdings absolut schleierhaft. Denn sie war kein kleines Mädchen, sie war eine erwachsene Frau. Warum also lösten seine Worte der Anerkennung solch intensive Empfindungen in ihr aus? Vielleicht, grübelte sie, weil sie dergleichen seit ihrem Erwachen zum ersten Mal vernahm. Seit ihrer Neugeburt. Wodurch ihr Unterbewusstsein das Vernommene eventuell ähnlich wie die erste Erfahrung eines Kindes wertete. *Womöglich aber ...*

Don unterbrach unerwartet ihre Gedanken: „Ich hoffe, du hast das Schwimmen nicht verlernt, ich möchte nämlich noch ins Wasser springen, bevor es Abend wird." Er sprach mit geschlossenen Augen, während er sich mit ausgestreckten Armen sonnte.

„Da hilft nur eines: es herausfinden", antwortete sie und richtete sich mit einem Ruck auf. Aus den Augenwinkeln erkannte sie, wie sie ein überraschtes Lächeln von ihm erntete, worauf sie mit einem Satz ins kühle Wasser sprang. Sie tauchte bis zum Grund und berührte mit ihren Händen den Boden. In der Mitte des Pools schwamm sie wieder nach oben, streckte den Kopf aus dem Wasser und winkte ihm zu.

„Wo bleibst du denn?"

Er grinste über beide Ohren und erhob sich. „Bin schon da!"

Dann hüpfte er ihr hinterher und hinterließ eine Sprudelorgel so hoch wie die eines Springbrunnens.

12

Es war kurz vor zehn Uhr morgens, er hatte an ihre Zimmertür geklopft und sie angewiesen, sich nach draußen zu setzen, an den Polyrattantisch auf der Terrasse. Barfuß und in einem dünnen Nachthemd hatte sie getan, was er verlangte und sich nach unten begeben.

Noch völlig verschlafen saß sie auf einem mit Kunststoff geflochtenen Sessel und blickte in die Ferne. Sie sah über die Klippen hinweg, auf die offene See. Es war windstill und auf dem Ozean brach sich keine einzige Welle. Die Luft war warm und noch nicht so heiß, wie sie es am Nachmittag sein würde, was sie sehr begrüßte.

Nachdem der vergangene Abend noch gemächlich ausgeklungen war, hatte Becky im Ehebett geschlafen, während Don die Nacht im Gästezimmer verbracht hatte. Auch jene Situation hatte sich seltsam angefühlt. Ein Ehepaar, das sich in getrennten Räumen zu Bett legte; wie kurios, dachte sie.

Benommen rieb sie sich ihre schläfrigen Augen, die von der Sonne geblendet wurden und war neugierig darauf, womit er sie überraschen würde. Im selben Moment trat er über die Schwelle der offenen Schiebetür. In seinen Händen hielt er ein Tablett mit allerlei Frühstückskost. Sie vernahm das Klirren zweier Gläser Orangensaft sowie einer heißen Kanne Kaffee, als er das Servierbrett auf den Tisch stellte. Außerdem erblickte sie ein warm duftendes Croissant, eine Tasse Schoko-Nougat-Creme sowie geröstetes Toastbrot mit Eiern und Speck.

Sie fühlte sich geschmeichelt und kam aus dem Staunen kaum heraus. „Du verwöhnst mich ja. War das immer schon so?“

„Nicht so oft, wie es hätte sein sollen – wenn ich ehrlich bin.“ Ein seichter Schatten des Bedauerns übermannte seinen Blick und sie schätzte seine Offenheit.

„Es ist nie zu spät“, erwiderte sie und schenkte ihm ein Lächeln, denn sie wollte ihn sofort wieder herausholen aus seinen abbittenden Attitüden. Sie rieb sich gespannt die Hände, zugleich richtete sich ihr Blick auf das vollbepackte Tablett. „Was von alledem werde ich essen?“

„Du warst immer schon der süße Frühstückstyp, ich der salzige“, antwortete er, sichtlich dankbar für ihr elegantes Manöver, wie sie das Thema umging.

„Okay.“ Sie nahm das Besteck zur Hand, bestrich das Croissant mit der Schoko-Creme und biss ein herzhaftes Stück ab. Während sie kaute, goss sie sich eine Tasse Kaffee ein und genehmigte sich einen Schluck. Nebenbei bemerkte sie, dass er sie die ganze Zeit über reglos beobachtet hatte.

„Und du?“, fragte sie irritiert. „Willst du denn nicht auch frühstücken?“

Doch er blieb stumm. Auf seinen Lippen lag ein kaum als solches zu erkennendes Lächeln und in seinen Augen erkannte sie einen verträumten oder gar melancholischen Ausdruck. Was von beiden es war, vermochte sie nicht zu deuten.

Im Anschluss vernahm sie seine Stimme, sie klang leise und sanft. „Wie schön du morgens immer bist ..."

Sie hatte sich weder zurechtgemacht noch die Haare gekämmt, weshalb sie seine Meinung kaum teilte. Daher rührte es sie umso mehr, dass er so empfand.

„Und beinahe wäre es so gekommen, dass mir dieser Anblick mit einem Schlag für immer verwehrt geblieben wäre", fügte er betreten hinzu.

Becky sah ihm eine Zeit lang tief in die Augen, dann fasste sie an eine seiner Hände, die auf dem Tisch ruhten und sagte: „Aber es ist nicht so gekommen. Ich bin da."

Seine Miene erheiterte sich ein wenig. „Ja ... ja, das bist du."

Dann griff auch er zu Messer und Gabel und genoss das Frühstück.

***

Es war kurze Zeit später, Gläser und Teller waren leer und vereinzelte Krümel lagen auf Tablett und Tisch verteilt. Becky und Don saßen zurückgelehnt in ihren Stühlen und blickten in den wolkenlosen Himmel.

„Musst du denn nicht irgendwann wieder zurück zu deiner Arbeit? Du hast doch diese Firma, dieses Rüstungsunternehmen, von dem du mir auf der Fahrt erzählt hast."

Er antwortete gelassen: „Nope, ich habe alles verkauft. Na ja, so gut wie. Ich habe Frank, meiner rechten Hand, sämtliche Entscheidungsfreiheit übertragen und ihn mit dem Verkauf betraut. Interessenten haben nicht lange auf sich warten lassen, aber das war abzusehen gewesen. Es werden nur noch die Formalitäten der Verträge ausgehandelt. Die einzige Bedingung, die ich gestellt habe, war, dass es sich um einen einheimischen Käufer handeln und jeder der Angestellten in genau seiner Position verbleiben müsste."

Becky war perplex. „Tut dir das denn nicht leid?"

„Nicht das kleinste bisschen." Er klang vollends überzeugt und beugte sich ihr mit eindringlichem Blick entgegen. „Sieh mal: In den letzten Jahren habe ich dir nicht jene Aufmerksamkeit zukommen lassen, die du verdient hattest, und genau das will ich jetzt wieder gutmachen. Verstehst du? Natürlich warst auch du sehr beschäftigt und an unserer Liebe hat sich durch all das kaum etwas geändert, dennoch habe ich es stets bereut, von meinem Schaffen so eingenommen zu sein." Ein sanftes Lächeln wich über sein Gesicht. „Und nun habe ich alles Geld und alle Zeit der Welt, und beides will ich jetzt in uns investieren. So wie ich es schon längst hätte tun sollen. Das wird auch für mich ein Neubeginn. Es wird ein Neuanfang für uns beide."

Noch immer war sie erstaunt über seinen enormen Enthusiasmus, den er in ihre Beziehung steckte und in seine Liebe ihr gegenüber. Was könnte sich eine Frau mehr wünschen, fragte die Stimme in ihren Gedanken. Was gäbe es wohl, das mehr wert war als ein einfühlsamer Mann, der alles für seine Frau aufgeben wollte? Wahrhaftig musste er sie schon immer sehr geliebt haben und dass sie in den letzten Jahren so wenig Zeit füreinander hatten aufbringen können, musste ihn eindeutig sehr gequält haben. Oder es war ihm erst im Angesicht ihres Todes so richtig bewusst geworden, doch das spielte keine Rolle. Er wollte es besser machen und etwas verändern, und das war alles, was zählte.

„Ich verstehe", erwiderte sie aufrichtig. „Und was ist eigentlich mit meinem Unternehmen? Müsste ich mich da mal blicken lassen? Was denkst du, sollte ich tun?"

Seine Augenbrauen hoben sich und er zuckte mit den Schultern. „Du kannst tun, was immer du willst. Wenn du dich dazu bereit fühlst, kannst du jederzeit wieder loslegen. Ich persönlich habe lediglich den Vorstand von *Lorelana Jewellerys* über deinen Zustand aufgeklärt und empfohlen, an deiner Stelle einen *CEO* zu verpflichten, und dem wurde nachgekommen. Olivia Kabbot, eine sehr fähige Frau. Selbstverständlich nur via Zeitvertrag, bis es dir wieder besser geht."

Sie hörte ihm aufmerksam zu und versuchte seinen Worten zu folgen.

„Ich habe praktisch nur dafür gesorgt, dass sich der Laden verselbständigt. Auch das Geld fließt immer noch auf dein Konto, zu dem du natürlich uneingeschränkten Zugang hast."

Sie nickte und ließ die Informationen sacken.

„Apropos", meinte Don plötzlich. „Bezüglich meines Verkaufs müsste ich heute im Büro vorbeischauen. Es muss nur kurz was abgeklärt werden. Denkst du, dass du in der Zeit allein zurechtkommst? – Ich kann das Ganze auch verschieben."

„Nicht doch!", winkte sie unverzüglich ab. „Geh ruhig."

„Bist du sicher?"

„Natürlich, mach dir keine Sorgen. Ich werde runter an den Strand gehen und einen Spaziergang machen. Mir ein wenig die Gegend ansehen."

„Gut. Aber bitte den Weg um das Haus, nicht die Klippen hinab – ein weiterer Unfall würde uns noch fehlen. An der Diele hängt ein Schlüssel für die Gittertür."

Sie lächelte. „Wird gemacht. Wann musst du denn los?"

„Na ja, ich dachte, ich springe unter die Dusche, zieh mich an und breche dann auf." Er erhob sich und blickte auf das Geschirr und die leeren Tassen hinab. „Aber zuvor räume ich das hier noch schnell auf."

Sofort stand sie auf und wies ihn mit einer Geste zum Innehalten. „Das mache ich, geh du ruhig."

„Du musst das nicht –"

„Verschwinde!", schnitt sie ihm das Wort ab und zeigte mit dem Finger zur Tür.

Er grinste von einem Ohr zum anderen. „Super, vielen Dank!" Darauf wandte er sich um und begab sich schnellen Schrittes nach drinnen.

Sie sah ihm hinterher, während sie spürte, wie sich ein eigenartiges Gefühl der Zufriedenheit in ihr ausbreitete. Doch schon kurz danach besann sie sich wieder und schüttelte, ohne es zu merken, ihren Kopf. Beinahe wäre ihr entfallen, in welcher Lage sie sich befand. Dass sie an Amnesie litt, sich an nichts und niemanden erinnerte und vergeblich auf der Suche nach sich selbst war.

Ja, beinahe hätte sie es vergessen.

Beinahe.

13

Der Wind hatte ein wenig aufgefrischt und das dichte Gestrüpp, hinter dem er sich verbarg, flatterte und raschelte. Immer wieder spitzte er hinter dem grünen Buschwerk hervor, das sich auf der anderen Straßenseite zur Einfahrt befand, seinen Blick starr auf die Eingangstür des Strandhauses gerichtet.

Ihr Mann war bereits fortgefahren, in einem feuerroten Cabrio, und er hoffte inständig, dass das nicht dessen eigener Wagen war. *So ein Beetle-Untersatz ist doch nur was für Frauen. Pussy ...*

Während er auf sie wartete, knirschte er mit den Zähnen. Noch immer war er aufgebracht und entrüstet darüber, was er alles hatte erfahren müssen. Ja, man hatte ihm übel mitgespielt. Sehr übel. Aber er würde schon noch zu seinem Recht kommen. Er würde Vergeltung üben, und sie war der Schlüssel dazu.

Die Hitze schien unerträglich und er war heilfroh, dass ab und an eine seichte Windböe durch das Dickicht seines Verstecks wehte. Die Büsche schwankten hin und her, als tanzten sie im Wind, während er das Gefühl hatte, durch die schwüle Luft zu zerfließen.

Ein wirklich nettes Örtchen ist das, an dem ihr hier lebt, dachte er, seinen Blick auf die edle Strandvilla fokussiert. Die Umgebung war malerisch und menschenleer. Alles schien ruhig, bis auf das warme Lüftchen, das durch die Äste rauschte. Die nächste Ortschaft war einen Fußmarsch entfernt, und auch diese glich eher einer arm besiedelten Kommune als einem Dorf oder einer Kleinstadt.

Plötzlich rührte sich etwas. Die robuste Haustür öffnete sich und er erkannte, wie sie dahinter hervortrat. Er wusste sofort, dass sie es war. Erst sah er ihre Beine, es waren lange Beine, und die leichte Bräune stammte wahrscheinlich vom vergangenen Tag in der Sonne. Sie hatte einen kurzen, beigefarbenen Rock an, der sich eng um ihre Haut schwang und ein weißes Seidentop.

Er konnte kaum den Blick von ihr abwenden. Zu faszinierend war es, zu beobachten, wie sie so lebendig und munter den Weg hinabspazierte. Eine sanfte Brise wehte ihr entgegen und ihre blonde Mähne breitete sich hinter ihrem Kopf aus wie ein Fächer.

Schweiß lief ihm über das Gesicht und er kaute nervös auf seinen Lippen herum. Er reckte seinen Hals, um mehr zu sehen. Sie schloss eine Gittertür auf, die im Einfahrtstor verankert war und ging hindurch. Im selben Moment schien es, als träfen sich ihre Blicke. Hastig wich er nach hinten und zog sich tiefer ins Dickicht zurück.

Hatte sie ihn etwa gesehen? *Mist!* So sollte ihre erste Begegnung nicht ablaufen.

Da wandte er sich um und suchte das Weite.

14

Der Spaziergang am Strand hatte ihr gutgetan, obwohl dieser eher einem Marsch glich. Mehrere Stunden hatte Becky damit verbracht, von einer halbmondförmigen Bucht bis zur nächsten weiterzugehen und wieder zurück. Manchmal war der Sand unter ihren Füßen spröde und körnig gewesen, dann wieder fein und nachgiebig. Sie hatte die Zeit genutzt, um den Kopf frei zu kriegen und die Ruhe zu genießen, wobei sie alles in sich aufgesogen hatte, den Salzgeruch, der in der Luft lag sowie das gleichmäßige Rauschen der Meereswellen. Dabei hatte sie sich nochmals eingehend mit ihrer Lage auseinandergesetzt und dem Bild jener Frau, das sie verkörperte. Das Bild, das Don ihr über sie vermittelt hatte und dem sie inständig gerecht zu werden versuchte. Sie wollte wieder sie selbst sein, sie wollte wieder zu dieser starken, intelligenten und warmherzigen Frau werden, die sie einmal gewesen war. – Sie wollte ihr Leben zurück.

Inzwischen war sie wieder am Strandabschnitt ihres Hauses angekommen. Aus der Ferne konnte sie es bereits erkennen, oben auf den Klippen und wie dessen gläserne Wände das Sonnenlicht reflektierten. Und sie erblickte noch etwas, unten am Ufer. Es war Don. Er hatte die Enden seiner dunklen, eleganten Anzughose hochgekrempelt und stapfte mit nackten Zehen durch den Sand. Das Jackett über die Schultern geschwungen und seine Designerschuhe in der anderen Hand, trat er ihr entgegen.

Je näher sie sich kamen, umso deutlicher erkannte sie das Lächeln auf seinem Gesicht. Es war charmant und weichmütig, wie immer, und es entlockte ihr ein Schmunzeln. Als sie sich gegenüberstanden, begrüßte sie ihn. „Hey du."

„Hallo. Ich dachte mir schon, dass ich dich hier irgendwo finde. Wolltest du nach Hause oder möchtest du noch ein Stückchen mit mir gehen?"

Sie dachte kurz nach und zeigte dann in die Richtung, aus der er gekommen war. „Gerne. Diese Seite des Strandes bin ich noch nicht abgelaufen."

Bereitwillig wandte er sich um und sie schlenderten gemeinsam am Ufer entlang. Die Küste war so gut wie menschenleer, einmal lief ein Jogger an ihnen vorüber, den Blick prüfend auf seine Pulsuhr gerichtet, das war es aber auch schon. Die Hitze hatte ein wenig nachgelassen und sie genossen das Gefühl der weichen warmen Körnchen unter ihren kahlen Sohlen. Ab und an fand eine sanfte Welle den Weg zu ihnen und umschlang ihre nackten Füße bis an die Knöchel mit warmem, sprudelndem Salzwasser.

„Führten wir eine gute Ehe?", fragte sie spontan, nachdem sie bereits eine Weile unterwegs waren.

Er sah sie an und seine Augen weiteten sich. „Ja! Aber unbedingt." Dann hielt er inne und blickte ihr mit bestimmtem Ausdruck entgegen. „Ich weiß, ich könnte dir natürlich alles Mögliche vorleiern, aber es ist die Wahrheit, und ich kann nicht mehr tun, als dir diese zu erzählen. Wir sind seit acht Jahren verheiratet, natürlich gab es die ein oder andere Tücke wie Meinungsverschiedenheiten oder so. Aber es sind niemals Worte gefallen, die einem von uns später leidgetan hätten. Das war nie unsere Art. Wie ich dir schon gesagt habe; es mangelte in den letzten zwei Jahren an gemeinsamer Zeit. Alles war so hektisch und wir waren beide sehr beschäftigt. Trotzdem waren wir weit von dem Punkt entfernt, an dem man hätte sagen können, wir haben uns auseinandergelebt. Zusammenfassend, kann ich dir eigentlich nicht mehr dazu sagen."

Sie nickte und aus seinen Augen las sie, dass das, was er gesagt hatte, nichts anderes als die Wahrheit sein konnte. Immerhin gab er auch genügend negative Aspekte ihrer gemeinsamen Vergangenheit preis und versuchte ihr somit nicht das Blaue vom Himmel aufzureden.

Kurz darauf beobachtete sie, wie er die Anzugjacke über seinen linken Arm warf, um sich eine Hand freizumachen. Mit sanfter Härte umklammerten seine Finger ihre Schultern, während er sie so innig ansah, dass sie befürchtete, sein Blick könnte sie durchbohren. „Und glaube mir bitte, wenn ich dir sage, dass ich dich niemals betrogen habe – wo und wann und aus welchen Gründen man auch immer so etwas tun würde. Niemals, in all den Jahren. Mit dieser Bürde könnte ich nie leben."

Sie spürte, wie ihre Augen vor Rührung feucht wurden und plötzlich hörte sie keine Geräusche mehr, keine Möwen, keine Wellen, nichts mehr. Da war nur noch Stille und sein Gesicht, in das sie blickte. Diese kantigen, männlichen Züge und diese schimmernden, aufrichtigen Augen.

„Ich glaube dir", sagte sie und legte ihre Hand über seine.

Sie sahen sich noch eine Zeit lang an, bis ein Anflug an Verlegenheit über sie hereinbrach und sie sich abwandte. Er respektierte ihre ausweichende Reaktion und tat es ihr gleich, worauf sie ihren Spaziergang fortsetzten.

Schweigsam schritten sie einige Meter voran, bis er unvermittelt sagte: „Heute früh habe ich bemerkt, dass wir kaum noch etwas im Haus haben. Ich fürchte, wir müssen heute wohl auswärts essen. Ich werde gleich morgen einkaufen gehen."

„Das kann ich doch erledigen. Ich fühle mich momentan sowieso irgendwie nutzlos, ich brauche eine Beschäftigung."

„Meinst du wirklich?"

Sie blickte ihm ein wenig vorwurfsvoll entgegen. „Ja, warum nicht? Orientierungsschwund steht nicht auf der Liste meiner Krankheiten. Ich denke, ich schaffe es, mich in ein Geschäft zu begeben und unbescholten wieder zurückzukehren."

Don hob entwaffnend die Hände. „Fein, dann tu das – ich bin dir sogar dankbar!"

„Schön, dass du mir zustimmst."

„Aber allemal doch", schlichtete er mit einem verschmitzten Lächeln. „Nur zur Info: Wenn du von unserer Einfahrt aus einfach dem Weg folgst, kommst du in die nächste Ortschaft. Dort gibt es einen kleinen Lebensmittelladen."

„Danke, dann werde ich da morgen hingehen."

Sie gingen weiter, als Don irgendwann unerwartet stehen blieb und auf ein sichtlich vornehmes Restaurant deutete, das sich direkt vor ihnen am Strand befand. „Bezüglich auswärts essen; in diesem Etablissement bekommt man wunderbare Muscheln, Fisch und alles Weitere, was das Herz begehrt.“

„Das sieht mir etwas nobel aus.“

„Ja, es hebt sich etwas ab, ist aber sein Geld absolut wert.“

„Bin ich dafür denn nicht etwas unpassend gekleidet?“

„Das macht nichts, ich kenne den Besitzer recht gut. Und um dich zu unterstützen, werde ich genauso eintreten, wie ich jetzt bin.“

Becky lachte. „Barfuß und in hochgekrempelten Hosen? Das glaube ich dir nicht!“

„Wart's ab. Also – hungrig?“

Nach dem schier endlosen Marsch, den Becky hinter sich hatte, konnte sie tatsächlich etwas vertragen und willigte nur zu gerne ein. Sie hatten die offene Terrasse des Restaurants in wenigen Schritten erreicht. Diese war umgrenzt von vergoldeten Absperrpfosten, zwischen denen sich je eine weinrote Kordel schwang. Davor stand ein glatzköpfiger, stämmiger Riese in schwarzem Anzug und undurchsichtiger Brille.

Ein wenig angespannt beobachtete sie, wie sich Don dem Mann in nacktem Zehenkleid und aufgeknöpftem Hemd entgegenstellte. *Vergiss es, Don ...*

„Mr. Cullen! Sind Sie es wirklich? Sie waren ja schon ewig nicht mehr bei uns“, schoss auf der Stelle aus dem Mund des Hünen, während sich sein steinernes Gesicht unvermittelt zu einer erfreuten Grimasse verformte.

Don schüttelte dem Mann die Hand. „Allerdings, Greg. Ich freue mich auch.“

Der Koloss reichte auch Becky die Hand, bevor er mit einem höflichen Lächeln den Verschluss des Absperrseils öffnete und sie eintreten ließ. „Setzen Sie sich, wohin immer Sie wollen, Paolo wird gleich bei Ihnen sein.“

„Jetzt bin ich aber wirklich beeindruckt“, flüsterte Becky Don unauffällig zu, während sie sich den Weg zwischen den vielen besetzten Tischen entlang begaben und dabei am Boden eine sandige Fußspur hinter sich herzogen.

„Du musst mir eben vertrauen“, zischte Don ihr ebenso verstohlen zu.

„Jetzt hast du mein Vertrauen definitiv.“

Als sie in einer Ecke Platz genommen hatten, sah Becky, wie der Sicherheitsmann nach drinnen blickte und jemandem zuschnippte. Einen Augenblick später kam ein Mitarbeiter mit Besen und Schaufel und fegte den edlen Naturholzboden von ihren Hinterlassenschaften frei. Unterdessen kam ein strammer älterer Herr mit lockigem, grauem Haar herbei und winkte Don bereits aus der Ferne entgegen. Er war mit einer hellen Leinenhose und einem aufgeknöpften, weißen Seidenhemd bekleidet. Um seinen Hals befanden sich mehrere prunkvolle Schmuckketten. Diese klimperten, als er auf sie zueilte, und an acht von zehn Fingern trug er einen prallen Goldring. „Signora Cullen, was für eine Freude, Sie endlich wieder wohlauf zu sehen! Das ist sehr tröstlich, unsere Gedanken waren bei Ihnen.“

Sein italienischer Akzent war unverkennbar und Becky schüttelte ihm ebenfalls die Hand. „Vielen Dank, das ist sehr nett, Paolo."

Der Mann strahlte über beide Ohren, während Becky Don ein rasches Zwinkern zuwarf. Ja, sie hatte sich den Namen gemerkt, als ihn der Riese am Eingang genannt hatte, worauf sie eins und eins zusammenzählte. Und obgleich die Situation amüsant war, überkam sie im selben Moment ein entmutigendes Gefühl. Denn Menschen, die ihr völlig fremd waren, die sie noch nie zuvor gesehen hatte, kannten sie. Und auch wenn es nur flüchtige Bekanntschaften waren, wussten diese wahrscheinlich schon mehr über sie als sie selbst. Trotzdem lächelte sie und es gelang ihr, jene unliebsamen Emotionen alsbald wieder abzuschütteln. Währenddessen versicherte Paolo, dass gleich jemand kommen würde, um ihre Bestellungen aufzunehmen, worauf er sich mit einer freundlichen Geste zurückzog.

Don schmunzelte. „Nicht schlecht."

„Ja, offenbar bin ich ein richtiges Schlitzohr, warum hast du mir von dieser Eigenschaft bisher nichts erzählt?"

Er schlug die Karte auf. „Ach ja, und bevor du mich jetzt fragst, was du hier gerne isst; In diesem Etablissement schmeckt dir die gesamte Karte."

„Gut zu wissen."

Kurz darauf stieß eine weibliche, junge Bedienung zu ihnen und Becky entschied sich blind für das Tagesgericht.

„Sehr gute Wahl", meinte die junge Frau. „Das wären dann *Balik-Lachs* mit *Albino-Kaviar*, *Trüffelconsommè* aus schwarzem und weißem Trüffel im Teig sowie *Hummer in Fond aus Safranfäden.*"

Geschickt versuchte Becky ihre Unwissenheit zu verdecken. Dons heimliches Grinsen, das gerade sein Gesicht beherrschte, würde sie ihm allerdings nie verzeihen. „Wunderbar."

„Und der Herr?" Der Blick der Bedienung fiel auf Don.

„Für mich bitte *Insalata di Polpo* und die *Capesante gratinate*, dazu trinken wir gerne einen *96er Château de Fargues.* Vielen Dank."

„Exzellent, ich danke Ihnen."

Noch während die Angestellte davonmarschierte, eilte bereits eine weitere Bedienstete herbei. Sie war mit einem kleinen Servierwagen angekommen und rangierte auf Beckys Tischseite eine Reihe edles Silberbesteck. Es funkelte förmlich vor Glanz und wurde in verschiedenen Größen und Sorten angeordnet. Insgesamt waren es vier Messer, zwei Löffel sowie vier Gabeln. Während Becky die Frau beobachtete, die ihre Tätigkeit mit einer ausgesprochenen Genauigkeit ausführte, spürte sie, wie sich unweigerlich ihre Augenbrauen anhoben.

Als die Angestellte verschwunden war, starrte Becky irritiert auf das schimmernde Besteckensemble herab. „Also, ich weiß ja noch, wie man Messer und Gabel benutzt, aber das hier … das ist eine Silber-Invasion."

Don schmunzelte erneut. „Ach, nimm das Ganze nicht so ernst. Verwende einfach das Besteck, welches du pro Gang als geeignet erachtest."

Sie war froh darüber, dass er sie nicht auf Biegen und Brechen belehren und formen wollte und schenkte ihm ein dankbares Lächeln.

„Bevor ich es vergesse", meinte er plötzlich mit einem etwas ernsteren Ausdruck, „was hältst du davon, dir morgen unsere gemeinsamen Fotoalben anzusehen? Vielleicht könnte dir das auf irgendeine Weise helfen, was meinst du?"

„Das halte ich für eine gute Idee."

„Sofern dir das nicht irgendwie zu schnell geht."

„Nein", winkte sie entspannt ab. „Ich bin sogar schon ganz neugierig darauf."

„Gut."

***

Was folgte, stellte sich als heiterer und gelassener Abend heraus. Das Menü war vorzüglich, sie tranken, unterhielten sich und jeder einzelne Bissen war Becky auf der Zunge geschmolzen. Bisher war sie bloß mit den Speisen aus der Klinik verköstigt worden und den Gerichten, die Don ihr gezaubert hatte. Und während sie in Gedanken versucht hatte, den Unterschied zwischen Krankenhausessen und diesem Mahl zu definieren, hatte sie begriffen, dass es für die weite Spanne dazwischen wohl kein angemessenes Wort gab – ja es im Grunde sogar eine Beleidigung war, beides in einem einzigen Satz zu nennen.

Etwas später stieß Paolo zu ihnen und sie führten oberflächliche Konversation. Als sie das Restaurant schließlich verließen und gemächlich durch den weichen Sand zum Haus schlenderten, schwebte bereits ein Vorhang aus rosa Abendlicht über dem Meer. Ein Anblick der, wie Becky für sich dachte, unbezahlbar war.

Nachdem sie das Haus erreicht hatten, traten sie gemeinsam ein und begaben sich über die Stufen in die obere Etage. Beckys Schlafzimmer lag auf dem Weg zum Gästezimmer, das sich am Ende des Flurs befand. Sie hielten direkt vor der offenstehenden Tür inne, welche Blick auf das gemeinsame Ehebett bot. Sie sahen sich entgegen und Becky konnte noch immer die kratzigen Sandkörner zwischen ihren Zehen spüren.

„Es war ein wunderschöner Abend", sagte sie. „Ich danke dir."

Seine Augenbrauen kräuselten sich, obgleich sich dabei ein Lächeln auf seinen Lippen bildete. „Dafür solltest du mir auf keinen Fall danken, wir haben gemeinsam schon viele schöne Abende verbracht. Und ich hoffe, es folgen noch so einige."

„Das hoffe ich auch", erwiderte sie und jedes Wort war ihr Ernst.

Irgendwann schaute Don auf seine Armbanduhr. „Ich denke, ich werde mich heute etwas früher zurückziehen. Ich wünsche dir eine gute Nacht, Becky."

Sie wünschte ihm dasselbe und blickte ihm hinterher, während er langsam den Flur entlangschritt. Sie dachte einen Augenblick lang nach und setzte bereits einen Fuß über die Schwelle.

„Don!", rief sie und stand plötzlich wieder inmitten des Korridors.

Sie sah, wie er stehen blieb, sich jedoch nicht umdrehte. Seine Stimme klang leise und zaghaft. „Ja?"

„Findest du nicht, du solltest die Nacht in deinem Ehebett verbringen?"

Stille.

Es dauerte einen Moment, dann wandte er sich zu ihr um. „Bist du sicher?"

„Ich bin mir in nichts sicherer."

Er ließ Schuhe und Jackett zu Boden gleiten und trat auf sie zu. Als er vor ihr stand, blickte sie in seine blauen, ehrlichen Augen und erkannte darin die Sehnsucht, die er nach ihr verspürte. Es strömte ihm aus sämtlichen Poren und sie empfand ebenso. Mit einer langsamen Bewegung fasste sie an sein Gesicht und umklammerte es mit ihren zarten Fingern. Noch immer sah sie ihm in die Augen, während sich ihre Lippen langsam den seinen näherten. Zart berührten sich ihre Münder und er erwiderte ihren Kuss, sanft und zurückhaltend. Ihre Zungen spielten miteinander. Gleichzeitig spürte Becky ein Kribbeln auf ihrer Haut, das wie ein kühler Windhauch über ihren gesamten Körper wehte.

Sie beendete den Kuss und wich zurück, um erneut in sein Gesicht blicken zu können. Seine kantigen Züge, sein liebevoller Ausdruck, ihr gefiel alles an ihm. Mit einer sachten Bewegung strich sie durch sein braunes Haar und streichelte es. Dann griff sie nach seiner Hand und führte ihn ins Schlafzimmer.

Mitten im Raum hielten sie inne, wo sie unvermittelt aus ihrem engen Rock schlüpfte. Sie streifte das Top über ihren Kopf und stieg aus ihrem Slip. Sie sah, wie er sie dabei beobachtete und ihren Körper betrachtete. Sein Blick wanderte über jeden Zentimeter ihrer nackten Haut, bis ihm offenbar keine Wahl mehr blieb und er sie küsste. Der Kuss war leidenschaftlicher als zuvor und schien mit jeder Sekunde an Intensität zuzunehmen. Währenddessen strichen seine Hände ihren Rücken hinab, zu ihrem Hintern und sie spürte, wie sich seine Finger begierig in ihr Fleisch bohrten.

Sanft stieß sie ihn zurück und knöpfte seine Hose auf. Geschickt und in Windeseile half sie ihm dabei, seine Kleider loszuwerden. Als sie seinen Körper sah, empfand sie tiefste Erregung und wusste noch gewisser als zuvor, dass sie ihn wollte. Jetzt und sofort.

Seine Hände glitten zu ihren zierlichen Brüsten und umklammerten sie zart. Dann tauchte er mit seinem Kopf hinab und kitzelte mit seiner Zunge ihre Brustwarzen. In kreisenden Bewegungen massierte er sie, bis sie hart und steif wurden. Auf der Stelle begann sie tiefer und schneller zu atmen, während ihre Finger über seine harte Brust wanderten. Sie fühlte die sich bewegenden Muskeln unter seiner Haut und spürte zwischen ihren Beinen, dass sie schon längst bereit war.

Nun streichelte er mit seinen Händen ihren Rücken und küsste indessen ihren Hals. Dort, wo ihre Schlagader wie wild pochte. Daraufhin wanderte sein Mund unter ihr Kinn und hinüber auf die andere Seite, zu ihrem Ohrläppchen. Wieder atmete sie schwer und bemerkte, wie ihr Herz noch schneller zu hämmern begann. Bevor sie es sich versah, fasste er zart an einen ihrer Schenkel und hob ihr Bein an. Instinktiv wusste sie, was er vorhatte und legte ihre Hand an seinen Penis, damit sie ihn einführen konnte. Bereits einen Moment später rang sie erneut nach Luft und begann zu stöhnen. Sie spürte das überwältigende Gefühl, wie er sich langsam in ihr bewegte, während sie kurze, schrille Schreie ausstieß.

Seine Hände auf ihren Hüften, beschleunigte er ein wenig das Tempo, wobei Becky mit aller Kraft versuchte, ihm nicht an irgendeiner Stelle ins Fleisch zu beißen. Anstelle dessen blies sie heftige Luftstöße aus ihren Lungen und versuchte sich so gut es ging zu beherrschen. Dann ließen das Gefühl, ihn tief in ihr zu spüren, die prickelnden Schübe und die geschmeidige Haut ihrer Leiber, die sich berührten, sie zu einem langen, tiefen Seufzer kommen. Nun war ihr alles egal und sie ließ sich völlig in der Situation fallen. Sie fühlte und hörte, wie auch er in stöhnende Zuckungen geriet und nach Atem rang. Zugleich machte er immer weiter und weiter, wobei sie wiederholt nach Luft schnappen musste. Elektrisierende Impulse, die in ihrem Inneren rotierten, wie ein Orkan, entlockten ihr ein noch lauteres Gellen, worauf sie ihn mit ihren Armen umschlang und sich an ihm festkrallte.

Ekstase.

Hallende Laute.

Sinnlichkeit und unsagbares Verlangen, alles traf aufeinander und ließ Becky eine berauschende und über alle Maßen betörende Erfahrung durchleben. Und selbst, als es vorbei war, ließ sie noch immer nicht von ihm ab, sondern umklammerte ihn noch eine Weile, schweißgebadet und zittrig. Im gleichen Augenblick wurde ihr etwas bewusst. Etwas, das ihr aus tiefster Seele entsprang. Nämlich, dass sie sich nun endgültig in ihn verliebt hatte.

So hob sie ihren Kopf, blickte ihm eindringlich in die Augen und sagte mit jedweder Sanftmut, derer sie fähig war: „Ich liebe dich.“

Ob sie es jemals zuvor auf eine solch ehrliche Weise gesagt hatte, wusste sie nicht. Und wie auch immer die Antwort auf diese Frage lauten mochte; ihr war wichtig, dass sie es zumindest *jetzt* getan hatte. In diesem Moment.

Dann zog sie ihn erneut zu sich heran und küsste ihn. Zärtlich und innig.

15

Das Mädchen streckte die Hand nach ihr aus. Sie vernahm ein leises Wimmern aus dessen Mund und spürte, wie ihr Herzschlag beim Anblick jenes kindlichen Antlitzes schneller wurde. Wunderschönes, seidig-blondes Haar und rosige Wangen waren das Erste, das sie an dem Mädchen wahrnahm. Ein liebliches Lächeln und strahlend blaue Augen, in denen sie sich zu verlieren drohte, blickten ihr mit flehendem Ausdruck entgegen. Becky wollte nach ihr greifen, doch es ging nicht. Sie konnte sich nicht von der Stelle bewegen, zur gleichen Zeit blendete sie ein helles Licht, das hinter der Kindergestalt aufblitzte. Die Erscheinung des Mädchens wirkte engelshaft und geheimnisvoll.

Erneut versuchte Becky mit aller Kraft zu ihr zu gelangen, doch der Körper des Kindes wurde zunehmend vom Licht erfasst und irgendwann völlig davon umhüllt, bis nur noch eine vage Silhouette von ihm zu erkennen war. Becky schrie, versuchte sich loszureißen und rief nach ihr, doch plötzlich war es dunkel. Panisch tasteten ihre Hände nach einem Lichtschalter. Als es hell war, blickte sie sich hastig um.

Schnell wurde ihr klar, dass sie sich im Strandhaus befand. In ihrem Ehebett. Gemeinsam mit Don, der vor sich hindöste.

Die Hand noch immer am Schalter der Nachttischlampe, schüttelte sie unwillkürlich den Kopf und versuchte sich darüber klar zu werden, was sie da soeben im Schlaf erlebt hatte. War es eine Erinnerung gewesen? Aber an wen? Wer sollte denn dieses kleine Mädchen sein? Oder war es vielleicht doch nur ein Traum gewesen? Nichts weiter als eine Kreation ihres Unterbewusstseins, da sie jüngst am Strand an einem blonden Mädchen vorbeispaziert war, das gemeinsam mit seinen Geschwistern eine Sandburg gebaut hatte? Ein Gedanke nach dem anderen schoss Becky in den Sinn, wobei keiner von ihnen ihr das Gefühl gab, richtigzuliegen. War womöglich sie selbst einmal dieses Mädchen gewesen? War der Traum etwa eine erste Erinnerung an ihre eigene Kindheit?

Ermattet fuhr sie sich über ihr verschwitztes Gesicht und blickte auf den Wecker, der auf dem Nachtkästchen stand. Die digitale Anzeige deutete neun Uhr morgens und drei Minuten. Kurzerhand entschied sie sich dafür aufzustehen und strich sich zum wiederholten Mal mit beiden Händen übers Gesicht. Dann richtete sie sich auf und trat ans Fenster. Sie betätigte den Wandschalter der automatischen Rollladenvorrichtung und beobachtete, wie sich die Jalousien ratternd nach oben bewegten.

In Slip und Nachthemd blickte sie nach draußen, wo sie das Panorama auf Klippen, Sonne und das Meer erwartete. Mehrere Sekunden lang stand sie reglos da und starrte wie betäubt durch das mehrfach beschichtete Glas.

Als sie wieder zu sich kam, rieb sie sich den Schlaf aus den Augen und wandte sich um. Sie blickte auf Don herab und beobachtete ihn, wie er seelenruhig dalag und gleichmäßig atmete. Sie sah, wie sich sein Brustkorb langsam hob und wieder senkte und bemerkte das ab und zu vorkommende Zucken einer seiner Muskeln. Und während sie den friedlichen Ausdruck auf seinem Gesicht betrachtete, fühlte sie, wie sich unweigerlich ein Lächeln über ihre Lippen breitete. Unversehens begannen sich seine Augenlider zu bewegen, sie zuckten abwechselnd, bis er sie schließlich ganz öffnete.

„Hallo", begrüßte sie ihn knapp.

Mit einem Ruck richtete er sich auf und seine blauen Augen fanden sie. „Guten Morgen."

„Ich werde uns Kaffee machen", sagte sie und trat schmunzelnd der Schlafzimmertür entgegen.

Sie vernahm noch ein gähnendes „Oh, prima" hinter sich, während sie den Raum verließ, um sich dann über die Treppen nach unten zu begeben.

***

Becky hatte Milch geschäumt und es geschafft, zwei Tassen Cappuccino an der professionellen *Gaggia*-Espressomaschine zu füllen, die so lang und breit war, als gehörte sie in eine italienische Gaststätte. Die beiden Kaffeetassen in der Hand, trat sie aus der offenen Küche und den Stufen zum oberen Stockwerk entgegen. Im selben Moment sah sie, wie Don die Treppen hinabschritt. Er hatte geduscht, seine Haare waren noch feucht und er war in eine Trainingshose und ein T-Shirt geschlüpft. Unter seinem Arm geklemmt trug er ein dickes Fotoalbum. „Sieh mal, das habe ich gerade aus dem Schrank gekramt."

„Super!"

Sie reichte ihm einen Kaffee und sie platzierten sich gemeinsam auf dem mehrteiligen Ledersofa. Im Schneidersitz saß sie dicht bei ihm und beobachtete, wie er das Album öffnete und durch die Seiten blätterte.

Das erste Bild war ein Doppelporträt, es war ihr offizielles Hochzeitfoto und nahm die gesamte Seite ein. Vor dem Hintergrund eines mit Rosen bestückten Rundbogens strahlte ihr das Lächeln eines fröhlichen Brautpaars entgegen. Er sah wie immer gut und stilvoll aus und sie ebenso. Ihr Lachen wirkte keineswegs aufgesetzt, sondern durch und durch ehrlich und verkörperte das Bildnis einer wahrhaft glücklichen Liebe. Der Anblick jener Szene berührte sie und ließ sie eine wohltuende Wärme in ihrem Herzen verspüren. Zugleich stimmte sie die Tatsache, dass sie sich an nichts davon erinnerte, ein wenig missmutig. *Wie kann ich mich bloß an solche Momente nicht besinnen?*

Auf den nächsten Seiten folgten Abbildungen, wie Becky und Don gemeinsam den Kuchen anschnitten und weitere Fotografien der Feier, auf denen verschiedene Gäste vergnügt in die Kamera lächelten. Gesichter, die ihr so fremd waren, wie jene, die man tagtäglich auf Reklametafeln sah. Selbst ihr eigenes. Es waren Männer und Frauen, deren Anblick nicht die geringste Regung in ihr hervorrief. Weder Erinnerungen, Emotionen noch sonst irgendwelche Sinneseindrücke, sondern rein gar nichts.

„Keine besonders große Feier, oder?", bemerkte sie beiläufig.

„Nein", antwortete Don gelassen. „Wie du weißt, sind unsere beiden Eltern tot und wir sind jeder geschwisterlos. So war die Anzahl an Familienmitgliedern recht bescheiden. Die meisten Leute waren Freunde und Mitarbeiter. Dennoch war es einer unserer glücklichsten Tage." Dann zeigte er plötzlich mit dem Finger auf eine junge, dunkelhaarige Frau. „Oh, das hier ist zum Beispiel deine Cousine Mary von der Ostküste, aus North Carolina." Sein Finger wanderte weiter. „Und da ist Elliot, den kennst du ja."

Becky nickte und während er fortwährend die Seiten umblätterte, bekam sie weitere Fotografien zu Gesicht. Bilder von Grillfeiern und noch mehr unbekannten Menschen. Zum Schluss folgten Aufnahmen von gemeinsamen Urlauben, die sie meist zu zweit an exotischen Feriengebieten oder kulturell interessanten Orten verbracht hatten.

„Schau mal, hier sind wir in Venedig. Es war wunderschön. Zwar etwas zu überfüllt für meinen Geschmack, doch der Aufenthalt hat sich gelohnt." Sie erkannte, wie er die Bilder mit einem Ausdruck tiefer Melancholie betrachtete und dabei abwesend wirkte.

Irgendwann klappte Don das Album ruckartig zusammen und sah ihr erwartungsvoll in die Augen: „Und ... ist dir irgendetwas davon bekannt vorgekommen?"

Sie erwiderte seinen Blick und fühlte sich unmittelbar betrübt. Zum einen, da es äußerst niederdrückend war, dass sich beim Anblick all der Fotografien nichts in ihr geregt hatte, und zum anderen verspürte sie sogar den Ansatz eines Schuldgefühls. Ein Schuldgefühl ihm gegenüber. All die Seiten, die sie durchgeblättert hatten, waren Erinnerungen aus acht Jahren Ehe. Jahre, die ihm so viel bedeutet hatten, doch für sie war es, als hätte nichts davon jemals existiert.

Als Antwort gab sie ihm ein zögerliches Kopfschütteln und sie bemerkte, wie sich tiefe Falten auf ihrer Stirn kräuselten. Don jedoch wirkte verständnisvoll.

„Haben wir denn niemanden, der uns nahesteht, keine Freunde?", fragte sie.

„Doch natürlich. Da wären Julie und George oder Frank und seine Frau. Und nachdem du aufgewacht bist, habe ich diese auch sofort verständigt und über deinen Zustand aufgeklärt." Seiner Stimme war ein Hauch von Dramatik zu entnehmen. „Ich hatte vor, dir zu gegebener Zeit vorzuschlagen, uns mit ihnen zu treffen. Ich dachte bloß, dass die Situation für dich möglicherweise eigenartig sein könnte. Und ich weiß auch nicht, wie die beiden Paare damit umgehen würden – ob sie es überhaupt könnten. Ich wollte eben einfach abwarten, bis du dich an das ein oder andere erinnern würdest, dann wäre alles leichter für dich. Aber wir können sie ohne Weiteres einladen, wenn du möchtest."

Becky blickte zur Seite und überlegte. Vermutlich hatte er recht. Noch jemand, der sie besser kannte als sie sich selbst und ihr Geschichten über sie erzählte, bei denen sie nicht die geringste Emotion verspüren würde. Über gemeinsame Erlebnisse, wobei sie sich dumm vorkommen würde, weil sie sich nicht daran erinnerte, wann und wo das gewesen sein sollte. Noch mehr Menschen, die genau wussten, wer sie war und jede ihrer Gewohnheiten kannten. Gewohnheiten und

Macken, über die noch nicht einmal sie selbst Bescheid wusste.

Die peinlichen Momente, in denen keiner zu wissen vermochte, was er sagen oder wie er der Situation gegenübertreten sollte. Weitere leere Konversationen und oberflächlicher Smalltalk. Und die verlegenen, stillen Momente, weil diese Menschen in ihren Augen Fremde waren, zumal auch jene letztlich erkennen müssten, dass sie ebenfalls eine Fremde für diese war. *Nein danke, kein Bedarf.* Tatsächlich war sie nicht besonders erpicht auf all das – noch nicht. Denn in diesem Fall war es zweifelsfrei besser, und diesmal aus freien Stücken heraus, noch ein wenig *abzuwarten*.

„Nein, ich finde auch, wir sollten uns damit noch ein wenig Zeit lassen."

„Okay", gab er zurück.

Sie tranken den Kaffee zu Ende und Don erhob sich. Er nahm ihr die leere Tasse ab und ging zur Küche. Becky blieb noch einen Moment lang sitzen und blickte in Gedanken auf das verschlossene Fotoalbum, das er auf dem Sofa hatte liegen lassen. Schließlich richtete auch sie sich auf und begab sich in Richtung der Treppe. „Ich werde unter die Dusche gehen und mich zurechtmachen", sagte sie, worauf sie ein lockeres „Alles klar!" aus der Küche vernahm.

16

Becky hatte die Einfahrt zum Haus hinter sich gelassen und schritt gemächlich den Gehweg entlang, wie Don es ihr beschrieben hatte. Sie ließ den Blick schweifen, über die noblen, in weiten Abständen verteilten Nachbarsgrundstücke, bis hin zu einer kleinen, aber dicht besiedelten Anhäufung an Gebäuden, die etwa hundert Meter vor ihr lag.

Je weiter sie ging, desto mehr verklang im Hintergrund allmählich das Rauschen der Wellen und sie genoss die plötzliche Stille, die sie umgab. Einige Möwen kreisten über ihr und aus der Ferne erklang das Gebell eines Hundes, ansonsten war alles ruhig. Am Horizont tauchte die Sonne den Himmel in ein tiefes, wolkenloses Blau, das einen angenehmen Tag versprechen sollte.

Don hatte ihr einen Einkaufszettel mit auf den Weg gegeben. Darauf waren Milch, etwas Brot, Kaffeepulver und weitere Kleinigkeiten für den alltäglichen Gebrauch notiert. Zudem hatte er ihr eine Kreditkarte ausgehändigt und beides befand sich nun in ihrer Handtasche.

Bevor sie aufgebrochen war, hatte sie im Badezimmer sorgfältig Make-up aufgetragen, sodass ihre hauchdünnen Narben nicht im Ansatz mehr zu erkennen waren. Dazu hatte sie pechschwarzen Lidschatten verwendet und eine dicke Linie schwarzen Kajal, was ihr einen Gothic-ähnlichen Look verlieh und ihre Augen herausstechen ließ wie die einer Katze in der Nacht. Ob sie ihr Gesicht auch früher schon auf diese Weise geschminkt hatte, wusste sie nicht, doch das Ergebnis gefiel ihr. Der Rest an ihr war nicht weiter auffällig. Aus dem Schrank hatte sie eines der hellen Sommerkleider gezogen und an ihren Füßen trug sie ein weißes Paar Turnschuhe, womit sie sich ebenfalls recht wohl fühlte.

Inzwischen befand sie sich abseits der Hochglanzfassaden und allem, was an Glamour und Wohlstand erinnerte. Es waren nur noch wenige Meter und sie würde die Grenze zur Ortschaft erreichen. Die Geräusche wurden wieder etwas lauter, Autos und Menschenlaute drangen ihr entgegen und ihr Schritt wurde unbewusst etwas zügiger.

Nichtsahnend, dass er sie bereits mit Argusaugen beobachtete.

Unweit entfernt.

Von der anderen Straßenseite aus.

Er hatte sie nämlich schon seit geraumer Zeit belauert. *Du traust dich also ohne Begleitung so weit von zu Hause fort? Gut, gut ...*

Rachsüchtig und grimmig blickte er hinter einem Mauervorsprung hervor. Sah, wie sie unbekümmert ins Dorf spazierte und dabei mit wissbegierigem Ausdruck umherblickte. Wie ein kleines Mädchen, das zum ersten Mal allein rausgehen durfte.

Bald würde er Gerechtigkeit erfahren. *Sehr bald.* Er musste nur noch auf den richtigen Moment warten.

17

Sie hatte sich soeben in dem kleinen Lebensmittelladen eingefunden. In ihren Händen hielt sie bereits einen bis zur Hälfte gefüllten Warenkorb und schlenderte zwischen den Regalen umher. Den Einkaufszettel hatte sie zwischen ihren Fingern, wobei sie immer mal wieder einen Blick darauf warf.

Es war kühl und es befanden sich nur wenige Kunden in dem Laden. Im Hintergrund war gedämpfte, kaum hörbare Radiomusik zu vernehmen. Sie griff sich noch einige Konservendosen Thunfisch, Toastbrot sowie mehrere Packungen Orangensaft und verstaute alles in ihrem Korb. Nun müsste sie eigentlich alles haben, grübelte sie und setzte an, sich zur Kasse zu begeben.

Auf dem Weg kam sie an einem kleinen Obst- und Gemüsestand vorbei und hielt inne. Plötzlich stand ihr der Sinn nach etwas ganz Bestimmten. Mit prüfendem Blick durchsuchte sie jede der Ablagen, jedoch ohne fündig zu werden. Aus den Augenwinkeln erkannte sie eine Mitarbeiterin mit roter Schürze und einem Haarnetz. Sie war korpulent und wirkte ungepflegt und war gerade dabei, eine Neuanlieferung an Produkten in den Regalen zu verstauen.

„Bitte entschuldigen Sie", sprach Becky die Frau vorsichtig an. „Führen Sie auch Erdbeeren in Ihrem Geschäft?"

Teilnahmslos wandte sich die Angestellte zu ihr um. Ihr Blick verriet, dass Beckys Anliegen keinerlei Bedeutung für sie hatte.

„Sehen Sie da welche?" Der Sarkasmus in ihrem Ton war nicht zu überhören und Becky verschlug es für einen Augenblick die Sprache.

Der Zug, weiterhin höflich zu sein und so zu tun, als hätte sie diese spöttische Anmerkung nicht tangiert, war bereits abgefahren. Alles, was noch in ihrer Macht stand, war, ihrer Stimme Klanglosigkeit zu verleihen. Mehr war nicht drin. „Äh, nein."

„Na also", erwiderte die Verkäuferin, wobei sie jedes der Wörter unverhältnismäßig in die Länge zog, so als spräche sie mit einem Kleinkind. „Problem gelöst, nicht wahr?"

Becky bemerkte, wie sie erstarrte und mit offenem Mund dastand. Die Frau warf ihr noch ein ironisches Lächeln zu, anschließend drehte sie sich um und begab sich mit watschelndem Gang davon. Als sie hinter einem der hohen Warenregale verschwunden war, hörte Becky noch immer jeden einzelnen ihrer Schritte, wie sie über den Boden quietschten. Dazu vernahm sie ein ärgerliches, dumpfes Murmeln: „Verdammtes, reiches Touristenpack ... wollen immer und überall wie Könige behandelt werden. Soll man denen etwa auch noch den Arsch abwischen?"

Schon nach der ersten all jener höhnischen Bemerkungen waren die Worte in Beckys Gehirn verschwommen, während sich langsam aber sicher ein unausstehliches Summen in ihr Gehör brannte. Wie diese Mitarbeiterin sich benommen hatte, war völlig inakzeptabel. Zugleich breitete sich eine unbeschreibliche Hitze in

Beckys Innerem aus, bis schließlich eine kalte Schweißperle ihr Gesicht hinabtropfte.

Ihre Gedanken fuhren Achterbahn, während sie sich wie benommen zur Kasse vorarbeitete. Folgend schickte sie ihre Einkäufe mit zitternden Händen über das Laufband, tütete sie so schnell sie konnte ein und bezahlte. Als sie sich in Richtung Ausgang begab, legte sie noch einen Schritt zu, sodass ihre Bewegungen unweigerlich der einer gesuchten Diebin glichen. Angekommen, riss sie die Ladentür auf und trat rasend vor Empörung nach draußen.

18

Ungeduldig hielt Becky Ausschau und spürte dabei, wie ihre Augen allmählich trocken wurden, weshalb sie unentwegt blinzeln musste. Während sie gereizt wartete, kamen ihr alle möglichen Gedanken. Gedanken, was sie tun würde, was sie sagen würde.

Es war brennend heiß und sie wischte sich Schweißperlen vom Gesicht. Die Entrüstung, die sich in ihr festgesetzt hatte, war noch immer nicht abgeklungen. Mehr als vierzig Minuten waren bereits vergangen und sie fragte sich, wie lange es noch dauern würde. Was passiert war, fraß sich immer weiter durch ihr Nervenkostüm, während diese unglaubliche Hitze sie allmählich an den Rand der Verzweiflung trieb. Somit war das Warten alles andere als angenehm, doch ihr Wille war steinern und ihre Ausdauer grenzenlos. Und dann regte sich plötzlich etwas. Es war so weit. Becky kniff die Augenlider zusammen und beobachtete, wie sich auf der Rückseite des Gebäudes die metallene Tür öffnete. Seelenruhig spazierte die wohlbeleibte Mitarbeiterin über die Schwelle und machte sich eine Zigarette an.

Augenblicklich stürmte Becky hinter dem Stapel leerer Kartons hervor und marschierte los. Über den Hinterhof bis hin zur Treppe, die hinauf zur Rampe führte, wo auf- und abgeladen wurde und wo die Angestellte genüsslich ihren Glimmstängel rauchte.

Als die Frau aufblickte und sie auf sich zukommen sah, schien es, als traute sie ihren Augen nicht. Im selben Moment bündelten sich sämtliche Emotionen, die sich in Beckys Innerem angestaut hatten. Unaussprechliche Wut, Zorn, Groll – sie alle entluden sich mit einem Schlag, während Becky der Arbeiterin bereits mit einer raschen Handbewegung die Zigarette aus dem Mund schnippte. Gleich darauf fuhr sie mit einer ihrer Hände blitzschnell an den Hals der Frau und packte fest zu. Dabei prallte diese rücklings gegen die Wand, wobei sie einen dumpfen, kurzen Laut ausstieß. Das Gesicht der Verkäuferin weitete sich zu einem erschrockenen Zerrbild, das kaum verstand, wie ihm geschah.

Becky presste ihre andere Hand flach auf die Stirn der Frau, womit deren Hinterkopf gegen den bröckligen Mauerputz gepfercht wurde. Die Angestellte erstarrte vor Angst und wehrte sich mit keiner einzigen Bewegung. Bedrohlich und eindringlich blickte Becky der Frau in die Augen und fühlte dabei, wie sich ihre Finger in das massige Gewebe ihres Doppelkinns gruben. Dann sprach sie mit wutentbrannter Stimme auf sie ein. „Wenn du mich nochmal so abgefuckt von der Seite anwichst, dann trete ich dir so kräftig in deinen fetten Arsch, dass du meine Zehen in deinem Maul spüren kannst!"

Die Ladenarbeiterin hechelte nach Luft und gab kein Wort von sich.

„Nicke, wenn du mich verstanden hast", fauchte Becky nachdrücklich.

Durch die unermüdliche Kraft, mit der sie den Hals der Frau würgte, war diese zu nicht mehr im Stande, als ein gehetztes Zucken von sich zu geben, welches Becky als ein Nicken anerkannte. Schließlich ließ sie von der Mitarbeiterin ab.

Geschunden und verstört brach die Verkäuferin zusammen. Sie sank die Mauer entlang zu Boden, wo sie sich atemringend zusammenkringelte wie ein kleines Kind. Becky widmete ihr noch einen letzten Blick. „Dreckige Fotze ..." Dann wandte sie sich um und begab sich die Stufen hinab, über das Gelände zum offenen Einfahrtstor. Dort griff sie nach den beiden Einkaufstüten, die sie dort abgestellt hatte und suchte im Schnellschritt das Weite.

Rasch überquerte sie die Straße und trat auf einen Fußgängerweg. Während ihres Rückmarsches zogen einige verlassene Seitengassen an ihr vorüber. Es waren dieselben, an denen sie bereits auf dem Weg zum Laden vorbeigekommen war.

Ein flüchtiger Schrecken durchfuhr sie, als sie plötzlich in einer der Gassen eine Person ausmachte. Aus den Augenwinkeln erkannte sie, dass es ein junger Mann in grauer Trainingsjacke war. Sie hatte ihn schon einmal gesehen, vor ihrer Hauseinfahrt, als sie sich am Vortag allein zum Strand begeben hatte. Das konnte kein Zufall sein. Verfolgte er sie etwa? Wollte er ihr etwas antun? Immerhin war sie eine hübsche, junge Frau, die allein unterwegs war. Es war das reinste Klischee und sie dachte an all die Schlagzeilen, die man immer wieder in der Zeitung las: *Frau auf offener Straße überfallen! Junge Frau allein auf dem Weg nach ... seither nie wieder gesehen. ... spurlos verschwunden! Vergewaltigt und ermordet aufgefunden!*

Ihr Gang wurde zügiger und während sie an der Gasse vorbeischritt, setzte der Mann ebenfalls zum Gehen an. Nun rannte sie beinahe und ihr Herz trommelte so heftig, dass sie fürchtete, es könnte ihr aus der Brust platzen. Ohne sich umzudrehen, eilte sie weiter und vernahm dabei seine Schritte hinter sich, wie sie über den Asphalt klacksten und ihr nachjagten. Eine Taxe rollte gemächlich an ihr vorüber und sie schrie aus Leibeskräften. „Taxi!"

Zu ihrer Erleichterung kam der Wagen nur einige Meter vor ihr zum Stillstand. Wie von Sinnen lief sie auf das Fahrzeug zu, riss die Hintertür auf und schwang sich ins Innere.

„Losfahren! Schnell, schnell!", rief sie, während sie hastig die Tür zuschlug und der Fahrer sie mit fragendem Blick vom Rückspiegel aus beobachtete.

„Ja, aber –"

„Ich sage Ihnen gleich, wo's hingeht!", unterbrach sie ihn. „Aber jetzt fahren Sie erst mal!"

Einen Moment später hörte sie das Aufheulen des Motors und spürte, wie ihr Körper in den Sessel gepresst wurde, als der Mann verwirrt aufs Gaspedal trat. Sie blickte durch die Rückscheibe und beobachtete, wie der Laufschritt ihres Verfolgers langsamer und langsamer wurde, bis der Fremde letztlich stehen blieb und mit deutlichen Gesten vor sich hin wütete.

Ein wenig beruhigt atmete sie durch und ließ sich geschafft in den Sitz sinken.

„Sagen Sie mir jetzt, wohin die Fahrt gehen soll?"

19

Becky war seit Stunden nicht mehr aufgetaucht und Don begann sich allmählich Sorgen zu machen. Inzwischen hatte er sich zurechtgemacht und war in Leinenhose und T-Shirt geschlüpft, da Detective Sarenga auf einen Sprung vorbeigekommen war. Es war ein kurzer Besuch gewesen und sie hatte Don lediglich einen mit Fallnummer beschrifteten Pappkarton vorbeigebracht. Darin würden sich die sichergestellten Fundstücke aus ihrem Unfallwagen befinden, die das Department nicht weiter benötigte, da der Fall nun als endgültig abgeschlossen galt.

Er hatte ihn bisher nicht geöffnet und er befand sich noch immer in der Eingangsdiele am Boden. Seine Gedanken kreisten um Wichtigeres, seine Frau war nämlich seit geraumer Zeit nicht von ihrem Einkauf zurückgekehrt. Sie anzurufen würde keinen Sinn machen, seit dem Unfall besaß Becky nämlich kein Telefon mehr. Es lag vermutlich in genau jenem Karton, den Sarenga ihm heute vorbeigebracht hatte, und sie hatten noch nicht daran gedacht, ihr ein neues zu besorgen.

Gedankenvertieft stand Don da und zögerte noch einen Moment lang, dann griff er nach dem Wagenschlüssel.

***

Er stellte das Cabrio auf dem Parkplatz direkt vor dem kleinen Lebensmittelgeschäft ab und stieg aus. Offenbar war soeben Ladenschluss. Ein Mann in roter Schürze kam mehrmals hinter der gläsernen Eingangstür hervor und schob sämtliche Verkaufsständer, die mit Postkarten und Klatschzeitungen bestückt waren, ins Innere zurück. Der Mann war mittlerer Größe, um die fünfzig und in seinem schlanken Gesicht trug er einen dicken Schnurrbart.

Sowie Don eintreten wollte und sich ihre Blicke trafen, schrak der Mann zurück und gestikulierte in abwehrender Haltung wild vor sich her. „Bleiben Sie fern von mir! Ich weiß, wer Sie sind!"

Don verschlug es beinahe die Sprache und er verstand nicht recht. „Wie bitte?"

„Sie wissen genau, was los ist! Sie sind Mr. Cullen, ich kenne Sie! Sie und Ihre Frau haben hier öfters eingekauft!"

„Ich habe überhaupt keine Ahnung, worum es hier geht! Ich bin lediglich auf der Suche nach meiner Frau und ich weiß, dass sie heute hier war."

Die hysterische Haltung des Mannes schien nicht abzureißen und noch immer fuchtelte er wie wild mit den Händen herum. „Ich sage Ihnen nur eines; und zwar, dass ich meiner Mitarbeiterin geraten habe, die Sache zur Anzeige zu bringen! Das wird noch ein Nachspiel haben, seien Sie versichert."

„Wovon sprechen Sie bitte?"

„Kommen Sie nicht näher! Bitte gehen Sie."

Nun überkam auch Don ein Anflug an Aufregung, dennoch musste er unbedingt herausfinden, was passiert war und das war nur möglich, wenn er es schaffte, den Mann zu beruhigen.

„Hören Sie", sagte Don mit ruhiger Stimme und führte eine beschwichtigende Geste aus. „Ich habe wirklich keine Ahnung. Warum erzählen Sie mir nicht einfach in Ruhe, was geschehen ist und wir sprechen darüber? Ich will Ihnen nichts Böses, glauben Sie mir."

Der Mann sah ihm stumm entgegen, dann erwiderte er: „Besser, ich zeige es Ihnen. Kommen Sie mit."

Er winkte ihn zu sich und Don folgte ihm.

„Mein Name ist Tony Lobe, ich bin der Filialleiter", erklärte der Mann, während sie durch das Geschäft marschierten. „Als heute eine meiner Angestellten länger nicht mehr aufgetaucht war, habe ich diese nach einiger Zeit im Hinterhof vorgefunden. Völlig verschreckt und zusammengekauert. Als ich mir die Überwachungsbänder angesehen habe, erkannte ich sofort Ihre Frau – Sie und Ihr Name sind im Ort natürlich nicht unbekannt. Dann habe ich meine Mitarbeiterin erst mal nach Hause geschickt und ihr geraten, morgen die Polizei aufzusuchen. Hier, sehen Sie selbst."

Inzwischen hatten sie einen kleinen Büroraum im hinteren Teil des Ladens erreicht und Lobe ließ auf einem Monitor die besagte Aufnahme laufen. Sie war stumm und schwarzweiß. Dons Magen verkrampfte sich, als er auf dem Bildschirm beobachtete, wie es zweifellos die Gestalt seiner Frau war, die eine üppige Angestellte am Hals würgte und mit bedrohlichem Ausdruck auf sie einsprach.

Als der Filialleiter das Band stoppte, war Don völlig perplex und stand mit gesenkter Kinnlade da.

„Verstehen Sie jetzt?", meinte Lobe und blickte ihm eindringlich entgegen.

„Haben Sie noch weitere Mitschnitte?", fragte Don, als er sich wieder einigermaßen gefangen hatte. Er hoffte auf Material, das diesem vorausginge und das Verhalten seiner Ehefrau möglicherweise erklären könnte. Auch das hatte Lobe bereits geprüft, wie dieser versicherte, worauf er Don ein weiteres Band präsentierte. Wieder war die Videoaufnahme stumm und zeigte lediglich zwei Frauen, die sich im Inneren des Geschäfts kurz unterhielten. Tatsächlich schien es, als hätte es für die darauffolgende Reaktion keinen triftigen Grund gegeben.

Erneut war Don fassungslos, worauf er Lobe versuchte, die Lage seiner Frau so gut es ging zu vermitteln. Dass sie einen schweren Unfall hinter sich hatte, an Amnesie litt und momentan eine harte Zeit durchmachte, wobei er an Lobes Mitgefühl appellierte und schon beinahe flehentlich um Nachsicht bat.

Lobe blickte einige Zeit lang nachdenklich zu Boden. Als er dann wieder aufsah, schüttelte er seinen Kopf und antwortete: „Das ist tätlicher Angriff. Sowas muss nun mal gemeldet werden, es tut mir leid."

Don verzog das Gesicht und rollte mit den Augen. *Na toll ...* Was sollte er nun tun? Eine Anzeige bei der Polizei würde niemandem helfen, zudem war es das Letzte, das sie im Moment gebrauchen konnten. Becky bedurfte es an Erholung, und nicht sich mit irgendwelchen polizeilichen Behörden rumzuschlagen – obgleich es absolut untragbar war, was sie getan hatte. Dem ungeachtet ging es um seine Frau und so stand es außer Frage, dass er sie unterstützen und ihr aus der Patsche helfen musste. Und so fühlte er sich wohl oder übel dazu genötigt, etwas zu tun, das er noch nie in seinem Leben getan hatte, und das auch keineswegs seiner Art entsprach. Nämlich seine Macht zu missbrauchen.

„Nun, wie Sie bereits sagten, wissen Sie, wer ich bin“, meinte Don plötzlich und der Filialleiter nickte – wenn auch etwas zögerlich. „Dann wissen Sie sicherlich auch, dass ich mir einfach ein paar Millionen Dollar nehmen und den Laden hier kaufen kann. Und genau das werde ich auch tun.“

Don erkannte, wie sich die Augenbrauen des Mannes verzagt kringelten und sich sein Körper zusammenzog, wie der Anblick einer verdorrten Pflanze, die im Schnelldurchlauf immer dünner und dünner wurde. Folglich fuhr er in mahnendem und zugleich lockerem Ton fort: „Hinterher werde ich Sie rauswerfen lassen – und Sie wissen sicherlich, wie schwer es in Ihrem Alter ist, noch einen Job zu finden. Und dann werde ich den Laden einfach abfackeln. Nur so aus Spaß, weil ich es eben kann, ist ja immerhin meiner. Nachfolgend werde ich meine übrige Freizeit damit verbringen, Ihnen Ihr Leben zur Hölle auf Erden zu machen. Wie, das weiß ich noch nicht, aber da fällt mir sicherlich noch was ein. Ich nehme mir einfach ein paar weitere Millionen und einige Anwälte und los geht's.“

Es herrschte kurz Stille und Don sah, wie Lobe ihm starr entgegenblickte. Dann beugte sich Don zu ihm vor. „Raten Sie Ihrer Mitarbeiterin einfach wieder von der Anzeige ab und alles ist gut. Was sagen Sie dazu?

Und bitte denken Sie gut nach, bevor Sie mir eine Antwort geben."

Es dauerte nicht lange und Lobe gab ein geschlagenes *Okay* von sich.

„Okay was?", wollte Don wissen. „Okay, wir vergessen die Sache? Meinen Sie das?"

„Ja."

„Schön. Ich danke Ihnen und wünsche trotz allem noch einen schönen Tag." Somit wandte sich Don ab und verließ in aufrechtem Gang den Raum. Zurück ließ er einen erniedrigten Mann, dessen Selbstachtung und Würde er nun wahrscheinlich für lange Zeit zerstört hatte. Indes betete er, dass die gegebene Notwendigkeit der Lage ihm über seine Schuldgefühle hinweghelfen möge.

Als er durch den Ausgang schritt und das Parkgelände betrat, wurden seine Gewissensbisse allerdings von sämtlichen Gedanken an Becky überschattet. Denn auf das, was geschehen war, konnte er sich nach wie vor keinen Reim machen. Die Becky, die einmal seine Ehefrau war, wäre nie und nimmer zu Derartigem fähig gewesen.

Was war bloß in sie gefahren?

Irritiert stieg er in den Wagen, um sich auf den Rückweg zu machen. In der Hoffnung, dass sie inzwischen zu Hause war.

20

Auf der Fahrt war Becky allmählich bewusst geworden, was sie getan hatte. Je mehr ihr Adrenalinpegel gesunken war, umso höher wurde ihr Schuldbewusstsein. Sie hatte einen anderen Menschen angegriffen. In tiefster Wut. Nach diesem Vorfall könnte sie nicht einfach ins traute Heim zurückkehren und sich in Dons Arme begeben. Ihm in die Augen sehen, so als wäre nichts geschehen. Wie könnte sie das mit sich selbst vereinbaren?

Womöglich würde er es ihr sowieso ansehen, wenn sie etwas ausgefressen hatte. Immerhin war er der Mensch, der sie am besten kannte. Was mochte er dann von ihr denken? Würde er sie mit anderen Augen sehen? So wie sie sich nun selbst mit anderen Augen sah? *Auch Liebe hört irgendwo auf ...*

Somit konnte sie, obgleich da jemand war, der ihr offenbar nachstellte, nicht nach Hause zurück. Im Moment jedenfalls. Denn die Scham, Don nach alledem gegenüberzutreten, war größer als die Furcht vor jenem Unbekannten. Also hatte sie, nachdem der Taxifahrer sie an der Toreinfahrt hatte aussteigen lassen, eine Kehrtwendung gemacht und sich nach unten an den Strand begeben. Ihre Sandalen hatte sie irgendwo auf dem Weg zurückgelassen, während sie gedankenvertieft dem Ufer entgegengestapft war.

Die beiden Einkaufstaschen links und rechts von sich im Sand, saß sie da und blickte über den Ozean hinweg. Sie lauschte dem gleichmäßigen Rauschen und spürte zwischen ihren Zehen das schaumige Wasser sanfter Wellen, die vereinzelt an die Küste traten. Wobei sie inständig auf eine Absolution hoffte. Die ihr aber niemand erteilen konnte und am wenigsten sie selbst.

Was war mit ihr los gewesen? Wie hatte es nur derart mit ihr durchgehen können? Jene Becky, von der sie schon so viel gehört hatte, hätte es doch niemals gewagt, Hand an jemanden zu legen oder gar solch obszöne Worte zu benutzen. In jenem Moment hatte es sich angefühlt, als hätte sie einen Blackout durchlitten und sich ihre Handlungen verselbstständigt. So als wäre sie nicht sie selbst gewesen. Wie war es möglich, dass sie sich von ihrem alten Ich zu etwas so dermaßen anderem verändern konnte?

Aber es war nicht nur das. Es war ihre gesamte Situation, die sie belastete. Es war erdrückend, dass sie bisher noch nicht eine einzige Erinnerung zurückerlangt hatte. Außer die an ein blondes Mädchen. Obgleich sie nicht wusste, ob jene Bilder nur eine Sinnestäuschung waren. Ein Produkt ihrer Fantasie.

Einbildungen, unkontrollierter Zorn – war sie etwa gerade dabei, den Verstand zu verlieren? War sie womöglich eine Gefahr für sich und andere? Eine Wahnsinnige, die in eine Anstalt gehörte?

Und wieder war da dieses Gefühl des Verlorenseins. Der Leere. Es war wie ein Schrei aus ihrem Inneren, der sagte, dass da etwas mit ihr nicht stimmte. Ganz und gar nicht stimmte. Es war ein einsamer Hilferuf, der jedoch von niemandem gehört wurde.

Sie erinnerte sich an Dr. Fondas Worte, als dieser gemeint hatte, der Bereich der Amnesie sei ein noch nicht völlig erforschtes Terrain. Dennoch fragte sie sich, ob es tatsächlich möglich war, dass sich ihre Persönlichkeit so stark verändern konnte. War durch ihre Kopfverletzung womöglich eine Hirnregion in Mitleidenschaft gezogen worden, die ihre Kontrollimpulse verminderte und somit ihr Aggressionspotential steigerte? Oder hatte es doch eher psychologische Ursachen? Vielleicht war es aber auch so, dass ihr Umfeld, sprich Don, sich nun einfach damit auseinandersetzen und abfinden musste, dass sie nie wieder die sein würde, die sie einmal war. Und dass auch sie selbst einfach irgendwie damit klarkommen müsste. Nämlich, dass sie nun jemand anderes war.

Aber war es denn wirklich so simpel?

„Hier bist du also.“

Augenblicklich rissen ihre Gedanken ab und sie zuckte zusammen. An der Stimme erkannte sie, dass es Don war und dass er dicht hinter ihr stand.

„Beinahe hättest du es geschafft, einkaufen zu gehen und wieder zurück ins Haus zu kommen. Beinahe ...“, fuhr er fort. „Dann hätte ich nicht auf dich warten müssen. Und mir auch keine Sorgen um dich gemacht.“

An seinem Ton vernahm sie, wie er versuchte, sich zusammenzunehmen und locker zu wirken. Und fast hätte sie es ihm abgekauft. Er war wohl ein noch geduldigerer Mann, als sie gedacht hatte.

„Tut mir ehrlich leid“, erwiderte sie, ohne sich dabei zu ihm umzudrehen.

Doch schließlich fügte er hinzu: „Und dann wäre ich auch nicht in den Laden gefahren, um dich zu suchen.“

Sie blieb stumm und ihr Herz begann zu pochen. *Er weiß es.*

„Dort ist mir nicht nur Erfreuliches zu Ohren gekommen."

Nun schlug ihr Herz noch schneller. „Oh Gott, ich weiß nicht, was ich sagen kann." Sie drehte sich zu ihm um, wagte es jedoch kaum, ihm in die Augen zu blicken. „Ich weiß selbst nicht, was in mich gefahren ist, ich ... es tut mir leid."

Dann stand sie auf und sah in sein Gesicht. Zu ihrer Überraschung wirkte es nicht eingeschnappt oder dergleichen, sondern trug eher einen besorgten Ausdruck.

„Was wird jetzt mit mir geschehen?"

„Ich habe mich darum gekümmert." Seine Worte klangen wie die eines Mafioso, worauf sich ihr ungewollt die Stirnfalten kräuselten.

„Hast du jemanden getötet?"

„Du hattest schon immer einen signifikanten Humor, aber das war jetzt krass."

Sie lächelte kurz, bemerkte allerdings rasch, dass sein Gesichtsausdruck unverändert blieb.

„Hör mal", meinte er. „Auch wenn ich die Sache geregelt habe, werden wir darüber sprechen müssen. Denn du darfst nie – niemals Gewalt anwenden, es sei denn aus Notwehr!"

„Das weiß ich doch." Sie bemerkte, wie sie seinen Worten langsam aber sicher überdrüssig wurde.

„Gewalt ist ein absolutes No-Go."

Unmittelbar wurde ihr heiß – unfassbar heiß, so als würde sie auf der Stelle verglühen, wobei sie spürte, wie sie am liebsten nach einem Gegenstand gegriffen und ihn ins Weite geschleudert hätte. „Aber ich habe mich doch entschuldigt! Was soll ich denn noch machen?"

Plötzlich wollte sie nur noch fort und schritt eilig an ihm vorbei, während sie noch ein gereiztes *Verdammt noch mal!* ausstieß. Und wieder war da diese Wut. Diese unsagbare Wut und das Gefühl, jemand würde ihr den Atem abschnüren. Sie spürte, wie in ihrem Inneren ein glühendes Feuer aufloderte, und zwar heißer, als es in der Hölle jemals sein konnte, wobei sie das unbändige Verlangen danach überkam, etwas zu zerstören. Egal ob mit ihren Händen oder ihren Füßen.

Sie vernahm, wie er ihr hinterherrief, während sie sich die Düne hocharbeitete.

„Becky!"

„Ja, ja! Becky, Becky! Becky, am Arsch!" *Wer ist Becky überhaupt?* Oben angekommen, begab sie sich durch das offene Einfahrtstor und lief den Weg zum Haus entlang. Doch noch bevor sie die Haustür erreichte, kam sie schlagartig zur Besinnung, wobei sich ihr nur eine einzige Frage aufdrängte: Was tat sie da eigentlich gerade?

Mit der Wucht einer Abrissbirne wurde ihr bewusst, dass sie sich nun auch noch gegen ihren engsten Vertrauten und besten Freund aufgelehnt hatte. Den einzigen Menschen, der sie von Anfang an unterstützt und ihr Rückhalt gegeben hatte. Den Mann, in den sie sich verliebt hatte und der auch ganz offensichtlich sie liebte. Erneut wurde sie von Schuldgefühlen und Beschämung überwältigt, sodass sie sich am liebsten sofort in ein Loch verkrochen hätte, ohne je wieder hervorzukommen.

Auf diese Weise konnte es nicht weitergehen, so viel
war ihr klar. Es durfte nicht sein, dass sie ein solch ag-
gressives Verhalten übermannte, immer dann, wenn
ihr etwas nicht in den Kram passte oder jemand etwas
sagte, das ihr nicht gefiel. Solch ein Leben wollte sie
nicht führen. Was stimmte nur nicht mit ihr?

Sie schloss die Tür auf, trat ins Innere und wartete auf
ihn. Kurz darauf sah sie, wie er mit beiden Einkaufstaschen in den Händen über die Schwelle kam.

Noch immer fühlte sie, wie ihr Herz trommelte, doch
diesmal nicht vor Zorn, sondern vor Reue. Wie sollte sie
wieder gutmachen, wie sie mit ihm umgegangen war?
Sie wusste es nicht und kam sich hilflos vor. Hilflos,
weil sie keine Ahnung hatte, wie sie sich ändern
könnte. Hilflos, weil sie sich selbst als ein Monster empfand. Und während er die Taschen abstellte und ihr entgegenblickte, spürte sie, wie eine bittere Träne ihr Gesicht hinabperlte.

Er ging auf sie zu und legte in einer zarten Berührung
eine Hand an ihre Wange. „Hey, ich weiß, dass du wütend bist." Seine Stimme klang weich und sanftmütig.
„Ich kann mir nicht mal ansatzweise vorstellen, was du
durchmachst. Keine Erinnerung an die Vergangenheit,
nichts über sich selbst zu wissen und dann der Druck,
all das so schnell wie möglich zurückerlangen zu wollen. Es ist unbeschreiblich. Und eventuell musst du sogar der Wahrheit ins Auge blicken, dass nichts davon je
wiederkommen wird." Seine Hand wanderte zu ihrem
blonden Haar und streichelte es. „Aber vielleicht solltest du mal ausprobieren, es so zu sehen: Du lebst. Ja, du
lebst! Du bist unabhängig und du hast jemanden, der
dich liebt. Also warum siehst du es nicht einfach als ein

neues Leben an, das du nun beginnen kannst? Hier und jetzt."

„Ja. Ich möchte es versuchen."

Was er sagte, klang gar nicht so abwegig und sie wünschte für sich selbst, dass sie seinen Rat würde in die Tat umsetzen können. Sein Vorschlag war sicherlich ehrenhaft und er mochte es gut mit ihr meinen, trotzdem war sie nicht überzeugt davon, dass es damit getan wäre.

Sie schwieg kurz und überlegte, ob sie ihm davon erzählen sollte. Als sie dann sagte: „Und da ist auch noch dieser Kerl …"

Er kniff seine Augenlider zusammen und ein großes Fragezeichen stand ihm ins Gesicht geschrieben. „Was für ein Kerl?"

„Na, da ist so ein Typ, der mich ständig verfolgt." Mit unbeholfenen Gesten fuchtelte sie umher. „Gestern habe ich ihn vor unserem Haus gesehen und heute ist er mir nachgelaufen, als ich aus dem Geschäft kam! Aber vielleicht bilde ich mir das Ganze auch nur ein … ich weiß es nicht …"

„Jetzt machst du mir aber Sorgen." Und was er sagte, spiegelte sich eins zu eins in seiner Miene wider. Leider war daraus nicht abzulesen, ob es dabei um die Sorge ging, *dass* ihr jemand nachstellte, oder darum, dass sie nun schon damit begann, sich irgendwelche Dinge zusammenzuspinnen.

„Bist du dir sicher?"

„Wie gesagt, ich habe keine Ahnung – es wirkte jedenfalls so."

„Und du hast keine Ahnung, wer der Kerl sein könnte?"

„Nein, wie denn auch?“

Don schien etwas ratlos. „Würdest du dich besser fühlen, wenn wir einen Sicherheitsschutz beauftragen?“

Nun war sie maßlos überfordert und winkte beschwichtigend ab. „Ich bin mir nicht sicher, ob wir schon so weit gehen sollten. Warten wir noch ein bisschen ab, okay?“

„In Ordnung, wenn du es sagst.“

„Vielleicht sollten wir nochmal mit Dr. Fonda sprechen. Womöglich kann er uns noch die ein oder andere Erklärung für meinen Zustand liefern.“

„Wie du meinst“, erwiderte er. „Ich werde noch heute anrufen und nach einem Termin fragen.“

„Danke.“

Sie fühlte sich ermattet von allem, was geschehen war, dem eben geführten Gespräch und all den Gefühlslagen, denen sie heute ausgesetzt war. Was sie nun wollte, war Ruhe. Nichts weiter. „Ich werde mal kurz nach oben gehen.“

„Alles klar.“

Er drückte ihr noch einen sanften, flüchtigen Kuss auf die Stirn, anschließend wandte sie sich um und begab sich zur Treppe. Und während sie die Stufen hinaufschritt, spürte sie seinen bekümmerten Blick in ihrem Nacken. Wahrscheinlich dachte nun auch er, dass sie verrückt war. Was sie ihm noch nicht einmal übelnehmen würde.

Als sie ihr Zimmer betrat und das Ehebett mit seinen weichen, bunten Bezügen sah, war ihr nach nichts mehr, als sich hinzulegen. Langsam ließ sie sich flach auf den Rücken auf die seidene Bettdecke sinken und wollte die Geschehnisse, den Tag sowie alles, was damit zusammenhing, einfach nur vergessen. Sie ließ ihren Blick durch den Raum schweifen, als sie in einem Regal direkt neben dem Kleiderschrank jenes Album erspähte, das sie und Don heute Morgen gemeinsam durchgeblättert hatten. Daran angelehnt befand sich ein weiteres Fotoalbum. *Familie Hoberman* stand in ausgedruckter Form auf dem Rücken des Umschlags.

Sofort kam ihr der Gedanke, darin nach Aufnahmen aus ihrer Kindheit zu suchen. Wäre nämlich sie selbst das Mädchen aus ihren Träumen, so hätte sie wenigstens eine Erklärung für jene Eingebung.

Becky streckte den Arm aus und lehnte sich über den Bettenrand. Als sie das Album zu fassen bekam, zog sie es aus der Ablage und legte es neben sich auf das Bett. Schnell schlug sie es auf, genau wissend, wonach sie zu suchen hatte. Nämlich nach einem hübschen, blonden Mädchen um die neun Jahre.

Wie jeweils mit einem Datum beschriftet, waren die Bilder der ersten Seiten Schwarz-Weiß-Aufnahmen aus den Siebzigerjahren. Darauf war mehrmals dasselbe Paar abgebildet. Menschen, die sie noch nie zuvor gesehen hatte. Aller Voraussicht nach handelte es sich dabei um ihre Großeltern. Es folgten Farbfotografien eines weiteren jungen Paars, zwar etwas verschwommen, dennoch in besserer Qualität. Die Frau war dunkelblond und äußerst attraktiv und auch der Mann machte einen ziemlich feschen Eindruck. Irgendwann hatte die Frau einen kugelrunden Bauch, bis schließlich einer von beiden ein Baby in seinen Armen hielt. Unter dem Bild stand in handgeschriebenen Buchstaben *John und Lisa mit Becky.*

Nun wusste sie, dass sie auf der richtigen Spur war und blätterte ungeduldig weiter. Nachfolgend waren Bilder von Ausflügen und Geburtstagsfeiern zu erkennen. Was sie zu Gesicht bekam, waren die Kindertage eines fröhlichen Mädchens, das behütet heranwuchs und dessen Haarpracht sich allmählich zu einer ebenso langen blonden Mähne wandelte wie die ihre. Kerzen auf bunt dekorierten Torten wurden ausgeblasen und ein strahlendes Lächeln folgte dem nächsten. *Beckys achter Geburtstag ... Beckys neunter Geburtstag ... Beckys zehnter Geburtstag ...* Doch je mehr Seiten sie umschlug und die Gesichtszüge jenes Kindes studierte, desto mehr wurde ihr bewusst: Die junge Becky aus dem Bilderalbum war nicht das Mädchen aus ihrem Traum. *Verdammt nochmal, wer ist sie dann?*

Enttäuscht und müde ließ sie sich wieder nach hinten auf die weiche Matratze sinken und starrte gegen die Decke. Von draußen schienen die letzten Strahlen der Abendsonne ins Zimmer und tauchten den Raum in gedämmtes, oranges Licht. Über die Treppen drang das leise Rascheln der Taschen, die Don vermutlich soeben auspackte, ansonsten war alles ruhig.

Ihr Körper fühlte sich ausgelaugt und kraftlos an. Allmählich wurden ihre Gedanken zusammenhanglos, während die Flügel des Deckenventilators immer wieder vor ihren Augen verschwammen. Ihre Lider wurden schwer und schwerer, ebenso wie ihr gesamter Körper. Schleichend überkam sie das Gefühl, als würde sich der Grund unter ihr öffnen und sie langsam darin versinken. Wie ein Fallen ins Nichts. In ihrer Bauchregion verspürte sie ein wildes Kreisen, so als ob sie beim

Treppensteigen ins Leere trat. Während sie wie berauscht in das dunkle Nichts gesogen wurde, griff plötzlich eine Hand nach ihr. Entgeistert schrak sie auf. Mit einem Schlag war es hell und sie erblickte kleine Hände mit zierlichen Fingern, die verzweifelt versuchten sie zu erreichen. Sie zwängten sich zwischen einer Anordnung verrosteter Gitterstäbe hindurch und dürsteten nach einer Berührung.

Becky erkannte die auffallend großen Augen wieder, die dahinter zum Vorschein kamen und ihr blau und leuchtend entgegenstrahlten. Erneut sah sie das bildhübsche Gesicht mit seinen kindlichen Backen, das von langem, strohblondem Haar umhüllt wurde.

Sofort versuchte Becky die kleine Hand zu ergreifen, doch diese zog sich ruckartig zurück und verschwand hinter den Stäben des Gitters. Verdorrte Rosenbüsche hatten das gesamte Zaunwerk umwuchert und Becky konnte das Knacksen hören, als sie sich dagegenstemmte und versuchte einen Arm zwischen den Öffnungen hindurchzuschieben. Die Dornenspitzen stachen durch ihre Kleidung und bohrten sich in ihre Haut. Becky schrie und reckte ihren Arm so weit sie nur konnte, aber das Mädchen entfernte sich immer weiter. Becky presste sich noch fester gegen die rostigen Stäbe und spürte, wie sich der Stoff ihres Kleids allmählich in Blut tränkte. Sie tobte und kreischte. „Nein! Bitte warte! Bleib hier!" Doch es war vergebens. Zeitgleich drang eine männliche Stimme in ihr Bewusstsein.

„Becky?"

Als sie die Augen öffnete, bemerkte sie, dass sie aufrecht im Bett saß, mit ausgestreckter Hand, während

Don ihr entgegenblickte. Als hätte sie die gesamte Zeit über den Atem angehalten, schnappte sie nach Luft.

„Es ist alles gut“, flüsterte er sanft und streichelte dabei ihre Wange. „Du bist bloß eingenickt und hattest einen Albtraum.“

Dann nahm er sie behutsam in den Arm und sie erwiderte seine Geste, wobei sie ihn fest an sich drückte.

Während ihr eine einsame Träne entwich und sich ihren Weg zum Kragen seines Hemdes bahnte.

21

„Ich glaube nicht, dass es weiterer Untersuchungen bedarf. Ihr letztes Gehirn-MRT war ohne Befund und selbst Dr. Vaughns *EEG* wies keinerlei Schädigungen auf", gab Dr. Fonda seine Meinung kund und rückte dabei mehrmals seine Brille zurecht.

Sie saßen ihm gegenüber und lauschten aufmerksam seinen Ausführungen, während sich Becky unauffällig umsah. Dr. Fondas Büro in der Klinik war klein und nur spärlich eingerichtet. Ein Tisch mit einem Rechner, drei Bürosessel sowie an der Wand ein Röntgenfilmbetrachter und einige Regale, auf denen sich unsortierte, medizinische Lektüren stapelten.

„Wie erwähnt, es gibt Fälle, bei denen an Amnesie erkrankte Patienten sich in eine andere Richtung entwickeln und nicht mehr zu den Menschen werden, die sie vorher waren", fuhr er fort. „Sämtliche motorische Fähigkeiten wie laufen, gehen und sprechen bleiben erhalten, alles andere jedoch ist wie ausgelöscht. Es formt sich quasi ein völlig neuer Mensch, also passen Sie auf, was Sie ihr erzählen oder beibringen." Während seiner letzten Worte wandte er sich unvermittelt ihrem Ehemann zu.

Becky sah Fonda an und fühlte sich etwas aufgewühlt. „Sie können uns also nichts Neues sagen? Auch nicht, ob mein Gedächtnisverlust anhaltend bleibt oder nicht?"

Ein wenig verschämt verzog Fonda seine Miene und lehnte sich in seinem Sessel zurück. „Verstehen Sie doch, Erinnerungsverlust ist ein so vielschichtiger Bereich mit so enorm vielen Facetten, die je nach Fall völlig individuell sind – keiner ist wie der andere. Die Forschung hierbei läuft noch immer auf Hochtouren. Und zu Ihrer zweiten Frage: Die Möglichkeit, dass Ihr Gedächtnis ganz oder wenigstens teilweise zurückkehrt, bleibt natürlich weiterhin gegeben. Doch da Sie bisher noch nicht eine einzige Erinnerung wiedererlangt haben, ist die Chance eher klein."

Meine Güte, kann er sich denn nicht noch vager ausdrücken, fragte sie sich in Gedanken. Desgleichen brannte ihr ein weiteres Anliegen auf der Zunge. „Und was ist mit diesen Wutanfällen?" *Wenn wir es mal so nennen wollen* ... Von dem Vorfall im Geschäft hatten sie ihm natürlich nichts erzählt. Doch dass sie in letzter Zeit Schwierigkeiten damit hatte, ihr Temperament zu zügeln, darüber hatten sie ihn sehr wohl aufgeklärt.

Fonda dachte einen Augenblick lang nach und beugte sich dann wieder zu ihnen vor. „Nun, es kann sein, dass der Unfall ein unterbewusstes Trauma in Ihnen verursacht hat. Traumata äußern sich oftmals in Aggressionen, da sie vehement an die Oberfläche drängen und sich auf diese Weise Gehör verschaffen wollen." Wieder fasste er sich mit einer unbewussten Geste an seine Brille und stupste sie weiter die Nase hoch. „Manche Patienten in Ihrer Lage verfallen tiefen Depressionen, welche ebenfalls oft mit Aggressionen einhergehen können. Ein Leben zu führen, dessen Vergangenheit nicht existent scheint, kann sehr belastend sein. Wenn ich darf, würde ich Ihnen empfehlen, psychologische

Hilfe in Anspruch zu nehmen. Es gibt Spezialisten auf diesem Gebiet, ich könnte Ihnen eine Therapie verschreiben – Sie dürfen sich natürlich auch selbst nach jemand Geeignetem umsehen."

Becky und Don nickten nach kurzem Bedenken im Gleichtakt. Im Anschluss blickte Fonda abwechselnd zwischen ihnen hin und her, allem Anschein nach erwartete er eine Antwort.

„Wir werden es ernsthaft in Betracht ziehen", gab Becky zurück.

„Schön", meinte der Arzt. „Wenn ich sonst noch etwas für Sie tun kann, sagen Sie mir einfach Bescheid."

Gedankenvertieft erhob sich Becky und Don tat es ihr gleich. Fonda notierte ihnen auf einem Blatt Papier noch einige Namen von Therapeuten, deren Spezialgebiet sich auf Komapatienten in Zusammenhang mit Amnesie bezog.

Dann verabschiedeten sie sich voneinander.

22

Auf der Rückfahrt von Brea nach Huntington Beach fielen ihre Unterhaltungen eher sporadisch aus. Beckys Gedanken hatten sich nämlich unentwegt um Fondas Worte gedreht. Worte, von denen sich einige als durchaus sinnreich bewährten, für ihren Geschmack allerdings noch immer zu wenig Aufschluss gaben.

Eine Therapie machen und Punkt? Sie hatte nichts gegen eine Therapie und besaß allen Willen, an sich zu arbeiten. Schließlich wollte sie ein guter Mensch sein, eine gute Partnerin für Don und ein gutes Leben führen. Doch sollte das wirklich die Lösung von allem sein? Don mochte vielleicht recht haben mit dem, was er ihr gestern gesagt hatte. Dass sie nicht an ihr altes Leben anknüpfen, sondern ein neues beginnen sollte. Und auch Dr. Fondas Erläuterungen bezüglich möglicher Ursachen für ihre Wuteskapaden schienen nicht von ungefähr. Trotzdem hegte sie tief in ihrem Inneren noch immer Zweifel, ob das auch wirklich alles war. Irgendetwas passte da noch nicht ganz zusammen. Sie mochte zwar alles verloren haben, doch so etwas Ähnliches wie Intuition war ihr noch erhalten geblieben. Das hoffte sie zumindest. Und sofern auch diese Annahme sie trog, blieb ihr wohl nichts anderes übrig, als einfach darauf zu vertrauen, dass alles in seinen geregelten Bahnen verlief. So wie Don es versprochen hatte.

Noch immer sprach keiner von ihnen ein Wort, während Becky der Fahrtwind entgegenwehte und ihr Gesicht kühlte. Bis sie das lange Schweigen beendete, indem sie Don einige Fragen stellte.

„Hatten wir jemals Kinder?"

Dons überraschter Blick sah aus, als hätte sie ihm eine unanständige oder gar peinliche Frage gestellt. „Nein, das hatten wir nicht."

„Niemals?"

„Nein, niemals."

„Haben wir es je versucht?"

Don hantierte immer wieder mit dem Lenkrad, während sie die kurvenreiche Küstenstraße zum Strandhaus entlangfuhren. Mit ernstem Ausdruck antwortete er: „Wir haben uns öfters darüber unterhalten. Wir wollten Kinder, hatten aber vor, noch ein paar Jährchen damit zu warten."

Becky nickte nachdenklich. „M-hm."

Sie wollte noch etwas sagen, als Don plötzlich einen Anruf bekam. Anscheinend verfügte ihr *Beetle* über keine Sprechanlage, so hob er über sein Smartphone ab, das in einem Fach im Armaturenbrett lag. Sie beobachtete, wie er lauschte und ab und an etwas sagte.

„Ja, ich bin es ... aha ... ach so ... das letzte Mal, wie? ... Okay ... gut, bis gleich. Danke, Frank."

Sie befanden sich bereits kurz vor der Einfahrt des Hauses und Don legte das Telefon wieder zurück. Als er am Tor stoppte, blickte er Becky entgegen. „Ich muss noch mal kurz ins Unternehmen. Es geht darum, die endgültigen Verkaufsverträge zu unterzeichnen." Sein

Blick wurde etwas melancholisch. „Es ist wahrscheinlich das letzte Mal, dass ich das Firmengebäude betrete. Ist schon irgendwie ein komisches Gefühl."

„Geben sie eine Abschiedsparty für dich?"

„Das habe ich strikt verboten. Nein, ich denke, ich bin bald wieder da." Er lächelte und kam ihr näher. „Und dann gehöre ich dir allein. Für immer." Er küsste sie und sie erwiderte seinen Kuss. Sanft und zärtlich.

„Kann ich dich hier rauslassen?", fragte er schließlich.

„Ja, kein Problem."

Er verabschiedete sich und diesmal war sie es, die ihm einen Kuss aufdrückte. Dann stieg sie aus und winkte ihm hinterher, als er in ihrem roten Wagen davonrollte.

Nachdem er hinter einer Kurve aus ihrem Blickfeld verschwunden war, wandte sie sich um und schloss die Gittertür auf.

„Mrs. Cullen?", erklang eine Stimme dicht hinter ihr, die ihr durch Mark und Bein fuhr. Ein Schrecken durchwanderte ihren Körper, worauf sie zusammenzuckte, als hätte man sie mit einem Elektroschocker getasert. Sie sah sich um und da war wieder der junge Mann, der sie letztens von der Gasse aus verfolgt hatte. Ihr blieb die Luft weg und sie stolperte rückwärts über die Schwelle der Gittertür. Noch bevor sie das Gleichgewicht verlor, bekam sie einen der Stahlstäbe zu fassen und stieß von innen die Tür zu. Als diese mit einem klirrenden Knall ins Schloss fiel, schrie sie laut auf: „Wer sind Sie? Was wollen Sie?"

Durch die Stäbe hindurch erkannte sie, dass er keinen Schritt nähergekommen war. Er durfte nicht älter als Anfang zwanzig sein, hatte kurzes, braunes Haar und war anständig gekleidet. Offenbar versuchte er die Situation zu entschärfen und streckte beschwichtigend beide Arme zur Seite aus.

„Mein Name ist Sebastian Miller –"

„Verschwinden Sie!", funkte sie ihm laut dazwischen. „Jetzt sofort! Oder ich rufe die Polizei!"

Mit unbeholfenen Gesten und einigermaßen beherrschter Stimme versuchte er, sie zu besänftigen. „Ich weiß, dass ich Sie bereits ein paar Mal erschreckt haben muss, darum habe ich alles hier hineingepackt." Mit einer langsamen Bewegung zückte er einen kleinen, zusammengefalteten Briefumschlag aus der hinteren Tasche seiner Hose. „Sehen Sie?"

Becky wollte einfach nur, dass er ging und spürte, wie sie die Geduld verlor. „Was soll das sein?"

„Die Wahrheit."

„Wovon, verdammt nochmal, reden Sie da?"

„Ihr Leben, Mrs. Cullen … ist nicht das, was es zu sein scheint."

Becky spürte, wie es ihr kalt den Rücken hinablief. Das konnte doch nur ein schlechter Scherz sein. Wollte er ihr Angst machen? Entgeisterung machte sich in ihr breit und sie schaffte es kaum noch zu sprechen. „Was meinen Sie damit?"

„Es ist alles da drin." Vorsichtig näherte er sich einige Schritte. Daraufhin schob er den Umschlag langsam in den Schlitz des metallenen Briefkastens, der an einem Pfeiler des Tors befestigt war. „Sehen Sie es sich einfach durch, sobald Sie bereit dazu sind."

Becky konnte weder nicken noch den Kopf schütteln, stattdessen erwiderte sie kraftlos: „Bitte gehen Sie jetzt endlich …"

„Alles klar, bin schon weg. Meine Nummer ist auch dabei, rufen Sie mich dann einfach an. Okay?"

Als er sich entfernte, blieb Becky wie angewurzelt stehen. Nachdem er einige Schritte gegangen war, beobachtete sie, wie er innehielt und sich erneut zu ihr umdrehte.

„Und trauen Sie Ihrem Mann nicht", sagte er.

Was meinte er da? Becky verspürte einen Krampf in der Magengegend, als hätte ihr jemand einen Hieb verpasst und ihr wurde leicht übel. Gleich darauf sah sie, wie er weiterging, den Weg hinab zur Straße.

Sie starrte ihm noch eine Weile fassungslos hinterher. Als sie ihn in sicherer Entfernung wusste, wandte sie sich um und eilte stürmisch zum Haus. Angekommen, trat sie ins Innere und verschloss sorgfältig die Tür hinter sich. Sie hechelte aufgeregt, als wäre sie einen Marathon gelaufen und stützte sich gegen die nächstgelegene Wand.

Trauen Sie Ihrem Mann nicht. Sie zitterte am ganzen Leib, während ihr jene Worte ununterbrochen durch den Kopf schossen. Was hatte das zu bedeuten? Im Gegenteil; Don war der Einzige, dem sie vertraute. Der Einzige, auf den sie baute. Wenn sie ihm nicht mehr trauen könnte, dann wäre ihr Gefühl des Verlorenseins nicht mehr länger nur ein Gefühl, sondern dann wäre sie es tatsächlich. In jeder Hinsicht.

Ihr Leben ist nicht das, wonach es scheint. Überrumpelt von dem, was sie alles gehört hatte, stand sie reglos da. Was sollte sie nun tun? Fieberhaft suchte sie nach einer Antwort, wobei ihr Kopf glühte und eine schreckliche Stille über dem Raum hing.

Diese Begegnung bekräftigte zwar ihre Vermutung, dass mehr hinter allem steckte, als man ihr hatte weismachen wollen, trotzdem wünschte sie jetzt, sie hätte nichts von alledem erfahren. Nun stürmten von einem Moment auf den anderen alle möglichen Gedanken gleichzeitig auf sie ein. Auch Fondas Ausführungen kamen ihr wieder in den Sinn, von wegen Wut aufgrund einer Depression et cetera. Doch konnte jemand wie sie denn wirklich urplötzlich zu solch ungeheurem Zorn neigen? Der Vorfall im Geschäft hatte sich noch nicht einmal im Affekt ereignet. Vielmehr hatte sie bewusst darauf gewartet, bis die Frau den Laden verlassen hatte, nur um dann zuzuschlagen. Es war völlig vorsätzlich geschehen. Für sie klang das eher nach einem tief verankerten Wesenszug als nach einem plötzlichen Wutanfall. Nein, es musste eine andere Erklärung geben.

Vielleicht war da in jener Nacht noch etwas mit ihr geschehen? Etwas wahrhaft Schlimmes, von dem sie nie erfahren sollte. Und nun trug sie unterbewusst die Folgen davon.

Oder womöglich war diese Becky, mit der Don seit acht Jahren verheiratet war, niemals dieses liebevolle, warmherzige Geschöpf gewesen, wie man ihr die ganze Zeit hatte vorgaukeln wollen. War es etwa nichts weiter als ihr wahrer Charakter, der nun zum Vorschein kam?

Was von alledem auch zutraf, sicher war nur eines: Und zwar, dass da etwas faul war. Gehörig faul.

23

Natürlich verspürte sie den Reiz, das Kuvert zu öffnen – mehr als alles andere. Doch sie hatte Angst davor, was es offenbaren würde. Und schon gar nicht wollte sie, dass es etwas über Don enthüllen würde. Etwas, das ihr nicht gefallen könnte.

Aber wie sie es auch drehte und wendete, wusste sie, dass sie über lang oder kurz nicht würde widerstehen können. Dass sie den Inhalt des Umschlags letztendlich prüfen würde. Das war sie sich selbst schuldig. Aber zuvor musste sie noch etwas auf eigene Faust nachforschen. Es hatte mit dem blonden Mädchen zu tun. Denn herauszufinden, was es damit auf sich hatte, brannte ihr am allermeisten auf der Seele. Und während sie darüber nachdachte, fiel ihr Blick auf den Pappkarton, der direkt vor ihr am Boden stand. Er war mit einem Klebeband verschlossen. Den Deckel hatte man mit einem Aufkleber versehen, der das Siegel der Polizei von Brea trug. An der Seite war mit schwarzem Stift eine neunstellige Fallnummer notiert mit dem Vermerk *Fall geschlossen*.

Zögernd kniete sie sich hin und zog das Klebeband ab. Sowie sie den Deckel aufklappte, nahm sie mehrere Gerüche wahr. Erde, Gras und zugleich die metallische Note von getrocknetem Blut. Was sie als Erstes sah, war eine braune, schlampig zusammengeknüllte Papiertüte. Sie war voll und aufgebläht und nahm im Inneren des Pappkartons den meisten Platz ein. Als sie die Tüte öffnete, erblickte sie diverse löchrige Kleiderfetzen darin. Sie waren mit einer Vielzahl rauer, dunkelbrauner Flecken übersät. Anhand dessen, was man ihr erzählt hatte, malte sie sich augenblicklich die Bilder des Unfalls aus, und wie das viele Blut auf die Kleidung gekommen war. Doch je detaillierter ihre Vorstellung wurde, umso schneller wollte sie den Gedanken daran wieder loswerden.

Sie faltete die Tüte zu und begutachtete die restlichen Utensilien. Es waren eine digitale Herrenuhr, Autoschlüssel sowie eine elegante Damenarmbanduhr mit eingebrochenem Glas. Sie nahm jedes der Objekte in die Hand und sah es sich gründlich an. Zum Schluss griff sie nach dem Smartphone, das unter all dem zum Vorschein kam, jener Gegenstand, nach dem sie eigentlich gesucht hatte.

Ein ausgedehnter Sprung zog sich über das gesamte Display, ansonsten schien es heil zu sein. Don besaß sein Handy noch, so musste dieses hier ihres sein.

Es ließ sich nicht einschalten, der Akku hatte sich entleert. Sie wusste, dass auf dem Tisch in der Küche immer ein Ladegerät lag und begab sich auf den Weg. Dort machte sie zwischen Mixer und Kaffeemaschine eine Steckdose frei und schloss das Smartphone an den Strom.

Weder Fingerabdruck noch PIN waren notwendig, um das Gerät zu entsperren, was ihr zugutekam. Sofort erhielt sie Meldungen über etliche Anrufe in Abwesenheit und private Nachrichten. Sie sah sich alles durch und entdeckte nichts Ungewöhnliches. Die Mitteilun-

gen bestanden mehr oder minder aus Genesungswünschen und stammten von unterschiedlichsten Namen,
von denen ihr keiner etwas sagte. Es waren Nachrichten wie: *Lass etwas hören, sobald es dir wieder besser
geht ... hoffe, du bist bald wieder auf den Beinen ... oder
... hier läuft alles gut, mach dir keine Gedanken, werde
erst mal wieder gesund, dann ...*

Als sie ihre Kontaktliste öffnete und sie hinabscrollte,
erfuhr sie, dass sie eindeutig eine sehr sorgfältige und
ordentliche Frau war. Jeder Name war mit einem knap-
pen Hinweis versehen, welcher in Klammern stand,
wie: *Lindsay (Filiale Brea)* oder *Tom (Steuerberater)*

Unter all den Personen befand sich allerdings nur ein
einziger Arzt: *Dr. Ryder.*

Becky betätigte die Wähltaste und wartete. Bereits
nach kurzer Zeit erklang am anderen Ende der Leitung
eine junge, weibliche Stimme. „Gynäkologische Praxis
Dr. Ryder, wie kann ich Ihnen helfen?"

„Guten Tag, hier spricht Becky Cullen. Dürfte ich bitte
kurz mit Dr. Ryder sprechen?"

„Mrs. Cullen, schönen Tag. Leider fürchte ich, ist
soeben eine Patientin bei Frau Ryder."

„Oh bitte, ich müsste ihr nur eine einzige Frage stellen", bettelte Becky.

In der Leitung wurde es kurz ruhig, dann antwortete
die Empfangssekretärin: „Ich werde mal nachfragen.
Einen Augenblick."

Wieder war es still, dieses Mal etwas länger, bis die
Stimme einer nicht mehr ganz so jungen Dame durch
den Hörer drang.

„Hier ist Dr. Ryder, was kann ich für Sie tun, Mrs. Cullen?"

„Vielen Dank, dass Sie sich Zeit nehmen."

„Sehr gerne, Mrs. Cullen, aber bitte schnell, meine Patientin wartet", erwiderte Dr. Ryder freundlich.

„Nun gut, auch wenn sich die Frage für Sie eigenartig anhören mag, aber haben Sie mich jemals aufgrund einer Schwangerschaft behandelt?"

Es dauerte ein wenig, bis Dr. Ryder antwortete, wobei sich ihre Stimme irritiert anhörte. „Nein, Sie waren niemals schwanger."

„Also habe ich nie ein Kind zur Welt gebracht, eine Fehlgeburt erlitten oder Ähnliches?"

„Nein, niemals. Aber warum fragen Sie mich das?"

„Vielen Dank, Dr. Ryder, ich lasse Sie mal lieber wieder zu Ihrer Arbeit zurückkehren. Auf Wiederhören", beendete Becky das Gespräch.

Somit hatte Don ihr also die Wahrheit gesagt, überlegte sie und fühlte sich, als hätte sie ihn soeben hintergangen. Hinter seinem Rücken zu recherchieren, war im Grunde das Letzte, was sie wollte. Trotzdem konnte sie nicht anders, als diesen vielen Ungewissheiten, die sich in ihr angestaut hatten, auf den Grund zu gehen. Denn wer war jenes Mädchen, dessen Bild stets in ihren Gedanken kreiste und das sie sogar schon in Tagträumen heimsuchte? Es war nicht sie selbst als Kind und es war auch nicht ihre Tochter.

Allmählich gingen ihr die Ideen aus, wobei die Gewissheit immer näher rückte, dass es unumgänglich wäre, den Inhalt des Umschlags früher oder später sichten zu müssen. Sie war unentschlossen und ihre Gedanken spielten verrückt, während ihre Finger unruhig auf der Tischplatte trommelten. Zum Nachdenken blieb ihr jedoch nicht viel Zeit, bald wäre Don wieder zurück.

Ihr Herz begann zu rasen, während sie überlegte, was sie tun sollte und *ob* sie es tun sollte. Wie gern hätte sie jemanden gehabt, der ihr genau sagte, wie sie sich in so einer Situation zu verhalten hatte. Dann legte sie das Telefon auf den Tisch und marschierte eilig durch den Wohnraum zur Haustür.

Auf einem Regal in der Diele lagen mehrere Schlüsselbunde in einem kleinen geflochtenen Korb. Darunter waren die Schlüssel der Gittertür und des Tors, wobei einer von ihnen der des Briefkastens sein musste. Sie griff sich den gesamten Korb, ging nach draußen und sprintete die Einfahrt hinab. Am Tor zwängte sie ihren Arm durch die Stäbe, genau dort, wo sich auf der anderen Seite der Postkasten befand – wer wusste schon, ob sich der Kerl noch irgendwo da draußen aufhielt.

Erst probierte sie eine Reihe kleiner Schlüssel und führte einen nach dem andern ins Schloss. Gleichzeitig fürchtete sie mit jedem Motorengeräusch, das sie aus der Ferne vernahm, dass es das rote Cabrio sein könnte, das soeben um die Ecke sauste. *Trauen Sie Ihrem Mann nicht.* Seit dieser verdammte Mistkerl ihr diesen Satz entgegengeworfen hatte, war sie völlig konfus und paranoid geworden. *Scheißkerl!*

Als es beim dritten Versuch endlich klappte, öffnete sich die kleine Metalltür und das Kuvert fiel ihr in die Hand. Erleichtert atmete sie auf und konnte es nicht erwarten, weswegen sie die festgeklebte Lasche des Briefumschlags an Ort und Stelle aufriss. Im Inneren erblickte sie lediglich einen Notizzettel, auf dem eine Telefonnummer vermerkt war und einen USB-Stick. Ernüchtert wandte sie sich um und machte sich auf den Rückweg. Den Korb ließ sie mit einem klirrenden Geräusch in der Diele zurück, anschließend eilte sie ohne Umwege die Treppen empor.

Seit Don ihr am ersten Tag die Räumlichkeiten gezeigt hatte, wusste sie, dass der vorletzte Raum am Ende des Flurs eine Art Bürozimmer war, in dem sich auch ein Laptop befand. Schnell eilte sie den Gang hinab und betrat das Zimmer. Dort setzte sie sich an den Schreibtisch, von wo aus sie durch das Fenster einen guten Blick auf die Auffahrt hatte. Sie starrte auf das Notebook, am Rand des Bildschirms war ein Post-it befestigt mit einer handgeschriebenen Notiz. Darauf war zu lesen: *Für Becky – Passwort: Pyramide*

Wie sollte sie diesem Mann nicht trauen? Er notierte ihr sogar das Passwort für den Rechner, damit sie surfen, stöbern und tun und lassen konnte, was sie wollte. Von Geheimniskrämerei war keine Spur.

Sie wendete das Kuvert und ließ Nachricht sowie Stick vorsichtig in ihre Hand gleiten. Folgend warf sie den Laptop an und setzte den Datenträger ein. Auf dem Bildschirm öffnete sich sogleich ein Ordner, darin befanden sich mehrere Bild- und Videodateien und jede von ihnen war mit einem zusammenhanglosen Zahlenmuster benannt. Sie doppelklickte eines der Videos und drehte die Lautstärke auf.

Kratziges Rauschen. Ein weißer Raum. Dann erkannte sie sich selbst, wie sie auf dem Bett in ihrem Krankenzimmer saß. Es war die Szene, als sie Don zum ersten Mal gesehen hatte, kurz nachdem sie aus dem Koma erwacht war. Im Hintergrund vernahm sie Elliots Stimme, während er eine Großaufnahme ihres Gesichts drehte und die Kamera daraufhin über ihren gesamten Körper glitt. „Aha ... wunderbar ...“

Irgendwann kam Don ins Bild, er saß an ihrer Seite und eine Träne wanderte über sein Gesicht. Auch Dr. Fonda meinte sie irgendwo im Hintergrund ausgemacht zu haben, dann begann das Bild abrupt zu wackeln und die Aufnahme endete.

Sie klickte auf eine der Fotodateien. Ihr eröffnete sich das Bild eines Raumes, er war umringt von kühlen Metallwänden und in der Mitte befand sich ein Stahltisch. An einem seiner Enden war eine Brause mit Wasserablasssystem montiert – es handelte sich um einen Leichentisch. Auf ihm lag der bleiche, tote Körper eines Menschen. Nackt. Beckys Herz begann zu trommeln. Was in Gottes Namen sah sie sich da an? Mit ein paar Klicks vergrößerte sie die Fotografie und erkannte, dass die Person weiblich war. Zugleich wurde ihr mit einem Schlag klar, dass das Gesicht der blonden Frau ihr eigenes war. Es dauerte einige Sekunden, bevor ihr das Gräuel bewusstwurde, bevor ihr Gehirn das Unfassbare begriff. *Ich ... ich bin nicht Becky Cullen ... Becky Cullen ist tot ...*

Der Boden unter ihr schien zu schwanken und ihr war, als wäre ihr Herz stehen geblieben. Plötzlich wurde ihr schummrig vor Augen und sie hatte Schwierigkeiten, den Blick zu fokussieren. Ein weiteres Mal drang von irgendwo weit her ihre eigene Stimme leise in ihr Ohr: *Ich bin nicht Becky Cullen ...*

Übelkeit überfiel sie und ihre Arme und Beine wurden taub, sodass sie fürchtete, jeden Moment vom Stuhl zu gleiten. Mit einem Mal schien sie durch eine geisterhafte Welt zu treiben, so als würde sie schweben. Im selben Moment sah sie den roten *Beetle* durch das Tor rollen. Mit letzter Kraft klickte sie mit ihren beinahe tauben Fingern auf eines der übrigen Videos und kniff dabei mehrmals ihre Augenlider aneinander, um etwas erkennen zu können.

Das File öffnete sich und die Nahaufnahme eines fremden Gesichts flimmerte über den Bildschirm. Darunter ein Operationstisch. Helles Licht, das jede der Gesichtskonturen beleuchtete und mehrere Hände in weißen Latexhandschuhen, die sich darum scharten. Ein rasiermesserscharfes Skalpell näherte sich von der Seite und setzte am äußeren Rand des rechten Wangenknochens an. Ein langer, vertikaler Schnitt wurde ausgeführt. Mit jedem Millimeter spreizte sich die Gesichtshaut wie Butter, darunter kam rosa Fleisch zum Vorschein.

Entsetzen durchfuhr sie und sie stoppte das Video. Zitternd fasste sie an ihr Gesicht, tastete es mit den Fingerspitzen ab und spürte die fast unsichtbaren Narben. *Dieses Gesicht ist nicht meines!* Abermals wurde ihr Körper schwerelos, gemeinsam mit dem Gefühl, als würde sie ins Bodenlose fallen. Und wiederholt schoss ihr ein und derselbe Gedanke durch den Kopf, nämlich, dass sie nicht Becky Cullen war. Aber warum nur? Und wie war es dazu gekommen? *Ich bin nicht Becky Cullen ... Aber wer bin ich dann?*

Don Cullen. Fürsorglicher Ehemann. Bester Freund. Geliebter. Wie und wieso? War alles nur ein Spiel für ihn gewesen? Hatte er sich die ganze Zeit darüber amüsiert? Wie sie sich abmühte, die Erinnerungen von jemanden zurückzuerlangen? Jemand, der sie gar nicht war? Von draußen hörte sie das Zuschlagen der Wagentür, was sie sofort aus ihren Gedanken riss.

Benommen versuchte sie aufzustehen, doch es schien, als würde ihr Körper eine Tonne wiegen. Nur mühsam schaffte sie es, sich zu erheben und arbeitete sich wankend zur Zimmertür. Mit gesenktem Kopf taumelte sie den Flur entlang und auf den Treppenabsatz zu. Von oben sah sie Don durch den Eingang kommen. Sofort wich sie zurück und tastete sich mit den Fingern an der Wand entlang. Ein Türknauf verirrte sich in ihrer Hand und sie betätigte ihn. Sie torkelte nach hinten und befand sich im Waschraum, während sie von unten Dons Stimme vernahm.

„Ich bin wieder da! Becky?"

Leise versuchte sie die Tür zu schließen, dann presste sie ihr Ohr gegen das Schlüsselloch und horchte angespannt.

Hallende Schritte. Durch den Wohnraum, vermutlich in die Küche und hinterher zur gläsernen Verandatür. Weitere Schritte, die sich anhörten, als würde er im Kreis gehen.

„Becky?"

Nachstehend vernahm sie das schallende Klacksen seiner Schuhe, als er die Stufen emporschritt und vorüber an dem Raum, in dem sie sich befand. Sacht schob sie die Tür nach innen auf und sah durch den Spalt. Inzwischen war er fast am Ende des Flurs angekommen, jeweils nach links und rechts, in jedes der offenstehenden Zimmer blickend. Am Arbeitszimmer hielt er inne und es wirkte, als würde er erstarren. Im selben Moment fiel ihr ein, dass das Video mit der bizarren Operation noch immer auf dem Bildschirm lief. Langsam trat Don ein und sie hörte ein gedämpftes „Scheiße …“

Dann ergriff sie die Gelegenheit und stürmte nach draußen, die Treppen hinab und anschließend in Richtung Ausgang. Vom oberen Stockwerk aus hallten erneut seine Schritte durch das Gemäuer, dieses Mal klangen sie allerdings rasch und stürmisch.

„Warte!“, drang seine Stimme nach unten. „Lass es mich dir erklären!“

Sie hatte bereits die Schwelle der Eingangstür übertreten und lief die Auffahrt hinab. Im Hintergrund vernahm sie seine Rufe und wie er ihr nachjagte. Fast hatte sie das Tor erreicht, während er ihr immer näher und näherkam. Ohne zu zögern, schmiss sie sich gegen die Gittertür des Zufahrtstors und stolperte auf die andere Seite. Dann wandte sie sich blitzschnell um und stieß die Tür mit dem Fuß ins Schloss.

„Bleib, wo du bist!“, schrie sie aus Leibeskräften und umklammerte dabei mit beiden Händen die kalten Stäbe des Gitters. Sie stemmte sich dagegen, damit er nicht hindurchkonnte, doch wie sie sah, war er bereits nach ihrer ersten Warnung stehen geblieben. Was sie wahrnahm, als sie durch die Stäbe spähte, war ein zutiefst schuldbewusster Blick, wie sie ihn noch nie zuvor an ihm gesehen hatte.

„Wenn du wüsstest, wie schwer es war, das alles mit mir herumzutragen …“ Seine Stimme klang gepeinigt

und so, als würde er jeden Augenblick in Tränen ausbrechen. „Irgendwo bin ich sogar froh, dass du es rausgefunden hast."

Sie war sowohl fassungslos als auch wütend. So wütend, dass sie sich sicher war, ihm den Kiefer brechen
zu können, käme sie nur irgendwie zum Zug. „Das ist
mir scheißegal! Was hast du getan? Was hast du da
bloß mit mir gemacht?"

„Hör zu, ich weiß, dass du verärgert bist, und du hast
jedes Recht –"

„Halt's Maul!", fiel sie ihm ins Wort, so laut, dass beinahe ihre Stimme versagte. „Sag mir, wer ich bin!"

Noch im selben Moment verstummte er und presste
kläglich seine Augen zu, so als würde er gerade seinen
Frieden damit machen, dass das Fallbeil jeden Moment
auf ihn herabgestürzt käme. Dann blickte er ihr bestimmt entgegen und auch sein Ton war nun ganz beherrscht. „Ganz ehrlich: Ich weiß es nicht."

Wieder begann der Erdboden unter ihr zu beben. Es
war, als öffnete sich eine Kluft, durch die sie in Dunkelheit fallen würde. *Wie bitte? Er weiß es nicht? Was zum
...* In der Angst zusammenzubrechen, klammerte sie
sich noch fester ans Gitter.

„Du kannst gehen, wohin immer du auch willst, ich
werde dich nicht aufhalten", sagte Don schließlich.
„Geh fort. Oder zur Polizei. Verklage mich. Mir ist alles
recht. Ich habe verdient, was immer du tun wirst. Aber
zuvor sage ich dir alles, was ich weiß. Okay?"

„Dann raus damit ..."

Das war alles, was sie noch hervorbrachte.

24

26 Tage zuvor

Wochen waren vergangen, seit Dr. Heardman ihn über Beckys Zustand aufgeklärt und er durch Elliot in aller Freundschaft eine zweite Meinung vermittelt bekommen hatte. Standpunkte, die für Don kaum ein Grund zur Zuversicht waren.

Den Großteil des Tages hatte Don im Krankenhaus verbracht, wobei die Fahrt von ihrem gemeinsamen Haus aus durch die Vorstadt und ans andere Ende der Stadt bis zur Klinik ihn täglich mehr als sechzig Minuten gekostet hatte.

Stunde um Stunde war er an Beckys Bett gesessen. Hatte beobachtet, wie sie für Tests und Untersuchungen aus dem Raum und wieder hineingeschoben wurde. Ab und zu hatte sie ihr Zimmer für einige Tage mit anderen Unfallopfern teilen müssen, inzwischen hatte sie es jedoch wieder für sich allein.

Die meiste Zeit über hatte er ihre Hand gehalten und ins Leere gestarrt. Er hatte mit ihr gesprochen, ihr erzählt, wie sehr er sie vermisste und wieder nach Hause holen wollte. Dennoch war jede Reaktion von ihr ausgeblieben. An dieser Routine hatte sich in all den Wochen nichts geändert. Bis heute.

Es war früher Vormittag. Don war soeben aus Beckys Krankenzimmer in den Flur getreten, wo ihn Krankenschwestern, Ärzte und Patienten erwarteten, die aus allen Richtungen an ihm vorüberzogen. Stimmen in verschiedenen Tonlagen und das Hallen einer Vielzahl an Schritten, manche eilig und schwungvoll, andere langsam und schwerfällig.

Hinter einer der vielen Türen, die auf- und zugeschlossen wurden, kam Elliot mit einer Schar junger Medizinstudenten herbei. In grünen Überkitteln, Kopfbedeckung und Augenschutzbrillen standen sie da, wie ein Rudel Welpen und Elliot war der Leitwolf. In den Blicken der Schüler war unschwer zu erkennen, dass sie ihn bewunderten.

Es war nicht auszumachen, ob sie gerade einer seiner Operationen beigewohnt hatten oder soeben auf den Weg dorthin waren, und es war Don auch herzlich egal. Er wollte sich lediglich einen jener furchtbaren Snacks aus dem Automaten holen und dann wieder zurück ins Zimmer.

Als sich sein Blick und der von Elliot trafen, konnte er beobachten, wie der große Chirurg seine Rudelschaft mit einer Geste dazu anwies, innezuhalten und einen Moment zu warten. Folgend wandte er sich zu Don um und marschierte in typischer Arztmanier auf ihn zu, hektisch und in zügigen Schritten.

„Wir müssen reden. Sei in fünf Minuten in meinem Büro", meinte er. „Ich muss nur schnell den Kindergarten verabschieden."

Don nickte und Elliot begab sich wieder zurück zu seiner Gefolgschaft. Gleichzeitig überkam ihn ein ungutes

Gefühl und auch Elliots leerer Ausdruck hatte ihm nahegelegt, dass er nichts Gutes zu erwarten hätte. *Hat er etwa neue Erkenntnisse bezüglich Becky?*

Don hatte schon seit Längerem eine schlimme Ahnung, dabei aber immer wieder gehofft, diese wäre bloß seiner Paranoia zuzuschreiben. Doch nun fügte sich eines zum anderen. Denn auch Dr. Heardman schien ihm in letzter Zeit konstant aus dem Weg gehen zu wollen. Urplötzlich hatte er seine morgendliche Visite an Becky bereits durchgeführt, noch bevor Don die Klinik erreichte. Und immer, wenn er ihm irgendwo im Flur begegnete, gab sich der Arzt beschäftigt und verschwand in irgendeinem Zimmer oder hinter einer Ecke.

Würden sich Dons Befürchtungen bewahrheiten und er in fünf Minuten eine schlechte Nachricht erhalten, gäbe es immer noch Plan B: nämlich das besagte Küchenmesser. Ja, es wartete bereits auf ihn. Spiegelblank und scharf. Oder noch besser: das Dach des Krankenhauses. Es wäre nahegelegen, und unten angekommen, würde er binnen kürzester Zeit und ohne viel Aufsehen in der hauseigenen Leichenhalle landen. Es würde den zuständigen Kräften den Transport ersparen und den Bewohnern seiner Nachbarsgrundstücke das Glotzen verwehren. *Perfekt.*

Inzwischen hatte er sich zu Elliots Büro begeben, das sich im selben Stockwerk befand. Als er eintrat, fühlten sich seine Beine taub und wackelig an und er musste sich an den Wänden entlangtasten, bis er die Ledercouch erreichte, die im hinteren Teil des Raumes stand. Das Zimmer war groß und geräumig und glich eher der

Aufenthaltskabine eines Stars als einem Arztbüro. Zertifikate, Schnickschnack und eingerahmte Fotografien gemeinsam mit bedeutenden Persönlichkeiten wie Politikern und Schauspielern zierten die Wände und Regale. Selbst ein Flachbildfernseher sowie eine eigene Espressomaschine befanden sich im Raum. Das Werbegesicht und der ganze Stolz des Hauses zu sein, hatte ganz und gar seine Vorzüge, dachte Don.

Während er wartete, fühlte er, wie er ungewollt zitterte und sein Herz mit jeder Sekunde schneller schlug. Zum Glück ließ Elliot ihn nicht zu lange ausharren und bewahrte ihn durch sein plötzliches Eintreten vor weiteren schrecklichen Gedanken. Er schloss die Tür und ging, ohne Don einen Blick zu schenken, geradewegs auf seinen Schreibtisch zu. Haarnetz und Überschürze hatte er bereits entsorgt, bevor er das Zimmer betreten hatte. Dafür trug er nun einen aufgeknöpften, locker sitzenden Arztkittel.

Don sah, wie er in der Schublade des Pults herumkramte und einige Ausdrücke hervorzückte. Dann kam er auf ihn zu und setzte sich ihm gegenüber auf einen Sessel.

„Also, Don", sagte er, beugte sich zu ihm vor und sah ihm ernst in die Augen. „Was ich dir jetzt sage, bleibt unter uns, okay?"

Wieder nickte Don und Elliot legte eines der bedruckten Papiere auf den kleinen Glastisch, der sich zwischen ihnen befand.

„Du weißt, dass in gewissen Abständen kontinuierlich *MRTs* an Beckys Gehirn vorgenommen werden. Heute war es wieder soweit und ich habe Dr. Heardman angeboten, mich darum zu kümmern. Er weiß, dass wir befreundet sind und hat dankend angenommen." Er zeigte auf das Stück Papier, das vor ihnen lag. „Das hier ist Beckys aktuelle *MRT*-Aufnahme. Und das hier ist die vom letzten Mal." Mit einem Satz legte er das zweite Blatt dazu und fuhr fort. „Sogar du erkennst den immensen Unterschied zwischen den beiden Ausdrücken, oder?"

Don war hin- und hergerissen und wusste nicht, ob das, was er sah, gut oder schlecht war. „Dass sie anders aussehen, erkenne ich, ja. Und was bedeutet das?" Hätte er mal lieber nicht gefragt, schoss ihm durch den Kopf, sowie er die Frage gestellt hatte.

„Die neue Aufnahme bestätigt, dass sich ihr Zustand rapide verschlechtert hat."

Don musste schlucken und ihm wurde auf der Stelle übel. Zugleich schien der Raum heißer als die Hölle, obwohl er wusste, dass es ihm durch die Klimaanlage noch vor einer Minute zu kühl gewesen war. Er blickte unruhig umher und kniff mehrmals seine Augen zu, da er fürchtete, nicht mehr richtig sehen zu können.

„Darum habe ich ein weiteres *EEG* durchführen lassen, was ich eigentlich nicht durfte", sprach Elliot weiter. „Und so schwer es mir fällt, dir das sagen zu müssen, aber ..." Er brach ab und suchte Dons Blick. „Don? Don, sieh mich an."

Dons Augen fanden zu Elliot, worauf dieser mit beiden Händen an seine Schultern fasste. „Don ... da ist nichts mehr. Nicht die kleinste Aktivität. Es ist nur eine Frage der Zeit, bis ihre übrigen Reflexe völlig aussetzen, einer nach dem anderen. Es handelt sich wahrscheinlich nur noch um Tage – das ist eine medizinische Gewissheit. Wenn es dann soweit ist, wird alles ziemlich schnell vonstattengehen und wenn erst ihre Atmung ausbleibt, wird ihr Herz bald darauf ebenfalls stehenbleiben. Ich weiß, dass Becky laut Verfügung nicht wiederbelebt werden will, was unweigerlich ihren Tod bedeutet."

Don tat sich schwer, den Sinn von Elliots Worten nachzuvollziehen, obgleich er letztlich wusste, worum es ging. Er vergaß zu atmen, weswegen er plötzlich nach Luft schnappen musste.

„Alles in Ordnung, Don?" Elliot klang besorgt. „Soll ich dir was zur Beruhigung geben?"

Don war jedoch außerstande, eine Antwort zu geben und begann zu hyperventilieren. Ihm war gleichermaßen heiß wie kalt und ein unangenehmes Schwindelgefühl überkam ihn, sodass er befürchtete, er würde jeden Moment zusammenbrechen. *Sie wird sterben!* Das war es, was Elliot ihm zu erklären versuchte, und genauso war es auch das, was er niemals hatte hören wollen. Die Frau, die er liebte, der Mensch, der das Wichtigste in seinem Leben war, der sein Grund zu leben war, seine Inspiration – sie würde aus dieser Welt scheiden.

Aus seinem Leben verschwinden.

Und für immer fort sein.

Obgleich sie den Rest ihres Lebens hatten zusammen verbringen wollen.

„Don? ... Don!"

Elliots Stimme wurde immer lauter, trotzdem waren seine Worte nichts weiter als irgendwelche aneinandergereihten Buchstaben, ohne Aussage und Substanz. Worte, Silben, Sätze, alles verklang, gleichzeitig kam es Don vor, als würde er schweben und jeden Augenblick davontreiben. Einen Moment später sah er Elliots verschwommene Gestalt nach hinten zu seinem Schreibtisch eilen. Er vernahm Klirren und andere Geräusche, worauf Elliot wieder zurückkam, sich niederließ und ihm ein bauchiges Glas in die Hand drückte. Es war schwer und randvoll.

„Hier, trink etwas Brandy", meinte Elliot.

Don nahm einen kräftigen Schluck und wurde prompt von einem Hustenanfall durchgeschüttelt. Der zweite fiel ihm schon deutlich leichter.

Erneut erklang Elliots Stimme. „Don, da gibt es noch mehr, das ich dir sagen muss."

Was denn noch, verdammt? War das denn nicht schon genug?

„Ich habe Dr. Heardman den letzten *MRT*-Ausdruck nicht vorgelegt und ihm gesagt, es sei alles unverändert."

„W-wozu soll das gut sein?", fragte Don noch immer benommen.

„Weil ich, bevor Dr. Heardman etwas von der Verschlechterung ihrer Gehirnaktivität erfährt, unbedingt noch etwas mit dir besprechen muss. Etwas Wichtiges, verstehst du?" Elliot folgte Dons umherschweifenden Blick und schnipste mit den Fingern. „Hey! Hörst du mir zu? Du musst jetzt aufmerksam sein!"

Don zuckte zusammen und versuchte sich zusammenzunehmen.

„Es gibt nämlich noch eine letzte Möglichkeit für dich."

Eine letzte Möglichkeit. Als hätte ihm jemand eine Ohrfeige verpasst, klangen Elliots Worte mit einem

Schlag deutlich und Dons Auffassungsgabe schien wieder hergestellt. „Wie meinst du das?"

Erneut beugte sich Elliot zu ihm vor und sprach weiter, langsam und eindringlich. „Du weißt, dass ich nebenbei in der Forschung arbeite und stets bemüht bin, neue Verfahren zu entwickeln. Und schon seit Längerem tüftle ich da an etwas. Selbst das Militär und der Geheimdienst haben bereits Interesse bekundet, obwohl ich absolut im Geheimen daran gearbeitet habe."

Elliot schüttelte gedankenversunken seinen Kopf und gab ein zynisches „Zzz … denen bleibt wohl nichts verborgen" von sich. Dann blickte er wieder entschlossen auf und fuhr fort: „Aber egal. Der Knackpunkt ist, sie wollen, dass ich zuvor weitere Ergebnisse vorweise. Die Tierversuche sind schon längst abgeschlossen. Daher kann ich erst dann neue Resultate vorbringen, wenn ich als Nächstes Versuche am Menschen durchführe. Aber das darf ich nur, wenn die Ethikkommission ihr Okay gibt, und diese glaubt, das Projekt sei noch nicht reif und ich sollte noch mehr Zeit in meine Forschung investieren. Du siehst also, ich stecke da mitten in einem Kreis aus Bürokratie und Irrwegen, geschaffen von Entscheidungsträgern, die allesamt keinen Schimmer haben!"

Elliot schien erregt, aber auch Don verlor allmählich die Geduld. Immerhin war die Rede von einer weiteren Möglichkeit, doch Elliot spannte ihn stattdessen mit irgendwelchen Nebensächlichkeiten auf die Folter.

„Worum geht es dabei überhaupt, verdammt nochmal?"

„Was ich dir hier sage, ist verflucht wichtig, damit du die Zusammenhänge erkennst!", fauchte Elliot zurück.

„So weit, so gut." Elliot klang wieder beherrscht. „Jedenfalls ist es mittlerweile zu einem inoffiziellen Abkommen zwischen der *CIA* und mir gekommen. Sie erkennen meine Situation an und sofern ich laut ihnen, *unerlaubterweise* dennoch einen Versuch am Menschen starte, und sie wären von den Ergebnissen überzeugt, würden von da an *sie* alles in die Hände nehmen, sprich für die Zulassung sorgen und mir offiziell die Ehre als Pionier erweisen."

Stille kehrte ein und Don wusste nicht so recht, was er sagen sollte.

„Okay", erwiderte er schließlich und fuhr vorsichtig mit jener Frage fort, die er bereits zuvor gestellt hatte. „Und worum geht es nun bei diesem Projekt?"

Mit einem Schlag war in Elliots Augen ein Anflug an Euphorie zu erkennen. „Ich nenne es massive Gesichtsmetamorphose." Dann lehnte er sich in seinen Sessel zurück und sprach gelassen weiter. „Und jetzt pass gut auf. Es ist nämlich so: Alles, was du bisher aus Spionageromanen, Kino und Fernsehen kennst, ist absolut erfundener Stumpfsinn. Denn ein Verfahren, um einer Person das Aussehen einer anderen zu verleihen, ist in Wahrheit bis heute nicht existent. Zwar gibt es inzwischen einige Fälle von Gesichtstransplantationen, welche jedoch nur als Notlösung bei Verbrennungsopfern angewandt werden – allerdings mit absolut dürftigem Ergebnis. Die mit dem neuen Gesicht verwachsenen Muskeln bewegen sich kaum, wodurch das Resultat letztlich einer starren Maske gleicht. Außerdem ähnelt so ein Gesicht nur zum Teil dem des Spenders, da die darunterliegenden Proportionen der Gesichtsknochen beider Personen unterschiedlich sind und somit das äußere Erscheinungsbild beeinträchtigt wird."

Don war verwirrt und tat sich schwer, den Kontext seiner Aussage herauszufiltern. „Was soll das bitte mit Becky und mir zu tun haben?"

„Ja, ja, jetzt hör mich erst mal an, damit du verstehst, worum es bei diesem Konzept überhaupt geht – eines nach dem anderen", meinte Elliot locker und machte eine beschwichtigende Geste. Dann wartete er einige Sekunden, um sicherzustellen, dass er Dons volle Aufmerksamkeit hatte. Daraufhin lehnte er sich vor und setzte einen ernsten Blick auf. „Aber was, wenn ich dir sage, dass ich es tatsächlich geschafft habe? Ich habe nämlich ein Verfahren entwickelt, mit dem ein Mensch exakt so aussehen kann wie ein anderer und zwar ohne all die genannten Mängel. Es funktioniert so: Erst wird von beiden Probanden ein Ultraschallscan des gesamten Schädelknochens gefertigt. Die Scans werden digital verglichen und ein Programm errechnet die Abweichungen der für die äußerlichen Merkmale zuständigen Gesichtskonturen. Jene Stellen der Gesichtsknochen am Zielprobanden, die von der Scan-Vorlage abweichen, werden mit einem *DNA*-anpassenden, in meinem Labor biologisch gezüchteten Material aufgefüllt. Dieser Füllstoff ähnelt in seiner Beschaffenheit einer Art Knorpelgewebe. Es wird von einer maschinellen Vorrichtung exakt zugeschnitten – diese kannst du dir so ähnlich vorstellen wie einen 3D-Drucker. Hinterher werden verschiedene Teile des Gewebes an den betreffenden Stellen unter die Haut geschoben und verwachsen dort, ohne dass dabei irgendwelche Sehnen oder Muskeln durchtrennt werden müssen. Der Rest ist reine plastische Chirurgie, wie etwa eine Korrektur der Nasen- und Lippenform sowie der Augenbrauenpartie. Dank meiner Operationstechnik ist eine schnelle Wundheilung garantiert, gefolgt von einer Laserbehandlung der Narben. Die Verbände könnten damit binnen einiger Tage bereits abgenommen werden. Das Ergebnis ist eine natürlich wirkende und voll bewegliche Gesichtskopie, dank einer exakten Nachbildung der Knochenpartie und einer plastischen Gesichtsanpassung. Letzten Endes würde diese Person genauso aussehen wie Becky – und zwar nicht nur zum Verwechseln ähnlich, sondern es würde *sie* sein. Verstehst du? Becky wird weiterexistieren!"

Don starrte ihm perplex entgegen. Er konnte kaum glauben, was er da eben gehört hatte und zweifelte wahrhaftig an Elliots Verstand. Allem Anschein nach hatte ihn der Irrsinn übermannt und ihm sein Hirn rausgebrannt. Genie, Gotteskomplex, oder was auch immer zutraf – feststand, dass er verrückt geworden war.

Don trank das Glas Brandy in einem Zug leer, worauf er mehrmals keuchen musste, dann setzte er es mit einem lauten Knall auf der gläsernen Tischplatte ab. Er spürte, wie sich Enttäuschung und Ärger durch sein Nervenkostüm fraßen und er Elliot am liebsten mit beiden Händen am Hals gepackt hätte. Er hatte auf eine noch nicht ausgereifte, neue Behandlungsmethode oder sowas Ähnliches gehofft, und Elliot kam ihm mit dem kränksten Vorschlag aller Zeiten.

„Sag mal, bist du jetzt komplett am Durchdrehen?", schoss unweigerlich aus Dons Mund hervor.

Elliots Stirnfalten kräuselten sich und totales Unverständnis stand ihm ins Gesicht geschrieben. „Wieso? Erkennst du denn nicht, was sich dir da für eine Gelegenheit bietet? Ich tu das für dich, du Idiot!"

Erregt erhob er sich aus seinem Sessel und Don tat es ihm gleich, worauf sich beide Männer gegenüberstanden.

„Jetzt mal jedes Zartgefühl beiseite", fuhr Elliot fort, „Becky wird sterben! Kapierst du das? Aber durch das, was ich dir biete, erhältst du eine zweite Chance! Das Erste, was du jeden zukünftigen Morgen nach dem Aufstehen sehen könntest, wäre Becky! Und zwar für den Rest deiner Tage. Du wirst sie in den Arm nehmen können, so oft du willst und wann du willst!"

„Das ist krank! Ich meine, wo willst du denn überhaupt so eine Person finden?" Doch noch während Don den Satz beendete, winkte er bereits mit einer verächtlichen Geste ab. „Ach was, vergiss es – ich will es gar nicht mal wissen! Das Thema ist für mich abgeschlossen!"

„Wo wir so jemanden finden sollen, fragst du? Es gibt etliche Möglichkeiten! Wir könnten jemanden auf der Straße aufgabeln, wir bezahlen jemanden oder wir finden jemand Freiwilliges! Was denkst du denn, wie viele Frauen sich einen Finger abschneiden würden, um die Gemahlin eines reichen, gutaussehenden Kerls zu sein, wie du einer bist?"

Don betrachtete Elliot eine Weile schweigend, anschließend wandte er sich um und ging zur Tür. „Das Gespräch ist beendet."

In seinem Rücken spürte er Elliots fassungslose Blicke und hörte, wie er ihm hinterherrief.

„Don? Jetzt warte doch!"

„Lass mich in Frieden!", gab Don zurück, während er in den Flur trat und die Tür mit einem Rums ins Schloss fallen ließ.

Erregung, kreisende Gedanken, Emotionen, nun prasselte alles zugleich auf ihn ein. Der Hunger war ihm ebenfalls vergangen, alles, was er jetzt noch wollte, war, wieder zurück in Beckys Zimmer zu kommen. Und zwar so schnell wie möglich. Er wollte ihre Hand halten, sich ausweinen und alles vergessen, was Elliot ihm gerade gesagt hatte.

Natürlich war die Vorstellung verlockend, sich weiterhin an Beckys Anblick zu erfreuen. Weiterhin ihr Gesicht zu sehen, sie bei sich zu haben. Im Gegenteil, er würde alles dafür geben, dass die Zeit mit ihr noch nicht vorüber wäre. Schon nur wenn er daran dachte; an das leere Krankenbett, das leere Haus, den Gedenkstein ihres Familiengrabes, wo unter dem seiner Eltern nun auch bald Beckys Name stehen würde. Der blanke Gedanke daran drehte ihm den Magen um. Er sah es förmlich vor sich. Wie er den Friedhof von Brea betrat, einsam und allein, wohlwissend, sie nie wiederzusehen. Sie in einem Sarg tief unter der Erde zu wissen. Mit der einhergehenden Gewissheit, sich von nun an allein durchkämpfen zu müssen. Ein heftiger Würgereiz durchfuhr seinen Körper und er dachte, er müsste sich an Ort und Stelle erbrechen.

In Anbetracht all dessen war Elliots Angebot selbstverständlich mehr als nur attraktiv. Dennoch kamen ihm die Realisierung von Elliots Vision und alles, was damit zusammenhing, äußerst grotesk vor. Wenn nicht gar widerwärtig. Letztendlich waren es nämlich

nichts weiter als die Fantasien eines wahnsinnig ge-
wordenen Mannes. *Nein! Elliot ist definitiv irre geworden. Punkt!*

Mit letzter Kraft erreichte er Beckys Zimmer, stieß die
Tür hinter sich zu und stürmte auf die Toilette.

Dann übergab er sich.

25

„Psst.“

Todmüde öffnete Don die Augen. Seine Lider waren schwerfällig und er verstand nicht recht, was vor sich ging.

„Don?“

Wieder war da diese Stimme und er hob benommen den Kopf aus Beckys Schoß. Sein Schädel fühlte sich an, als würde er mehrere Hundert Kilo wiegen und sein Verstand benötigte einige Momente, um zu realisieren, dass er wieder an Beckys Seite eingeschlafen war. Seine Augen waren beide geschwollen und er wusste nicht, ob der vielen Tränen wegen, die er vergossen hatte oder weil er soeben aus dem Tiefschlaf gerissen worden war.

Er sah auf und was er erblickte, war Elliots Silhouette. Dieser stand auf der anderen Seite des Bettes, mitten im Dunkel. Ein gedämpfter Lichtkegel schien vom Flur durch die offene Zimmertür und umrahmte seine Gestalt, was dem Ganzen für Dons Geschmack, eine allzu schauderhafte Note verlieh.

Es war absolut ruhig und auch vom Korridor her schienen keinerlei Geräusche zu dringen. Don streckte den Arm gegen den Lichtschein, um zu erkennen, was die Zeiger seiner Armbanduhr sagten: fast vier Uhr morgens. Elliot beugte sich vor und Don roch sein teures Aftershave. Er war herausgeputzt und trug Anzug und Fliege, als hätte er sich soeben von einem Gesellschaftsdinner weggestohlen.

„Was ist los?", wollte Don wissen und rieb sich dabei die Augen.

Elliot flüsterte: „Pass auf, es hat sich gerade was ergeben."

„Wenn es wieder um dein komisches Projekt geht, dann vergiss es, klar?"

„Jetzt tick nicht gleich aus und hör zu, was ich dir zu sagen hab." Elliots Stimme klang weder genervt noch wütend, sondern wie immer locker, wenn nicht sogar ein wenig begeistert. „Vor zwei Stunden wurde eine junge Frau eingeliefert! Blond, vielleicht etwas jünger, doch die Statur passt perfekt. Sie wurde aufgrund eines Autounfalls eingewiesen – das ist unsere Chance, Don!"

Plötzlich war Don hellwach und er spürte, wie er wütend wurde. „Verdammt nochmal, ich habe dir doch gesagt –"

„Jetzt hör erst mal zu, verflucht!", unterbrach ihn Elliot und fuhr eilig fort. „Ich habe alles genauestens durchdacht, du brauchst dir um nichts Sorgen zu machen! Die Kleine ist ein hoffnungsloser Fall, ich habe ihren Hintergrund bereits gecheckt. Schon vier Mal hatte sie einen Heroinrückfall, den nächsten Schuss wird sie mit Sicherheit nicht überleben. Nach der OP hat man sie in ein künstliches Koma versetzen müssen, das ist bei schweren Verletzungen gang und gäbe, um durch den Ruhezustand des Körpers eine optimale und schnellere Genesung zu gewährleisten. Die toxikologischen Tests haben ergeben, dass sie selbst während des Unfalls unter Drogen gestanden hatte, weshalb man ihr entzugshemmende Medikamente hat injizieren müssen, damit ihr Heilungsprozess durch den körperlichen Entzugsstress nicht beeinträchtigt wird. – Sie ist der totale Junkie! Du würdest ihr sogar noch was Gutes tun, indem du ihr eine zweite Chance schenkst!"

„Jetzt willst du mir auch noch eine Drogenabhängige ins Haus bringen? Bist du noch bei Sinnen?" Die gesamte Konversation kam Don mehr als lächerlich vor und seine Geduld war ebenfalls so gut wie am Ende.

„Falsch!", erwiderte Elliot mit neunmalklugem Ton, während seine Begeisterung keineswegs abzunehmen schien. „Ich habe dir doch gesagt, dass man ihr entzugshemmende Mittel verabreicht hat! *Methadon* lautet das Zauberwort. Das wird Abhängigen auch in Entzugskliniken gegeben und ist ein medizinischer Heroinersatz, um die körperlichen Entzugserscheinungen wie Fieber, schwitzen, zittern und Übelkeit zu umgehen. Hinterher ist man praktisch völlig clean!"

Sprachlos saß Don in seinem Sessel und lauschte mehr oder minder geistesgegenwärtig Elliots Ausführungen. Wusste er denn nicht, was ein *Nein* bedeutet, fragte er sich ununterbrochen. Hatte Elliot denn überhaupt jemals in seinem Leben von irgendjemandem ein Nein akzeptiert? Wahrscheinlich nicht. Dann sah er, wie Elliot ums Bett ging und auf ihn zukam. Er legte beide Hände an Dons Schultern und blickte ihm eindringlich entgegen.

„Niemand wird je davon erfahren, Don. Ich erkläre dir jetzt wie's laufen würde: Ich werde das Verfahren im Geheimen mittels eines ausgewählten Operationsteams meiner fähigsten Studenten durchführen. Dieses Team wird den Namen des Probanden nicht erfahren und im Glauben sein, es handle sich um ein genehmigtes Experiment an einer Freiwilligen. Zusätzlich müssten sie Verschwiegenheitsklauseln unterschreiben. Die Idioten werden mir also helfen, obgleich sie komplett im Dunkeln tappen. Und jetzt kommt der Clou des Ganzen: Wenn die Kleine aufwacht, wird sie ohne jegliche Erinnerungen sein, da ich ihr während der Operation ein Präparat injizieren werde, das ich selbst entwickelt habe. Dieses löst eine völlige und für immer bleibende Amnesie aus."

„Was?", überkam es Don. „Warum besitzt du ein Medikament, das eine für immer bleibende Amnesie auslöst?" Zugleich fragte er sich, was der Mann sonst noch so alles in seinem Kämmerchen zusammenpanschte.

Ein verständnisloser Ausdruck wucherte über Elliots Miene. „Das spielt doch keine Rolle." Er hielt einen Moment lang inne, dann fuhr er in einem beiläufigen Ton fort. „Das ist schon einige Jahre her. Ich sollte damals die Nebenwirkungen der Präparate *Propofol* und *Etomidat* untersuchen und diese, wenn möglich, beseitigen. Diese Mittel werden vor Operationen zur Narkose eingesetzt und haben beide oftmals die unerwünschte Wirkung, dass die Patienten nach ihrem Eingriff an kurzzeitigen Gedächtnisstörungen leiden. *Propofol* zum Beispiel hemmt gewisse Hirnregionen wie den Hippocampus und den präfrontalen Kortex, beide sind zuständig für das Kurzzeit- und Langzeitgedächtnis. Bei meinen Laborversuchen, diese Begleiterscheinungen zu beseitigen, habe ich leider ungewollt den gegenteiligen Effekt erzielt. Die Folge war, dass eines meiner modifizierten Präparate sämtliche Zellen des Langzeitgedächtnisses dauerhaft deaktiviert."

Nach seiner Ausführung blickte Elliot Don für einen kurzen Augenblick stumm entgegen, als seine Stimmlage wieder zu alter Euphorie fand. „Doch das ist absolut scheißegal! Der Punkt ist; dass wenn diese Frau aufwacht, du ihr einfach sagen kannst, sie sei Becky!"

Es wurde still.

So still, dass man eine Stecknadel hätte fallen hören können.

Fassungslos blickte Don in Elliots zufriedenes Grinsen und musste erkennen, dass bei seinem Freund, dem großartigen Chirurgen Dr. Elliot Vaughn, die Grenzen zwischen genialem Wissenschaftler und Wahnsinn, wohl schon längst verschwommen waren. Don war schauderhaft zumute und am liebsten hätte er das Zimmer schnellstmöglich verlassen.

„Sie ist eine Vollwaise und ein Junkie", faselte Elliot weiter. „Niemand würde sie vermissen. Außerdem würde sowieso keiner nach ihr suchen, da sie offiziell tot sein wird. Bevor das ganze Prozedere nämlich beginnt, werden wir die beiden austauschen." Elliot ließ von Dons Schultern ab, richtete sich vor ihm auf und fügte dann ruhig und entschieden hinzu: „Der Junkie stirbt ... und Becky wird auf wundersame Weise aus ihrem Koma erwachen und weiterleben."

Noch immer war Don wie versteinert und hatte keine Ahnung, wie er Elliot begreiflich machen konnte, dass er nichts von seinem Plan hielt. Obgleich da der ein oder andere Ansatz war, der durchaus reizvoll und vielversprechend klang. Dennoch war er sich sicher, dass er niemals mit einem solchen Geheimnis würde leben können. Und was das Wichtigste war: Egal, was sie tun würden, es wäre niemals *Becky*.

Don war ausgelaugt und Elliots Vorträgen überdrüssig. So sagte er schließlich mit müder Stimme: „Elliot, verstehst du denn nicht? Meine Antwort ist und bleibt Nein."

Elliots selbstzufriedener Blick schlug unmittelbar in Verbitterung um. „Ich habe hier die perfekte Lösung für dich, was willst du denn noch?"

Schon nur diese Aussage allein, bewies Don, dass Elliot keine Ahnung hatte, worum es ihm ging, geschweige denn angesichts des moralischen Standpunkts.

„Bitte geh jetzt einfach, Elliot."

Dann wandte sich Don um und rückte seinen Sessel wieder näher ans Bett. Er griff nach Beckys Hand und presste sie gegen seine Wange, so als würde sie womöglich doch noch aufwachen, würde er sie nur fest genug an sich drücken.

Aus den Augenwinkeln machte er aus, wie Elliot noch einen Moment lang wortlos dastand. Seinen Gesichtsausdruck mochte er sich nicht vorstellen und es kümmerte ihn auch nicht. Kurz darauf vernahm er Elliots harsche Schritte, die durch den Raum hallten, bis sie letztlich irgendwo draußen im Flur verklangen.

Dann ließ er seinen Kopf wieder auf Beckys Schoß sinken und schloss die Augen.

26

Es war kurz nach elf Uhr vormittags, als Don den Korridor in Richtung Beckys Zimmer entlangschritt. Er wusste, dass er allmählich einen verwahrlosten Eindruck auf sämtliche Anwesende machen musste, weshalb er sich heute Morgen auf den Weg nach Hause gemacht hatte. Eine Dusche, andere Klamotten und eine längst überfällige Rasur gaben ihm ein einigermaßen annehmbares Selbstbild zurück.

Er betrat den Raum. Eine Schwester hatte Beckys Bettbezüge gewechselt und breitete soeben ein frisches Laken über ihren reglosen Körper. Aber dann erblickte er noch etwas. Ein weiterer Patient lag neben ihr im Zimmer. Der Trennvorhang zwischen den beiden Betten war halb geschlossen, sodass er zunächst nur dessen Beine erkennen konnte, die sich eingetütet unter einem weißen Betttuch befanden.

Als er nähertrat, machte er den zierlichen Körper einer Frau aus, ebenfalls mit bandagiertem Gesicht und blondem Haar, das unter den Verbänden hervorblickte. Sofort wusste Don, was vor sich ging und spürte, wie er langsam, aber sicher zu kochen begann.

Er sah zur Schwester und versuchte einen möglichst gelassenen Ton zu treffen. „Haben wir Zuwachs bekommen?"

„Ja, ein Unfallopfer. Es ist eine junge Frau", meinte die Pflegerin beiläufig, als sie den Ablauf von Beckys Infusionstropf nachstellte. „Sie wurde heute Morgen aus der Notaufnahme hierher verlegt. Die Ärmste."

Don nickte und wollte noch etwas darauf erwidern, als er die Tür aufgehen hörte. Aus den Seitenwinkeln erkannte er, dass es Elliot war, der eintrat. In grüner Chirurgenrobe und weißem Arztkittel darüber gesellte er sich zu Don und blickte gemeinsam mit ihm auf den regungslosen Körper des Neuzugangs.

Don zischte ihm leise und unbemerkt zu: „Denkst du, ich weiß nicht, was du vorhast?"

Unauffällig und im Gleichtakt wechselten ihre Blicke zwischen der neuen Patientin und der Krankenschwester hin und her, welche noch immer damit beschäftigt war, ihrer Arbeit nachzugehen.

„Du bist eben jemand, der immer wieder einen Anstoß braucht", flüsterte Elliot ebenso verstohlen zurück.

„Wenn du ohne mein Einverständnis irgendein Ding drehst ..."

„Ohne dein Einverständnis? Niemals, keine Sorge. Dann würdest du mich früher oder später verraten. Ich mag vielleicht eine Hure sein, aber ich bin nicht dumm."

Nein, dumm war er ganz bestimmt nicht, das wusste Don.

Die Schwester wechselte noch die Gläser, die auf Beckys Nachtkästchen standen und stellte eine neue Flasche stilles Wasser dazu. Anschließend löste sie die Bremsen an dem kleinen metallenen Wäschewagen und schob ihn an den beiden Männern vorüber.

Don wartete, bis er das Einschnappen der Tür vernahm und sie allein waren. Dann sah er Elliot scharf in die Augen. „Also, was sollte das?"

„Nur ein kleiner Ansporn, wie erwähnt."

„Sag mal, kapierst du es nicht? Das Ganze ist sinnlos! Denn selbst wenn sie bis auf die kleinste Pore so aussähe wie sie – es würde niemals Becky sein!"

Im selben Moment wurden Elliots Augen doppelt so groß und wieder war da diese selbstüberzeugte Begeisterung, die in ihnen aufflackerte. „Aber du kannst sie zu ihr *machen*! Checkst du's? Wenn du sie ansiehst, wird es so sein, als wäre Becky niemals weg gewesen. Sie wird sich an nichts erinnern, weshalb du all deine Erinnerungen von Becky mit ihr teilen wirst, bis sie irgendwann all jene Geschichten als ihre eigene Biografie annimmt!"

„Dein Verstand hat sich völlig verabschiedet! Du bist größenwahnsinnig!"

Dass während seiner Aussage, die als Beleidigung gedacht war, in Elliots Miene für eine Millisekunde so etwas Ähnliches wie ein stolzes Grinsen aufblitzte, brachte Don nur umso mehr in Rage. „Selbst wenn, es würde niemals unbemerkt bleiben – die beiden haben eine komplett unterschiedliche Krankengeschichte!"

„Lass das mal meine Sorge sein, *ich* bin hier der Arzt. Offenbar hast du überhaupt keine Ahnung, darum erkläre ich dir das jetzt mal: Theoretisch befinden sich die beiden im selben Zustand, der Unterschied ist bloß, dass ein künstliches Koma nichts weiter ist als eine Art Vollnarkose. Im Gegensatz zum natürlichen Koma kann das künstliche präzise von einem Arzt überwacht werden, da dieser den Patienten durch verschiedene und korrekt dosierte Narkosemittel selbst in diesen Zustand versetzt. Will er das Koma beenden, vergibt er die Mittel, die zur Narkose eingesetzt wurden, einfach nach und nach in geringerer Dosierung, bis sie mit der Zeit ganz abgesetzt sind – und der Patient erwacht wieder." Elliot machte eine Pause und blickte Don erwartungsvoll entgegen, so als erhoffte er sich eine positive Äußerung von ihm, wie: *Ja ich habe verstanden, bitte erzähl weiter.*

Doch Don schwieg.

„Ich war dabei, als sie eingeliefert wurde und habe am Tag darauf darum gebeten, ihr behandelnder Arzt zu werden", sprach Elliot weiter. „Ich musste zwar einige Gefallen einfordern – aber egal. Jedenfalls kenne ich die genaue Medikamentendosis ihres Komas, die ich natürlich schon im Voraus etwas reduzieren werde. Sobald wir sie vertauscht haben und sie als *deine Becky* gilt, wird sie die Medikamente dann gar nicht mehr erhalten, wodurch diese langsam von ihrem Körper abgebaut werden und sie nach ein paar Tagen wach wird. Wir müssen der Sache also einfach nur ihren Lauf lassen. Knifflig wird's erst jetzt!" Plötzlich stoppte er seinen Vortrag, hob den Zeigefinger und ging langsam im Kreis, als wäre er ein Universitätsprofessor, der gerade über die bedeutendste Formel aller Zeiten philosophierte. „Denn noch bevor sie erwacht, wird es so aussehen, als wären Beckys Vitalwerte gestiegen. Ein erneutes *MRT* wird das bekräftigen. In genau diesem Zeitfenster kann ich eine Kommission einberufen und eine Anfrage auf eine plastische Operation beantragen, mit dem Vorwand, mich erneut einiger Narben in ihrem Gesicht zu widmen. Dieser Antrag wird mit Sicherheit bewilligt, da es eine Standardprozedur bei vernarbten Patienten ist. Sobald nämlich deren Werte steigen und sie stark genug für eine OP sind, darf oder sollte man sie erneut operieren. Das dient dem, dass sie mit so wenig wie möglich äußerlichen Veränderungen aufwachen, da ansonsten ihre psychische Verfassung leiden könnte. Denn was zuvor in der Notaufnahme gewerkelt und zusammengeflickt wurde, gilt für gewöhnlich nur als erste Notlösung." Er hielt inne und wandte sich zu Don um. „Und das ist dann der Moment, wo in Wahrheit meine Studenten und mein selbstentwickeltes Verfahren ins Spiel kommen. Wenn ihr dann einige Tage später die Verbände abgenommen werden und sie erwacht ... wirst du in das Gesicht deiner Ehefrau blicken, so als wäre nie etwas geschehen."

Don war verstummt und spürte diese bis zum Äußersten angespannte Atmosphäre zwischen ihnen. Es vergingen einige Sekunden und Don wusste nicht, ob er schreien, auf Elliot einspringen oder einfach nur davonlaufen sollte.

Als er irgendwann den Mund öffnete und zu sprechen ansetzte, kam Elliot ihm bereits zuvor: „Und ehe du jetzt was sagst – denk verdammt gut drüber nach. Die Zeit wird nämlich knapp."

Er hatte die Worte langsam ausgesprochen und so, dass sie schon beinahe einer Drohung gleichkamen.

Erneut wusste Don weder, was er sagen noch tun sollte. Niemals zuvor hatte ihn jemand in derartige Bedrängnis gebracht. Noch nie hatte ihn jemand so vielen inneren Konflikten auf einmal ausgesetzt und noch niemals hatte er sich dermaßen zerrissen und entzweit gefühlt.

Dass er Becky nicht verlieren wollte, war unumstritten und sie niemals wiederzusehen, war für ihn nicht nur kaum vorstellbar, sondern ein absolut unmöglicher Gedanke. Wäre *sie* nicht mehr, wollte er auch nicht mehr sein, was der einzige Grund dafür war, dass Elliots Vorhaben ihn auch nur ansatzweise zum Nachdenken anregte. Auch dass dessen Plan tatsächlich funktionieren könnte, wurde ihm immer mehr bewusst. Trotzdem war klar, dass er niemals darauf eingehen dürfte. Nicht, wenn es nur auf diese Weise möglich wäre, seine Frau nicht zu verlieren. Indem über das Leben eines anderen Menschen bestimmt würde, ohne dass dieser freiwillig zustimmen konnte. Selbst wenn dessen Leben, wie Elliot es beschrieb, absolut verkorkst war.

Tief in seinem Inneren wusste Don nämlich, dass es niemals dasselbe sein würde. Denn niemand könnte Becky je das Wasser reichen, noch nicht einmal dann, wenn sie einen eineiigen Zwilling hätte. Niemand könnte dem Vergleich mit ihr auch nur ansatzweise standhalten. Selbst wenn er die Möglichkeit hätte, einen leeren Charakter nach ihren Maßstäben zu formen, würde aus ihm niemals exakt dieselbe Persönlichkeit entspringen wie die von Becky. Es wäre unmöglich. Das wusste Don, denn auch er war nicht dumm. Trotz allem hatte Elliot ihn mit seiner Vision völlig aus der Bahn geworfen und ihn in einen Zwiespalt katapultiert, wie er ihn noch nie zuvor in seinem Leben erfahren hatte. Was er durchlitt, war eine Achterbahn der

Emotionen, wobei er sämtliche Szenarien gegeneinander abwog, ohne dabei auch nur auf den geringsten Nenner zu kommen. *Nein, es wäre nicht rechtens und unmoralisch ... Aber wie soll ich weiterleben, ohne sie bei mir zu wissen? Ohne morgens neben ihr aufzuwachen, ohne gemeinsam mit ihr das Haus zu verlassen und abends wieder mit ihr zurückzukommen ... Aber es wäre nicht Becky! Ja, aber schaffst du es, nie wieder in ihr Gesicht blicken zu dürfen? Für den Rest deines Lebens ... Nein ... doch ... vielleicht ... Schluss jetzt, Elliot, du Dreckskerl, ich werde es nicht tun!* In Dons Kopf kreisten so viele Gedanken gleichzeitig, dass ihm beinahe schwarz vor Augen wurde. Von all dem, was ihm durch seinen zermarterten Schädel schoss, wusste er allerdings nur eines mit Sicherheit: Nämlich, dass er umgehend frische Luft benötigte.

So wandte er sich von Elliot ab und stolperte benommen der Zimmertür entgegen. Er musste raus hier, ob nach oben auf die Dachterrasse oder die Treppen nach unten zum Haupteingang, war gleichgültig. *Hauptsache raus!*

Als er die Tür aufriss und nach draußen stürmte, rempelte er versehentlich eine junge Ärztin an, die daraufhin ins Straucheln geriet. Alles, was er hervorbrachte, war ein knappes *Entschuldigung*, ohne ihr dabei ins Gesicht zu blicken. Anschließend tastete er sich die Flurwände entlang zu den Fahrstühlen, wo er wie wildgeworden auf die Tasten einhämmerte, bis sich irgendwann eine der Türen öffnete.

Dann taumelte er nach drinnen, betätigte den Schalter für das Erdgeschoss und wartete darauf, dass sich der Aufzug in Bewegung setzte.

27

Es war Nacht und eine Tischlampe auf Beckys Nachtkästchen tauchte das Zimmer in gedämmtes Licht, so
als würde nichts weiter als eine Kerze den Raum erhel-
len. Still saß Don an ihrem Bett und musterte ihr von
Verbänden und Wundkissen bandagiertes Gesicht. Ab
und an zuckte eines ihrer Augenlider, doch er hatte gelernt, dass das nichts zu bedeuten hatte. Sie nachts zu
beobachten war leichter als bei Tag. Wenn sie im Halb-
dunkel friedlich dalag und ihr ruhiger, langsamer Atem
ihren Brustkorb hob und senkte, wirkte es, als würde
sie bloß schlafen und am Morgen darauf wieder aufwachen. So wie jeder Mensch. Aber wie er wusste, war
auch das ein Trugschluss.

Bei Tag war alles anders. Die Geräusche, all die Ärzte
und Schwestern, die nach ihr sahen und die vielen
Male, in denen er sich gezwungen fühlte, das Zimmer
zu verlassen. Wenn man sie säuberte, ihren Katheter
wechselte oder sie über einen Beutel, gefüllt mit einer
schlammfarbenen Breimasse, ernährte. Durch eine
Sonde gelangte die ekelerregende Flüssigkeit dann direkt in ihren Dünndarm, damit sie täglich mit den nötigen Eiweißstoffen, Fetten und Vitaminen versorgt
wurde. Es gab so vieles, das er nicht sehen wollte.

Doch nachts, da war alles anders.

Erträglicher.

Dennoch fragte er sich tagein, tagaus, wie es nur hatte soweit kommen können. Becky war eine so intelligente, lebhafte und stolze Frau gewesen. Und das war nun aus ihr geworden. Ein Brocken Fleisch, der in einem Bett lag. Ohne Emotionen. Ohne Leben in sich. Wie trostlos, dachte er immer wieder. Wie unheimlich und unendlich trostlos.

Er streichelte ihre Hand und gab ihr einen sanften Kuss. Die Tür öffnete sich und Elliot kam in leisen Schritten herbei. In seinen Händen hielt er je einen heißduftenden Pappbecher aus dem Automaten und streckte ihm beide vor die Nase. „Kaffee oder Tee?"

Seit ihrem Gespräch von heute Morgen war er ständig durch die Gänge geschlichen, im Zimmer ein und ausgegangen und Don nicht mehr von der Pelle gerückt. Obgleich Don kein einziges weiteres Wort mit ihm gewechselt hatte, war er immer mal wieder fortgegangen und anschließend abermals zurückgekehrt. So wie jetzt gerade.

Bitte geh doch einfach, schoss Don jedes Mal durch den Kopf. Aber das tat Elliot natürlich nicht. Denn nichts und niemand konnte ihn davon abhalten, sich an seiner Arbeitsstelle aufzuhalten und nach seiner Patientin zu sehen. Außerdem hatte Don einfach keine Kraft mehr. Keine Kraft mehr, gegen ihn anzukämpfen. Keine Kraft mehr, mit ihm zu diskutieren.

„Tee, bitte", antwortete er schlicht und nahm einen der heißen Becher entgegen.

Er trank einen Schluck, stellte den Tee beiseite und lehnte sich zurück. Wie gewohnt um diese Zeit dauerte es nicht lange, bis er nach einem anstrengenden Tag fühlte, wie Stirn, Augenlider und Wangen langsam herabsanken. Er bemerkte, wie sein Kopf seitwärts abkippte, obwohl er sich dagegen wehrte. Und als er seine schweren, schläfrigen Augen nur für einen kurzen Moment schließen wollte, war es, als würde unmittelbar der Boden unter ihm davonsacken. Frei und schwerelos driftete er dahin, ohne zu wissen, wo die Reise enden würde. Leicht wie eine Feder schwebte er über ein unbekanntes Tal, zwischen Wolken und Nebelschwaden hindurch, wobei er sich noch nie zuvor so locker und sorglos gefühlt hatte – bis ihn ein lautes, dröhnendes Geräusch in den absoluten Wachzustand zurückriss. Völlig benebelt schlug er seine Augen auf und blickte sich um.

Das Gerät, das Beckys Herzrhythmus aufzeichnete, stieß einen schrillen, durchgehenden Ton aus und auf dem Monitor erschien eine gerade Diagrammlinie. Zur gleichen Zeit ertönte ein kaum auszuhaltender und sich wiederholender Alarm, der von einem weiteren Apparat stammte.

Eine Starre durchfuhr Don. Die Folge war ein völliges Unvermögen, sich zu bewegen und einen kurzen Moment lang machte ihm das Gefühl sogar Angst. Trotzdem wusste er ganz genau, weshalb er so empfand. Denn nun war der Augenblick gekommen. Der Augenblick, dem er so lange hatte ausweichen wollen und der sich mit Sicherheit als der schlimmste seines Lebens in sein Gedächtnis brennen würde. Der Moment, in dem er sie das letzte Mal sehen würde – denn Becky starb nun.

Nervös erhob er sich und blickte auf sie herab. Er hörte all die Maschinen und sah die vielen aufblinkenden Lämpchen, als sein Körper plötzlich vom Haaransatz bis zu den Sohlen zu zittern begann. Dann wand sich sein Innerstes bebend hin und her, sodass ihm beinahe schlecht wurde.

Was machte man in solch einer Situation? Er wusste es nicht – er wusste gar nichts mehr. Er war geistig völlig bankrott.

In Tränen ausgebrochen bemühte er sich, sich aufrecht zu halten und umklammerte mit beiden Händen das Bettgeländer. Kurz darauf sah er einen Schatten über Beckys Körper gleiten. Als er aufschaute, blickte er in Elliots Gesicht. Er hatte sich von der anderen Seite aus über ihr Bett gelehnt und starrte ihm ausdruckslos entgegen.

„Jetzt oder nie." Seine Stimme klang kalt und bestimmt.

Don versuchte etwas zu sagen, doch er schaffte es nicht, auch nur eine einzige Silbe auszusprechen.

„Becky stirbt jetzt, und durch ihre Verfügung will und darf sie nicht wiederbelebt werden", fuhr Elliot fort. „Du hast noch etwa fünfzig Sekunden, bis das Nachtteam ins Zimmer stürmt. Also, willst du deine Frau weiterhin in den Armen halten oder sie verlieren? Denk an all die Rückfälle dieses Mädchens hier – einen fünften wird sie nicht überleben." Mit dem Finger zeigte er nach hinten, auf den reglosen Körper seiner Patientin. „Du könntest dein Glück wiederfinden und würdest gleichzeitig ein Leben retten! Sie ist die perfekte Kandidatin, diese Leute hören nämlich nicht auf. In spätestens neun Monaten steht sie wieder am selben Punkt und setzt sich den goldenen Schuss. Sie ist ein Junkie, sie wird ihr Leben nie auf die Reihe kriegen – das ist eine statistische Gewissheit!" Dann wurde der Ton in seiner Stimme etwas feinfühliger und ruhiger. „In ein paar Tagen wird es so sein, als wäre Becky nie etwas geschehen. Du wirst in das Gesicht deiner Frau blicken und heilfroh sein. Also lass es mich tun – lass mich dir helfen, wieder glücklich zu werden. Das ist deine letzte Chance."

Überschüssiges Adrenalin schoss durch Dons Körper und sein Herz trommelte so schnell und heftig, dass er glaubte, es könnte seine Brust durchstoßen. In seinem Geiste sah er die strahlend schönen Linien ihres Gesichts aufblitzen, ihr Lächeln, ihr gutmütiges Wesen, und mit einem Schlag wurde ihm bewusst, dass er der Wahrheit endgültig ins Auge blicken musste. Denn obgleich er den Großteil seines Lebens noch vor sich hatte, wusste er, er würde nie über sie hinwegkommen. Sie nie wiederzusehen, käme einer Höllenqual gleich, die er nicht überleben würde. Niemals wieder ihr Antlitz zu erblicken, würde ihn schlichtweg zerstören. Es wäre sein Ende, da ohne sie seine Existenz keinen Sinn mehr hätte. – Die Wahrheit, und nichts anderes als die reine Wahrheit war, dass er nicht ohne Becky leben könnte. Niemals.

Noch immer war er wie gelähmt und schaffte es, weder seine Lippen zu öffnen noch einen Ton von sich zu geben.

Er zitterte und Sekunde um Sekunde verstrich.
Schweigen.
Piepsen.
Läuten.

Alarmtöne.
Und dann nickte Don.

Plötzlich ging alles ganz schnell und Elliot befahl ihm, sich hinüber zum Bett der jungen, fremden Frau zu begeben. „Los, stell dich ans Bett der Kleinen und zieh den Vorhang zu!"

Unterdessen zückte Elliot eilig das Krankenblatt aus der Halterung an Beckys Bettgestell und tauschte es mit dem der Fremden. Direkt an der Wand hing ein Notfall-Defibrillator, den Elliot per Knopfdruck hochfuhr. Darauf griff er nach den beiden Elektroden, die an zwei langen Kabeln mit dem Gerät verbunden waren und ließ sie frei in der Luft hängen. Sowie er die Starttaste für den ersten Schock betätigt hatte, erklang ein kurzes, leises Klacksen. Folgend betätigte Elliot die Taste ein zweites Mal und wieder ertönte das knisternde Geräusch. Dann erst riss er das Laken mit Schwung von Beckys Körper, streifte ihr Patientenhemd nach oben und brachte die Elektroden-Pads des Defibrillators an ihrem Oberkörper an. Eines der Pads pflasterte er auf die Haut unterhalb ihrer linken Achselhöhle, das andere auf die rechte Seite, dicht unter dem Schlüsselbein. Im Anschluss beugte er sich über sie und legte beide Hände überschlagen auf ihre Brust. Im dem Moment, als er sie zu reanimieren begann, hallte bereits das laute Aufstoßen der Tür durch den Raum und eine Schwester, ein Pfleger und ein junger Arzt stürmten ins Zimmer.

Der Pfleger schob einen metallenen Wagen mit Notfallequipment vor sich her, während der blutjunge Assistenzarzt wissen wollte, was geschehen war.

„Ich bin der behandelnde Arzt dieser Patientin!“, unterrichtete Elliot das Team über die Lage. „Unfallopfer in künstlichem Koma, Ende zwanzig, unerwartete Asystolie, bereits zwei Mal geschockt – führe Reanimation durch!“

Die Krankenschwester zog eine Spritze auf. „Möchten Sie eine Einheit Adrenalin verabreichen?“

„Ja, rein damit!“

Unverzüglich injizierte die Schwester das Adrenalin in den freien Zugang an Beckys Unterarm. Währenddessen presste der Pfleger eine Sauerstoffmaske auf ihr Gesicht und pumpte in regelmäßigen Schüben Luft in ihre Lungen. Kurz darauf setzte Elliot die Herzmassage mit fünfzehn aufeinanderfolgenden Stößen fort, worauf er eine Pause machte und gemeinsam mit den restlichen Anwesenden auf einen Monitor starrte.

„Keine Reaktion!“, rief die Schwester. „Eine weitere Dosis?“

Doch Elliot trat einen Schritt zurück und antwortete mit niedergedrückter Stimme: „Nein, lassen wir es gut sein.“ Er wischte sich eine Schweißperle von der Stirn und warf anschließend allen Beteiligten abwechselnd einen Blick zu. „Trotzdem, das war gute Arbeit. Danke.“ Er sah auf seine Armbanduhr und wandte sich dann an die Schwester. „Bitte notieren Sie.“

„Natürlich“, antwortete sie und griff sofort nach Krankenblatt und Notfallprotokoll.

„Zeitpunkt des Todes: Zwei Uhr und drei Minuten.“

Elliot knipste die lärmenden Monitore aus und senkte sein Haupt, als würde er eine Schweigeminute einlegen. Kurze Zeit später deutete er mit einer Geste auf Don, der durch den offenen Spalt im Vorhang alles hatte mitverfolgen können. „Würde bitte jemand den Leichnam so schnell wie möglich fortbringen? Für Mr. Cullen hier ist das Ganze sicherlich alles andere als angenehm.“

„Selbstverständlich, ich werde mich persönlich darum kümmern“, meinte der Assistenzarzt prompt und wies dabei den Pfleger und die Schwester an, Beatmungsmaske, Elektroden sowie sämtliche weitere Verbindungen zu Gerätschaften vom Körper der Toten zu entfernen. Sein Ausdruck triefte förmlich vor Unerfahrenheit und das Verlangen, beim berüchtigten Dr. Vaughn Eindruck zu schinden, stand ihm ins Gesicht geschrieben.

Kurze Zeit später streifte der Pfleger das weiße Laken andächtig über den leblosen Körper und fasste gemeinsam mit dem jungen Arzt an das Gestell des Bettes. Sie lösten die Bremsen der Lenkrollen und schoben das Pflegebett aus seiner Position in Richtung des Ausgangs. Elliot begleitete sie und öffnete ihnen die Tür. Gefolgt von der Schwester, die den Notfallwagen vor sich herrollte, verließen sie schließlich den Raum. Als alle drei im Korridor verschwunden waren, kehrte Elliot zu Don zurück, der voller Anspannung auf ihn wartete.

„Verfluchte Scheiße, was haben wir getan?“ Don zitterte am ganzen Leib und konnte kaum noch einen klaren Gedanken fassen.

„Es ist alles gut, keine Sorge.“

Don hasste es, dass Elliot so ruhig war und begann ihn dafür zu verachten. „Ist es mittels der Geräteaufzeichnungen denn nicht möglich, deine gesamte Rettungsaktion zurückzuverfolgen? Was, wenn man anhand der Aufzeichnung ihrer Herzaktivitäten bemerkt, dass du sie gar nicht geschockt hast und mit der Reanimation erst begonnen hast, als das Team den Raum betreten hatte?“

„Man könnte es zurückverfolgen, aber das wird keiner tun – weil kein Grund dafür besteht. Außerdem sprechen wir hier von *mir*, der die Aktion durchgeführt hat. Und niemand wagt es, meine Handlungen in Frage zu stellen.“ Für einen kurzen Augenblick schien Elliot gereizt. „Und schon gar nicht dieser kleine Scheißer von Assistenzarzt! Der ist wahrscheinlich nur froh, dass er nicht selbst ranmusste.“

Don spürte, wie keines von Elliots Worten ihn zu beruhigen vermochte. Warum hatte er nur genickt? Er stellte sich die Frage in einer Dauerschleife. Immer und immer wieder.

„Machen die denn keine Autopsie oder sowas?“

„Jetzt komm mal wieder zur Ruhe“, erwiderte Elliot entspannt. „Der tote Körper gilt als der Leichnam eines Junkies, der aufgrund eines schweren Unfalls eingeliefert wurde und den Folgen seiner Verletzungen erlegen ist – der Fall ist eindeutig! Es wird also keine Obduktion geben. Der Pathologe wird sich den Krankenbericht ansehen und unterschreiben. Wenn sich dann innerhalb einer gewissen Frist niemand meldet, sorgt der Staat für die sogenannte Entsorgung – so nennen wir hier die Einäscherung von Obdachlosen oder Menschen ohne Familienangehörige. Und ich werde dafür sorgen, dass sich dieser Vorgang ein wenig beschleunigt.“

Zwar mäßigte sich Dons Puls etwas, trotzdem wusste er nach wie vor, dass es falsch war, was sie getan hatten. Missmutig blickte er auf den Körper der bandagierten Fremden herab, der da vor ihm auf dem Krankenbett lag. Wie er so still und friedlich vor sich hinschlummerte. Unwissend und sorglos. Ohne die blasseste Ahnung, was mit ihm passieren würde.

„Was, wenn sie ihre Erinnerungen wiedererlangt?"

„Das wird sie nicht. Nicht mit meinem speziellen Cocktail, den ich ihr bei der anstehenden Operation verabreichen werde. Der wird ihr Erinnerungsvermögen völlig zermürben. Für immer."

Zwischen den beiden Männern wurde es ruhig und es verstrichen zahlreiche Minuten. Minuten, in denen Don es noch immer nicht schaffte, den Blick von der jungen Frau abzuwenden. Der Frau, auf dessen Patientenblatt nun Beckys Name stand.

„Wer ist sie?", fragte Don leise und gedankenversunken.

„Es ist besser, wenn du so wenig weißt wie möglich. Glaub mir, es würde dich nur emotional verwirren." Elliot wandte sich Don entgegen und sah ihm in die Augen. „Vertrau mir, Don. Gleich morgen früh wird Dr. Heardman bei seiner morgendlichen Visite feststellen, dass sich über Nacht ihre Werte verbessert haben. Und ich werde rein zufällig ebenso anwesend sein. Da diese Becky hier stabil genug für eine Operation nach meinem Verfahren ist, werde ich sofort die Bewilligung der OP zur Narbenbeseitigung einholen – dabei wirst du als Ehemann ebenfalls eine Einverständniserklärung unterzeichnen müssen. Dann wähle ich meine Studenten aus, verklickere ihnen, die OP sei ein vertrauliches Experiment und schon geht's los." Er legte eine Hand auf Dons Schulter, während seine Stimme einen sanften und behutsamen Ton annahm. „Lass los, Don. Lass einfach alles los und erfreu dich daran, dass du schon in wenigen Tagen deine Frau wieder zurückhaben wirst."

Don blickte ausdruckslos in Elliots Gesicht und war weder einverstanden, skeptisch noch dagegen. Denn in diesem Moment empfand er nichts. Er war leer. So als hätte ihn die Überforderung der letzten Wochen und Tage so weit getrieben, dass sich mittlerweile sein Verstand ausgeknipst hatte. Der Unfall, das Koma, die Trauer und Suizidgedanken, die Nachricht über Beckys bevorstehenden Tod, ihr *tatsächlicher* Tod und nun auch noch diese Situation. Das alles musste wohl zu viel für ihn gewesen sein, sodass er nun nur noch einen Schritt von einem Nervenzusammenbruch entfernt war. Es schien die einzig logische Erklärung für seinen Zustand.

„Komm, Don", meinte Elliot, legte einen Arm um ihn und führte ihn zur Tür. „Geh nach Hause und überlass alles Weitere mir. Ich bringe dich zu deinem Wagen. Und wenn du morgen wiederkommst, wird alles anders sein. Ich versprech's dir."

Willenlos ließ sich Don nach draußen geleiten, in den Flur und dann zu den Fahrstühlen. Wie mechanisch gewährte er sich führen zu lassen, als wäre er nichts weiter als eine leere Hülle, die man bewegen konnte, wohin man wollte. Wie eine Figur auf einem Brett oder eine aufziehbare Spielmaus, die in jene Richtung sauste, in die man sie lenkte.

In der Tiefgarage ließ er sich zu Beckys Cabrio begleiten und setzte sich wortlos ans Steuer. Als sich Elliot verabschiedet hatte und verschwunden war, saß er noch eine Zeit lang da und starrte reglos durch die Windschutzscheibe.

Bereits jetzt bereute er, welch makaberem Vorgehen er da zugestimmt hatte. Wozu er sich hatte verleiten lassen, war bar jeglicher Vernunft und verstieß so ziemlich gegen jede Moralvorstellung, an die er je geglaubt hatte.

Was würde nun geschehen? Wie sollte er sich fortan verhalten? Sollte er einfach so tun, als würde seine Frau noch leben? Könnte er das denn, mit all dem düsteren Wissen, das er im Hinterkopf hatte? Wenn er klar darüber nachdachte, wusste er, dass er wohl kaum dazu in der Lage wäre. Er hatte gegen Ethik und Gesetz verstoßen, was seinen Verstand keine Sekunde mehr zur Ruhe kommen ließ. Elliots Plan war zu gleichen Teilen krank wie schauderhaft – und ob er wollte oder nicht, war er nun ein Teil davon. Er hatte sich in einen Betrüger und Lügner verwandelt – zweierlei Menschenbilder, zu denen er niemals werden wollte und wofür er sich sicherlich für den Rest seines Lebens verurteilen würde.

Dass er seine Entscheidung aus purer Trauer und Verzweiflung getroffen hatte, war Don klar. Dennoch war sie falsch gewesen. Falsch und mit nichts wiedergutzumachen. Und auch wusste er, dass er sich aus alledem vermutlich kaum wieder herauswinden könnte.

Vielleicht, und das war der einzige Hoffnungsschimmer, der ihm blieb, würde der Anblick dieses vertrauten Gesichts, das ihn bald erwartete, alles ändern. Dieses Gesicht, dessen jede einzelne Kontur er so sehr liebte wie nichts anderes auf dieser Welt. Das Gesicht, dessen jedes kleine Fältchen ihn an ein gemeinsames Erlebnis erinnerte und ihm bereits so oft ein Lächeln entlockt hatte. Vielleicht würde es ihm neuen Lebensmut einhauchen und ihm dabei helfen, das Ganze doch noch durchzustehen. *Wer weiß ...*

Als er allmählich wieder zu sich kam, so als wäre er aus einem wirren Traum erwacht, blickte er noch immer starr durch das Verbundglas der Frontscheibe. Unter gedämmtem Licht fügten sich vor seinen Augen verschwommene Umrisse und Linien zu grauen Säulen und Mauerwerk zusammen und er realisierte, dass er sich noch immer in der Parkgarage befand. Es war leise und roch nach Benzin und Abgasen.

Wie viel Zeit er dort schon verbracht hatte, wusste er nicht – aber es war sicherlich sehr lange gewesen.

Bis er dann irgendwann den Motor startete.

28

2 Tage später

Als Don am vergangenen Morgen das Patientenzimmer betreten hatte, war alles genauso gekommen, wie Elliot es prophezeit hatte. Die ebenso erstaunten wie erleichterten Blicke von Dr. Heardman, die Gratulationen der Schwestern, die Becky tagein, tagaus umsorgt hatten. Sie alle waren erfreut über den positiven und plötzlichen Genesungsverlauf seiner Ehefrau. Elliot war natürlich stets vor Ort gewesen, um jegliche Reaktionen der Ärzte und Pfleger zu überwachen und wenn nötig, die ein oder andere Verschleierungstaktik anzuwenden. Doch letztlich hatte sich alles, was er vorausgesagt hatte, bewahrheitet und niemand hatte Zweifel an seinen Worten gehegt. Sein Plan war reibungslos aufgegangen.

Und nun, am Tag darauf, war ihr Zimmer leer. Es war kurz vor neun Uhr morgens und sie war bereits in den Operationssaal gebracht worden, wo man soeben die Vorbereitungen für den Eingriff traf. Don hatte die Mitarbeiter, welche ihren Körper auf einer Rolltrage aus dem Raum befördert hatten, noch bis zur doppelten Schwingtür des OPs begleitet. Weiter hatte er ihnen jedoch nicht folgen dürfen.

Auf seine Frage hin, hatte man ihn informiert, Dr. Vaughn befände sich gemeinsam mit seinen Studenten im Auditorium. Don hatte sich die Richtung zeigen lassen und sich auf den Weg gemacht. Als er den besagten Raum erreicht hatte, vernahm er bereits Elliots gedämpfte Stimme, die durch einen Türspalt nach draußen drang.

Er trat näher und schob die Tür leise auf. Was er zu sehen bekam, war ein gigantischer Hörsaal, der einer Bühne glich. Von oben blickte er über die reihenweise langen, flachen Stufen herab, die sich nach unten zogen, bis zum Professorenpult. Die Treppen, die auch als Sitzplätze dienten, bildeten einen riesigen Halbkreis und eine kleine Gruppe junger Frauen und Männer saß verteilt in den ersten Reihen.

Unverkennbar waren sie aufgeregt und lauschten aufmerksam Elliots Ausführungen, der in seinem weißen Kittel am Pult stand. Don zählte insgesamt neun Studenten, jeder von ihnen jugendhaft und voller Tatendrang, angetrieben von der stetigen Motivation, ihrem großen Vorbild zu gefallen.

Jung, allerdings nicht unerfahren, wie Elliot ihm letztens erzählt hatte. Sie alle waren ihrer Zeit weit voraus, die meisten von ihnen hatten in ihrer Kindheit oder Jugend sämtliche Klassen übersprungen, Stipendien erhalten und unter Elliots Leitung bereits an etlichen komplizierten Eingriffen teilgenommen. Sie waren die Auslese, die Besten der Besten und repräsentierten die nächste Generation möglicher Pioniere im Bereich der fortgeschrittenen Medizin.

Mit militärischem Auftreten und nach hinten verschränkten Händen stand Elliot da, als wäre er ein General, während er forschend in das Publikum schaute.

Gegen den Türrahmen gelehnt, verfolgte Don, wie Elliot ruhig und deutlich auf seine Schützlinge einsprach.

„Wie Sie alle wissen, ist diese Einrichtung hier ein Lehrkrankenhaus. Weshalb man mir bezüglich dieser Operation im Rahmen der Forschung völlig freie Hand gegeben hat. Damit Sie, meine Damen und Herren", er machte eine kurze Pause und blickte in die Runde, „etwas lernen."

Kichern und leises Getuschel breitete sich über den Saal. Als Elliot weitersprach, war es auf der Stelle mucksmäuschenstill, worauf er wieder die volle Konzentration der Nachkömmlinge genoss.

„Nur vier Personen werden heute diesen OP betreten. Ich und drei weitere, von mir persönlich erwählte Assistenten, deren Namen ich gleich verkünden werde. Keiner von Ihnen wird Herkunft, Name oder Krankengeschichte des freiwilligen Probanden erfahren, außerdem wird jeder von den drei Auserwählten eine Verschwiegenheitsvereinbarung unterzeichnen. Ein Verstoß gegen diese hat die sofortige Exkommunikation zur Folge, worauf Ihnen sämtliche Rechte auf jede zukünftige Lizenz zur Approbation verwehrt bleiben."

Wow, er kann also auch anders, schoss Don durch den Kopf. W*ie kommt's zu dieser plötzlichen Wortgewandtheit?* Als Elliot dann fortfuhr, widmete er ihm erneut seine Aufmerksamkeit.

„Diejenigen unter Ihnen, die ich nicht aufrufe, müssen sich keinerlei Gedanken oder Sorgen machen. Die Kriterien, anhand derer ich meine Auswahl getroffen habe, beziehen sich einzig und allein auf die erforderlichen Fähigkeiten und Kenntnisse, derer es gemäß dieses speziellen Eingriffs bedarf. Sie haben nichts mit Ihrer Leistung, Sympathie oder sonstwelchem Nonsens zu tun. Seien Sie also beruhigt. Sie alle sind die Elite, denken Sie daran." Er wandte sich zum Schreibpult um, nahm einen Notizblock zur Hand und las davon ab. „Kommen wir nun zu den drei Auserkorenen – und bleiben Sie bitte sitzen, während ich Sie ausrufe. Somit nenne ich als Erstes Carmen Geraldino!"

Ein seichtes Klatschen wanderte durch den Raum, wobei der Moment an die Diplomverleihung einer Abschlussklasse erinnerte. Dabei lasteten nicht wenige neidvolle, wenn auch unauffällige Blicke auf der stolz dreinsehenden, jungen Blondine, die gleich in der ersten Reihe saß und sich kaum merklich verneigte.

„Ihr Können im Bereich der Anästhesie ist für diese Operation unabdingbar. Außerdem hat kein vollausgebildeter und langjähriger Anästhesist den gesamten Operationsprozess sowie sämtliche Überwachungsmonitore so im Blick wie Sie. Auf dem Tisch hinter mir finden Sie eine Auflistung der exakten Dosierung aller bisher dem Probanden verabreichten Medikamente. Errechnen Sie bitte anhand dieser Ihre Narkosemedikation. So, und nun zum nächsten Namen: Luke Callahan! Auch Ihr Wissen bezüglich Transplantate und *DNA*-Forschung sind hierbei entsprechend von Nöten."

Erneut erfüllten Gemunkel und gedämpfter Applaus den Saal, bis Elliot wieder das Wort ergriff. „Und jetzt die Letzte auf meiner Liste: Giancarla Ortega! Ich wäre ein Narr, würde ich bei diesem Projekt auf Ihr feines Händchen verzichten."

Nun wurde das Geschnatter etwas lauter und hemmungsloser, während eine junge Studentin mit pechschwarzer Mähne zufrieden durch die Runde blickte. Sie war schlank und zierlich und ihre hispanischen Wurzeln waren kaum zu übersehen.

„Ruhe!", rief Elliot und der Raum verstummte augenblicklich. Dann sah er kurz auf die Menge und sprach in trockenem Ton weiter. „All jene, die ich aufgerufen habe, bitte ich, sich in fünfzehn Minuten bereit und voll ausgestattet in Operationssaal Nummer fünf einzufinden. Alle restlichen Anwesenden begrüße ich wieder am Montag, pünktlich um sieben Uhr in der Empfangshalle – vielen Dank. Und nun hopp, hopp, meine Lieben!"

Im selben Moment erhoben sich sämtliche der Studenten aus ihren Sitzflächen und verstreuten sich in alle Richtungen. Knattern, Geraschel und ein Stimmenwirrwarr hallten durch das Gemäuer, dem hin und wieder schallendes Gelächter entspross.

Don beobachtete die Szenerie, als er bemerkte, wie Elliots Blick ihn fand. Von weitem sahen sie sich stumm entgegen, während sich das Auditorium allmählich leerte. Ein Ausdruck völliger Selbstzufriedenheit zierte Elliots Gesicht, während Don keine Miene verzog. Der Augenblick hielt einige Sekunden an. Schließlich wich Don einen Schritt zurück und entfernte sich.

29

Gegenwart

„Und das ist alles, was ich weiß. Vier Tage später bin ich in dein Zimmer getreten, wo ich dir zum ersten Mal begegnet bin", sagte Don mit einer Anhäufung an Falten auf seiner Stirn, wie sie es noch nie zuvor an ihm gesehen hatte.

Ihr Herz klopfte und noch immer klammerte sie sich mit beiden Händen an die Gitterstäbe, so fest, dass ihre Finger fast taub geworden waren. Sie atmete tief ein und aus und versuchte sich zu mäßigen. „Du weißt also weder meinen Namen noch sonst etwas über mich?"

„Nein. Aber ich kann es herausfinden."

Ein leichtes Schwindelgefühl überfiel sie, worauf sie einige Schritte zurücktrat und sich auf ihren Knien abstützte. Sie war sprachlos und wusste nicht, was sie all dem entgegnen sollte. Was sie verspürte, war pure Überforderung und sie hatte keine Ahnung, wie sie mit all dem, was sie soeben erfahren hatte, umgehen oder wie es nun weitergehen sollte.

„Bitte höre mich an", erklang Dons Stimme erneut und sie blickte zu ihm auf.

„Du kannst jetzt die Polizei verständigen. Oder fortgehen. Du kannst tun, was auch immer du willst. Ich werde alles respektieren und hinnehmen. Ich bin bereit, meiner gerechten Strafe entgegenzutreten –

Hauptsache, du hörst mich zuvor an." Er wartete einen Augenblick lang, doch sie schwieg.

„Ja, du hast Beckys Gesicht, das hat mich anfangs natürlich beeinträchtigt", beichtete er unvermittelt und blickte ihr dabei mit schwermütigem Ausdruck entgegen. „Doch ich habe alsbald bemerkt, dass du nicht sie warst. Dass ich mich bloß einer Illusion hingegeben und mich in dieser verrannt hatte. Es wurde mir bewusst, immer wenn ich in deine Augen blickte. Denn es waren nicht Beckys. Und so habe ich allmählich versucht, mich damit abzufinden. Mich endlich der Tatsache zu stellen, dass sie tot ist und dass sie niemals wiederkehren wird." Plötzlich erhellte sich seine Miene und es war, als könnte sie ein Funkeln in seinen Augen erkennen. „Aber dann, je mehr Zeit wir miteinander verbrachten, du und ich, desto deutlicher habe ich erkannt, dass ich dabei war, einen neuen Menschen kennenzulernen. Eine völlig andere Person, und ich habe mich dann in diese verliebt, verstehst du? Ich liebe dich wirklich. Alles, was ich je zu dir gesagt habe, alles, was wir erlebt haben ..." Er stockte kurz und es schien, als würde er jeden Moment in Tränen ausbrechen. „Das alles war echt. Ich wünschte, du könntest sehen, was du mit mir gemacht hast. Mit mir und in meinem Herzen. Ich bin verliebt in dich, und das ist die Wahrheit. So inbrünstig, dass ich schreien könnte."

Sein Blick senkte sich und egal, was er auch getan hatte, in diesem Augenblick tat er ihr leid. Sie verurteilte und schalt sich innerlich dafür, trotzdem war es so.

„Und jetzt tu das, was du für richtig hältst", fuhr er fort. „Dazu möchte ich beteuern, dass ich mir nichts mehr wünsche als ein gemeinsames Leben mit dir. Du könntest eine Therapie machen, um den Ärger und die Wunden deines alten Ichs zu verarbeiten und wir könnten gemeinsam an unserer Beziehung arbeiten und ein neues Leben beschreiten. Ich würde dich lieben und dir die Welt zu Füßen legen. Ansonsten kannst du mich nun anzeigen und ich werde ins Gefängnis gehen. Es wäre mir egal. Denn zuerst habe ich meine Frau verloren und jetzt auch noch dich. In dem Fall hätte nichts mehr einen Sinn für mich. Es wäre okay und du müsstest dir keine Vorwürfe machen. Da du, sofern dann die Wahrheit ans Licht käme, nicht mehr als Becky Cullen gelten würdest, würde ich dir noch eine Summe Geld zur Verfügung stellen. Eine, mit der du für den Rest deiner Tage zurechtkommen wirst und endlich das Leben führen kannst, das du verdienst."

Seinen Blick noch immer zu Boden gerichtet, verstummte er und wartete. Darauf, wie sie sich entscheiden und was nun geschehen würde. Sie musterte ihn und an seinen feuchten Augen erkannte sie, dass er die Wahrheit sprach. Durch die Optionen, die er ihr gestellt hatte, wusste sie, dass er noch immer der großzügige und fürsorgliche Mann war, den sie zu Beginn kennengelernt hatte. Immerhin würde er sogar ins Gefängnis gehen und trotzdem darauf achten, dass sie versorgt war. Doch so sehr sie seine guten Seiten auch anerkannte, Fakt blieb, dass er ihr Vertrauen missbraucht hatte. Und zwar auf eine der schlimmsten Arten, die es gab.

In ihrem Kopf ratterte es wie wild und sie bemerkte, dass sie zu diesem Zeitpunkt nicht in der Lage war, auch nur einen einzigen halbwegs anständigen Gedanken zu fassen. „Ich muss jetzt allein sein. Ich brauche etwas Zeit zum Nachdenken."

„Natürlich. Alles, was du willst", antwortete er rasch.

Sie wandte sich um und ging langsam davon. Während sie ihn zurückließ, vernahm sie, wie er ihr halblaut hinterherrief.

„Ich ... äh ... ich bleibe dann so lange hier ..."

Sie schwieg und schritt fort, ohne sich noch einmal zu ihm umzudrehen. Zumal seine Äußerung völlig sinnlos und überflüssig war. Nebenbei streifte sie ihre weißen Turnschuhe ab und ließ sie an Ort und Stelle liegen. Barfuß begab sie sich ein Stück die Straße hinunter, um dann von dort aus zum Strand zu gelangen. Der Asphalt war hart und rissig und hin und wieder spürte sie ein kleines Steinchen, das sich zwischen ihren Zehen verirrte.

Als sie die Anhöhe hinabgestiegen war, fühlte sie endlich wieder weichen Boden unter ihren Füßen. Es war feiner, warmer Küstensand. Der Sand des Strandes, den sie inzwischen so sehr liebgewonnen hatte. Nun konnten nur noch er, die Salzluft und der Blick auf die offene See ihr dabei helfen, in ihrem geistigen Durcheinander etwas Ordnung zu schaffen.

Gedankenvertieft wanderte sie am Meeresufer entlang, während ihr eine zarte Brise entgegenwehte. Sie vernahm das Rauschen, die Möwenschreie und spürte die heißen Sonnenstrahlen auf ihrer Haut, während sie mit einigen lockeren Bewegungen versuchte, die angespannten Muskeln in ihren Schultern zu entspannen. Allmählich legten sich der Schrecken und der Schauder, trotz allem rissen ihre Gedanken nicht ab. Die Gedanken daran, dass sie nicht Becky Cullen war, sondern eine völlig andere Person. Obgleich ihr diese Frau und ihr Leben fremd waren, hatte sie sich schon beinahe mit dieser Rolle angefreundet. Der Rolle der Mrs. Cullen. Stattdessen hatte sie erfahren, dass ihr wahres Leben das eines drogensüchtigen Wracks war. Und dabei wusste sie kaum, welcher Schock der größere war – dass sie nicht Becky oder dass sie in Wahrheit ein Junkie war.

Natürlich erklärte das so einiges. Ihre Aggressionen und Wutausbrüche waren somit die Merkmale dieser anderen fremden Person. Ihres einst drogenabhängigen und wahren Ichs. Aber was für eine Geschichte steckte hinter dieser Person? Wer war sie? All das musste sie unbedingt erfahren.

Was Don anging, war sie sich noch immer unschlüssig darüber, ob das, was er getan hatte, ein verzeihlicher Akt der Verzweiflung war oder ob er damit sein menschliches Recht auf Vergebung für immer verwirkt hatte. Das Dumme war nur, dass sie sich wahrhaft in ihn verliebt hatte und seine Tat sogar auf die eine oder andere Weise nachvollziehen konnte. Wie er schleichend in all das hineingeschlittert war und sich letztlich in einer Spirale aus Mittäterschaft und deren Konsequenzen gefangen sah. Und auch wie der bevorstehende Tod seiner Ehefrau ihn beinahe den Verstand gekostet hatte. Allem Anschein nach hatte er seine Frau so unendlich geliebt, dass diese Affekthandlung die einzige Möglichkeit für ihn war, weiterexistieren zu können. Wenn sie sich vorstellte, Don durch einen Unfall oder Ähnliches zu verlieren, so wie sie ihn jetzt lieben gelernt hatte, wäre es auch für sie unerträglich. Und ebenso wenig wie durch einen Unfall wollte sie ihn auch nicht durch diese Wahrheit verlieren, die nun ans Tageslicht gekommen war. Weshalb sie tatsächlich mit dem Gedanken spielte, ihm zu verzeihen. Ob diese Sicht vom Standpunkt der Moral und eines gesunden Menschenverstandes aus richtig war, wusste sie nicht, aber sie *wollte* die Dinge so sehen – weil sie ihn liebte.

Sie wollte dieses Leben weiterführen. Nicht den Glanz und den Reichtum, sondern das Leben mit ihm. *Er* war es, der ihr wichtig war. Er war zum Fels in der Brandung geworden, dem Sinnbild ihres Verlangens, wobei sie dasselbe auch von seiner Warte aus spürte. Die Wochen im Krankenhaus nach ihrem Erwachen und auch in der Zeit, seit sie heimgekehrt war. Schon nur, indem er sie ansah, konnte sie jedes Mal förmlich fühlen, wie er sie begehrte. Und die Vorstellung davon, wie groß sein Verlangen nach ihr war und sein unentwegt sehnsüchtiger Blick berührten sie so sehr, dass sie es kaum für möglich hielt, dass dies alles real war. Wenn sie sich ihm in solchen Augenblicken näherte, um ihn zu küssen, erwärmte es ihr Herz und brachte sie dazu, ihm immer wieder aufs Neue zu verfallen.

Klar, er hatte sie belogen und das war falsch. Aber was war ihm auch anderes übriggeblieben, als mitzuspielen? Später, als alles bereits seinen Lauf genommen hatte. Immerhin waren da Elliot und nicht zu vergessen das Rechtssystem, welches in solch einem Fall kein Erbarmen gelten ließ. Hätte er ihr außerdem gleich nach ihrem Erwachen die Wahrheit erzählt, hätte sie mit Sicherheit einen größeren Schock erlitten, als sich schlicht damit abfinden zu müssen, eine Person zu sein, die an Amnesie litt.

Im Grunde genommen hatte er ihr sogar eine zweite Chance beschert. Sie war von ihrer Drogensucht und ihrem elenden Dasein befreit worden. Ihr wurde praktisch ein neues Leben geschenkt. Denn was war es auch schon für ein Leben gewesen, durch das sie sich da vorher planlos manövriert hatte? Nun aber hatte sie die Gelegenheit, alles besser zu machen, alles wieder geradezurücken und als ein neuer Mensch ein neues Leben zu beginnen.

Durch das, was er ihr über seine Frau erzählt hatte, über ihr Wesen, ihren Charakter und ihre Gedanken, und durch all das, was er ihr in dieser kurzen Zeit beigebracht hatte, hatte er sie zu einem besseren Menschen gemacht. Sein Einfluss verhalf ihr von Anfang an, zu dem zu werden, was sie nun war. Nämlich eine empfindsame und aufgeschlossene Frau. Ein aufrichtiges Mitglied der Gesellschaft. Ohne ihn und ohne diese Fügung des Schicksals wäre sie vermutlich niemals so weit gekommen. Dem ungeachtet musste sie sich nun Klarheit darüber verschaffen, wie es mit ihr und Don weitergehen sollte.

Schuld an allem war offenbar dieser Elliot. Er und dessen unsagbares Ego. Er hatte die Tat begangen, alles geplant und Dons labilen Zustand zu jener Zeit schamlos für sich genutzt. Seine aussichtslose Situation, die Trauer und den Schmerz. Trotzdem hatte Don sich zum Mittäter gemacht. Er und Elliot hatten etwas getan, das gegen jeden ethischen Grundsatz verstieß. Etwas wahrhaft Schauderhaftes – und sie hatte keine Ahnung, wie sie damit umgehen sollte. Ja, sie hatte sich in Don verliebt und sie liebte ihn noch immer. So unbändig, dass sie eine Zukunft ohne ihn als nicht lebenswert erachtete. Doch war dieses Gefühl genug, um über all die negativen Aspekte seiner Tat hinwegzusehen? Sie wusste es nicht und fühlte zwischen ihren Empfindungen hin- und hergerissen.

Auch die Enthüllung über ihre wahre Identität bereitete ihr mehr als nur Kopfschmerzen. Sofern Dons Schilderungen der Wahrheit entsprachen, hätte für sie wohl immer nur eine Frage gezählt, nämlich, wo sie den nächsten Stoff auftreiben könnte.

Ein Schauer überfiel sie. War sie wirklich so ein Mensch gewesen? Wie war es dazu gekommen? Womöglich würde sie die genauen Gründe dafür niemals erfahren. Und selbst wenn, würde es nichts an ihrer Situation ändern, so viel stand fest. Was sie dazu veranlasste, sämtliche Grübeleien über ihre Vergangenheit beiseitezuschieben – fürs Erste.

30

Nachdem sie von Bucht zu Bucht gewandert und letztlich wieder an ihren Ausgangspunkt zurückgekehrt war, hatte sie keine Ahnung, wie viel Zeit vergangen war. Nur dass die Sonne verschwunden und es begonnen hatte, dunkel zu werden, vermittelte ihr eine ungefähre Ahnung davon. Nämlich, dass bereits Stunden vorübergezogen waren.

Inzwischen war sie sich über so einiges klar geworden und sie wollte ins Haus zurück. Don über ihre Überlegungen aufklären und um bei der Gelegenheit auch Nägel mit Köpfen zu machen. Als sie das Tor erreichte, sammelte sie ihre Turnschuhe ein und begab sich über die Einfahrt zum Eingang des Hauses. Sie öffnete die Tür und schon erblickte sie ihn. Wie er mit angespannter Miene auf der Couch saß, sich jedoch unverzüglich aufrichtete, als hätte der Richter soeben den Saal betreten. Sie blieb an der Schwelle stehen und schwieg. Sie blickte zu ihm hinüber und musterte ihn. Sein Ausdruck glich dem eines Angeklagten, der auf die Entscheidung eines Gremiums wartete.

Es war still und sie fühlte die schicksalhafte Atmosphäre, die sich über den Raum breitete. So als durchlebte sie gerade einen jener bedeutsamen Momente, die alles entschieden. Und im Grunde war es auch so. Jene Abzweigung, die sie nun wählen würde, wäre entscheidend für den Rest ihres Lebens.

„Deine Schilderungen waren eindeutig", begann sie schließlich, „und ich habe nun so einiges begriffen. Trotzdem hast du mich belogen."

Don senkte sein Haupt und nickte, als hätte ein Gericht soeben das Urteil verkündet und ihn in allen Punkten der Anklage schuldig gesprochen.

„Aber wer weiß schon, was jemand anderes in deiner Situation getan hätte oder was *ich* getan hätte", fügte sie hinzu, worauf er verwundert aufsah. „Du hast jemanden verloren und versucht alles dafür zu tun, um das zu verhindern. Das kann ich nachempfinden und darum solltest du wissen, dass ich dir nichts vorwerfe."

Ihr war klar, dass sie bei allem, was sie ihm nun sagen würde, mehr von ihren Gefühlen als von ihrem Verstand geleitet wurde. Aber ihre Liebe zu ihm war wie eine Naturgewalt, gegen die niemand etwas ausrichten konnte. Und sie spürte, dass ihre Entscheidung die richtige war. Sie wusste es ganz tief in ihrem Inneren.

„Ich kann und möchte dich nicht beschuldigen oder Groll gegen dich hegen. Weil ich nun mal nichts dagegen machen kann, dass ich dich liebe. Und so möchte ich dir sagen, dass ich dieses neue Leben, das mir hier durch irgendeine Fügung zuteilgeworden ist, als Geschenk betrachte. Ein Geschenk, das ich gern annehmen würde."

Sie trat langsam auf ihn zu und konnte dabei regelrecht sehen, wie sich seine Unruhe von einem Moment auf den anderen löste. Er atmete erleichtert aus und kam ihr entgegen. Zugleich erfüllte sich sein Ausdruck mit Dankbarkeit und seine Augen wurden glasig.

Nun standen sie sich dicht gegenüber und sie sah, wie er ihr aufmerksam zuhörte. „Denn wer weiß, was sonst aus mir geworden wäre. Du hast deine Frau sehr geliebt, und das respektiere ich. Nur durch dich weiß ich, was Liebe ist, und darum kann ich es dir mit jeder Faser nachfühlen. Also lass uns zusammenbleiben und gemeinsam diese Fügung nutzen.“

Als sie ihren letzten Satz beendet hatte, spürte sie, wie sich auch ihre Augen mit Tränen füllten. Dann umklammerte er mit beiden Händen ihr Gesicht und küsste sie. Heftig und voller Begehren.

„Keine Lügen mehr.“

„Nein, keine einzige mehr“, antwortete er, während sie sich weiterhin energisch mit Küssen überhäuften.

Dann schlossen sie sich in die Arme und klammerten sich begehrlich aneinander fest. So eng, als wollten sich ihre Körper gegenseitig verschlingen. Sie genoss den Moment, dennoch schob sie Don nach einer Weile sanft von sich und blickte ihm mit einer gewissen Schärfe in die Augen. „Und jetzt finde heraus, wer ich bin.“

31

„Wir müssen reden." Durch Dons harten Tonfall hatte Elliot sicherlich schon am Telefon bemerkt, dass es sich nicht um einen Freundschaftsanruf handelte. Und genauso war es auch beabsichtigt. Wie Don erfahren hatte, war Elliot gerade aus einer Ärztekonferenz gekommen und völlig ermattet. Trotzdem war dieser noch in derselben Nacht aufgebrochen und hatte sich zum Strandhaus begeben. In seinem silbernen *Aston Martin DBS* rollte er nun die Einfahrt hoch und parkte auf einem der gepflasterten Abstellplätze.

Don erwartete ihn bereits. Elliot stieg aus dem Sportwagen und rückte sein teures Jackett zurecht. Er trat ins Scheinwerferlicht des Eingangsbereichs und stellte sich Don direkt gegenüber.

„Ich hab gehört, es gibt Probleme?", bemerkte Elliot. „Dr. Fonda hat mir von einigen Schwierigkeiten erzählt."

„Schwierigkeiten? Na ja, wenn du es so nennen willst. Aber das war nicht der Grund für meinen Anruf. Ich wollte dich nämlich darüber aufklären, dass sie es weiß."

„Wen meinst du und was soll derjenige wissen?"

„Die Fremde. Dein fleischgewordenes Forschungsprojekt."

Mit einem Schlag erschlafften sämtliche Muskeln in Elliots Gesicht und von seinem selbstsicheren Grinsen war nichts mehr übrig. „Was? Warum weiß sie es? Hast du jetzt völlig den Verstand verloren? Wenn publik wird, dass –"

„Komm wieder runter!", schnitt Don ihm abrupt das Wort ab. „Sie wird dich nicht verraten! Okay? Sie hat vor, dieses Leben weiterzuführen. Alles, was sie will, ist zu erfahren, wer sie ist. Ich denke, das ist nachvollziehbar, meinst du nicht?"

„Wie irre bist du eigentlich, ihr davon zu erzählen? Ich könnte meine Approbation verlieren, meinen Ruf, einfach alles!" Elliot schien mehr als nur aufgewühlt oder wütend, in seinen Augen war sogar ein Anflug an Panik zu erkennen.

Don versuchte, ihn mit einer Geste zu beschwichtigen und wiederholte, was er bereits gesagt hatte. „Wie erwähnt, sie will dich nicht ausliefern oder sonst irgendwas, sie möchte bloß wissen, wer sie ist. Und zweitens: Ich habe überhaupt nichts verraten. Jemand anderes hat mit ihr gesprochen."

„Was? Wer?"

„Keine Ahnung, sie sagte bloß, da wäre irgendein Typ auf sie zugekommen. Er hat ihr eine Nachricht mit seinem Namen und seiner Nummer in die Hände gedrückt. Zusammen mit einem Stick, der ein Video der Operation beinhaltet. Nach Sichtung sollte sie ihn zurückrufen. Anscheinend ein Kerl namens Sebastian, sagt dir das irgendwas?"

„Sebastian …"

Don konnte förmlich sehen, wie es in Elliots Kopf arbeitete und brummte. Stressfalten so tief wie Schluchten wucherten über Elliots Stirn, während sein Blick in den finsteren Nachthimmel emporwanderte. „Diese kleine Sau ... ja, ich weiß ganz genau, wer das ist."

„Ach ja?"

Doch Elliot ging nicht auf Dons Äußerung ein, sondern wütete weiter vor sich hin, so als würde er mit sich selbst sprechen. „Verflucht, ich bin noch mitten in der Ausarbeitung der Berichte und Protokolle. Wenn das Ganze öffentlich wird, bevor ich die Ergebnisse dem *CIA*-Agenten übergeben kann, bin ich geliefert!"

„Wie auch immer", warf Don teilnahmslos ein. „Ich muss Sämtliches über sie erfahren, ihren Namen, wo sie gelebt hat – einfach alles."

Elliot sah ihn erbost an. „Wie stellst du dir das vor?"

„Ich weiß, dass du Beziehungen, Mittel und Wege hast. Außerdem liegt es in deiner Verantwortung, das herauszufinden – du hast sie ausgewählt."

„Mag sein, aber schon mal was davon gehört, dass je mehr man gräbt, man umso mehr Aufmerksamkeit erregt? Eine Kopie ihrer Krankenakte kann ich dir natürlich besorgen. Aber wenn ich weitere Nachforschungen über sie anstellen lasse, erhöhen sich die Chancen, dass irgendjemand Fragen stellt."

„Dass sie wissen will, wer sie ist, liegt doch wohl auf der Hand – also bitte kümmere dich einfach darum. Mehr habe ich dazu nicht zu sagen."

Elliot starrte ihm einige Augenblicke lang stumm entgegen, bis er fragte: „Wo ist sie überhaupt?"

„Sie ist im Haus. Es wäre ihr aber lieber, dich nicht zu sehen. Sie ist nämlich immer noch dabei, das Ganze zu verarbeiten."

„Wie hat sie's aufgenommen?"

„Wie gesagt, sie ist dabei, das alles aufzuarbeiten – wie würde es dir in ihrer Lage gehen? Wenn dir unverhofft jemand sagt, du bist nicht du, sondern jemand anderes?"

Elliot starrte erneut vor sich hin; seine Stirnfalten waren weiterhin deutlich zu erkennen.

„Na schön", meinte er plötzlich und wandte sich um. Er merkte wohl, dass er nicht sonderlich erwünscht war und begab sich zu seinem Wagen. „Ich melde mich, sobald ich etwas habe."

„Gut. Und mach dir ihretwegen keine Sorgen, sie wird diesen Sebastian anrufen und sagen, dass sie nichts unternehmen will, und dass er es gut sein lassen soll."

Elliot nickte und öffnete die Autotür. Als er einen Fuß ins Innere gesetzt hatte, hielt er nochmals inne und suchte Dons Blick. „Ihr Name war übrigens Deborah. Deborah Knox." Anschließend stieg er ein, ließ den Motor seines *Aston Martins* aufheulen und brauste durch das offene Einfahrtstor.

Als Elliot in der Dunkelheit verschwunden war, überkam Don ein seltsames Gefühl der Erleichterung. Die letzten Male hatte er sich in Elliots Nähe stets unbehaglich gefühlt. Und es war nicht schwer für ihn herauszufiltern, weshalb. Denn seit jenem Tag, an dem Elliot ihm seinen visionären Vorschlag unterbreitet hatte, war eine andere Seite von ihm ans Licht gekommen. Wie er ihn ständig gedrängt und seinen Kummer, seine Qualen und seine Hoffnungslosigkeit ausgenutzt hatte. Aber vielleicht war es auch eine Seite an Elliot, die immer schon dagewesen war und Don hatte sie nicht bemerkt oder wahrhaben wollen. Oder sie hatte seit jeher in ihm geschlummert und war erst an jenem Tag in Erscheinung getreten. Er hatte keine Ahnung, welche von all diesen Möglichkeiten diejenige war, die zutraf. Aber Don fühlte sich in jedem Fall wohler, wenn er ihn außer Reichweite wusste. So viel war sicher.

Trotzdem war er froh darüber, dass sich Elliot der Sache annahm. Denn sie hatte es verdient, alles über sich und ihre Person zu erfahren. *Deborah* hatte es verdient.

Deborah, wie hübsch, dachte er so bei sich. Endlich wusste er ihren Namen und er war schon aufgeregt, ihn ihr zu nennen. Es war nicht viel, das war ihm klar, aber es war eine wesentliche Information. Denn dieser Name gehörte ihr – er war ein Teil von ihr. Er war ihr von Geburt an zugewiesen worden und einer der gewichtigsten Bestandteile ihrer Identität.

Und den Rest würden sie auch noch ergründen.

Deborah und Becky ... zwei verschiedene Namen, zwei völlig verschiedene Frauen, und dennoch liebte er sie beide. Dass Deborah ihm verziehen hatte, bewies, was für ein großes Herz sie hatte. Vielleicht war sie nicht so feinfühlig wie Becky und beherrschte nicht deren diplomatisches Fingerspitzengefühl, gleichwohl aber war sie ein ebenso warmherziger und außergewöhnlicher Mensch, der es wert war, geliebt zu werden.

Als er seine Gefühle für Deborah zum ersten Mal wahrgenommen hatte, war es, als wäre er Becky in jenem Moment fremdgegangen. Seine Gewissensbisse waren ins Unermessliche gestiegen, dennoch hatte er nichts gegen seine Gefühle ausrichten können. Sie waren einfach da gewesen. Plötzlich und unerwartet. Hin und wieder suchten ihn jene Schuldgefühle immer noch heim, und er wusste auch, dass es für alle Zeit so bleiben würde.

Anfangs hatte er noch mit sich gerungen und sich gefragt, ob er sich möglicherweise nur in ihr Äußeres verliebt hätte. Worauf er begann, sich mehr auf ihre Persönlichkeit zu konzentrieren. Dadurch waren seine Gefühle für sie allerdings nur noch stärker geworden. Ohne, dass er es wollte und ohne, dass er etwas dagegen hatte tun können.

Dass sie Beckys Gesicht besaß, beeinflusste ihn somit kaum mehr. Da sich ihre Gegenwart nicht wie die von Becky anfühlte. Das hatte sich alsbald herauskristallisiert. Natürlich war es ein eigenartiges Gefühl, stets das Antlitz seiner einstigen Frau vor Augen zu haben, doch inzwischen nahm er Deborahs Aussehen nur noch als reine Erinnerung an Becky wahr. So als würde man jeden Tag das Porträt eines Verstorbenen betrachten, wohlwissend, dass es nur eine Aufnahme war. Ein Abbild jener Person. Er war selbst überrascht darüber, wie gut er dies inzwischen zu trennen vermochte. Auf diese Weise war es, als wäre Becky immer bei ihm, wie eine Fotografie, die man in der Geldbörse stets bei sich trug. Was er als willkommene Gegebenheit betrachtete, niemals Gefahr zu laufen, sie zu vergessen. Denn das wollte er nicht.

Und egal, wie sehr jedes Gramm von Deborahs Körper in Gewicht und Form Beckys Ebenbild entsprach; da war diese eine Sache, die sie niemals tun würde. Von der sie nichts wusste, weil sie nun mal nicht Becky war. Dieses kurze Augenzwinkern, das Becky ihm stets zugeworfen hatte, gemeinsam mit dem Luftkuss, immer wenn er sie danach gefragt hatte, ob sie ihn liebte.

Auch ihre Stimmen waren verschieden, sie ähnelten sich noch nicht einmal. Deborahs Stimme war um mehrere Nuancen höher als die von Becky, wie Schallwellen, die sich auf zwei unterschiedlichen Frequenzen bewegten. Ebenso ihre Augen. Es waren nicht mehr diese grauen Augen mit jenem meergrünen Unterton, sondern nun gingen sie etwas mehr ins Bläuliche – dennoch zum Verwechseln ähnlich.

Plötzlich war da auch ein neues Muttermal, hinten an ihrem Rücken. Es hatte etwa die Größe eines Fingernagels und die Form eines Halbmondes mit kantigen Linien.

Auch bemächtigte sich Deborah nicht so häufig der förmlichen Umgangssprache, wie Becky es beliebte. Ein weiterer Grund, weshalb es ihm immer leichter fiel, eine Linie zwischen beiden zu ziehen.

Es hatte sich bloß um Kleinigkeiten gehandelt, doch für ihn waren sie maßgebend. In Dons Augen war Becky nun einmal unverwechselbar gewesen und er würde sie weiterhin lieben, für immer. Sie war ein so herzensguter Mensch gewesen, eine so liebliche Seele, wie er noch nie zuvor jemanden hatte kennenlernen dürfen. Die wunderschönen Momente, die er mit ihr erlebt hatte, sie alle waren in seinem Herzen. Auf ewig. Und es schmerzte, dass ihr Leben so kurz war. Es schmerzte jeden Tag. Durch ihren Tod hatte die Welt einen wundervollen Menschen verloren. Er vermisste alles an ihr, ihre Persönlichkeit, ihre Gesten, ihr gesamtes Auftreten, sie war einzigartig. Und sie hatten Pläne gehabt. Aber letztlich hatte ein Unfall alles zunichtegemacht und ihn beinahe seelisch zerstört.

Nun aber wollte er seinen Frieden finden. Seine zweite Chance ergreifen. Eine Chance auf Liebe und Zuneigung, von der er niemals gewagt hatte zu glauben, dass sie ihm noch einmal gewährt würde. Und zwar durch Deborah.

Sie war ebenso einzigartig wie Becky – sie waren beide einzigartig. Dennoch gab es einen markanten Unterschied. Becky war eine Naturgewalt, feinsinnig und stark. Deborah hingegen galt für ihn als ein Phänomen, humorvoll und scharfsinnig. Was ihn jedoch am meisten beeindruckte, war ihre Wandlung. Von ihrem vergangenen Ich zu jenem liebenswürdigen Menschen, zu dem sie sich gegenwärtig entwickelt hatte. Denn er war überzeugt davon, dass niemand seiner wahren Natur davonlaufen konnte, ob Gedächtnisverlust, Gehirnwäsche oder sonstige Beeinflussungen. Doch sie hatte es geschafft – oder versuchte es zumindest. Vielleicht war sie aber auch ein von Grund auf guter und herzlicher Charakter, der erst mit der Zeit auf Abwegen geraten war, und nun hatte die Löschung von all dem ihr ursprüngliches Ich wieder hervortreten lassen.

Er wusste nichts über ihre Kindheit, genauso wenig wie sie selbst, trotzdem war er der Annahme, dass irgendwann etwas passiert sein musste. Etwas Schlimmes. Und diese ungewollten, aggressiven Aussetzer waren die Folge davon. Ohne jene schlechten Erfahrungen wäre sie womöglich zu genau derselben, wunderbaren Person gereift, die sie jetzt war.

Und dass sie ihn immer noch liebte, war seine Rettung. Ansonsten hätte er nämlich nichts mehr, wofür es sich zu leben lohnte. Für das, was er getan hatte, fühlte er sich nach wie vor wie ein gottverdammter

Mistkerl. Er hatte improvisieren müssen, lügen und betrügen, alles Dinge, die in keinster Weise seinem Charakter entsprachen und in denen er völlig ungeübt war. Ab und an hatte er sogar die Befürchtung, die gesamte Situation könnte ihm über den Kopf wachsen. Das Schlimmste allerdings war, ihr blindlings ins Gesicht zu lügen, und das jeden Tag.

Zum Beispiel, dass die Erinnerungen an die schwere Zeit, in der Becky im Koma lag, ihn so sehr gepeinigt hatten, dass er ihr gemeinsames Haus in Brea nicht mehr hatte betreten können, entsprach absolut den Tatsachen. Dennoch war es nur die halbe Wahrheit gewesen. Da zwar jeder wusste, dass Becky ein schweres Hirntrauma erlitten hatte, sich an nichts erinnerte und daher einiges neu erlernen musste, wäre der Unterschied wohl weder Bekannten noch Freunden aufgefallen. Doch er musste sichergehen und so wählte er das abgelegene Strandhaus, wo nie jemand vorbeikam, um dort fortan mit ihr zu leben. Und da war noch einiges mehr gewesen, wobei er hatte rasch reagieren und etwas erfinden müssen, und er verabscheute sich dafür. Dass er von nun an mehr Zeit in seine Partnerschaft investieren wollte, das war allerdings die Wahrheit. Was vermutlich den realen Schuldgefühlen gegenüber seiner einstigen Beziehung zu Becky entsprang.

Mit keiner einzigen Faser seines Seins hatte er Deborah verletzen wollen, doch genau das war geschehen. Dennoch besaß sie das Vermögen, sich in ihn hineinzufühlen, worauf sie seine Entschuldigung angenommen hatte. *Was für eine Frau*, schoss ihm immer wieder durch den Kopf. Zugleich bewies ihre Reaktion nur ein weiteres Mal, dass auch sie im Grunde ein herzensguter Mensch war.

Ab jetzt wollte er alles richtig machen und ihr auf jeder erdenklichen Art und Weise helfen. Sie unterstützen und Abbitte leisten. Trotz einiger Romanzen in seinem Leben betrachtete er Becky als seine große Liebe. Von einer zweiten wahren Liebe wie Deborah hatte er niemals auch nur im Ansatz zu träumen gewagt, was ihn zu dem Entschluss führte, dass es eine dritte mit Sicherheit nicht geben würde. Somit verkörperte sie den fleischgewordenen Inbegriff einer letzten Chance auf Glück. Eine Chance, die er sich seines Erachtens nicht einmal verdient hatte. Sie war zum Abbild seines Verlangens geworden und versinnbildlichte ebenso eine Mahnung. Nämlich die, niemals wieder vom rechten Weg abzukommen.

So ging er wieder ins Haus zurück. Mit der ersten ausschlaggebenden Nachricht im Gepäck.

Nämlich, dass ihr Name Deborah Knox lautete.

32

Deborah
25 Tage zuvor

Es war Nacht und die Wirkung ließ allmählich nach. Ihr letzter Schuss war schon länger als sieben Stunden her – zu lange für ihren Geschmack. Ihre Hände zitterten bereits und sie bemerkte, wie sie unruhig wurde. Eine erste Schweißperle tropfte von ihrer Stirn, was, wie sie wusste, kein gutes Zeichen war. Geschweige denn die harte Landung zurück in die bittere Realität, die bald folgen würde. Darauf hatte sie absolut keinen Bock.

Sie kaute auf ihren Nägeln, während sie mit der anderen Hand an den Nieten ihrer ausgefransten, schwarzen Lederjacke zupfte. Nervös blickte sie zu Henry hinüber. Er stand gegen seinen verrosteten *Dodge Sedan* gelehnt, der am Straßenrand unter einer Laterne parkte. Die Vorder- und Hintertür waren geöffnet. Auf der Rückbank lag Adrien, er war ihr bereits einige Schritte voraus, kreischte, keuchte und wand sich auf der Polsterbank vor Schmerzen hin und her. Aus den Lautsprechern des Radios drang ohrenbetäubende Metal-Musik, wahrscheinlich, um Adriens Geschrei zu übertönen. Direkt daneben befand sich eine kleine, schäbige Imbissbude mit zwei Hockern am Tresen. Auf jedem von ihnen saß ein schnurrbärtiger Hispano, der stumm in seinen Bierbecher starrte. Der Gestank gebrühter Hotdogwürstchen und Sauerkraut verpestete die Umgebung, während der korpulente Standeigentümer den dreien von der Theke aus missbilligende Blicke zuwarf.

„Scheiße, wann kommt er denn endlich?", rief sie Henry zu.

Er antwortete etwas, doch sie verstand kein Wort, die Musik war zu laut. Sie trat näher und wiederholte die Frage. Henry hob den Ärmel seines löchrigen *AC/DC*-T-Shirts an und kratzte sich an der Schulter. „Er müsste gleich da sein, beruhig dich, Mann."

Henry war stets der Coolste von ihnen, geriet nie in Panik und hielt immer am längsten durch. Er spritzte sich auch nicht so viel und hatte seinen Konsum gut im Griff. *Noch*, dachte sie. Niemand schaffte es auf Dauer, auf solch einem Level zu bleiben.

Sie kannten sich noch nicht sehr lange, vielleicht ein paar Monate, weshalb sie vermutete, dass er erst seit Kurzem in dem Metier verkehrte. Bald wäre auch er dem verdammten Teufelszeug völlig verfallen. Bis ihn der Sog des Verderbens in den Abgrund reißen würde. Genauso wie sie und Adrien.

„Fuck, Mann! Wir müssen zu Skip!", schrie Adrian unter Qualen.

Henry blickte auf sein Smartphone und wandte sich weder zu ihm um, noch ließ er sich aus der Ruhe bringen. „Vergiss Skip, der lässt uns nicht mehr in seine Bude. Außerdem hat Darryl den besseren Stoff."

Darryl war so ein Arschloch, schoss Deborah sofort durch den Kopf. Er war unzuverlässig und kam immer zu spät. Und darüber, ob er den besseren Stoff hatte, ließ sich streiten. Außerdem vermutete sie schon seit Längerem, dass er sie abzockte. Weil er wusste, dass sie es dringend brauchten. Es nötig hatten. *Wichser ...*

„Er ist da", meinte Henry plötzlich.

Deborah sah sich um. „Wo denn?"

„Er wartet da hinten in der Passage, hat er gesimst. Bin gleich wieder da."

Er steckte das Telefon in die Seitentasche seiner abgetragenen Jeans und begab sich über die Straße. Diese gehörte zu einem mit Graffiti besprühtem Häuserblock, wo er anschließend eine Seitengasse betrat. Deborah blickte ihm hinterher, bis er schließlich in einem Schattenmeer aus Dunkelheit verschwand.

Sie wartete einige Augenblicke, während weiterhin ein Gemisch aus *Death-Metal* und Adriens gepeinigten Lauten auf sie einhämmerte. Es dauerte nicht lange, bis Henry wieder aus der Gasse auf sie zumarschiert kam. In seiner Hand befand sich eine zusammengeknüllte Nylontasche, während er sich immer wieder wachsam umblickte.

„Hast du's gekriegt?"

„Na klar. Hier sieh."

Er öffnete die Tüte, worauf Deborah ungeduldig einen Blick ins Innere warf. Sie erkannte drei je halbgefüllte Spritzen, deren Inhalt eine trübe Flüssigkeit war.

„Was, ein Schuss für jeden? Willst du mich verarschen?", wütete Deborah außer sich. „Ich hab dir mein ganzes Geld mitgegeben!"

„Mehr gab's nicht für die Kohle."

„Verfluchte Scheiße! Siehst du, immer dasselbe mit diesem gottverdammten Hurensohn!"

„Dafür ist das Zeug schon abgekocht, wir müssen's uns nur noch reinhauen. Also komm wieder runter."

„Ich check nicht, warum du den Kerl immer wieder verteidigst." Kurz darauf schüttelte sie den Kopf und winkte genervt ab. „Na was soll's, dann gib schon her."

Unangemeldet erfüllte eine kräftige, brüllende Stimme die Umgebung und übertönte beinahe das *Metal*-Gekreische aus dem Wagenradio. Henry und Deborah sahen sich um. Es war der Standbesitzer, er war völlig in Rage und schrie ihnen entgegen. „Verpisst euch endlich von hier! Ihr verschreckt mir meine Gäste! Und macht diese beschissene Musik aus!"

Entgeistert starrte Deborah hinüber zu dem Mann, der mit grimmigem Gesicht hinter dem Tresen stand und ihnen dabei irgendwelche abfälligen Gesten zuwarf. Hitze und Wut stiegen in ihr auf und das unbändige Verlangen danach, etwas in Stücke zu reißen. *Warum, verdammt? Warum?* Jeder behandelte sie wie Dreck, ob auf der Straße, im Tante-Emma-Laden nebenan oder sonst wo. Selbst wenn kein Wort gesagt wurde, sie sah es in den Blicken der Menschen. Sie sah es immer wieder. Und nun war sie auch noch einem verdammten Würstchenverkäufer ein Dorn im Auge. *Das gibt's doch nicht!*

Wie sie an Henrys Miene erkannte, schossen diesem dieselben Gedanken durch den Kopf. Mit erzürntem Ausdruck packte er die Tasche auf die Motorhaube und schritt auf den Stand zu. Er war jung, dabei aber groß und kräftig und konnte einem durchaus Angst einjagen.

„Welche Gäste?", meinte er und zeigte dann auf die beiden Männer auf den Hockern. „Na los, sag schon!

Welche Gäste? Die beiden Tacofresser hier? Meinst du die? Außer den beiden kommt doch sowieso keiner vorbei, um deinen grausigen Scheiß zu fressen!"

Im Gesicht des Imbissverkäufers war ein Hauch an Panik zu erkennen und er trat einige Schritte zurück. „Verzieh dich, oder ich ruf die Bullen, Mann!"

„Dann ruf sie doch, nur zu!" Henry schlug mit der Faust auf die Theke. Ein lauter Knall und ein Klirren ertönten, worauf er mit ausgestrecktem Arm die Oberfläche des Tresens entlangfuhr und somit allerlei Utensilien fortwischte. Dabei wurden sämtliche Serviettenspender sowie Ketchup- und Mayonnaisebehälter mit einem lärmenden Scheppern zu Boden befördert. „Na, was sagst du jetzt?"

„Hör auf, Mann!"

Inzwischen hatte sich Deborah einen der Plastikmülleimer geschnappt, die sich rund um den Stand an jedem der Stehtische befanden. „Hier, nimm, du Penner!"

Sie katapultierte den Eimer mit Wucht über die Theke und griff sofort nach dem nächsten. Als sie auch diesen ins Innere des Standes geschleudert hatte, nahm sie einen weiteren zur Hand, und dann den nächsten und darauf wieder den nächsten. In geduckter Haltung versuchte sich der Standbesitzer zu schützen und deckte mit beiden Händen seinen Kopf ab.

Gebrauchte Papiertücher, leere Dosen, Pommes und weitere Essensreste verteilten sich auf der Kochfläche sowie auf dem Körper des Mannes, während dieser angsterfüllt aufschrie. „Bitte hört auf! Bitte! Hilfe!"

„Daran hättest du früher denken sollen, Arschloch!", rief Henry und stieß mit dem Fuß ununterbrochen gegen die Wände des Imbissstandes.

Unterdessen hatten sich die beiden hispanischen Männer aus dem Staub gemacht, so leise und unauffällig, dass es niemandem von ihnen aufgefallen war.

In einem der Mülleimer erblickte Deborah eine leere Bierflasche und griff nach ihr. Als sie damit ins Innere der Imbissbude zielte, erkannte sie, dass der Besitzer es irgendwie geschafft hatte, an die Drehstange des Vordachs zu gelangen. Panisch und winselnd zog er den Stab zu sich heran und kurbelte wie ein Verrückter daran. Das Außenverdeck schloss sich nur langsam und mühsam, wobei er immer wieder die Worte *Oh Gott, oh mein Gott* ausstieß.

Sofort schleuderte Deborah die Flasche dem Stand entgegen, worauf diese auf die Außenfläche des Verdecks traf und dort in einem Scherbenmeer zerklirrte. „Fick dich ins Knie!"

Als die Bude endgültig verbarrikadiert war, sammelte Henry in seinem Rachen eine Ladung Nasensekret und schrie: „Und komm ja nicht mehr raus da!" Dann spuckte er den schleimigen Auswurf voller Zorn gegen die Außenwand.

Deborah hustete sich die Kehle aus dem Leib, die Aufregung hatte sie eine Menge Kraft gekostet. Sie ging zurück zum Wagen und verschnaufte, während sie erneut Adriens Stimme vernahm.

„Hört auf mit dem Mist und gebt mir endlich das verdammte Zeug!"

„Spritz du's ihm, der Idiot sticht sich bloß ins Fleisch", sagte Henry und folgte Deborah.

„Vergiss es."

Sie fasste in die Tüte, zückte eine der Spritzen hervor und setzte sich in den Beifahrersessel. Adrien und der

Rest der Welt waren ihr in diesem Moment mehr als egal, sie würde sich jetzt um ihr eigenes Ding kümmern. Aus den Augenwinkeln erkannte sie, wie Henry mit der Tasche nach hinten ging und sich dort in den Wagen beugte. Sie hörte das Rascheln der Tüte, das Knarzen des Gummibandes und wie er mit dem Finger auf die Spritze klopfte. Dem folgte ein tiefes, langes Stöhnen, das aus Adriens Mund kam. Und dann war er endlich still, kein Jammern mehr, kein Krächzen, kein Weinen. Er war einfach nur still.

Deborah zog ihre Jacke aus und warf sie auf den Rücksitz. Darunter trug sie ein hautenges, ledernes Kleid. Aus dem Handschuhfach nahm sie einen dünnen Riemen und band ihn sich um den Oberarm.

„Und du?", fragte sie nebenbei, als Henry sich ans Steuer setzte.

„Ich hau's mir später rein, wenn wir die Waldhütte erreicht haben", antwortete er und warf den Motor des alten *Dodges* an.

Deborah nickte und nahm ein Ende des Riemens in den Mund und zog ihn straff. Danach ballte sie ihre Hand zu einer Faust und führte die Nadel an die Haut über ihrer pochenden Vene. Dann spürte sie den Stich. Im selben Moment schien ihr Körper abwärtszurasen. Bilder stürzten auf sie ein, ihre Adoptivmutter und deren Mann, ein Gitterzaun und ein blondes Mädchen, das ihr von der anderen Seite aus entgegenblickte. Sie fiel ins Bodenlose und seufzte erleichtert, bis alles um sie herum zu verschwimmen begann.

Henry sagte etwas, doch seine Stimme wurde immer tiefer, worauf sich seine Worte schließlich in ein gedämpftes *Blabla* verwandelten und langsam verklangen. Plötzlich empfand sie weder Sorgen, Wut noch Ängste, sondern nur noch Geborgenheit und Gleichgültigkeit. Sie fühlte sich, als hätte man sie in Abermillionen leichte, kuschelige Gänsefedern gepackt, schwebend und schwerelos.

Sie klappte die Sonnenblende herab, strich sich ihr ungepflegtes, blondes Haar nach hinten und warf einen Blick in den Damenspiegel. Wie sie sah, leistete ihre großzügig aufgetragene Wimperntusche noch immer ihren Dienst. Ihren pechschwarzen Lidschatten hatte sie nicht bloß über ihr Lid geschminkt, sondern auch auf den Bereich darunter, um ihre dunklen Augenringe zu verdecken, die kein Make-up der Welt mehr zu vertuschen vermochte.

Immer wieder, wenn sie sich in einem Spiegel betrachtete, stellte sie sich dieselben Fragen, nämlich von wem sie ihre blaugrauen Augen geerbt hatte. Von ihrem Vater oder ihrer Mutter und wie war wohl deren Erscheinungsbild? Waren sie gutaussehend? Auch wunderte sie sich stets darüber, wessen Weitergabe ihre weder zu kleine noch zu große Nase mit ihren schmalen Löchern war und die kantigen Züge ihres Gesichts zusammen mit den ausgeprägten Wangenknochen. Doch letzten Endes war es ihr egal, da sie ihrem Äußeren ohnehin immer recht zufrieden gegenübergestanden hatte. Es war das Einzige in ihrem Leben, worüber Deborah sich keine Gedanken zu machen brauchte. Im Gegensatz zu allem anderen. Und schon gar nicht jetzt, hier in diesem Moment. Nun, wo alles so wunderbar und harmonisch war und sie sich wie ein freier Vogel fühlte, der leicht wie eine Feder durch die Lüfte glitt.

Die Musik war aus und der Wagen war inzwischen auf eine Landstraße gebogen. Durch das Seitenfenster erkannte sie vorüberziehende Bäume, Wald und Sträucher, umhüllt vom Dunkel der Nacht. Alles war ruhig, friedlich und beschaulich. Sie spürte keinerlei Vibrationen des Autos, es fühlte sich eher so an, als glitt es auf einem überdimensionalen Kissen sanft über eine Eisdecke.

Dann ein lautes Krachen.

Das Biegen von Blech und das Geräusch sich abtrennender Fahrzeugteile drang in ihr Ohr. Die Heckstoßstange sauste an ihrem Fenster vorüber, bevor dieses in Tausende Scherbenteile zerbrach. Der Wagen überschlug sich mehrere Male, wobei sich auf der Windschutzscheibe ein Netz aus Sprüngen flocht und sich diese irgendwann ganz aus ihrer Verankerung löste.

„Scheiße!", erklang Henrys zu Tode verängstigte Stimme.

Und mit einem Mal war es still.

Deborah roch Rauch, Abgase und den beißenden Gestank von Benzin.

Ruhig und gelassen schloss sie ihre Augen und summte ein Lied. Bis sich ihre Seele letztlich an einen Ort völliger Dunkelheit begab.

33

Elliot

Das teure sechsgängige Galadinner war längst vorüber, die Esstische leergeräumt und wer nicht tanzte, hatte an der heißumworbenen Theke Posten bezogen, wo literweise Champagner und Cognac ausgeschenkt wurden. Hinter der Bar befanden sich Dutzende Mitarbeiter, die mit Korkenziehern und Flaschenöffnern rund um die Uhr verschiedenste Behältnisse alkoholhaltiger Getränke öffneten.

Der hohe, riesenhafte Saal war brechend voll und es herrschte reges Geplauder, während gedämmtes Licht für das richtige Ambiente sorgte. Im Hintergrund vernahm Elliot das belanglose und kaum hörbare Geklimper eines Pianisten.

Unter den Anwesenden versammelten sich die bekanntesten Gesichter der Stadt Brea; Politiker, Bänker, Richter und weitere namhafte Persönlichkeiten. Wie er sah, hatten sich manche zu kleinen Gruppen zusammengeschlossen und unterhielten sich, andere schlängelten sich durch die Menge, um zu erspähen, wer sich unter den Gästen befand, Begrüßungen auszutauschen und neue Bekanntschaften zu knüpfen.

Elliot selbst hatte sich bereits bedient und hielt einen Drink in seiner Hand. Er trug einen schwarzen Smoking mit weißem Hemd und Fliege. An seiner Seite stand eine aufreizende, junge Dame in braunem Cocktailkleid. Ihr schwarzes Haar war hochgesteckt und ihr Kleid schlang sich wie eine zweite Haut um ihren schlanken Körper. Sie war die Tochter eines hiesigen Bankchefs und ihm vor einigen Minuten von einem seiner Chirurgenkollegen vorgestellt worden. Er empfand die Konversation mit ihr nicht unbedingt anregend. Obgleich ihr Äußeres ausgesprochen anziehend wirkte und sie zweifelsohne eine gute Partie darstellte, war sie in seinen Augen nichts weiter als eine verwöhnte, ahnungslose Prinzessin. Er war sich noch unschlüssig darüber, ob er versuchen würde, sie im Laufe des Abends ins Bett zu kriegen, weshalb er vorerst ein wenig Zeit verstreichen ließ, bevor er in die Vollen ginge.

Mit Mühe versuchte sie die Unterhaltung aufrechtzuhalten und stellte ihm immer wieder belanglose Fragen. Ihre Zeichen waren eindeutig, ihre Blicke, ihre Gesten, wodurch er wusste, dass er vermutlich kein allzu schweres Spiel hätte.

„Und Sie sind im *Regent County* unter anderem in der Forschung tätig?", meinte sie und sah ihm mit erwartungsvollem Ausdruck entgegen.

„In der Tat, ich bin gerade dabei, eine gesetzliche Einführung eines neuen medizinischen Verfahrens durchzusetzen. Das Ganze gestaltet sich jedoch mühsamer als erwartet."

Ihre Augen wurden groß. „Das klingt ja interessant. Worum handelt es sich denn bei diesem Verfahren?"

Elliot sah ihr in die Augen und versuchte sich sein selbstsicheres Grinsen nicht anmerken zu lassen: „Das ist natürlich topsecret. Ich müsste Sie umbringen, würde ich es Ihnen vor der offiziellen Bewilligung anvertrauen."

Sie lächelte und war sichtlich beeindruckt.

*Wie erbärmlich, dachte er. Wohlbehütet unter Papis
Fittichen, hast du weder eine Ahnung von der Anatomie des menschlichen Körpers noch was in der Welt
vor sich geht, Schätzchen. Also tu nicht so, als wüsstest
du, wovon du redest – aber du darfst trotzdem in mein
Bettchen. Draußen steht mein grüner Lotus, genauso
protzig, wie du's von Papi gewohnt bist. Was anderes
kommt für dich ja nicht in Frage, nicht wahr?*

Gelangweilt richtete er seine Aufmerksamkeit wieder
auf all die gutgekleideten Gestalten, welche den Saal
mit unbedeutenden Gesprächen und unzähligen Noten
teurer Parfums füllten. Der Anblick widerte ihn an. Jeder noch so langweilige Ärztekongress war interessanter als das Schwadronieren jener anwesenden Kreaturen. Andere Mediziner waren zwar ebenfalls Vollidioten, doch mit denen konnte er sich wenigstens austauschen und hin und wieder etwas Brauchbares aufschnappen, was er nachstehend stets zu seinem Nutzen
verwertete.

Doch die Krankenhausleitung hatte ihn darum gebeten, sich auf der jährlichen Stadtgala blicken zu lassen,
um Flagge zu zeigen und das *Regent County* zu repräsentieren. Aber wer sagte schon, dass er lange bleiben
müsste?

Und während er so auf die Schar an Amtsträgern
starrte, war es, als verschwammen ihre Gesichter, worauf ebenfalls ihre Stimmen allmählich verklangen.
Sofort nahm er sich zusammen und versuchte wieder
in die Gegenwart zurückzukehren. *Wie öde ...*

„Entschuldigen Sie mich bitte kurz", meinte er und stahl sich davon, ehe die junge Frau etwas darauf erwidern konnte.

Er bewegte sich abseits der Menschenmengen, um von niemandem angesprochen zu werden. Sein Ziel war der Hinterausgang, am roten Teppich an der Vorderseite wartete nämlich ein Rudel Reporter und Zeitungsjournalisten – worauf er ebenso keine Lust hatte.

Während er den schimmernden, mit Lichterketten dekorierten Veranstaltungssaal durchquerte, fasste er in die Innentasche seines Jacketts und griff nach einer Packung Zigaretten. Bei Feierlichkeiten hatte er immer welche dabei, ansonsten war er durch und durch Mediziner und verzichtete auf die Qualmstängel.

Im Marschschritt bewegte er sich an einer Vielzahl an umherschwirrenden Kellnern und Arbeitskräften vorbei und anschließend an einer überladenen Büfetttafel am anderen Ende der Halle. Dort erblickte er den rundbogenförmigen Durchlass, der über eine Treppe zum Lieferanteneingang führte.

Unten angekommen, öffnete er eine schwere Metalltür und trat nach draußen, wo er sich plötzlich in einer dunklen Gasse befand. Er zündete sich eine Kippe an und inhalierte einen kräftigen Zug.

Endlich eine kleine Pause von all den Armleuchtern …

34

Kurze Zeit später

Elliots Villa lag zur Grenze des hügeligen *Carbon Canyon Regional Parks*, etwa zehn Minuten vom Stadtzentrum entfernt. Als er sie erreichte, parkte er direkt neben seinem *Aston Martin* und stieg aus. Unter den Neonleuchten seiner Dreifach-Garage begutachtete er die rechte Seitenverkleidung seines limettengrünen *Lotus Emira*. Für gewöhnlich hätte ihn jener Anblick einer völlig ramponierten Flanke eine Träne ins Auge getrieben. Aber nicht heute. Denn der Schaden diente einem höheren Zweck.

Im Grunde hatte er bloß eine kleine Pause machen und in Ruhe seinen Glimmstängel rauchen wollen. Aber dann hatte er *sie* entdeckt. Zuerst waren nur laute Musik und wütendes Geschrei durch die Nacht gedrungen. Doch als Elliot einige Schritte vorwärtsging und um die Ecke spähte, war sie ihm sofort ins Auge gefallen. Auf der anderen Straßenseite, gemeinsam mit einem jungen Kerl und einem weiteren, der hinten im Wagen auf der Rückbank gelegen hatte. Figur, Alter, Haarfarbe, alles war perfekt. Aber am wichtigsten war; sie war drogensüchtig und somit ein Subjekt am Rande der Gesellschaft. Sie war entbehrlich. Ihr absurdes Benehmen und das ihres Kollegen hatten es ihm bestätigt.

Alles, was er sah, als er sie beobachtet hatte, war, dass sie nichtig waren. Junkies. Die Ungewollten, wie er sie zu nennen pflegte. Der Rest war unwichtig gewesen, denn in diesem Augenblick war ihr Schicksal bereits besiegelt.

Sie zu verfolgen und von der Straße abzudrängen, war eine spontane Entscheidung gewesen und dass sich ihre Wege in dieser Nacht gekreuzt hatten, betrachtete er als seltenen Glückstreffer. Ihr zu begegnen, hatte ihn nämlich erst auf die Idee seines mehr als nur genialen Plans gebracht. *Warum auch nicht?* Die Frage hatte sich ihm aufgedrängt, sofort, als er sie entdeckt hatte. Wenn, dann musste er das Verfahren an jemandem testen, nach dem niemand suchen würde. Der Gedanke, einen Obdachlosen dafür aufzulesen, war ihm vorher schon mal in den Sinn gekommen, aber von denen war ihm bisher noch keiner ins Auge gefallen, der alle nötigen Kriterien erfüllte; jung, weiblich, blond. Und wer wusste schon, was für Krankheiten er bei einem solchen Versuchsobjekt nebenbei noch zu kurieren hätte. Von Gonorrhö bis Läusen wäre sicherlich alles dabei. Aber dann war *sie* aufgetaucht, und ihr Leben war ebenso unwesentlich wie das jener Kandidaten, die in einem Karton hausten.

Die meisten Menschen erfüllten ihren Zweck und trugen dazu bei, dass diese Welt funktionierte. Nicht jedoch diese drei Exemplare. Sofern auf diesem Planeten ein Individuum mehr Schlechtes als Rechtes tat, gehörte es seiner Ansicht nach nicht hierher. Wie ein defektes Zahnrad in einem Getriebe. Tauschte man es aus, vermisste niemand das alte.

Somit hatte er seine Entscheidung getroffen und sich sofort seinen Wagen zur Rückseite des Gebäudes bringen lassen. Nach ihrem Techtelmechtel mit dem Imbissstandbesitzer hatte er sie ungefähr fünfzehn Minuten lang verfolgt und war heilfroh gewesen, als sie in eine verlassene Waldstraße eingebogen waren, was sein Vorhaben immens erleichtert hatte.

Das Manöver war nicht schwer gewesen. Erst hatte er eine Weile einen sicheren Abstand zu ihnen gehalten, bis er dann einfach Gas gegeben, sich neben sie gesetzt und sie einmal kräftig gerammt hatte – und schon war der Wagen den Graben am Straßenrand hinabgepurzelt. Er hatte das noch nie gemacht und war überaus überrascht gewesen. *Wäre doch alles immer so einfach*, hatte sich seine innere Stimme zu Wort gemeldet.

Sofort war er den Abhang hinabgeklettert, um ihr, wenn nötig, Erste Hilfe zu leisten. Die Umgebung war gezeichnet von dichtem Qualm und dem Geruch von Benzin und Öl. Das Autowrack hatte auf dem Dach gelegen, inmitten eines Dickichts aus Büschen und Sträuchern und hatte ausgesehen, als wäre es soeben aus einer Schrottpresse gekommen. Kaum einen Meter entfernt hatten sich bereits die ersten Bäume des Waldes gesäumt und er hatte von Glück reden können, dass der Wagen auf keinen von ihnen aufgeprallt war.

Kurz war er besorgt darüber gewesen, ob sie nicht zu schwere Verletzungen davongetragen hätte. Eine zweite Hirntote wäre wohl kaum dienlich für seine Zwecke. Doch als er sie untersucht hatte, war sie stabil gewesen. Bewusstlos, aber stabil.

Ihr Körper war nicht festgeschnallt gewesen und hatte auf dem Rücken ausgestreckt im Inneren des Wagens gelegen. Ihr Gesicht war blutüberströmt und übersät von offenen Wunden. Der Fahrer war aus dem Wrack geschleudert worden und einige Meter entfernt zwischen Gräsern und Gestrüpp liegen geblieben. Er hatte sich nicht gerührt, genauso wenig wie der Junge im hinteren Teil des Fahrzeugs. Und das war gut so. Die beiden waren nämlich unwichtig.

Elliot hatte den Arm ausgestreckt, sich in den Innenraum gebeugt und die Scheinwerfer ausgeknipst, damit kein anderer das Unfallauto entdecken konnte. Daraufhin hatte er sich wieder zu seinem Wagen begeben und sich schnellstmöglich davongemacht.

Nun, wo er zu Hause war, ging alles nur noch darum, sich zu beeilen. Er musste den Wagen wechseln und umgehend wieder zu ihr zurückkehren. Er wusste, dass sich ihr Zustand von einem Moment auf den anderen ändern konnte – die Uhr tickte also.

In einer Ecke der Garage befand sich ein großer Wandschrank, direkt daneben ein Kühlschrank mit Gefrierfach. Beide waren mit je einem Hängeschloss versehen. Eilig sperrte er die Schlösser auf und öffnete die Türen beider Schränke. Aus dem Kühlfach nahm er einen Beutel Kochsalzlösung sowie mehrere Notfallkonserven 0-negativ. Dann wandte er sich dem Wandkasten zu. Dieser war von oben bis unten vollgepackt mit einem umfangreichen Sortiment an medizinischen Artikeln. Sein stolzes Arsenal war so umfassend, dass er damit sogar eine kleine Notoperation hätte durchführen können.

Schnell klappte er den Kofferraum des *Aston Martins* auf und verstaute darin einen tragbaren Defibrillator, ein Nähset, Chirurgenwerkzeug sowie verschiedene Schläuche, Plastikbeutel und weiteren Krimskrams, womit er im Notfall sogar eine provisorische Thoraxdrainage legen könnte. Was für ein Star-Chirurg wäre er auch schon, besäße er zu Hause kein eigenes Equipment. Die Wissenschaft der Medizin bestimmte sein gesamtes Leben. Sie war alles, was ihn je interessiert hatte.

Er wusste schon immer: Durch sie würde er zum Herrscher von Leben und Tod. Geber und Nehmer.

Schöpfer und Verderber.

Sie war alles, was ihm etwas bedeutete.

Als Letztes packte er noch einige Injektionen Epinephrin und weitere Medikamente dazu. Für den Fall, dass sie aus heiterem Himmel zu Bewusstsein käme, hatte er außerdem ein kleines Fläschchen Chloroform in der Innentasche seines Anzugs verschwinden lassen.

Als er fertig war, öffnete er das elektrische Garagentor, schmiss sich hinters Steuer und gab Vollgas.

35

Als Elliot das Wrack erreichte, war es bemerkenswert ruhig. Der Rauch hatte sich inzwischen verzogen und außer, dass da am Abgrund ein Wagen auf dem Dach lag, war alles so, als wäre nie etwas geschehen. Er vernahm das leise Rascheln der Gräser und den Gesang eines Nachtvogels, der durch die Wälder hallte, wodurch er begriff, dass sich der Kreis der Natur unbescholten fortführte. Die Welt drehte sich weiter. Was er getan hatte, machte keinen Unterschied.

Er zog sich Handschuhe über und begab sich mit sämtlichen Utensilien zum Unfallfahrzeug. Angekommen, beugte er sich ins Innere und tastete nach dem Puls der verletzten Frau. Er war sehr schwach, was kein gutes Zeichen war. Zudem hatte sich unter ihrem Körper mittlerweile eine gehörige Blutlache gebildet. Woher die Blutung kam, vermochte er nicht zu erkennen und aufgrund möglicher Rückenmarksverletzungen wollte er sie ohne helfende Hand nicht bewegen. Augenblicklich legte er ihr zwei Zugänge und verabreichte ihr Kochsalzlösung sowie eine Blutkonserve. Beide Beutel spießte er direkt über ihr an einem herausstehenden, spitzen Wagenteil auf, um eine optimale Gerinnung zu gewährleisten. Anschließend hörte er mit einem Stethoskop ihren Atem und Herzschlag ab. Dabei fielen ihm die vielen, bläulich umreisten Stiche und die teils vernarbten Krusten auf, welche die Innenseite ihrer Armgelenke übersäten. Aber was wäre er für ein erbärmlicher Chirurg, wenn er nicht einmal einige kleine Einstichlöcher beseitigen könnte, dachte er mit einem kleinen Grinsen auf den Lippen.

Nachdem er sich ausgiebig um sie gekümmert hatte, bückte er sich in den hinteren Teil des Wracks und versuchte mit seinen Fingern die Halsschlagader des anderen Fahrgasts zu ertasten. Er stellte weder Puls noch Atem fest. Der Junge war tot.

Erneut reckte sich Elliot in die Fahrerkabine und suchte mit einer Taschenlampe nach dem Schalter für die Scheinwerfer. Als er das Licht wieder angemacht hatte, kroch er aus dem Trümmerhaufen von Wagen und zückte sein Mobiltelefon. Er wollte soeben den Notruf verständigen, als er ein dumpfes, kaum hörbares Stöhnen vernahm. Er wandte sich um und erkannte den Fahrer, der etwas entfernt im Gras lag und sich versuchte zu bewegen.

Mist, den Vollidiot habe ich ganz vergessen ...

Er ging zu ihm und blickte auf ihn herab. Das Gesicht des Mannes war schmerzverzerrt und er wollte nach Elliot greifen. Aber sein Körper war zu schwach, worauf seine Hand sofort wieder erschlafft zu Boden sackte.

Elliot kniete sich zu ihm und beobachtete ihn weiter. Abgesehen von Höllenqualen vermittelte die Miene des jungen Fahrers ebenso dessen Verwirrtheit. Sicher fragte er sich, weshalb der Mann, der so eilig zur Unfallstelle gelaufen kam, ihn nun ausdruckslos anstarrte, anstelle ihm zu helfen.

„Ich brauch Hilfe ... bitte helfen Sie mir ...", hauchte ihm der Junge undeutlich und kraftlos entgegen.

Elliot beugte sich über ihn. „Natürlich ..." Seine Stimme klang warm und beruhigend. Mit einer Hand hielt er ihm die Nase zu, die andere presste er flach über seinen Mund. „Ganz ruhig, alles wird gut."

Der junge Mann versuchte Elliots Hände von sich zu stoßen, doch seine Bewegungen fühlten sich nach nicht mehr an als einem zarten Tätscheln. Sein geschundener Körper wollte sich winden und wehren und für einen kurzen Augenblick bäumte sich sein Brustkorb, aber auch das waren kaum spürbare Regungen, die noch nicht einmal hätten ein Kind davon abhalten können, ihn nun zu töten. „Nicht wehren, es ist gleich vorbei. Du wirst sehen ... sch sch sch ..."

Außerstande, um das zu kämpfen, was von seinem Leben noch übrig war, konnte der Junge nicht mehr tun, als wie wild zu blinzeln, während Elliot weiterhin sanft auf ihn einsprach.

Dann zuckte sein Körper ein letztes Mal auf.

Elliot wartete noch einige Sekunden, ehe er die Hände von seinem Gesicht nahm. Schließlich blickte er in die erstarrten Augen des Mannes und erkannte, dass das Licht in ihnen erloschen war.

Ohne jeden Ausdruck auf seiner Miene richtete sich Elliot auf und nahm erneut das Telefon zur Hand. Während er die *911* wählte, begab er sich zurück zu dem ramponierten Unfallauto und kontrollierte ein weiteres Mal den Puls der jungen Frau.

Im selben Moment meldete sich eine kräftige, weibliche Stimme aus der anderen Leitung: „Notrufzentrale, wie kann ich helfen?"

„Ich muss einen Unfall melden!", antwortete Elliot in einem dezent aufgeregten Ton, der weder hysterisch noch nervös wirkte. „Ich befinde mich auf der *Santa Fe Road*, südlich der Einfahrt zur 142sten. Als ich vorbeikam, sah ich einen Wagen in der Böschung liegen!"

„Alles klar, bleiben Sie ganz ruhig. Können Sie mir sagen, ob es Verletzte gibt?", erwiderte die diensthabende Notrufangestellte deutlich und bedacht.

„Ich habe drei Körper ausgemacht, zwei junge Männer und eine Frau. Ich habe von jedem den Puls überprüft, die beiden Jungs sind tot, die Frau liegt bewusstlos im Wrack!"

Die Stimme der Angestellten verblieb in einem professionellen und geruhsamen Ton. „Ich verstehe, mehrere Notarztwagen sind bereits unterwegs. Können Sie mir inzwischen etwas über den Zustand der Verletzten sagen? Hat sie vielleicht sichtbare Frakturen oder Ähnliches – und sind Sie sich sicher, was die beiden anderen angeht?"

„Mein Name ist Vaughn, Elliot Vaughn, ich bin selbst Chirurg im *Regent County*, daher bin ich mir *sehr* sicher."

„Oh, dann entschuldige ich mich für meine Frage."

„Kein Problem. Was das weibliche Opfer betrifft, hat sie womöglich innere Verletzungen und ein Schädelhirntrauma davongetragen. Aufgrund eventueller Wirbelfrakturen warte ich lieber auf die Kollegen. Außerdem standen die drei wahrscheinlich unter Drogeneinfluss, im Wagen habe ich einige leere Injektionen liegen sehen." Während Elliot weitersprach, vernahm er, wie die Frau am anderen Ende der Leitung auf den Tasten ihres Computers herumklimperte und alles notierte, was er sagte. „Der Frau habe ich bereits Erste

Hilfe geleistet, sie hatte einen hohen Blutverlust, weshalb ich ihr eine Konserve 0-negativ verabreicht habe – ich habe immer eine professionelle Notausrüstung dabei, obwohl ich gestehe, dass die Sache mit der Blutkonserve wohl etwas übertrieben wirken mag."

„Wie ich sehe, ist unsere Patientin in guten Händen." Die Stimme der Angestellten wurde deutlich weicher und gelassen. „Und was Ihre Notausrüstung anbelangt, ein enger Freund von mir ist Notfallchirurg. Der führt in seinem Privatfahrzeug neben Defibrillator und Beatmungspumpe sogar einen Rippenspreizer mit sich herum – also keine Sorge, das muss wohl so eine Krankheit bei euch sein!" Nun schien es, als entglitt ihr ein seichtes Lächeln. „Allerdings eine sehr vorteilhafte Krankheit, denn offenbar haben sich Ihre Vorkehrungen soeben bezahlt gemacht!"

„Das mag wahr sein."

„Nun, Polizei und Rettungskräfte müssten in weniger als zwei Minuten bei Ihnen eintreffen", fuhr sie wieder routiniert und sachkundig fort. „Soll ich so lange in der Leitung bleiben, oder haben Sie alles im Griff?"

„Nein, ich denke, es geht schon."

„Schön. Also dann wünsche ich Ihnen noch alles Gute und vielen Dank für Ihre Mithilfe."

„Sehr gern, auf Wiederhören."

Dann hängten sie gemeinsam ein.

Zufrieden steckte Elliot sein Mobiltelefon ein und wartete, während sein Zeige- und Mittelfinger weiterhin auf der Halsschlagader der jungen Frau ruhten. Er sann dem Gespräch nach und musste daran denken, was ihm die Notrufangestellte über ihren Bekannten erzählt hatte. Womit er überrascht feststellte, dass es noch andere gab, die ebenso leidenschaftlich ihrer Berufung nachgingen wie er. Ihm war bewusst, dass seinesgleichen ein wenig anders tickte, aber *ein Rippenspreizer?* An einen Rippenspreizer hatte er tatsächlich noch nie gedacht. Offenbar ein Mann nach seinem Geschmack. *Den würde ich gern mal kennenlernen ...*

Auch dass er die Drogen erwähnt hatte, war strategisch wertvoll gewesen, und sobald das Regiment einträfe, würde er erneut darauf hinweisen. Die Beweise dafür lagen überall verstreut, Spritzen, Schläuche, und ein toxikologischer Befund würden seine Aussage bekräftigen – alles war perfekt. Er wusste, sobald harte Drogen im Spiel waren, gaben sich die Ordnungshüter für gewöhnlich nur mehr halb so viel Mühe in ihren Ermittlungen und stellten kaum noch Fragen. Die drei Opfer waren zugedröhnt gewesen und im Rausch von der Straße abgekommen – Punkt. Und dann ginge es weiter zu den restlichen dreihundert Fällen, die im Revier auf dem Tisch lagen.

Zufriedenheit war gar kein Ausdruck für das, was ihn soeben durchströmte. Vielmehr war es eine Art Hochgefühl, ein Gefühl des Triumphs und der tiefen Befriedigung. Denn schon bald hätte er den Beweis, dass sein neuentwickeltes Verfahren auch am Menschen funktionierte, und zwar einwandfrei. Nun konnte er endlich den entscheidenden Schritt in Angriff nehmen. Den Schritt in die Richtung einer medizinischen Revolution, die *er* erschaffen hätte. Womit er als Pionier in die Geschichte eingehen und endlich jene Gunst ernten würde, die er verdiente.

Er wollte nicht mehr länger an irgendwelchen beschissenen Schweinen und Affen rumschnipseln, nein, die Zeiten waren vorbei. Nun war die Welt reif. Reif für ihn und seine Innovationen. Und wenn er die Sache dann endlich hinter sich gebracht hätte und jenen interessierten Institutionen seine Ergebnisse und Dokumentationen vorlegte, würden diese schon für die Zulassung seiner Neuentwicklung sorgen – und ihm seinen gerechten Ruhm sichern.

Nicht umsonst hatte er Medizin und Chirurgie studiert und praktiziert. Später hatte er sich fortgebildet und war in die plastische Chirurgie gewechselt und zum Schluss in der Forschung gelandet. Aber nicht etwa, um irgendwann eine eigene Praxis zu eröffnen und damit das Leben der Reichen und Schönen noch schöner zu machen. Stattdessen ging es ihm um Anerkennung. Er wollte zu einem jener Männer werden, über die man im Medizinstudium lehrte und dessen Name in den Studienbüchern verewigt wurde.

Zwar hatte Don nicht sonderlich begeistert gewirkt, als er ihm heute Nachmittag seine Idee vorgetragen hatte, aber er würde schon noch zu schätzen wissen, was er für ihn tat, und vor allem für die Wissenschaft.

Ihm war klar, dass diese junge Frau ein hoffnungsloser Junkie war, eine Drogenabhängige, deren Leben total außer Kontrolle geraten war. Recht viel mehr wusste er allerdings nicht. Wie lange sie schon abhängig war, ob sie bereits einige Entzüge hinter sich hatte und wie tief sie in der Drogensucht steckte. All dies würde sich erst bei ihrer Einlieferung herausstellen, sprich nach dem Abrufen ihrer digitalen Krankenakte, die für die Ersthilfe in der Notaufnahme unabdingbar war. Mögliche Medikamentenallergien, Vorerkran-

kungen und weitere körperliche Besonderheiten mussten im Vorfeld abgeklärt werden, um eine anständige
Diagnose und die bestmögliche Behandlung des Patienten gewährleisten zu können.

All das wollte auch er selbst so rasch wie möglich erfahren, weshalb er dem Krankenwagen ins Hospital
folgen würde. Es war nicht ungewöhnlich, dass Menschen, die am Unfallort Erste Hilfe geleistet hatten, sich
verantwortlich für jene Personen fühlten und den weiteren Verlauf deren Rettung begleiten wollten. Er
würde also keinerlei Verdacht erregen, wenn er in diesem besonderen Fall mitten in der Nacht in der Klinik
auftauchen würde, um sich nach dem Gesundheitszustand des Unfallopfers zu erkundigen.

Ein anschließender Blick in ihre Krankengeschichte
würde schnell zeigen, was sie bisher so alles auf dem
Kerbholz hatte. Anbei könnte er auch gleich die Gelegenheit beim Schopfe packen, um Don mit den Informationen aus der Akte zu füttern. Anhand jenes trost-
losen Lebenslaufs würde er es hoffentlich doch noch
schaffen, ihn umzustimmen. Er kannte Don; je bedau-
ernswerter der Inhalt dieser Dokumente, umso höher
standen die Chancen, dass er einknickte.

Elliot würde ihn erneut über den Ernst seiner Lage
aufklären und ihm bewusstmachen, was sich ihm da
für eine einmalige Gelegenheit bot.

Ja, er würde ihn schon noch weichkochen und davon
überzeugen, was das Beste für ihn wäre – und für das
arme, verletzte Drogenopfer.

Elliot verspürte unmittelbar einen Schub aus Eifer und Leidenschaft, der seinen gesamten Körper durchfloss. Denn nun war er seinem Ziel so nah wie niemals zuvor.

Na Daddy, was sagst du jetzt? Es passierte nicht selten, dass ihm in adrenalingeladenen Momenten wie diesen ganz spezielle Erinnerungen aus seiner Vergangenheit aufstießen. Erinnerungen an Edward, seinen Vater.

Dank sei dem Karma, dass er bereits unter der Erde war, blitzte es in ihm auf, immer wieder, wenn er an ihn dachte. Edward war kein Mann vieler oder gar lobender Worte gewesen – zumindest nicht ihm gegenüber. Er war ein strenger Mann und ein wahrer Patriarch, der sich als das Oberhaupt einer geachteten Mittelschichtfamilie sah. Dabei war er nicht mehr als ein unbedeutendes Rad in einem unbedeutenden Kreislauf. Er war lediglich der Versorger eines dreiköpfigen Haushaltes. *Geachtet? Wohl kaum.* Wie Elliot wusste, hatte niemand Näheres mit ihm zu tun haben wollen, zumal er in seinem Umfeld nicht unbedingt als umgänglicher Zeitgenosse gegolten hatte. Er selbst hatte das natürlich anders gesehen. Er war keineswegs rechthaberisch oder ein Besserwisser gewesen. *Natürlich nicht.*

Elliot hatte nie eine wirkliche Beziehung zu ihm aufbauen können. Alles war Edward stets wichtiger gewesen. Seine Arbeit und ganz besonders er selbst. Dabei war er bloß der Leiter einer Gläserfabrik gewesen. *Als ob er damit hätte die Welt verändern können ...* Wenn sie gemeinsam an einem Tisch saßen, hatten sie kaum ein Wort miteinander gewechselt. Es sei denn, Edward hatte ihm wieder mal eine seiner narzisstischen Lebensweisheiten aufgedrängt oder sich über einen Artikel in der Morgenzeitung aufgeregt. Während seine Stiefmutter Nora mit unsicherem Blick neben ihm gesessen hatte. Stumm und gehörig, wie immer. Um sich einem Mann wie Edward gegenüber behaupten zu können, war sie wohl niemals stark genug gewesen. Und so hatte er sie in all den Jahren zu einem verkümmerten Schatten ihrer selbst gemacht.

Das Lechzen nach Liebe hatte Elliot schon längst überwunden, letztlich war es ihm nur noch um Beachtung und Aufmerksamkeit gegangen, und selbst das war ein kaum zu schaffendes Unterfangen gewesen. Wie ein Wettbewerb, den er niemals hatte gewinnen können.

Für seinen Vater war Elliot nie mehr als ein Überbleibsel aus alten Tage gewesen. Tage aus einer früheren Ehe. Der Ehe mit seiner leiblichen Mutter. Auch sie hatte zu seinem Leben und seiner Erziehung nicht viel beigetragen. Außer dass sie ihn zur Welt gebracht hatte – anschließend hatte sie das Weite gesucht. *Schönen Dank auch, warst mir ja eine große Hilfe.*

Wahrscheinlich hatte sie es nicht mehr ausgehalten, mit dem alten Saukerl. Wer hätte es ihr verdenken können. Trotzdem hatte sie ihn alleingelassen. Allein mit ihm. Und das bedeutete Einsamkeit. Verrat. Wie sollte er wohl ihr oder all den weiteren weiblichen Gestalten dieser Erde jemals Respekt entgegenbringen können? *Ja, eine weibliche Gestalt.* Als mehr als das hatte er sie nie gesehen. Und er hatte auch nie versucht, sie zu finden. *Scheiß auf sie. Und scheiß auf ihn. Ich habe geackert, ein Stipendium an einer der renommiertesten*

Universitäten des Landes erlangt und mich hochgear-
beitet. Und ich werde die Welt mit meinen visionären
Ideen auf den Kopf stellen.

Aus der Ferne erklangen Polizei- und Notarztsirenen und Elliots Gedanken rissen abrupt ab. Bemüht schob er im Geiste die Bilder seines Vaters und seiner gesichtslosen Mutter beiseite und versuchte sich wieder auf das Hier und Jetzt zu fokussieren. Dann richtete er sich auf und rannte zur Straße, um die Einsatzkräfte zu sich zu winken.

36

Sebastian
3 Tage später

Es war kurz vor Mitternacht und seine Geduld allmählich am Ende. Alle anderen seiner Kommilitonen hatten sich nach Dr. Vaughns heutiger Ansprache im Auditorium brav nach Hause begeben und würden sich wie befohlen erst am Montag wieder in der Klinik einfinden. Aber nicht er. Er musste wissen, worum es bei diesem besonderen Projekt ging und weshalb er nicht unter den Auserwählten war. Was sollte das überhaupt? *Mich hättest du mitnehmen sollen! Mich!* Und dann auch noch diese verdammte Geheimniskrämerei. Das ging ihm am meisten gegen den Strich und versetzte ihm einen Stich ins Herz. Frust und Groll bauten sich zunehmend gegen jenen Mann auf, den er stets so sehr bewundert, ja schon beinahe vergöttert hatte. Und der ihn nun aufs Übelste hintergangen hatte.

Geraldino, Callahan und Ortega, dass ich nicht lache ... Die drei waren ein Witz – *er* besaß alle ihre Fertigkeiten zugleich. Im Grunde hätte Vaughn bloß ihn allein mit in den OP nehmen können und sie hätten das Ding gemeinsam geschaukelt. Was war nur in Vaughn gefahren? Warum hatte er genau *sie* auserkoren? Ausgerechnet die drei größten Streber der gesamten Truppe.

Sie würden ihm bestimmt mit keiner einzigen Silbe etwas über die Operation verraten und sich ganz sicher strikt an den Verschwiegenheitsvertrag halten, selbst wenn er bettelte – was ihm sowieso niemals in den Sinn käme. *Wäre ja noch schöner...* Im Gegenteil, sie würden ihn sogar an Vaughn verpetzen und diesen darüber informieren, dass er sie hatte aushorchen wollen. Was seinem Selbstwert einen weiteren Fausthieb verpassen würde. Er musste sich also selbst darum kümmern.

Mehr als drei Stunden hatte es gedauert, bis sie endlich wieder aus dem Operationssaal gekommen waren. Aus sicherer Entfernung hatte Sebastian hinter einer Ecke hervorgespäht und beobachtet, wie sie vor den Türen des OPs noch eine kleine Unterredung führten. Wovon er aber kein einziges Wort verstand. Hinterher schüttelten sie sich die Hände und verstreuten sich in alle Richtungen. Dr. Vaughn hatte sich allerdings erneut in den OP begeben und war kurze Zeit später mit einem Rollwagen wieder daraus hervorgekommen. Darauf musste sich ein Gerät oder eine Vorrichtung befunden haben, sie war mit einem grauen Tuch abgedeckt. Den Wagen hatte er in seinen Büroraum geschoben, wo er bis eben noch verblieben war.

Durch die gläserne Tür hatte Sebastian beobachten können, wie Vaughn den Rollkarren in einer Ecke abgestellt und nachfolgend ein wenig auf seinem Rechner herumgetippt hatte. Bevor er den Raum verlassen und abgeschlossen hatte, war noch etwas aus seiner Kitteltasche in der Schreibtischschublade gelandet.

Während dieser Zeit war der Operationssaal von einem Team aus Klinikmitarbeitern gereinigt worden und eine Schwester hatte den Patient oder die Patientin zurück ins Krankenzimmer gerollt. Er war ihr gefolgt und hatte, sobald die Luft rein war, das Zimmer betreten. Auf dem Anamneseschein am Bettgeländer war der Name *Becky Cullen* verzeichnet und eine für halb zehn Uhr morgens angesetzte Operation in Saal Nummer fünf, also jene OP, welche gerade stattgefunden hatte. Diese war mit dem Vermerk „*Remotus Cicatrix – Gesichtsbereich*" gekennzeichnet, was schlicht so viel bedeutete wie Gesichts-Narbenentfernung. Dementsprechend war ihr gesamter Schädel bandagiert. Es passte also alles zusammen, aber weshalb dann diese aufwendige Verschleierung? Es sei denn, Vaughn hatte ein neuartiges Verfahren in puncto Narbenentfernung an der Patientin durchgeführt oder sonst irgendwas Außergewöhnliches an ihr getestet.

Er musste der Sache auf den Grund gehen. Er wusste, dass die meisten Operationen aufgezeichnet wurden, dafür sollten die Assistenzchirurgen die Aufnahmen der Kamera, die sich über den OP-Leuchten befand, hinterher auf den Klinik-Server übertragen und die Speicherchipkarte anschließend wieder in die Kamera einsetzen. Doch das hatte er bereits gecheckt, die Speicherkarte der OP-Kamera war leer. Was wollte Vaughn bloß verbergen?

Somit war Sebastian den restlichen Tag über die Gänge auf und ab geschlichen und hatte sich beschäftigt gegeben. Später, als langsam die Nacht hereingebrochen war und sich die Korridore zu einem Schauplatz der Ruhe und Leere verwandelt hatten, war er zeitweise in der Besenkammer verschwunden, direkt gegenüber von Vaughns Büroraum.

Nun, da Vaughn gegangen war und nur noch das nötigste Nachtpersonal zugegen war, konnte er sich endlich frei bewegen und versuchen, das Geheimnis endgültig zu lüften. Er trat aus der Kammer und fasste an den Griff von Vaughns Bürotür. Sie war verschlossen. Im selben Moment vernahm er schwerfällige Schritte, die erst weit entfernt und kaum hörbar klangen, dann aber immer lauter durch das Gemäuer hallten. Er blickte den Flur hinab, aus der Ferne erkannte er den Hausmeister, der gemächlich durch die Gänge streifte und gleich darauf wieder in einem anderen Teil des Korridors verschwand. Sofort kam ihm eine Idee und er ging einige Meter weiter, wo ein Feuerlöscher und eine Axt in einer Vitrine an der Wand deponiert waren. In einer Halterung direkt daneben befand sich eine dünne Mappe mit einer Anleitung und weiterer Sicherheitsempfehlungen im Falle eines Brandes. Eilig griff er danach, schlug eine beliebige Seite auf und rief verzweifelt nach dem Hausmeister. „Entschuldigen Sie! Sie müssen mir unbedingt helfen, ich bitte Sie!"

Er hörte, wie das Hallen der Schritte kurz aussetzte, im nächsten Moment wurde es wieder lauter und deutlicher, bis er schließlich den Kopf des alten Mannes hinter einer der Ecken hervorlugen sah. „Meinen Sie mich?"

„Ja, genau! Prima, Sie sind mein Retter!"

In grünem Overall stapfte der Alte auf ihn zu.

„Ich glaube zwar kaum, dass ich einem jungen, kräftigen Mann wie Ihnen eine Hilfe sein kann, aber versuchen wir's mal. Was kann ich für Sie tun?", meinte er freundlich.

Sebastian zeigte auf das Namensschild an seinem Kittel. „Ich bin einer von Dr. Vaughns Studenten und er hat mich gebeten, diese Unterlagen in sein Büro zu bringen." Er wedelte nervös mit der Mappe vor sich herum. „Aber wie es aussieht, bin ich wohl zu spät dran! Er braucht diese Dokumente gleich morgen früh für einen seiner Vorträge. Haben Sie vielleicht einen Generalschlüssel oder sowas? Es wäre wirklich unfassbar wichtig."

Der Hausmeister überlegte kurz, dann zückte er ein fülliges Schlüsselbund hervor und antwortete: „Na, mal sehen, ob einer von denen hier passt, sonst muss ich runter ins Schlüsselarchiv."

„Oh, Sie sind großartig, vielen Dank!"

„Nana, nun übertreiben Sie mal nicht, junger Mann. Das ist doch nur eine Kleinigkeit."

„Die mir aber trotzdem meine Stellung rettet!"

Der alte Herr lächelte zufrieden, während er einen Schlüssel nach dem anderen ins Schloss führte. Prompt erklang ein seichtes Klicken und die Tür war offen. „So, bitte sehr."

„Sie sind der Beste!"

Während Sebastian eilig eintrat, rief ihm der Hauswart hinterher: „Aber bitte beeilen Sie sich, junger Mann!"

Sebastian hielt inne, wandte sich um und zog eine verzagte Miene. „Oh, leider muss ich die Dokumente einscannen und auf seinen Computer hochladen. Das könnte schon ein wenig dauern – aber ich beeile mich, versprochen!"

Der alte Mann blickte ihm etwas verwirrt entgegen, als er ein erneutes Lächeln aufsetzte. „Ach, machen Sie sich keine Umstände. Ich beende meine Runde und wenn ich zurückkomme, schließe ich ab. Ich denke, bis dahin sind Sie sicher fertig."

„Das wäre perfekt! Nochmal vielen Dank für Ihre Hilfe!"

„Keine Ursache. Auf Wiedersehen."

Während der Mann gemächlich davonwatschelte, begab sich Sebastian im Eiltempo zu Vaughns Schreibtisch. In der Ecke dahinter erblickte er den metallenen Rollwagen mit dem abgedeckten, ominösen Objekt. Es musste ein großer Gegenstand sein, bestimmt so um die anderthalb mal anderthalb Meter, munkelte Sebastian. Sofort fasste er an das graue Leinentuch und enthüllte, was sich darunter verbarg. Zu seinem Erstaunen stand er plötzlich vor einem enorm aufwendig konstruierten Gerüst. Mehrere Achsen aus hochwertigem Material bildeten einen riesenhaften Würfel mit je einem Einlass auf der Vorder- und Rückseite. Hydraulikschläuche, bunte Kabel und grüne Leitplatinen umschlangen das gesamte Gerät. An der oberen Fassade war ein sich beweglicher Extruder zur Herstellung von Formstücken befestigt sowie ein weiteres Konstrukt mit Sensoren und einer Laservorrichtung, das sich offenbar ein- und ausfahren ließ. Zudem war an einer Seite des Würfels ein Flachbildmonitor mit Bedienpult angebracht.

Sebastian war mehr als beeindruckt, so beeindruckt, dass sich ihm sogar seine Nackenhaare leicht sträubten. *Additives Fertigungsverfahren*, sagte er sich im Stillen, denn was er da vor sich hatte, war ganz offensichtlich eine Art modifizierter 3D-Drucker. Aber wofür, und was wurde damit hergestellt oder vielmehr modelliert?

Andächtig schwang er das Tuch über das Gerät und bedeckte es wieder. Im Anschluss wandte er sich um und widmete sich der Schreibtischschublade. Sie ließ sich nicht öffnen, worauf er sich nachdenklich umsah. Sein Blick fiel auf eine Schere in einer Stiftebox. *Hmm.* Immerhin hatte er es nicht mit einem Safe zu tun, sondern mit einem billigen, kleinen Schloss eines hölzernen Schubfachs – warum also nicht? Einen Versuch war es wert. Hastig warf er einen prüfenden Blick zur Tür, dann griff er sich die Schere, klappte sie auseinander und führte eine ihrer Spitzen in das schmale Schlüsselloch. Er übte etwas Druck aus und begann mit sanfter Kraft zu drehen, als er bereits beim ersten Versuch ein leises, klickendes Geräusch vernahm. Überrascht fasste er an den Griff und tatsächlich; die Schublade ließ sich öffnen.

In ihrem Inneren befand sich nichts weiter als eine kleine, digitale Handkamera. Sebastian spürte, wie sich seine Lippen zu einem genügsamen Grinsen verformten. Dann griff er nach der Kamera und ließ sich mit dem Rücken ans Schreibpult gelehnt zu Boden sinken. Voller Neugier klappte er das Display auf, das ihm sogleich mehrere Dateien anzeigte. Einige von ihnen waren abspielbare Videos, andere wiederum einfache Fotodateien. Er drückte auf Play und schon eröffnete sich ihm die erste Videoaufnahme.

Was er sah, war das düstere Bild eines Leichentischs mit dem Körper einer blonden Frau darauf. Am Kopfende befand sich der modifizierte Druckapparat. Völlig automatisiert und begleitet von einem mechanischen Geräusch fuhr eine Metallachse aus dem Inneren des Geräts und positionierte sich über dem Schädel der toten Frau. Aus der Vorrichtung am Ende der Achse schoss ein Scanstrahl und tastete ihr Gesicht ab. Das Video stoppte und es startete die nächste Aufnahme. Nun stand die Apparatur in einem gewöhnlichen Patientenzimmer am Ende eines Krankenbettes und scannte die Gesichtszüge einer anderen Person ab. Wieder eine Frau. Diese war scheinbar noch am Leben, sie war jung und hatte ebenfalls blondes Haar. Mit geschlossenen Augen lag sie reglos da, was nur wenige Schlüsse zuließ. Nämlich, dass sie entweder unter Betäubungsmitteln stand, dass sie schlief oder sich absichtlich nicht bewegte, um den Scanvorgang nicht zu beeinträchtigen.

Eine weitere Videodatei öffnete sich und erneut war die Maschine zu sehen. Dieses Mal befand sie sich allerdings an einem Ort, der an ein Forschungslabor erinnerte. Währenddessen rotierte im Inneren des Gerüsts ein Druckkopf und formte mit immenser Geschwindigkeit ein fremdartiges Objekt. Es war kaum auszumachen, aus welchem Material das besagte Objekt bestand, es war bläulich gefärbt, länglich und vielleicht einige Zentimeter groß. Dem Aussehen zufolge wirkte es wie lebendes Gewebe, weder weich noch hart und es sah glitschig aus. Seine Außenfläche war gerillt und ähnelte einer Art Knorpel oder einem Stück Muskel.

Nun folgte die Aufnahme einer Operation. – *Die Operation*, wie er vermutete. Die strenggeheime OP, an der er nicht hatte teilnehmen dürfen. Zu sehen war das Gesicht der noch lebenden Frau aus dem Krankenzimmer. Ein Skalpell näherte sich von der Seite und führte im Bereich des rechten Wangenknochens einen vertikalen und tiefen Schnitt aus. Millimeter für Millimeter spreizte sich die Gesichtshaut wie Butter. Darunter kam weiches, rosafarbenes Fleisch zum Vorschein, welches ebenfalls in Sekundenschnelle auseinanderklaffte und das glänzende Weiß des Knochens freisetzte. Eine Pinzette trat ins Bild und schob das gerillte, blaue Gewebe in den Zwischenraum von Sehne und Knochen. Desgleichen schwenkte die Kamera kurz zum Display der Druckermaschine hoch, wo die Scanaufnahmen zweier menschlicher Schädel abgelichtet waren. Offensichtlich waren es Scans von verschiedenen Personen, die in mehreren Varianten dargestellt wurden. Nämlich einmal mit Gesichtsform und einmal als Röntgenbild, als plötzlich ein Signal ertönte und das Wort *Match* aufflackerte, welches darauf hinwies, dass sich das knorpelartige Material nun an der richtigen Stelle befand. Dasselbe Prozedere wurde anschließend an mehreren Positionen ihres Gesichts und mit weiterem Knorpelgewebe wiederholt.

Der letzte Videomitschnitt zeigte eine blonde Frau in einem Krankenzimmer. Sie saß auf ihrem Bett, gemeinsam mit einem gutaussehenden Mann, der sich eine Träne von der Wange wischte. Die Kamera zoomte zum Gesicht der Patientin und fing die hauchdünnen und kaum zu sehenden Narben ein, während Vaughns eingebildete Stimme erklang. „Wunderbar ..." Dabei war kaum misszuverstehen, was er damit meinte. Nämlich sein Werk. Sein plastisches Können.

Die Frau, die zu sehen war, war offenbar jene, die zuvor auf dem Leichentisch gelegen hatte – oder sah sie bloß so aus? *Warte mal ...* Er überlegte und fühlte, wie sich seine Hirnzellen anstrengten. *Oh mein Gott ...* Der Groschen fiel und schließlich begriff Sebastian. *Dieser brillante Mistkerl hat ein Verfahren zur exakten Gesichtsreproduktion geschaffen!*

Nun wurde ihm alles klar: Eine Frau fungierte als Ersatz für eine tote Frau – die beiden wurden schlicht und einfach ausgetauscht! Diese Becky Cullen, jene Patientin, die lediglich eine Narbenentfernung hätte erhalten sollen, war höchstwahrscheinlich zuvor verstorben, worauf eine andere ihren Platz einnahm. Ihre Krankenakten, die angebliche Narbenoperation und der sogenannte Forschungseingriff, bei dem Dr. Vaughns Studenten hatten assistieren können – alles war vertauscht, gefakt und inszeniert worden. Aber warum all die Mühe? War das, was Vaughn getan hatte, etwa nicht legal gewesen? Hatte die junge Frau, die als Ersatz für die wahre Mrs. Cullen eingesetzt wurde, dem Ganzen denn auch tatsächlich freiwillig zugestimmt? Warum sollte jemand so etwas tun? Nein, daran glaubte er niemals. Bestimmt war auch sie belogen worden.

Die Ärztekammer und der Vorstand hätten solchen Methoden sicherlich niemals zugestimmt. Das perfekte Kopieren eines Gesichts diente wohl kaum dem Gemeinwohl, sondern wäre vielmehr für eine andere Fraktion der Gesellschaft interessant, wie etwa kriminellen Organisationen oder ... *oder dem Staat.*

So hatte Vaughn mit Sicherheit hinter dem Rücken der Krankenhausführung gehandelt. Alles war ein minuziös ausgearbeiteter Plan gewesen, den er präzise umgesetzt und dabei alle Beteiligten an der Nase herumgeführt hatte.

Einfach genial, so viel musste sich Sebastian eingestehen. Und nun, da Vaughn es geschafft und Gewissheit hatte, dass es funktionierte, müsste er nur noch einen Weg finden, seine Meisterleistung zu legalisieren – worauf ihm als gefeierter Pionier alle Anerkennung der Welt zuteilwerden würde. *Bravo!*

Dennoch hatte der große Dr. Vaughn ihn hintergangen. Der Mann, den er all die Jahre bewundert hatte. Der Mann, dem er stets nachgeeifert und zu dem er aufgesehen hatte. Wie konnte er nur? *Er* hätte es nämlich sein sollen, der gemeinsam mit ihm in diesem OP dieses revolutionäre Verfahren hätte testen sollen. *Er* müsste gemeinsam mit ihm in den Geschichtsbüchern verewigt werden. Aber das war nicht geschehen. Das musste mit harter Strafe geahndet werden.

Was er nun zu tun hatte, war glasklar: Zuallererst müsste er den Inhalt der Digitalkamera kopieren. Vaughns PC war sicherlich passwortgeschützt, im Studentenaufenthaltsraum befand sich jedoch ein öffentlich zugänglicher Rechner. Und in seinem Spind lag stets ein USB-Stick, worauf sämtliche seiner digitalen Unterrichtsbücher und Notizen abgespeichert waren. Was aber auch bedeutete, dass er sich beeilen musste, bevor der Hausmeister von seiner Runde zurückkäme.

Anschließend würde er die vermeintliche Mrs. Cullen sorgfältig beobachten und ihr im geeigneten Moment alles erzählen, was er herausgefunden hatte. Denn er benötigte eine Zeugin, und wer wäre da besser geeignet als das hintergangene Opfer. Sofern sie nicht ebenfalls in der Sache mit drinsteckte, würde er gemeinsam mit ihr die unfassbaren Machenschaften des großen Dr. Vaughn aufdecken und ihn letztlich zu Fall bringen, und jeden, der damit zu tun hatte.

Ich werde dich fertig machen.

Das hast du nun davon, du eingebildeter, gemeiner Hurenbock!

37

Gegenwart

Elliot rollte in seinem silbernen Sportwagen durch das Einfahrtstor der Villa und sein Ausdruck war nicht unbedingt der eines zufriedenen Mannes. Don schlenderte ihm entgegen und Elliot hielt inmitten der Auffahrt. Er machte sich noch nicht einmal die Mühe auszusteigen, sondern drückte Don durch das offene Fenster ein Bündel Akten in die Hände. „Das sind die Kopien ihrer Krankengeschichte und sämtlicher Polizeiakten. Hier, nimm, ich muss gleich wieder los."

„Hätte man das denn nicht auf andere Weise lösen können, anstatt dass du den ganzen weiten Weg auf dich nimmst?"

„Sowas verschickt man nun mal nicht mit der Post, darum habe ich mich lieber gleich persönlich aufgemacht", meinte Elliot mit einem Hauch an Sarkasmus in seiner Stimme. Darauf sah er ihm mit vorwurfsvoller Miene entgegen. „Diese Informationen haben mich eine Stange Geld gekostet."

„Wie viel?", fragte Don.

Elliot war sichtlich erregt. „Darum geht's doch gar nicht, verdammt nochmal!"

„Worum dann?"

„Es geht darum, dass es das nun gewesen sein sollte! Ihr habt, was ihr wollt, also Schluss jetzt! Wenn sie dieses Leben leben will, dann soll sie es auch tun und die Vergangenheit endlich ruhen lassen!“

„Ja, für dich hat sie ihren Zweck ja mittlerweile erfüllt, nicht wahr?“

Elliots Blick wurde schärfer, wie der einer Hyäne, die jeden Augenblick zubeißen könnte. „Was willst du mir damit sagen?“

Einige Momente lang herrschte eine eiskalte Stille zwischen den beiden und Don spürte, wie auch seine Gesichtszüge langsam, aber sicher rauer wurden.

„Wie ich dir schon mal gesagt habe“, fuhr Elliot fort, „erregt man umso mehr Aufmerksamkeit, je mehr man rumstochert. Was denkst du wohl, was die Bullen jetzt davon halten, wenn ein Chirurg unbedingt Informationen über einen offiziell toten Drogenjunkie einholen will? Das habe ich natürlich mit der richtigen Summe geklärt, aber nun muss es gut sein! Lebt jetzt einfach gemeinsam ein glückliches Leben! Und das ist alles, was *ich* diesmal dazu zu sagen habe!“

„Keine Sorge“, erwiderte Don leise.

Unterdessen startete Elliot bereits den Motor, brauste rückwärts durch das Tor und raste dann auf quietschenden Reifen davon.

Don schüttelte den Kopf und ging zurück ins Haus. Als er die Tür öffnete, erwartete Deborah ihn schon.

„Hast du's?“, fragte sie fiebrig.

„Ja.“

Er überreichte ihr den Stapel Papier und sie begaben sich gemeinsam zur Couch. Sowie sie sich hingesetzt hatten, schlug Deborah die ersten Seiten auf, während Don ihr über die Schulter blickte und aufgeregt mitlas.

38

Ein seichter und kühler Schauer fuhr Deborah über den Nacken, während sie den Verlauf ihres eigenen Lebens auf einem Blatt Papier verfolgte. Was sie da in ihren Händen hielt, war eine diagrammartige Auflistung an Zeilen, Buchstaben und Zahlen, die so unpersönlich wirkten wie die Personenangaben eines gesuchten Fremden im Fernsehen – trotzdem war es *ihr* Leben.

Ihre Krankenaufzeichnungen bestätigten, dass alles der Wahrheit entsprach, was Elliot über sie berichtet hatte. Vier Heroinentzüge in den letzten zehn Jahren in verschiedenen Einrichtungen. Der erste davon, als sie neunzehn war – jedes Mal gefolgt von einem Rückfall. Mehrere Aufenthalte in der Notaufnahme aufgrund von Stürzen und Unfällen während des Rauschs oder Beinahe-Überdosen.

Als sie weiterblätterte und die erste Seite der Polizeiakte umschlug, erblickte sie das Fahndungsfoto einer blonden, jungen Frau. Zerzaustes Haar, dunkle Augenringe und ein Blick, der gezeichnet war von Gewalt, Drogensucht und Hoffnungslosigkeit. Nahm man allerdings all jene Aspekte aus seiner Gleichung, war die Attraktivität jener Frau unverkennbar, vergleichbar mit ihrem jetzigen Aussehen. Jedoch nicht im Sinne einer Ähnlichkeit, wie man sie unter Verwandten beobachtete. Sondern es ging um reine Schönheit. Genau genommen hatten sie und die abgelichtete Dame sogar grundverschiedene Gesichtszüge. Als Becky war sie nahezu maßlos schön, genauso wie die junge Frau auf dem Foto, nur eben auf eine andere Weise. Ihre Gleichheit bestand darin, dass sie beide hübsch waren.

Trotz allem war dem Gesicht auf dem Polizeifoto unschwer anzusehen, dass ein wahrhaft trostloses Leben seinen Tribut gefordert hatte. Vielleicht war Deborah jetzt einen Tick hübscher, dennoch wusste sie, dass ihr wahres Ich jenem entsprach, das in dieser Akte beschrieben wurde. Und das machte ihr eine Heidenangst. Was in weiteren plumpen und stichwortartigen Angaben folgte, war nämlich das Bildnis eines verkorksten Lebens und während sie die Zeilen las, durchfuhr sie zeitweise ein Gefühl der Scham.

DeborahKnox
geboren am 12.10.1995
Eltern: unbekannt
1995 – 2007 Waisenhaus Little Children's Center, Fullerton, CA 92834
2007 – 2011 Pflegeeltern Annalisa Kramer, Ben Kramer, Brea, CA 92822
2011 –Beispiele in ihrem Bekanntenkreis miterlebt hatten – von dem übrigens knapp die Hälfte mittlerweile in"
2013 Jugendheim St. Summer, Brea, CA 92823
vormundschaftsberechtigte   Jugendsachbearbeiterin: Theodora Gossett
weitere Wohnorte: unbekannt
2014: unerlaubter Drogenbesitz – Verurteilung auf Bewährung
2017: Diebstahl – Verurteilung auf Bewährung

Deborah konnte spüren, wie ihr Herz mit schnellen, harten Schlägen gegen ihren Brustkorb hämmerte und ihr ein wenig übel wurde. Was war sie bloß für ein Mensch gewesen, fragte sie sich. Schlagartig wurde ihr bewusst, was für ein Widerspruch ihr gesamtes Leben war, und erst recht die Tatsache, dass jenes Mädchen aus der Akte nun das Leben einer gebildeten Karrierefrau führte. Dass *sie*, Deborah Knox, eine Herumtreiberin aus dem Drogenmilieu, den Platz einer Becky Cullen eingenommen hatte, stellte indirekt einen absoluten Rückschritt dar, und diese Erkenntnis traf sie wie ein Fausthieb ins Gesicht. Es war der Inbegriff einer bedauernswerten Umkehrung. Wenn der Schmetterling wieder zur Raupe wurde …

Zwar sagte Don ihr immer wieder, dass sie besonders sei und auch sie selbst spürte, dass sie nicht mehr diese Deborah aus der Vergangenheit war, trotzdem ließ sie der Gedanke daran nicht los. Der Gedanke, dass sie dem Platz einer Becky Cullen womöglich nicht würdig war. Zugleich schwor sie sich, niemals wieder zu so einem Menschen zu werden. Nie wieder. Und sie würde alles daransetzen, sich zu beweisen.

Sie war völlig in ihren Überlegungen versunken, als sie plötzlich fühlte, wie Don ihre Hand berührte. Er tat es zart und sanft, dennoch zuckte sie zusammen. Dann blickte sie in seine gutherzigen, blauen Augen. Sie wusste, dass die Geste ihr deutete, weiterzublättern und dass er für sie da war. Sie versuchte ihm ein Lächeln zu schenken, dieses verließ jedoch kaum ihre Mundwinkel.

„Alles ist gut", sagte er. Schließlich umklammerte er ihre Finger, die sich am Ende der Seite festgekrallt hatten und half ihr dabei umzublättern.

Sowie sie auf das nächste Schriftstück blickte, stockte ihr abrupt der Atem und sie hatte Mühe zu schlucken. Ihr Herz pochte wie wild und sie brachte kein einziges Wort hervor. Der Seite war eine Fotografie angeheftet und sie tippte hysterisch mit dem Finger darauf. Das war alles, wozu sie im Stande war. Es war das Bild eines kleinen Mädchens mit strohblondem Haar.

Sie schnappte nach Luft, um wieder sprechen zu können. „Das – das ist sie!"

„Was meinst du?"

„Dieses Mädchen habe ich in meinen Träumen gesehen! Ich kenne sie!", antwortete sie nervös. Sie klappte das Foto hoch, darunter befanden sich weitere Informationen. Sie schärfte ihren Blick und musste sich bemühen, um die Worte und Zahlen vor Aufregung richtig zu deuten.

26.12.2018: Geburt der Tochter Violett Knox im Regent County Hospital, Brea, CA 92823
Vater: unbekannt
Mutterschaftsrecht auf Anraten der zuständigen Behörde für Angelegenheiten der öffentlichen Jugendhilfe und Fürsorge entzogen.
Zuletzt untergebracht im Haus der Waisen Our Lady of Growing, Brea, CA 92822

Deborah war fassungslos und blickte berührt zu Don auf. „Ich habe eine Tochter."

„Das ist unglaublich …", erwiderte Don ebenso ergriffen.

Erneut musterte sie die Aufnahme, wobei sie spürte, wie sich ein Lächeln auf ihrem Gesicht breitmachte. Die lieblichen Konturen des kleinen Gesichts ließen ihr Tränen in die Augen steigen. Überwältigt realisierte sie, dass dieses bildhübsche Geschöpf mit seinen langen hellblonden Haaren ihr eigen Fleisch und Blut war. Und nun hatte sie endlich den Beweis dafür, dass das Mädchen existierte. Sie hatte es sehen können. Schwarz auf weiß. Nicht in ihren Träumen oder Gedanken, sondern mit ihren eigenen Augen. Jetzt war es absolute Gewissheit. Nämlich, dass das Mädchen Wirklichkeit war.

Die sofortige Vertrautheit, die sie empfand, während sie das Foto betrachtete, ließ sie das wohltuende Gefühl von Klarheit verspüren. Klarheit darüber, dass da eine Bindung bestand, die nichts und niemand zu brechen vermochte. Sie fühlte das Abfallen einer schweren Last, denn endlich konnte sie das Bildnis aus ihren Gedanken mit einem Namen in Verbindung bringen: Violett.

Plötzlich regte sich noch etwas anderes in ihr: und zwar die Entschlossenheit, etwas zu unternehmen. Es konnte und durfte kein Zufall sein, dass sie sich angesichts eines kompletten Gedächtnisverlustes nur an eine Sache erinnerte, nämlich an ihr eigenes Kind. Die einzigen Blicke in die Vergangenheit, die sie wiedererlangt hatte, waren Erinnerungen an etwas Positives gewesen. An das wahrscheinlich einzig Gute in ihrem Leben: ihre Tochter.

In ihrer einst verkorksten Biographie hatte es wohl stets nur einen einzigen Moment gegeben, an dem sie es so etwas Ähnliches wie einen menschlichen Gedanken hegte, nämlich, als sie ihre Tochter heimlich durch einen Gitterzaun beobachtet hatte. Wie sie auf dem Spielplatz eines Waisenhauses oder Jugendheims inmitten herumtollender Kinder lachte und spielte. Wie der Blick der Kleinen ab und an zu ihr fand, ohne zu wissen, dass es ihre Mutter war, die ihr durch eine Reihe an Gitterstäben entgegenlächelte. Und genau das war die einzige Erinnerung, die sich in ihrem ansonsten völlig leeren Gedächtnis festgesetzt hatte.

Diese Gegebenheit nahm Deborah augenblicklich als Zeichen an. Als Zeichen auf eine zweite Chance und die Gelegenheit, die Sünden eines einst kaputten Daseins wieder geradezubiegen. Die Dinge quasi wieder zu berichtigen.

In ihrem vorherigen Leben hatte sie anscheinend keine einzige mütterliche Ader besessen, weshalb man ihr das eigene Kind entrissen hatte. – Liebe allein war nun mal nicht genug. Doch nun war alles anders, *sie* war anders. Die Zeit war reif dafür, sich ihrer Tochter anzunehmen und plötzlich war der Fall glasklar: Sie wollte sie wiederhaben und es gab nichts, nach dem sie jetzt mehr verlangte. Schlagartig blühten alle möglichen Instinkte in ihr auf. Instinkte des Beschützens, der Fürsorge. Sie wollte es so unbedingt, dass es schon beinahe schmerzte. Ein Kind sollte dort sein, wo es hingehörte, nämlich bei seiner Mutter.

Aber wie nur? Die einzige Möglichkeit, das zu erreichen, wäre ... Und dann kam ihr im selben Moment die Idee einer Adoption in den Sinn. *Aber natürlich!* Eine weitere Gunst, die sich durch diese ungewollte Verkettung an Ereignissen ergeben hatte. Denn jetzt, da sie eine andere Person mit einwandfreiem Hintergrund war, könnte sie problemlos versuchen, ihre eigene Tochter zu adoptieren, sofern diese Möglichkeit freistand. Das war sie dem Mädchen schuldig. Sie war es *sich* schuldig.

Zweifelsohne war es sowohl ein außergewöhnliches Unterfangen als auch ein Paradoxon. Eine Mutter, der man das Sorgerecht entzogen hatte, würde nun in Gestalt einer anderen Person ihre eigene Tochter bei sich aufnehmen. Mal ganz abgesehen von jenem Aspekt, dass niemand auf diesem Planeten je erfahren würde, dass da eine Frau ein fremdes Kind adoptierte, das in Wahrheit ihre leibliche Tochter war. Doch eine beispiellose Fügung hatte genau das möglich gemacht. Als ob es Deborahs Bestimmung wäre, ihrem Kind erneut eine Mutter zu sein. Wenn auch auf diese makabere Weise.

Für die kleine Violett wäre es nur mehr als gerecht, sinnierte Deborah, ohne dabei an den eigenen Vorteil ihrer Wiedergutmachung zu denken. Denn das Mädchen sollte ein erfülltes Leben führen, mit allem, was es begehrte und was ihm zustand. Es sollte nicht für die Fehler bezahlen, die seine Mutter begangen hatte.

Eine weitere Ironie war, dass Violett im selben Krankenhaus geboren worden war, in dem Deborah im Koma gelegen und wo auch ihre ganz persönliche Metamorphose stattgefunden hatte. Das Waisenhaus *Our Lady of Growing*, wo Violett untergebracht war, befand sich ebenfalls in Brea. All die Zeit über waren sie sich so fern gewesen und gleichzeitig so nah. Es war unfassbar, dass sie nichts von der Existenz einer Tochter gewusst hatte, und dabei war diese immer ganz in ihrer Nähe gewesen. Am selben Ort, in derselben Stadt.

So war alles, was für Deborah in diesem Augenblick zählte, nur eines: nämlich ihre Tochter zu sehen. Und sie wollte, dass ihr dabei nichts in die Quere kam. Denn da war auch noch die Sache mit diesem Sebastian, der alles auffliegen lassen wollte. Was ihr nun natürlich ebenso wenig zugutekäme wie dem Rest aller Beteiligten. Darum müsste sie sich also auch noch kümmern, wobei sie inständig hoffte, dass er mit sich reden ließe.

Sie sah Don mit entschlossenem Ausdruck entgegen. „Our Lady of Growing, wir müssen dort hin. Sofort."

„Ich weiß", antwortete er schlicht. „Ich suche schon mal die Nummer raus."

Währenddessen richtete Deborah sich auf und blickte durch das große Terrassenfenster, hinaus auf die Weiten des Meeres. Einer Zukunft entgegensinnend, die es ihr erlauben würde, ein geregeltes und gewöhnliches Leben zu führen wie das eines jeden anderen Menschen. Und dasselbe wollte sie auch ihrer Tochter bieten, die es ihrer Meinung nach mehr verdient hatte als sie selbst.

Meine liebe Violett. Ich werde dich wieder in meinen Armen halten. Bald ...

39

Die Fahrt zum Haus *Our Lady of Growing* von Huntington Beach bis zum östlichen Teil von Brea nahm etwas mehr als eine Stunde in Anspruch. Währenddessen hatte Deborah mehrmals versucht, Sebastian Miller zu erreichen, doch es war nie jemand rangegangen. Da sie sich ihrem Ziel immer weiter näherten, beschloss sie, es ein letztes Mal zu probieren. Wieder vernahm sie das Freizeichen, als sich irgendwann eine weibliche Stimme in der anderen Leitung meldete. „Ja, bitte?"

„Guten Tag, Becky Cullen hier. Könnte ich bitte mit Sebastian sprechen?"

„Sie wollen mit Sebastian …", erwiderte die Stimme und stockte plötzlich. Ein Schluchzen wanderte durch die Leitung und grub sich in Deborahs Ohr.

Deborah war ein wenig irritiert und wiederholte vorsichtig: „Ja, genau. Wäre das denn möglich?"

„Nun wissen Sie … das hier ist der Apparat meines Bruders und ich bekomme schon den ganzen Tag Anrufe über diesen Anschluss … aber mein Bruder ist leider verstorben." Nun brach die Stimme in bitteres Weinen aus.

„Oh mein Gott, wie schrecklich." Deborah war ebenso überrascht wie bestürzt. „Was ist passiert, wenn ich fragen darf?"

Die Stimme von Sebastians Schwester setzte ab und an aus, dennoch versuchte sie sich ganz offensichtlich zusammenzunehmen. „Was sagten Sie nochmal, wer Sie sind? Eine Studienkollegin?"

„Nein, nicht direkt. Aber wir kennen uns vom Krankenhaus. Cullen ist mein Name", log Deborah und hoffte damit eine zufriedenstellende Antwort abgegeben zu haben.

„Haben Sie ihn gut gekannt?"

„Na ja, einigermaßen ..."

Kurz war es leise, dann erwiderte die Frau: „Nun, dann sage ich es mal einfach frei heraus. Da Sebastian gestern den ganzen Tag nicht in der Klinik aufgetaucht war, weder dem Nachbarn die Tür geöffnet noch auf meine Anrufe reagiert hat, bin ich heute Morgen bei ihm vorbeigefahren. Ich habe einen Schlüssel für seine Wohnung. Und da habe ich ihn dann gefunden –" Die Stimme brach ab und ein gequältes Wimmern drang aus der Leitung. Ein Schluchzen, ein Schnäuzen, dann sprach sie weiter. „Bitte entschuldigen Sie."

„Aber nicht doch. Lassen Sie sich alle Zeit der Welt."

„Danke. Jedenfalls habe ich ihn in seinem Wohnzimmer gefunden, erhängt an einem Deckenbalken."

„Um Gottes Willen. Das tut mir wirklich sehr leid. Ehrlich."

„Ich wusste ja, dass er Probleme hatte, aber darauf war ich nicht vorbereitet. Soweit ich weiß, hat ihm das Studium ziemlich zugesetzt, er war jemand, der sich immer zu sehr unter Druck gesetzt hatte. Die letzten Wochen war es am schlimmsten. Und da war noch etwas, ich weiß nicht was, aber über irgendetwas hatte er sich furchtbar aufgeregt ... aber wozu erzähle ich Ihnen das alles, Sie möchten sicherlich nichts von alledem hören."

„Ich bitte Sie, kein Problem."

Deborah vernahm erneut ein Wimmern.

„Na ja, jetzt wissen Sie es, Frau Cullen ..."

„Ja, vielen Dank. Und nochmal: Es tut mir wirklich furchtbar leid, ich wünsche Ihnen alles Gute und viel Kraft."

„Ja, danke ..."

Deborah verabschiedete sich, hängte ein und blickte eine Weile stumm der Straße entgegen.

„Selbstmord?", fragte Don irritiert, während sein Blick abwechselnd zwischen ihr, dem Navigationssystem und dem Fahrweg wechselte.

„Ja, sieht so aus."

Was sie soeben gehört hatte, stimmte sie nachdenklich und ein eigenartiges Gefühl beschlich sie. Ein Gefühl, das sie nicht so recht einordnen konnte, als wäre etwas faul an der ganzen Sache. An Dons grübelndem Ausdruck erkannte sie, dass ihm wohl Ähnliches durch den Kopf ging. Auf der anderen Seite aber schien dieser Sebastian tatsächlich etwas labil gewesen zu sein. Den Ausführungen seiner Schwester zufolge war das, was geschehen war, nicht aus heiterem Himmel gekommen. Außerdem fragte sich Deborah, weshalb sie sich überhaupt damit auseinandersetzte.

Sie war erschüttert und selbstverständlich war das Ableben eines Menschen immer ein tragisches Ereignis, sowohl für die Familie als für das gesamte Umfeld des Verstorbenen. Dennoch hatte sie diesen Mann kaum gekannt, und die paar Male, die er ihr begegnet war, hatte er ihr einen Heidenschrecken eingejagt. Außerdem hatten sich ihre Ängste und Befürchtungen rund um eine Aufdeckung ihrer Identität mit seinem

Tod in Luft aufgelöst. So sagte ihr eine Stimme in ihrem Inneren, dass es wohl das Beste wäre, es gut sein zu lassen. Das, was jetzt zählte, war einzig und allein ihre Tochter und das Bestreben danach, sie irgendwie nach Hause zu holen. Sie zu lieben und ihr eine gute Mami zu sein. Ihr all die mütterliche Liebe zu schenken, die ihr bisher verwehrt geblieben war. Und sie hoffte, dass alles glatt verlaufen würde. Dass sie noch dort wäre, im Hause *Our Lady of Growing*, dass eine Möglichkeit zur Adoption oder zur Pflege bestand und dass sie und Don sich vor den betreffenden Institutionen als geeignete Vormundschaftskandidaten erweisen würden.

Es gab so vieles, das ihr in dieser Hinsicht Kopfzerbrechen bescherte, was sie jedoch am meisten nervös machte, war der Moment, in dem sie ihr Kind zum ersten Mal sehen würde. Ihm zum ersten Mal gegenüberstehen würde. Sie konnte sich kaum ausmalen, welche Gefühle auf sie hereinbrechen würden und wie sie es schaffen sollte, in jenem Augenblick nicht in Tränen auszubrechen.

„Ich bin so unglaublich aufgeregt, ich ... ich weiß nicht ... was, wenn sie wirklich da ist?", meinte sie nach einer Weile und spürte, wie ihre Hände zu zittern begannen.

Anfangs hatte sie es kaum erwarten können, doch nun, da es endlich so weit war, nur noch einige Minuten entfernt davon, ihr zum ersten Mal zu begegnen, schlug ihr das Herz schlagartig bis zum Hals.

Mit seinem typisch fürsorglichen Blick und mit einem sanften Lächeln sah ihr Don entgegen. „Na, ich hoffe doch, dass sie da sein wird. Mach dir keine Sorgen. Das, was wir hier tun, ist das Richtige. Es ist alles genauso, wie es sein sollte. Du bist ihre Mutter und wir werden alles Erdenkliche dafür tun, dass ihr wieder zusammen sein könnt."

Er nahm die Hand vom Gangschalter und tätschelte ihren Schenkel. „Es wird alles gutgehen. Glaub mir."

Unweigerlich entglitt ihr ein Lächeln, wobei er es schon fast geschafft hatte, sie mit seinem Optimismus anzustecken.

„Ankunftszeit in einer Minute", verwies die mechanische Stimme des Navigationssystems und führte sie die letzten hundert Meter durch eine ungeteerte, holprige Waldstraße. Bäume, Sträucher und Hecken umringten den engen Weg, sodass das ein oder andere Mal ein herabhängender Ast ihre Windschutzscheibe streifte. Gleichzeitig stieg Deborahs Unsicherheit von Sekunde zu Sekunde weiter an.

Sie bogen in eine kieselsteinerne Auffahrt ein, die letztlich zu einem großen, von Rost zerfressenem Tor führte. Dahinter waren bereits ein recht gepflegter Vorgarten mit Spielplatz und die alten Gemäuer der Einrichtung zu erkennen. Dessen Architektur und der graue Stein ließen diese allerdings eher aussehen wie ein Geisterschloss aus einem schlechten Gruselfilm. Links und rechts vom Eingangstor erschloss sich ein Gitterzaun, der das Anwesen vom umringenden Wald trennte.

Sofort erkannte Deborah die Dornenbüsche, an denen sie sich im Traum beinahe aufgespießt hatte. Sie waren mit den rostigen Gitterstäben verwachsen, genau wie in ihren Visionen.

Don stoppte an einer Sprechanlage und betätigte die Klingel. Sofort erklang die Stimme einer älteren Dame. „Our Lady of Growing, guten Abend."

„Guten Abend, hier ist das Ehepaar Cullen“, antwortete Don. „Wir haben einen Termin mit Direktorin Kruger.“

Es dauerte einige Sekunden und ein Rauschen surrte durch den Lautsprecher.

„Einen Augenblick.“

Wieder herrschte Stille und sie warteten, als sich plötzlich knarrend das Tor öffnete. Langsam ließ Don den Wagen auf einen Abstellplatz neben dem Gebäude rollen.

Im selben Moment, als sie ausstiegen, ertönte das schrille Geräusch der Heimklingel. Keine dreißig Sekunden später öffnete sich die hölzerne Doppeltür des andächtigen Bauwerks und eine bunte, lärmende Schar Kinder aller Altersgruppen strömte ins Freie. Rufen, Lachen, Getrampel, sämtliche Laute und Geräusche breiteten sich über das Gelände.

Die jüngeren Mädchen und Jungs begaben sich direkt zu dem Teil des Vorgartens, auf dem sich Rutsche, Klettergerüst und Schaukel befanden. Die etwas älteren sammelten sich in Gruppen auf dem gesamten Hof verstreut. Ihnen folgte eine schlanke Frau mittleren Alters in einem geblümten Sommerkleid. Sie hatte ein freundliches Gesicht und lächelte, während sie der Meute hinterherblickte.

„Irgendwie hatte ich eine Nonne erwartet“, flüsterte Don verstohlen.

Ohne darauf einzugehen, schritt Deborah weiter, wobei ihr prüfender Blick unermüdlich durch die Menge schweifte. Don folgte ihr und schwieg. Ihr war bewusst, dass er sie bloß ein wenig aufheitern wollte, und das fand sie überaus süß. Doch im Moment war ihr alles andere als zum Lachen zumute. Sie war angespannt und sogar ein wenig eingeschüchtert, da sie nicht wusste, was sie erwartete.

„Guten Tag", meinte Don, worauf sich die Mitarbeiterin zu ihnen umwandte. „Wir sind die Cullens, wir haben einen Termin bei Mrs. Kruger."

Die Frau schüttelte ihnen die Hände. „Guten Abend, mein Name ist Ingrid. Geht es um eine Adoption?"

„Das hatten wir uns eigentlich in den Kopf gesetzt, ja."

„Das begrüßen wir natürlich. Obgleich ich immer gerne darauf hinweise, sich auf eines der älteren Kinder zu fokussieren, da diese schon so lange ..." Ihre Stimme verstummte, als sich Deborah unerwartet entfernte und zielgerade durch den Garten marschierte.

Aus dem Hintergrund vernahm Deborah noch, wie die Frau hinzufügte: „Auf der anderen Seite sollte man sich aber auch immer auf sein Bauchgefühl und den ersten Blick verlassen, so wie es dem Anschein nach Ihrer Frau in diesem Moment ergeht." Bis ihre Stimme allmählich völlig verklang. Aber das war nicht das Einzige, denn von einem Augenblick auf den nächsten erloschen ebenso alle restlichen Geräusche in Deborahs Umkreis. Nun galt ihre gesamte Aufmerksamkeit nämlich nur noch dem kleinen, blonden Mädchen, das in einer Sandkiste hockte und mit beiden Händen ein bergförmiges Konstrukt formte.

Deborah hatte sie sofort erkannt, worauf sie sich wie in Trance auf sie zubewegt hatte. Als sie dann direkt vor ihr stand, hämmerte ihr Herz in dermaßen harten Schlägen gegen ihre Brust, sodass sie fürchtete, es könnte jeden Moment eine ihrer Rippen durchbrechen.

Ihre Hände waren schweißgebadet und zitterten, weshalb sie ihre Arme verschränkte und sie in ihren Achselhöhlen vergrub. Dann kniete sie sich zu dem Mädchen und beobachtete es einige Augenblicke lang.

„Und du bist Violett, nicht wahr?", fragte sie schließlich und versuchte ihre Stimme so weich wie möglich klingen zu lassen, um ihre Nervosität so gut es ging zu verbergen.

Beschäftigt mit seinem Bauwerk, gab das Mädchen ein flüchtiges „Ja. Und du?" zurück.

„Ich habe sogar zwei Vornamen: Becky und Deborah. Welcher von denen gefällt dir denn am besten?"

„Deborah, den Namen finde ich sehr schön."

„Vielen Dank, dein Name klingt für mich ebenso schön."

Violett begann zu lächeln und wandte Deborah ihren Blick zu. Der Anblick ihrer süßen, runden Backen, der winzigen Nase und ihr schmaler Kindermund ließ Deborah beinahe erstarren und erwärmte ihr Herz in einem solchen Maße, dass nun selbst ihre Lippen zu zittern begannen. Und plötzlich war es, als hätte sich im Gesicht des Mädchens etwas verändert, als würde tief in ihm etwas vorgehen.

„Deine Augen …", sagte das Kind.

„Was ist mit ihnen?"

„Sie sind sehr schön."

Eine Welle der Berührung durchfuhr Deborahs Körper und es fiel ihr schwer, ihre sich anbahnenden Tränen zurückzuhalten. Erkannte die Kleine sie etwa, fragte sie sich augenblicklich, während ihr ein Schauer über den Nacken glitt.

„Aber noch lange nicht so schön wie deine“, erwiderte Deborah.

Erneut wanderte ein Lächeln über das Gesicht des Mädchens. „Woher kommst du?“

„Von hier. Aus Brea.“

„Und was machst du so?“

Deborah spürte, wie ihr Blick für einen kurzen Moment in mehrere Richtungen wechselte, dann antwortete sie: „Ich verkaufe Schmuck.“

Ein Staunen breitete sich über das Gesicht des Mädchens und seine Augen strahlten. „Oh, Schmuck!“

„Ja, mit funkelnden Steinen und allmöglichem Glitzerzeug!“

„Boah, das will ich auch mal machen!“

„Wer weiß, ob du das nicht eines Tages tatsächlich tun wirst“, erwiderte Deborah, als sie bemerkte, dass all ihre Bemühungen vergebens waren. Denn nun mischte sich doch noch eine dicke Träne mit ihrem dunklen Kajal und perlte gemeinsam mit diesem ihre Wange hinab. „Denn weißt du, ich habe erst kürzlich etwas gelernt. Und zwar, dass in diesem Leben alles möglich ist. Alles. Selbst wenn man erst nach vielen verworrenen Wegen an sein Ziel gelangt, aber man kann es schaffen. Du musst nur fest daran glauben.“

Die Augenbrauen des Mädchens schossen besorgt in die Höhe. „Warum weinst du denn?“

Deborah wischte sich eine weitere Träne aus den Augen. „Ich weiß es nicht. Vielleicht, weil ich so froh bin, dass ich dich habe kennenlernen dürfen.“

„Ich bin auch froh.“

„Danke, es macht mich sehr glücklich, dass du das sagst.“ Sie versuchte sich von ihrem kläglichen Drang zu heulen abzulenken und fragte: „Gefällt es dir denn hier?"

Die Kleine blickte wieder zu ihrem Sandhügel hinab und bastelte weiter. „Ja ... ist nicht schlecht hier."

Deborah war überrascht, fasziniert und verzaubert zugleich. *Ein sechsjähriges Mädchen, so lieb und mit offenbar so wenigen Ansprüchen, was für ein außergewöhnliches Kind ...* Am liebsten hätte sie die Kleine noch im selben Moment an sich gerissen und in ihre Arme geschlossen. Allerdingst wusste sie, dass sie auf die Aufseherin damit sicherlich einen etwas verrückten Eindruck machen würde.

Ein weiteres Mal ertönte das laute Getöse der Klingel, was Deborah zusammenzucken ließ.

„Kinder, die Pause ist vorbei! Begebt euch jetzt bitte wieder ins Haus!", erklang die Stimme der Frau, die mit Don im Hintergrund stand.

Mit ihren leuchtend blauen Augen blickte Violett auf und beobachtete, wie sich die anderen Kinder langsam zurückzogen.

„Sieht so aus, als müsstest du wieder rein, was?"

„Ja", antwortete Violett gelassen und richtete sich auf.

Ein wenig unbeholfen stieg sie aus dem Sandkasten und ging an Deborah vorüber. Nach einigen Schritten hielt sie inne und sah sich nochmals zu ihr um. „Zeigst du mir irgendwann deinen Schmuck?"

Deborah lächelte. „Ganz sicher. Ich verspreche es dir."

Dann wandte sich das Mädchen um und lief zum Eingang, wo sich bereits eine Schlange aus Kindern und Jugendlichen gebildet hatte. Deborah blickte der Kleinen noch so lange hinterher, bis sie im Inneren des

Heims verschwunden war. Ohne es zu wollen, wanderte nochmals eine Träne über ihr Gesicht, die sie sich gleich wieder fortwischte.

Von der Eingangsschwelle aus winkte die Erzieherin Deborah und Don zu sich. „Kommen Sie, ich zeige Ihnen den Weg zu Heimleiterin Krugers Büro!"

***

Mrs. Kruger war eine seriös gekleidete Dame mit grauem Haar, welche die Fünfzig bereits weit überschritten zu haben schien. Dennoch wirkte sie um Jahre jünger und die kaum ersichtlichen Falten in ihrem Gesicht harmonierten mit ihrer freundlichen Ausstrahlung. Erwartungsvoll sah sie den beiden über ihr Schreibpult hinweg entgegen, während ihre Hände verschränkt auf der Tischplatte ruhten. „Sie sind also hier, um eine Adoption zu vollziehen, und wie ich von meinem Fenster aus gesehen habe, haben Sie auch bereits ein Auge auf eines der Kinder geworfen."

Ihr Blick wanderte zu Deborah und diese nickte. „Ja, das ist wahr."

„Wenn Sie uns doch bitte den genauen Ablauf eines solchen Verfahrens erläutern würden", warf Don ein und erntete dafür ein höfliches Lächeln.

„Aber sehr gerne doch. Nun, im Grunde geht eine Adoption hierzulande recht schnell vonstatten. Zuallererst müssen sie natürlich Berge an Papieren unterzeichnen und Fragebögen ausfüllen, dabei stehe ich Ihnen gerne zur Seite. Folgend müssen Sie einen offiziellen Adoptionsantrag stellen, der dann an die betreffenden Ämter weitergeleitet wird. Daraufhin wird es eine staatliche Personenüberprüfung geben bezüglich Vorstrafen et cetera, wobei auch Einblick in Ihre Finanzen genommen wird. Das alles bedarf natürlich einiges an Zeit. Zum Schluss wird ein staatlich geprüfter Therapeut Sie zu Hause aufsuchen, um das zukünftige Heim des Kindes zu beurteilen, wobei Sie dann je einem Eignungstest unterzogen werden." Mrs. Kruger setzte einen warmen Ausdruck auf und beugte sich etwas weiter zu ihnen vor. „Das mag sich im ersten Moment nach einem gehörigen Spektakel anhören, aber glauben Sie mir; das Ganze ist nur halb so wild, wie es klingt und ich stehe Ihnen dabei jederzeit zur Verfügung. Denn immerhin wollen auch wir, dass diese Kinder so rasch wie möglich ein angenehmes Zuhause finden. Wenn das eben genannte Prozedere durch ist, können Sie Ihr Kind binnen einer Woche abholen. Zudem machen Sie beide mir einen sehr guten und sympathischen Eindruck, und mein Gefühl trügt mich für gewöhnlich nie. Keine Sorge also. Ich denke, dass alles reibungslos verlaufen wird."

Don und Deborah sahen sich an, während jedem von ihnen ein erleichtertes Lächeln entglitt. Desgleichen war sich Deborah sicher, dass sie noch niemals zuvor ein solches Glücksgefühl und eine derartige Vorfreude empfunden hatte. Weder jetzt noch in ihrem vergangenen Leben.

Bald werde ich dich bei mir haben, mein Schatz. Ich werde dich nur Gutes lehren und einen anständigen Menschen aus dir machen. Dich zu einer rechtschaffenden, gebildeten, jungen Frau formen. Zu einer besseren, als ich es je war.

Und ich werde dir all die Liebe zukommen lassen, zu der ich fähig bin. Für den Rest meines Lebens.

40

2 Monate später

Tatsächlich waren all die Aufgaben, die Don und Deborah gestellt wurden, mehr mühsam als angenehm. Die vielen Formulare und Fragebögen, wofür Don ihr zwecks sämtlicher Daten, die Beckys Vergangenheit betrafen, unter die Arme hatte greifen müssen. Auch bei den sporadischen Besuchen in Dr. Fondas Büro hatten sie und Don davon erzählt, dass sie mittlerweile die ein oder andere Erinnerung zurückerlangt hätte und sie somit auf dem besten Weg wären, ein völlig normales und geregeltes Leben zu führen. Das alles natürlich nur, damit er, falls auch er im Zuge der Überprüfung ausgehorcht würde, ein gutes Zeugnis ablegen könnte.

Am schweißtreibendsten für Deborah war jedoch der individuelle Eignungstest gewesen, bei dem ein Psychiater sie im Strandhaus besucht hatte und wofür sie getrennt befragt worden waren. Für jenen Part der Prozedur hatte sie eine Menge auswendig lernen müssen. Ein Großteil der psychologischen Fragen allerdings, behandelte weniger ihre Vergangenheit als Becky Cullen, sondern mehr ihren Charakter und ihre psychische Verfassung. In jener Hinsicht war es ihr natürlich nicht möglich gewesen, ihre Antworten im Vorfeld einzuüben. Dabei war es nur auf sie selbst angekommen und auf das, was sie aus ihrem Inneren heraus hatte antworten können. Es waren Fragen gewesen, auf welche sie ihr Befinden erläutern musste, was sie empfand, wenn sie an ihre neue Rolle als Mutter dachte und ob sie sich dieser gewachsen fühlte. Aber so glücklich und zufrieden, wie sie gegenwärtig war, glaubte sie kaum, dass sie dem Mann auf irgendeine Weise zur Sorge veranlasste. Weshalb sie ihrer Ansicht nach auch diese Hürde recht ordentlich gemeistert hatte.

Von Schalter zu Schalter und einem Behördengang zum nächsten waren die Tage und Wochen letztlich nur so verflogen. Während all der Zeit hatte sie Violett ununterbrochen besucht, wobei ihr ein jeder Abschied bittere Tränen in die Augen getrieben und ihr ein Stück weit das Herz gebrochen hatte. Doch nun, da alles so weit unter Dach und Fach war, wusste sie, dass es nur noch eine Frage der Zeit wäre, bis sie die ersehnte Antwort und den Bescheid bekämen, Violett für immer zu sich holen zu können. Wie sie die Zeit bis dahin überstehen sollte, war ihr allerdings ein Rätsel.

Es war kaum zu übersehen gewesen, dass auch die kleine Violett überglücklich gewesen war, als Direktorin Kruger ihr mitgeteilt hatte, dass sie durch das Ehepaar Cullen bald ein neues Zuhause haben würde. Don und Deborah waren dabei gewesen, als man ihr die Nachricht übermittelt hatte. Der freudenstrahlende Ausdruck der Kleinen hatte Deborahs Herz höherschlagen lassen, wobei sie den Verdacht hatte, dass das Mädchen dieses unsichtbare Band, das da zwischen ihnen existierte, ebenso spürte wie sie selbst. *Bald habe ich dich bei mir, mein Schatz. Nie wieder Abschiede.*

So bot die Zeit des Wartens Deborah wenigstens die Gelegenheit dazu, ein wenig durchzuatmen – und sich um eine allerletzte Angelegenheit zu kümmern. Denn einer Sache fühlte sie sich um ihrer selbst willen noch verpflichtet. Dabei ging es darum, einige letzte Details über sich selbst zu erfahren. Nämlich: Wer war Deborah Knox? Und warum war sie zu dem geworden, was sie war?

Die einzige Person, die ein wenig Licht ins Dunkel bringen könnte, war Theodora Gossett, ihre einstige Vormundschaftsberechtigte des Jugendamtes, dessen Name sie der Polizeiakte entnommen hatte. Bereits nach einigen Klicks im Internet hatte sie die Telefonnummer ihres Büroanschlusses herausgefunden und um ein Treffen gebeten. Ein Treffen, das in wenigen Minuten stattfinden würde. Don wusste Bescheid und hatte Deborah auf ihren persönlichen Wunsch hin allein aufbrechen lassen.

Gossett hatte einen öffentlichen Treffpunkt vorgeschlagen, da ihre Verabredung nicht wirklich einem geschäftlichen Hintergrund folgte. Deborah war einverstanden gewesen und befand sich nun wie abgemacht in dem kleinen Park in der Nähe des Stadtzentrums von Brea. Sie saß auf dem gefliesten Mauervorsprung eines dreistöckigen Springbrunnens, der gleichmäßig vor sich hinplätscherte. Die Anlage war gefüllt mit einer bunten Vielzahl an Bäumen und Sträuchern sowie Parkbänken. Aus der Ferne waren die gedämmten Geräusche der Innenstadt, ihrer Straßen und der vorbeiziehenden Fahrzeuge zu hören. Die Sonne brannte und Deborah nahm die Sprechlaute von Touristen und Spaziergängern wahr, die den Tag nutzten, um den Ausblick jenes ansehnlichen Stadtteils und dessen Vorzüge zu genießen. Einige von ihnen machten Halt und betrachteten das Wasserspiel des Brunnens, wobei wieder andere eine Münze in das Becken warfen.

Deborah blickte sich unentwegt um, als sie Theodora Gossett schließlich aus einer Menge treten und auf sie zukommen sah. Sie hatte Gossetts Bild bereits auf der Website des Jugendamtes entdeckt, weshalb sie wusste, nach wem sie Ausschau halten musste. Gossett war eine afroamerikanische, schlanke und gutgekleidete Frau mittleren Alters mit großen dunklen Augen und einem gutherzigen Blick. Ihr pechschwarzes, lockiges Haar reichte bis an ihre Brust und wirbelte in der lauen Brise ebenso wie ihr luftiges, grünes Kleid.

Deborah winkte ihr zu, worauf sie unverzüglich ein freundliches Lächeln auf Gossetts schmalem Gesicht wahrnahm. Deborah richtete sich auf, begrüßte sie höflich und schüttelte ihr die Hand. Als sie sich dann Seite an Seite auf dem Beckenrand des Springbrunnens niederließen, blickte die Frau ihr musternd entgegen. „Wie ich unserem Telefonat entnommen habe, würden Sie gerne etwas mehr über Deborahs Leben erfahren, habe ich das so richtig verstanden, Mrs. Cullen?"

„Ja, genau, und ich danke Ihnen, dass Sie die Zeit dafür gefunden haben."

Auf Gossetts Stirn bildeten sich Falten und sie ließ ihren Blick durch den Park schweifen. „Wissen Sie, Mrs. Cullen, für gewöhnlich mache ich mich nicht von meinen Verpflichtungen frei und treffe mich mit fremden Leuten, die irgendetwas über einen ehemaligen Schützling wissen möchten – und besonders nicht, wenn ich genau weiß, dass dieser Schützling weder Familie besaß noch sonst irgendwelche langanhaltenden Beziehungen gepflegt hat, was das Ganze umso fragwürdiger macht." Sie sah Deborah wieder in die Augen. „Der einzige Grund, weshalb ich heute hier bin, ist der, dass mir dieses Mädchen sehr am Herzen lag und ich nun selbst ein wenig neugierig bin, wer da jetzt aus heiterem Himmel etwas über sie erfahren möchte. Und darum frage ich Sie jetzt, Mrs. Cullen: Was hatten Sie mit Deborah Knox zu tun?"

Die Frau schien ehrlich zu meinen, was sie sagte und Deborah konnte ihre Beweggründe nachempfinden. Sie dachte kurz nach und antwortete dann: „Na ja, ich habe sie mal eine Weile bei mir aufgenommen und sie auf irgendeine Weise liebgewonnen. Und genau an dem Punkt, als wir uns etwas nähergekommen waren und sie im Begriff war, mir einiges anzuvertrauen, hatte sie schon wieder Reißaus genommen. Als ich dann von ihrem Tod erfahren habe, ließ es mir keine Ruhe und ich möchte nun einfach ein wenig mehr über sie herausfinden."

Theodora Gossett nickte. „Ich verstehe. Das ist natürlich ein Argument." Sie blickte wieder in die Ferne, so als müsste sie sich sammeln, für das, was sie nun gleich von sich geben würde. „Wissen Sie, ich habe dieses Mädchen von dem Moment an begleitet, als sie mit zwölf Jahren in die Obhut ihrer Pflegeeltern gekommen war, bis hin zu der Zeit, an der sie mit sechzehn zurück ins Jugendheim gekommen und mit achtzehn wieder von dort fortgegangen war – und noch weiter darüber hinaus. Sie hat mich seither immer mal wieder aufgesucht, wenn sie Hilfe benötigte und auch, als sie in Konflikt mit dem Gesetz geraten war, habe ich mich immer wieder für sie eingesetzt und ihr bei ihren mehrmaligen Entzügen beigestanden. Als ich gehört hatte, dass sie gestorben war, da war ich zutiefst erschüttert und habe mich auf irgendeine Weise verantwortlich gefühlt. Es ging mir eine Zeit lang wirklich nicht gut." Sie brach kurz ab und senkte ihren Blick, bevor sie fortfuhr. „Soviel ich weiß, war sie ein Findelkind aus einer Babyklappe, worauf man sie im Waisenhaus *Little Children's Center* in Fullerton untergebracht hatte. Im Grunde war sie ein gutes Mädchen, das habe ich immer gewusst. Sie wirkte so lieb und so unschuldig, damals, als ich sie zum ersten Mal getroffen habe, um den Adoptionsprozess zu begleiten. Aber ich fürchte, Sie haben keine Ahnung, was diese Kleine nachstehend alles hatte durchmachen müssen. Sie ist im wahrsten Sinne des Wortes zerstört worden."

Deborah überkam ein schauriges Gefühl und sie spürte, wie sie unruhig wurde. Trotzdem nahm sie sich zusammen und lauschte aufmerksam den Erzählungen der städtischen Angestellten.

„Ihre Adoptiveltern, Annalisa und Ben Kramer, hatten selbst nie Kinder bekommen können. Laut gesetzlicher Beurteilung waren die beiden perfekt, sie waren die idealen Kandidaten. Doch es hatte sich herausgestellt, dass der Vater immer mehr Interesse an Deborah gehegt hatte als die Mutter. Im Nachhinein bin ich mir sogar sicher, dass die Idee einer Adoption von ihm allein kam. Man hätte sogar sagen können, dass die Mutter das Mädchen vernachlässigt hatte. *Er* hatte sich um alles gekümmert, war mit ihr spazieren gegangen, hatte mit ihr gespielt, war vertrauenswürdig, liebevoll, alles Nötige eben. Bis ..." Theodora stockte plötzlich und sah ihr anschließend mit feuchten Augen entgegen. „Tja, bis er sie irgendwann in festen nächtlichen Intervallen in ihrem Zimmer überfallen hatte. Sie hatte sich gewehrt und prompt war die gutmütige Vaterfigur gar nicht mehr so liebevoll und verständnisvoll. Die kleine Deborah hatte ihm vertraut, ihn lieben gelernt, und er hat das alles ausgenutzt. Sie hintergangen. Und sie hat begriffen, dass es nicht echt war. Dass es ihm immer bloß um diese nächtliche Zusammenkunft ging. Was er getan hatte, hatte ihr den Schock ihres Lebens bereitet. Immer und immer wieder. Ihre Schreie hat er dabei mit einem Kissen unterdrückt, sodass sie einmal beinahe daran erstickt wäre." Die Sozialarbeiterin brach kurz ab und presste betroffen ihre Lippen aufeinander.

„Ich weiß das alles, weil sie es mir so erzählt hat. Aber leider erst lange Zeit später. Sie hatte sich versucht, ihrer Mutter mitzuteilen, doch die hatte ihr nicht einmal richtig zugehört oder es nicht wahrhaben wollen. Im Gegenteil, sie hat sie sogar bedroht und gefordert, dass sie ja niemandem von ihren Spinnereien erzählen sollte. So waren die Hoffnungen, welche die Kleine in ihre Pflegemutter gesetzt hatte, ebenfalls zerstört worden. Zusätzlich wurden unterdessen die nächtlichen Überfälle ihres Pflegevaters zu Überfällen am Tage."

Eine Pause folgte und beide Frauen blickten zu Boden. Doch dann sprach Theodora beharrlich weiter, so als wäre es ihr wichtig, diesen schweren Stein ebenso für sich selbst loszuwerden.

„Sie müssen wissen, dass Waisenkinder allgemein von Grund auf zu einem minderen Selbstwert tendieren, schon allein deshalb, weil sie abgegeben worden sind. Und wenn ihnen dann später in einer Notsituation niemand hilft und sie völlig auf sich allein gestellt sind, glauben sie letztlich, dass sie es nicht wert sind, dass man ihnen hilft. Auch fällt es ihnen generell schwer, Vertrauen zu fassen. Wenn sie es dann doch tun und dieses Vertrauen missbraucht wird, so wie in jenem Fall durch ihren Pflegevater, fallen diese Kinder in ein tiefes Loch. Irgendwann, hatte Deborah mir einmal gesagt, hatte sie nur noch sterben wollen." Theodora schüttelte ihren Kopf und starrte einige Momente ins Leere. „Na, jedenfalls hat sie eines lieben Tages die Schule geschwänzt und stattdessen mich kontaktiert. Sie hat mir alles erzählt und ich habe natürlich auf der Stelle dafür gesorgt, dass sie von diesen Menschen fortkam. Ihr zuzuhören hatte so weh getan, worauf ich sie in den Arm genommen und ihr gesagt habe, wie leid mir das alles für sie tut. Sie war wieder ins Waisenhaus gekommen und es wurde sofort ein Verfahren gegen den Mann eingeleitet. Zehn Monate hatte es gedauert. Ben Kramer war ein angesehener Universitätsprofessor und es gab kaum Beweise, nur die Aussage des Mädchens. Sie hatte keine Verletzungen davongetragen, die man hätte dokumentieren können, dennoch hatte ein Arzt nach einer vaginalen Untersuchung den Missbrauch bestätigt. Trotzdem hatten Kramers Anwälte die Kleine im Zeugenstuhl völlig zerpflückt. Hatten es auf den Nachbarn schieben wollen." Gossett wischte sich eine Träne aus dem Gesicht. „Es war einfach nur abscheulich, mitanzusehen, wie eine Horde erwachsener Männer das kleine Ding auseinandergenommen hat, ohne dass irgendjemand etwas dagegen hatte tun können. Selbst die Mutter hat gegen sie ausgesagt. Sie meinte, es hätte gar keine Gelegenheit für ihren Mann gegeben, sich an ihr zu vergreifen. Ausgenommen von der Tat selbst, denke ich, war das wohl der schlimmste Schlag für Deborah. In meinen Augen hatte die Frau von Anfang an davon gewusst und wäre es nach mir gegangen, hätte Annalisa Kramer nachfolgend ihren eigenen Prozess bekommen. Aber das hatte man der Kleinen nicht nochmal zumuten wollen, was ich selbstverständlich akzeptiert habe.“

Deborah wusste nicht genau, was sie in diesem Augenblick empfand. Erschütterung? Wut? Fassungslosigkeit? Vielleicht alles zusammen. Sie fühlte nur, wie ihr gesamter Körper zitterte und sie so schwer atmete, als erleide sie einen asthmatischen Anfall. Dennoch ließ sie es sich nicht anmerken, sie wollte nämlich noch den Rest der Geschichte hören.

„Wie ist es ausgegangen?“, fragte sie mit erstickter Stimme.

Gossett wandte sich ihr entgegen, verzog ihre Lippen zu einem schmalen Strich und blickte ihr einige Sekunden lang tief in die Augen. „Tja, Sie müssen sich vorstellen: Vier Jahre lang hat der Mann seine Tochter missbraucht. Und dabei ihre Kindheit und eine unbescholtene Zukunft, die ihr noch bevorstanden, ebenso ruiniert. Er hat ihr die Ruhe genommen, den Schlaf, ihre Leichtigkeit und ihre Freude. Für den Rest ihres Lebens. Er hat sie wahrhaftig von innen heraus zerstört ... und bekam dafür drei Jahre. Von denen er zwei abgesessen hat.“

Deborah ließ die Worte der Jugendamtsmitarbeiterin auf sich wirken, als sie bemerkte, dass sie die gesamte

Zeit über ihre Zähne aneinandergerieben hatte, sodass ihr mittlerweile der Kiefer schmerzte.

„Eine derartige Stellung hat er nach seiner Freilassung natürlich nie wieder erhalten", sprach Gossett weiter. „Ich habe nie aufgehört, die Leben der beiden zu verfolgen, daher weiß ich, dass sie danach einige Städte weitergezogen sind. Als Ex-Knacki und ohne wohlfeinen Job war Ben Kramer mit der Zeit dem Alkohol verfallen. Vor einem Jahr habe ich dann in der Zeitung gelesen, dass er seinen Wagen im Suff gegen einen Pfeiler gefahren hat und auf der Stelle tot war. – Ob man dabei von einer gerechten Strafe sprechen kann? Auf keinen Fall. Aber so kann er zumindest keinem Kind der Welt mehr Derartiges antun."

„Und die Mutter?"

„Soweit ich weiß, liegt sie zurzeit aufgrund eines schweren Schlaganfalls im *St. Jude Medical Center* in Fullerton."

Deborah nickte unbewusst, wobei ihr schlagartig sämtliche Gedanken durch den Kopf schossen. Währenddessen fügte die Frau hinzu: „Hinterher war Deborah nie wieder dieselbe. Sie war so ziemlich von jedem im Stich gelassen worden und ein tragisches Beispiel dafür, wie toll unser Rechtssystem funktioniert. Die beiden Kramers haben sie völlig kaputt gemacht. Worauf sie auf die schiefe Bahn geriet. Wutausbrüche und Gewaltbereitschaft waren die Folge. Opfer von sexueller Gewalt, besonders Kinder, neigen meist zu Aggressivität und dazu, die Kontrolle über sich und ihr Leben zu verlieren. Ohne geeignete Therapie können sie das, was ihnen widerfahren ist, nicht verarbeiten … das Ganze war schlicht und ergreifend ihr Untergang."

Es war kurz ruhig zwischen den beiden, worauf sich Gossett mit der Zunge über die Zähne fuhr und Deborah prüfend entgegensah. „Tja, nun wissen Sie es, Mrs. Cullen. Nun wissen Sie alles."

Ja, das tat sie.

Und ihr war kotzübel.

So vieles wirkte nun klarer. Was geschehen war, war zerstörerisch durch ihr gesamtes Leben gepflügt. Wie ein Orkan, und er hatte nichts als Scherben, Wut und Trümmerteile hinterlassen. Trümmerteile ihrer Seele. Das Rätsel um ihre Aggressionen war nun endlich aufgedeckt. Jetzt wusste sie auch, weshalb sich Dons Erzählungen über sie so gut angefühlt hatten. Damals, als sie noch geglaubt hatte, sie sei Becky und er in all jenen wohlwollenden und anerkennenden Äußerungen von dieser erzählt hatte. Es hatte sie verlegen gemacht und stolz. Stolz auf sich selbst. Und nun sprach er in denselben Worten über sie als Deborah. Wie außergewöhnlich und was für ein toller Mensch sie war. Und nun wusste sie, weshalb diese Äußerungen ihre Seele so dermaßen beflügelt hatten, so sehr, wie sich ein kleines Kind über ein Geschenk freute. Weil sie selbst nämlich nie so etwas erfahren hatte. In Deborahs wahrer Vergangenheit hatte ihr nie jemand solch liebenswürdige Bekundungen entgegengebracht, sie gelobt oder ein gutes Wort über sie verloren. Im Gegenteil, sie hatte sich stets wertlos, ausgestoßen und verlassen gefühlt. Ob als kleines Mädchen oder erwachsene Frau. Eine einzige gute Silbe fühlte sich nun wie das halbe Paradies an.

Die Erkenntnis über all das traf sie wie ein Blitz. Ein Blitz, der all die dunklen Schatten in ihrem Inneren beleuchtete und das Verborgene zutage treten ließ. Bisher waren ihre Gefühle das reinste Chaos gewesen. Der Gedächtnisverlust, die Zweifel, das Erfahren der erschütternden Wahrheit und all die offenen Fragen. Wer war das Mädchen aus ihren Träumen? Wer war sie selbst? Und mit einem Schlag überkam sie tiefe Dankbarkeit. Denn hier und jetzt war sie noch nie so froh darüber gewesen, was mit ihr geschehen war. Für Dons im Affekt getroffene Entscheidung. Für diese schicksalhafte Abzweigung, die sich auf der Straße ihres Lebens eröffnet hatte. Für ihre Wandlung.

Dass sie diese Erinnerungen nicht mehr plagten, war ein Segen. Die Erinnerungen an ein Monster, das nachts immerfort in ihr Zimmer gekommen war, und all das, was dem folgte. Der Prozess, der tiefe Fall und die letzten Jahre, die sie auf der Straße verbracht hatte. Und wer wusste schon, was sie dabei alles hatte tun müssen, um zu überleben. Möglicherweise hatte sie sich für zwei Dollar oder den nächsten Schuss verkauft. Sie hatte keine Ahnung und sie wollte auch nicht daran denken – zugleich hoffte sie bei Gott, dass sie die Erinnerungen daran nie erlangen würde.

Ja, nun wusste sie über alles Bescheid. Was sie als Startschuss dafür nahm, endgültig mit ihrer Vergangenheit abzuschließen. Denn sie hatte ein neues Leben geschenkt bekommen. Ein Leben, begonnen bei null. Und nun lag es daran, dieses auch vollends auszukosten, mit all seinen neuen Eindrücken und Herausforderungen. Nein, Dankbarkeit war gar kein Ausdruck, für das, was sie gerade empfand.

Irgendwann würde sie Don davon erzählen. Von dem, was sie heute alles erfahren hatte. Irgendwann, wenn der Moment reif wäre. Aber das hatte noch Zeit. *Sehr viel Zeit …*

„Es hat gutgetan, sich das Ganze mal von der Seele zu sprechen", unterbrach Gossett ihre Gedanken und atmete dabei tief durch.

„Und ich danke Ihnen, dass Sie es getan haben. Nun habe ich endlich Gewissheit über alles."

Gossett suchte ihren Blick und musterte ihre Augen.

„Sie ähneln ihr ein wenig. Besonders Ihre Augen", meinte Gossett. Es war ein mystischer, eigenartiger Moment. „Als wären Sie irgendwie mit ihr verwandt."

Trotz der brütend heißen Sonne beschlich Deborah ein seichtes Frösteln in der Nackenregion und sie wandte sich mit einem verlegenen Lächeln ab. Sie hatte keine Ahnung, was sie darauf antworten sollte. Zu schade nur, dass sie der Frau niemals würde sagen können, wer sie wirklich war. Dass sie lebte und dass es ihr gut ging. Sie hatte gesehen, wie sehr ihr der Fall um Deborah und deren Schicksal zugesetzt hatte. Wie sehr sie sich für diese eingesetzt und wie gern sie Deborah hatte. Gossett war einer der wenigen, wenn nicht der einzige Mensch aus ihrer Vergangenheit, der ihr nahegestanden und sie niemals aufgegeben hatte. Und dafür war sie ihr auf ewig zu Dank verpflichtet. Aus tiefstem Herzen.

„Nun", sagte Gossett schließlich und richtete sich auf. „Ich hoffe, meine Auskünfte waren zu Ihrer Zufriedenheit und Sie können etwas damit anfangen."

Deborah stand ebenfalls auf und stellte sich ihr gegenüber. „Mehr, als Sie denken."

„Gut. Vielleicht sehen wir uns wieder, wer weiß."

Gossett rückte ihre Handtasche zurecht und sah sie an. Wieder war da dieser tiefe Blick. So als würde sie etwas ahnen und eine eigenartige Stille breitete sich über die beiden Frauen. Dann lächelte Gossett. „Auf Wiedersehen, Mrs. Cullen."

„Auf Wiedersehen."

Darauf wandte sich Gossett um und ging davon.

Deborah blickte ihr noch hinterher. So lange, bis sie die Frau zwischen der umherziehenden Menschenmenge aus den Augen verlor.

Ein Gefühl der Wärme umgab sie und sie spürte ein Lächeln auf ihrem Mund.

Danke für alles, Theodora Gossett. Danke für alles …

41

Elliot war in Rage. Er war sogar sehr in Rage. Irgendwie schien in letzter Zeit alles schiefzugehen. Zuerst war ihm dieser Sebastian in die Quere gekommen und nun auch noch das. Heute Morgen hatte er sich nämlich in der Frühstücksmensa der Klinik zufällig mit Dr. Fonda zusammengesetzt und einen kleinen Plausch gehalten. Der Arzt hatte die Fortschritte seiner Patientin Becky Cullen gelobt und erzählt, sie befände sich auf dem besten Wege, wieder ein völlig normales Leben zu führen. Und dass sie mittlerweile sogar Erinnerungen zurückerlangte. Elliot wusste natürlich, dass das Bullshit war.

Zudem hatte Dr. Fonda erzählt, dass er sich für die beiden freute und deren Vorhaben, ein Kind zu adoptieren, ebenfalls für eine sehr gute Idee hielte.

Ein was? Ein Kind? Waren denn mittlerweile alle verrückt geworden?

Noch an Ort und Stelle hatte Elliot Don angerufen und ihm mitgeteilt, dass er sofort mit ihm sprechen müsse. Weshalb er nun in seinem Fahrzeug saß und wütend den Freeway entlangraste. Seine Lippen bebten und sein Fuß drückte das Gaspedal des *Aston Martins* bis zum Anschlag durch.

Als er nach kaum dreißig Minuten die Abfahrt nach Huntington Beach benutzte und die hügelige Küstenlandschaft zu Dons Strandhaus erreichte, war er noch genauso aufgebracht wie zuvor. Selbst, dass er gestern Abend sein gesamtes Projekt abgeschlossen hatte, konnte ihn in diesem Moment nicht aufmuntern. Die Operationsberichte, die Videodokumentationen, die genaue Medikamentendosierung, die Scans und die Produktanalyse seiner verwendeten Materialien, er hatte alles peinlich genau aufgelistet und abgeheftet. Nun musste er nur noch ein Treffen für die Übergabe seiner Unterlagen arrangieren. Das Treffen, das sein Leben verändern würde. Und genau an diesem Punkt bereiteten ihm Don und dieses Weib wieder Schwierig-keiten. Er glaubte es kaum.

Am offenen Tor angekommen, sah er Don bereits am Eingang des Hauses auf ihn warten. Ein zufriedener Ausdruck zierte sein Gesicht, so als wäre nichts weiter geschehen und als sei er sich keinerlei Schuld bewusst. *Armleuchter ...*

Elliot fuhr die Auffahrt hoch und stellte den Wagen ab. Und wieder stand er hier, bei Don zu Hause in sei-ner beschissenen Einfahrt, und er war es leid.

„Was gibt es denn so Dringendes?", fragte Don unbe-kümmert, als Elliot aus dem Wagen stieg. „Willst du reinkommen?"

„Nein, ich will nicht reinkommen!", gab er entnervt zurück. „Hatte ich nicht gesagt, dass jetzt endlich Schluss sein soll?"

„Wovon redest du?"

„Was habe ich da gehört, von wegen Adoption?"

Eine von Dons Augenbrauen hob sich, so als wäre El-liots Aufregung völlig abwegig. „Ja, und?"

„Eine Adoption? Echt jetzt? Willst jetzt einen auf Fa-milie machen oder wie? Genau jetzt?"

Dons Stimme wurde etwas härter. „Worum geht's, verflucht? Sie will nur ihre Tochter zurück. Du weißt, dass es ihr Kind ist, das hast du den Akten ja wohl selbst entnehmen können?"

„Ja, das habe ich! Dennoch hätte ich im Traum nie daran gedacht, dass ihr versuchen würdet, sie zu euch zu holen!"

„Ja, weil *du* so etwas nie tun würdest. Darum hast du nicht damit gerechnet. Du gehst bei allem immer nur von dir aus. Ein kleiner Denkfehler deinerseits. Und wo liegt überhaupt das Problem?"

Elliot glaubte kaum, was er da gerade aus Dons Mund vernommen hatte, was ihn nur noch mehr in Wut versetzte. „Wo das Problem liegt? Die werden eure beiden Leben völlig durchleuchten, von Anfang bis Ende, von unten bis oben! Ist dir das bewusst?"

„Das ist die normale Vorgehensweise bei einer solchen Prozedur, ja."

„Weißt du denn nicht, was das für ein Risiko darstellt? Personenüberprüfungen bezüglich Adoptionen gehen hierzulande oftmals sogar bis zum FBI! Wusstest du das? – Das beschissene *F - B - I*!"

Eine kleine Falte bildete sich auf Dons Stirn. „Nein, das war mir nicht bewusst."

„Was denkst du, was passiert, wenn die auch nur die kleinste Ungereimtheit erkennen? Dann werden sie nachhaken, und zwar gehörig! Und wenn sie nur tief genug graben, sich mit Beckys Unfall auseinandersetzen oder im Krankenhaus beginnen Fragen zu stellen, dann wird's eng für uns!" Elliot wurde lauter und legte nochmal nach: „Checkst du's? Dann sind wir am Arsch, verflucht nochmal!"

Don führte mit seinen Händen eine beschwichtigende Geste aus und sprach unbekümmert auf Elliot ein. „Jetzt beruhige dich erst mal. Dein Plan war ziemlich ausgeklügelt, ich glaube kaum, dass die da was finden können. Und außerdem; solange wir keine Vorstrafen oder Ähnliches aufweisen, werden die wohl kaum irgendwelche tiefgreifenden Recherchen anstellen."

„Das will ich für dich hoffen, Mann. Das will ich wirklich für dich hoffen."

Dons Blick wurde scharf. „Willst du mir etwa drohen?"

Die Männer standen sich schweigsam gegenüber und Elliot nahm wahr, wie sich die Stimmung zwischen ihnen gefährlich aufzuladen schien.

Irgendwann wechselte Dons Ausdruck wieder zu völliger Gelassenheit, wobei er mit den Schultern zuckte. „Wie erwähnt, ich glaube kaum, dass die irgendetwas rausfinden. Ich mache mir da gar keine Sorgen. Also bleib locker."

Bleib locker ... dieser Mistkerl ...

Elliot fühlte sich missverstanden und nicht ernstgenommen, so als wäre er nichts weiter als eine Witzfigur, die mal eben einen hysterischen Anfall hätte. Er trat einen Schritt näher und zeigte mit dem Finger auf Don. „Wenn rauskommt, was wir getan haben, dann verliere ich meine Lizenz, meine Karriere, mein ganzes Leben. Dann löst sich alles, wofür ich gearbeitet habe, in Luft auf. Und wenn das passiert, dann wirst du dafür bezahlen. Das garantiere ich dir."

Don erstarrte und er schien fassungslos.

„Was? Was soll das jetzt wieder bedeuten? Ich dachte, wir wären mal Freunde gewesen, und jetzt kommst du mir so?", fragte er irritiert.

„Freunde? Freunde schwärzen sich nicht gegenseitig an! Du bist nur so lange mein Freund, wie du mir nicht in den Rücken fällst! Meine Karriere bedeutet mir alles, wenn du mir die versaust, dann mach ich dich fertig. Haben wir uns verstanden?"

Don machte einen bestürzten Eindruck, als sich seine Miene erhärtete. „Du bist so ein egoistisches Arschloch, Elliot. Das warst du schon immer."

Elliot war perplex und wollte etwas darauf erwidern, doch Don sprach ungehemmt weiter.

„Du bist ein Psychopath. Selbst als Kind warst du schon ein kranker Freak. Weißt du noch damals in der vierten Klasse? Als du Ben Finkleman Schmierseife in sein Pausenbrot gestrichen hast – nur um zu sehen, was passiert? Er wäre beinahe gestorben daran. Aber dann, im Laufe der Jahre, hat es sogar den Anschein gemacht, als ob du dich geändert hättest. Doch wie ich in den letzten Monaten bemerkt habe, war das wohl ein Irrtum. Denn letzten Endes geht es dir immer nur um dich. Es ging dir nicht um mein Leid oder meinen Verlust, sondern nur darum, dein revolutionäres Verfahren zu verwirklichen. Das war alles, woran du gedacht hast. Hast du etwa geglaubt, das hätte ich nicht schon längst durchschaut?"

Wieder blickten sich beide stumm entgegen, wobei sich die Atmosphäre zwischen ihnen anfühlte, als würde die Situation jeden Moment eskalieren.

„Und jetzt geh und komm mir gefälligst für eine lange Zeit nicht mehr unter die Augen“, fügte Don hinzu. Dann wandte er sich um und schritt zum Haus.

Elliot stand noch eine Weile wie angewurzelt da, bis er sich wieder ans Steuer seines Sportwagens setzte und den Motor anmachte. Er war perplex und fasste es kaum. Don baute Scheiße und *er* war nun der Böse. *Das gibt's doch nicht!*

Langsam rollte er zum Tor hinaus und fragte sich, wie oft er noch intervenieren müsste. Auf die Leute einreden und ihnen Ross und Reiter nennen? Und das alles, um zu verhindern, dass seine wohlverdiente Karriere nicht gefährdet würde. Was doch ein ehrenhaftes Motiv war.

Warum wollte ihm bloß jeder einen Strich durch die Rechnung machen? Was hatten sie alle davon? Erst dieser Student Sebastian und nun Don.

Ja, Sebastian Miller. Dieser verdammte, kleine Saukerl. Wie er sich immer nach jedem Vortrag zu ihm gesellt und versucht hatte, mit ihm ins Gespräch zu kommen. *Schleimer!* Wie er ihm andauernd hatte beweisen wollen, dass er anders war. Besser als die anderen. Aber das war er nicht. Immer hatte er aus der Menge ragen wollen und war dermaßen von sich überzeugt gewesen. Allerdings fälschlicherweise, denn er hatte sich maßlos überschätzt.

Aber was soll's. Die Angelegenheit hatte sich ja inzwischen erledigt. Aber dass Don ihm nun auch noch das Messer in den Rücken rammen wollte, das war endgültig zu viel des Guten. *Er und seine Junkieschlampe.* Sie wollten ihm alles ruinieren. All die harte Arbeit. All sein Bemühen. Sie wollten, dass alles den Bach runterginge.

Aber das würde er nicht zulassen. Und schon nur wie Don heute mit ihm geredet hatte, war mehr als demütigend gewesen. Auch das würde er nicht auf sich sitzen lassen. Ganz bestimmt nicht. Was dachte er sich eigentlich dabei?

Und während Elliot wieder in den Freeway einbog, schlich sich ein Gedanke in sein Hirn, welcher sich langsam, aber sicher in den Vordergrund drängte.

Nämlich, dass er etwas unternehmen musste.

42

Sebastian
2 Monate zuvor

Es war bereits nach elf Uhr nachts und er hatte eine Spätschicht hinter sich. Er hatte noch an einer Tankstelle Halt gemacht, für zehn Dollar Benzin getankt und sich ein paar Chips und ein in Folie gepacktes Schinkensandwich besorgt. Wie er sich eingestand, sah das sparsam belegte Sandwich nicht unbedingt appetitlich aus, sein Portemonnaie gab im Moment allerdings nicht mehr her.

Die Einkaufstüte hatte Sebastian auf dem Beifahrersitz seines *86er Ford Taurus* abgelegt. Der Wagen ratterte und gab ein verdächtiges Surren von sich, jedes Mal, wenn er aufs Gaspedal trat. Zudem verbrauchte das Ding genauso viel Öl wie Sprit. Aber zu was Besserem reichte sein Studienkredit nicht aus.

Das würde sich allerdings bald ändern, so viel stand fest. Nicht mehr lange und er wäre in aller Munde. Sämtliche Zeitungen, das Fernsehen, sie alle würden über ihn berichten, weil er einen der weltweit größten Medizinskandale aufgedeckt hätte. Bald würde sich jedermann um ihn reißen und er könnte sich für seine Assistenzzeit jedes beliebige Krankenhaus aussuchen, das er wollte.

Er würde endlich jemanden finden, der ihn fördern und sich um ihn bemühen würde. Jemanden, der ihn nicht bei einer der wichtigsten Operationen durch drei Dilettanten ersetzen würde, so wie es dieser selbstbezogene Affe Vaughn getan hatte. Und er würde es sich verdienen.

Ja, bald wäre er ein gemachter Mann. Ein Lächeln wanderte über sein Gesicht, immer wenn er daran dachte, und er konnte es kaum erwarten.

Er parkte den Wagen am Straßenrand vor dem Sozialkomplex, nahm die Tüte zu sich und stieg aus. Nachdem er das Gebäude betreten hatte, begab er sich über die Treppen in das dritte Stockwerk. Dort ging er den engen Flur entlang, von dessen Wänden der Putz bröckelte. Was man allerdings nur bei Tag erkannte, da das Licht kaputt war und absolute Dunkelheit herrschte. Wie immer um diese Zeit. Hinter den Türen der Wohnungen drangen Fernsehgeräusche und Getrampel hervor und das Geschrei einer Frau hallte durch den Korridor. Wahrscheinlich wurde seine Nachbarin Kerry Carter gerade mal wieder von ihrem Freund verprügelt. *Na, wenn schon ...* Hier interessierte sich keiner für den anderen. Und er war da nicht anders, denn ihm war es ebenso egal.

Sebastian zückte sein Handy und beleuchtete den Weg bis zu seiner Wohnungstür. Angekommen, fasste er in seine Hosentasche und kramte mit Papiertüte und Telefon in den Händen ungeschickt nach dem Hausschlüssel. Als er es geschafft hatte, schob er den Schlüssel ins Schloss und ließ das Smartphone wieder in einer seiner Jackentaschen verschwinden. Im selben Moment vernahm er eilige Schritte, so als käme hinter ihm

jemand auf ihn zugerannt. Er wollte sich gerade um-
drehen, als sich ihm von hinten ein getränkter Lappen
auf Mund und Nase presste und ihm den Atem nahm.
Er wollte sich wehren und um sich schlagen. Doch das
gelang ihm vielleicht eine Sekunde lang, dann spürte er
bereits, wie seine Beine nachgaben und er wie gelähmt
zusammensackte. Er hörte, wie sein Körper auf dem
harten Boden aufklatschte, fühlte jedoch nichts dabei.

Was darauf folgte, war nichts weiter als ein Meer aus
Schwarz, das sich blitzartig vor seinen Augen ausbreitete.

Bis dieses ihn endgültig verschlang.

43

Elliot beobachtete, wie Sebastian langsam seine Augen öffnete und benommen umherblickte. Er saß in Unterwäsche auf einem Stuhl mitten im Wohnbereich seines Einzimmerapartements. Seine Handgelenke waren am Rücken mit silbernem Klebeband gefesselt. Um seinen Hals befand sich ein dicker Strick, der sich eng um seine Kehle schnürte und sich über ihm um einen Deckenbalken schwang. Das andere Ende des Stricks hielt Elliot fest in seinen Händen, während er dabei zusah, wie sich sein Opfer verwirrt darum bemühte, seine Orientierung wiederzufinden.

Es dauerte nicht lange, da trafen Sebastians Augen Elliots Blick. Er wollte wohl etwas sagen, doch im selben Moment zog Elliot das Seil stramm, so fest, dass es Sebastian zwang, sich zu erheben, sofern er noch etwas Luft zum Atmen bekommen wollte. Elliot vernahm das erstickende Röcheln des jungen Mannes und sah, wie dessen Zunge aus dem Mund quoll.

Als Sebastian aufrecht mit seinen nackten Sohlen auf der Sitzfläche des Stuhls stand, spannte Elliot den Stick erneut, indem er ein letztes Mal kräftig zupackte. Schließlich kratzten nur noch die Spitzen von Sebastians Zehennägel an der hölzernen Oberfläche, worauf Elliot das Ende des Seils an einem Heizungsrohr befestigte.

Elliot stellte sich seinem Opfer gegenüber und betrachtete in aller Ruhe sein Werk. Der Stuhl knarrte und der junge Mann versuchte verzweifelt mit seinen beiden großen Zehen die Balance zu halten. Aus seinem Mund drang lediglich ein dumpfes Keuchen, während sich seine Augen voller Panik in alle Richtungen drehten.

„Du bist sehr, sehr jung und sehr dumm, mein Lieber", meinte Elliot mit gelassener Stimme. Er rieb sich seine Hände, wobei das leise Knarzen seiner schwarzen Lederhandschuhe durch den Raum drang. „Und das alles bloß, weil ich dich nicht für diese Operation ausgewählt habe? Darum erklärst du mir den Krieg?"

Er schüttelte seinen Kopf und lehnte sich mit dem Rücken gegen die Wand hinter sich, seinen Blick auf den gepeinigten Studenten gerichtet. „Habe ich denn nicht gesagt, dass ihr alle die Elite seid, ungeachtet dessen, wer für das Projekt erwählt wird?" Er zog eine leicht genervte Miene und sprach weiter. „Weißt du, mein Kleiner, ich sage nicht oft die Wahrheit - aber wenn ich das schon mal tue, dann muss ich dieses seltene Ereignis auch vehement verteidigen. Das Ganze hätte also keinen weiteren Einfluss auf dich gehabt. Aber nö, du musst ja eingeschnappt sein wie ein kleiner Rotzbengel." Als hielte Elliot einen seiner Vorträge, löste er sich von der Wand und ging im Kreis. „Zugegeben: Auch in einer Elite gibt es Bessere und Schwächere. Du warst genau mittendrin. Nicht mehr und nicht weniger. Und wer weiß, vielleicht verliert die Welt nun an dir einen großen, zukünftigen Mediziner oder Forschungspionier." *Obgleich der Name des Besten immer Elliot Vaughn lauten würde.* „Aber den Schlamassel hast du dir nun selbst zuzuschreiben." Er hielt schlagartig inne und blickte Sebastian scharf in die Augen. „Du dummes, arrogantes, kleines Arschloch. Und jetzt sag mir, wo du deine Beweise aufbewahrst, die du gegen mich gesammelt hast."

Er wusste, dass Sebastian kaum im Stande wäre, auch nur ein Wort hervorzubringen, weshalb er hinzufügte: „Blick in die Richtung, in der ich suchen soll. Na los!"

Aber auch das schien dem Mann beinahe unmöglich. Sein gesamter Schädel war bereits rot angelaufen und seine Augäpfel schossen nervös von einer Richtung in die andere.

„Konzentriere dich, verdammt! Also los, wo soll ich suchen?"

Die Bewegungen seiner von geplatzten Adern übersäten Augen spielten nach wie vor verrückt, bis sie es dann irgendwann schafften, mehrmals in eine bestimmte Richtung zu weisen.

„Da meinst du?", fragte Elliot und zeigte auf die Schublade des Küchentisches. „Na schön. Dann sehen wir mal nach."

Er ging die zwei Schritte bis zu dem kleinen, runden Tisch und öffnete das Fach. Darin erblickte er eine Heftmappe, mehrere USB-Sticks und einen Minispeicherchip. Er griff nach der Mappe und schlug sie auf. Als er darin herumblätterte, hoben sich überrascht seine Augenbrauen. „Wow. Wirklich sehr sauber und detailgetreu beschrieben, das ist ja ein richtiger Skandalbericht. Und das hast du alles bloß aus den Videos abgeleitet? Sogar mit Screenshots, nicht schlecht. Wofür soll das alles sein, für die *New York Times*? Die

Washington Post?" An einer Stelle begann Elliot unweigerlich zu grinsen. „Oh, das hier ist gut! Ich zitiere: *Für Dr. Vaughns moralisch sowie medizinisch fragwürdiges Frankenstein-Projekt wurden Gewebematerialien unbekannten Ursprungs verwendet, die von einem Gerät, ähnlich einem 3D-Drucker, in seine optimale Form gebracht wurden – siehe Bild Nummer 13."*

Elliot sah auf und blickte dem Gepeinigten einige Momente lang entgegen. „Was für eine bescheuerte Ausdrucksweise, also echt." Dann klappte er die Mappe zu, nahm Chipkarte und sämtliche Sticks aus der Schublade und sah sich kurz um. Anschließend griff er nach der Einkaufstüte, die am Boden lag, verstaute alles darin und zückte das verpackte Schinkensandwich daraus hervor. Er betrachtete es von allen Seiten und packte es wieder in die Tüte. „So 'nen billigen Dreck frisst du? Und das als Mediziner? Ich hatte keine sehr hohe Meinung von dir, und trotzdem habe ich dich eindeutig noch überschätzt." Er verschloss die Tüte, indem er ihre Öffnung zusammenknitterte, und meinte locker: „Das hier werde ich mitnehmen müssen. Niemand kauft für einen gemütlichen Abend ein, um sich daraufhin zu erhängen. Das könnte ein wenig verdächtig wirken. Auch werde ich das Klebeband von deinen Handgelenken entfernen. Weißt du, warum? Sobald du nämlich stirbst, staut sich dein Blut, wodurch die Abdrücke des Klebebands als auffällige Leichenflecken auf deiner toten Haut zurückbleiben würden." Elliot lächelte euphorisch. „Als Arzt ist man wohl am besten zum Mörder geeignet, findest du nicht auch? Ich möchte nicht wissen, wie viele Mediziner auf diesem

Planeten sich in Wahrheit als nie gefasste Killer erweisen." Dann trat er auf Sebastian zu. „So, dann sind wir also so weit."

Plötzlich begann der Körper des jungen Mannes wie wild zu zappeln. Sein Röcheln wurde lauter und vermischte sich mit einem wiederholt stockenden Murren, während Speichel zwischen seinen Lippen hervortrat. Es klang abartig und glich dem Schlachten eines sich windenden Schweines, weshalb Elliot das Ganze so schnell wie möglich hinter sich bringen wollte. So gab er mit seinem rechten Fuß den längst überfälligen Tritt ab, worauf der Stuhl unter Sebastian zur Seite fiel. Doch dann begann Sebastians Überlebenskampf erst recht, er strampelte mit den Füßen und schlug zugleich nach links und rechts aus. Grelle, unmenschliche Laute erfüllten den Raum, während der Balken über ihm knatterte. Sein gesamter Körper bebte, er zappelte und wandte sich in alle Richtungen, als hätte man ihn in Brand gesteckt. Dabei kringelte er sich in der einen Sekunde zusammen und in der nächsten wieder auseinander, wobei selbst Elliot als gelehrter Arzt niemals damit gerechnet hätte, dass der menschliche Körper zu solch bizarren Verbiegungen imstande war. Währenddessen zog Elliot ein Taschenmesser unter seiner dunklen Trainingsjacke hervor und begab sich in weitem Bogen hinter sein Opfer. Als er es endlich schaffte, seine Hände einzufangen, schnitt er das Klebeband durch und streifte es ab. Sofort fassten Sebastians Finger an den Strick, der ihm unter seinem Kinn den Atem abschnürte. Das Vorhaben war natürlich zwecklos und sein vergeblicher Kampf ging weiter. Allerdings nicht mehr lange. Es dauerte vielleicht noch eine halbe Minute, bis sich sein Körper ein allerletztes Mal zusammenkämpfte.

Und dann war es vorbei.

Urplötzlich war es komplett leise. Sein Körper baumelte reglos in der Luft, während sich am Boden unter ihm eine kreisförmige Urinpfütze gebildet hatte. Seine toten Augen starrten ins Nichts und seine Zunge quoll schlaff aus dem Mund.

Elliot war erleichtert. Was er getan hatte, war notwendig gewesen. Hätte der kleine Bastard ihn verraten, noch bevor er seine Ergebnisse der CIA hätte vorzeigen können, so wäre es aus gewesen mit ihm und seiner makellosen Laufbahn. Er wäre bei sämtlichen Behörden in Ungnade gefallen und hätte bis ans Ende aller Tage als nichts weiter als ein Mengele-Verschnitt gegolten. In medizinischen Kreisen sowie für die Öffentlichkeit. Preise, Ruhm, einen Eintrag in Lehrbücher, das und vieles mehr hätte er sich auf ewig abschminken können.

Alles musste man selbst machen! Diese verdammten halben Sachen waren einfach nicht sein Ding. *Ganz oder gar nicht!* Was hätte ein Anruf von Don oder diesem Weib schon gebracht? Damit hätte man niemals verhindern können, dass Miller womöglich nicht doch noch auf dumme Gedanken gekommen wäre und in seiner Verbitterung einen Alleingang gestartet hätte.

Aber nun war wieder Ordnung eingekehrt. Nun könnte er ruhigen Gemüts nach Hause gehen, die Papiertüte mitsamt Sandwich und Heftmappe verbrennen und sich einen Schluck Brandy gönnen.

Somit verstaute er das Messer wieder in der Seitentasche seiner Jacke und zog sich seine schwarze Baseball-
kappe bis tief in die Stirn. Anschließend verließ er mit
der Tüte unter dem Arm die Wohnung, um sich zu seinem Mietwagen zu begeben, den er zwei Querstraßen
weiter geparkt hatte.

44

Gegenwart

Ihre Finger waren bereits an der Türklinke und sie wollte eintreten, als das Telefon in ihrer Handtasche vibrierte. Deborah blickte sich prüfend um, sah in die Gesichter der vielen Menschen, die aus beiden Seiten des Korridors an ihr vorüberzogen, dann zückte sie das Smartphone aus der Tasche. Es war ein FaceTime-Anruf von Violett aus dem Waisenhaus. Ihr war ein Telefonat pro Tag gestattet, den das Mädchen vom Rechner im Studienraum aus führen durfte. Diesen nutzte Violett stets, um mit Deborah zu sprechen.

„Hey Kleine, wie geht es dir?", fragte Deborah, als sie Violetts gutgelaunte Miene auf dem Bildschirm sah. Währenddessen begab sie sich einige Schritte den Flur entlang und setzte sich auf einen der Wartesessel, die an einer Wand des Ganges positioniert waren.

„Ja gut, aber wann kommst du mich denn endlich abholen?"

Erneut erwärmte es Deborahs Herz, als sie den Schmollmund des Mädchens erblickte. Gleichzeitig schoss ihr durch den Kopf, wie unglaublich es war, dass sie gerade in das Gesicht ihrer eigenen Tochter sah. *Das ist mein Kind, und bald werde ich es zu mir holen.*

„Übermorgen früh, das weißt du doch, Liebes", antwortete Deborah mit liebsamer Stimme.

„Ja, aber warum erst übermorgen? Warum nicht heute?"

„Weißt du, in der Erwachsenenwelt gibt es nun mal eine Menge Regeln, und an diese müssen wir uns halten. Ich finde das auch blöd."

Violett lachte herzhaft, worauf Deborah wiederholte: „Ja, das ist total blöd!"

Wieder lachte das Mädchen, diesmal etwas lauter.

„Aber ab dann sind wir für immer zusammen. Was sagst du dazu? Freust du dich?"

„Ja, wahnsinnig!"

„Hast du denn schon alle deine Sachen gepackt? Deine Klamotten und deinen Teddy?"

„Schon längst!"

„Schon längst? Na, dann bist du ja absolut bereit, wie ich sehe."

„M-hm", gab Violett zurück und nickte vehement.

„Gut. Also merk dir: Nur noch zweimal schlafen. Und jetzt ein kleiner Tipp von mir." Deborah hob belehrend den Zeigefinger. „Je früher du schlafen gehst, umso schneller ist es so weit. Du überspringst damit praktisch die Zeit. Ist das nicht cool?"

Violetts Augen wurden groß.

„Ja, ich weiß", fügte Deborah hinzu. „Ich habe eben immer die besten Ideen. Also mach dich mal lieber bettbereit."

„Au ja!"

„Schön. Dann bis morgen, da hören wir uns nochmal, mein Liebes."

Violett winkte. „Tschüss!"

„Mach's gut."

Deborah schloss die App und schaffte es kaum, ihr Lächeln loszuwerden. *Meine Tochter ...*

Schließlich richtete sie sich auf, ließ das Telefon wieder in ihre Handtasche sinken und schritt erneut auf die Tür zu. Im selben Moment spürte sie, wie das Lachen auf ihrem Gesicht langsam zu schwinden begann, bis nichts mehr davon übrig war.

Als sie öffnete und eintrat, vernahm sie bereits das Piepsen verschiedenster Geräte. Die Geräusche des Korridors verklangen, als sich die Tür hinter ihr schloss. Außer den Lauten der Apparate war es nun mucksmäuschenstill. Mit zögernden Schritten näherte sie sich dem Bett. Ihr Herz schlug schneller und ihr Atem wurde schwerer.

Sie hatte sich als letzte noch lebende Verwandte ausgegeben und vom Krankenhauspersonal erfahren, dass seit Annalisa Kramers Schlaganfall zwei Drittel ihres Körpers gelähmt waren. Eine Entlastungskraniektomie, um den Druck in ihrem Gehirn zu senken, hatte sie bereits hinter sich, dennoch hatte sich ihr Zustand kaum gebessert.

Als sie ganz nah am Bett stand, blickten ihr zwei fragende Augen entgegen. Ihr Gesicht war völlig reglos und ihr zerzaustes, hellrotes Haar mit grauem Nachwuchs badete im eigenen Schweiß. An der linken Bettseite stand ein Tropf mit Infusionsbeutel, von dem sich ein Schlauch zu ihrem Arm schlängelte. Einige Elektroden waren an ihrer Brust angebracht und ein Fingerclip befand sich an ihrem rechten Zeigefinger, wovon je ein Kabelbündel zu einer der Gerätschaften führte.

„Na du", meinte Deborah leise. „Weißt du, wer ich bin? Nein, das weißt du sicher nicht. Vielleicht denkst du, ich bin ein freundlicher Besucher. Aber glaub mir, das bin ich nicht."

Das Kinn der Frau bewegte sich leicht, allerdings kam nichts weiter als ein stockendes Hauchen hervor.

„Aber vielleicht erkennst du mich ja doch. Sieh mir in die Augen." Deborah beugte sich über sie, so nah, dass sich beinahe ihre Nasenspitzen berührten. „Ja, sieh mir ganz tief in die Augen. Sieh ganz genau hin. Na? Erkennst du es so langsam?"

Mit einem Schlag wurden Annalisa Kramers Augen so groß wie Teetassen und ihr gesamter Körper begann zu zucken.

Deborahs Stimme klang ruhig und bestimmt. „Du willst dich vermutlich wehren? Aber es geht nicht, oder? Ja, genauso ging es mir auch."

Es war offensichtlich, dass wenn die Frau gekonnt hätte, sie sofort aufgestanden und davongelaufen wäre. Ihr linker Arm zappelte etwas mehr als der Rest ihres Körpers, wobei das Bettgestell zu knarren begann. Trotzdem waren alle ihre Bemühungen umsonst.

„Ja, du menschgewordene Abscheulichkeit, ich bin es. Erkennst du mich jetzt endlich wieder? Ja, das tust du, nicht wahr? Ich sehe es in deinen Augen. Du fragst dich jetzt sicher, wie das möglich sein kann. Ich müsste doch tot sein. Aber ich rate dir; spar es dir lieber. Außerdem spielt es sowieso keine Rolle."

Deborah hielt einige Sekunden lang inne, worauf sie den Kopf schüttelte. Dann blickte sie ihrer einstigen Pflegemutter wieder eindringlich in die Augen und sprach langsam weiter: „Alles war dir immer mehr wert als ich. Selbst dieser ekelhafte Mistkerl. Dieser Bastard. Frauen wie dich werde ich nie verstehen. Du hast gewusst, was er getan hat, und trotzdem hast du ihn immer in Schutz genommen. Deinen Traumprinzen. Du bist so erbärmlich. Aber jetzt liegst du hier und scheißt dich ein. Ohne, dass dir jemand zu Hilfe kommt. Genauso, wie es bei mir war."

Deborah richtete sich auf, zur selben Zeit gab eine der Apparaturen ein lautes und dröhnendes Piepsen von sich, das kurz darauf in schnellerem Rhythmus erklang.

„Sieh einer an, deine Herzfrequenz steigt ja, und zwar gehörig. Hast du wirklich solche Angst?"

Deborah fühlte ein seichtes Grinsen, das sich unwillkürlich über ihre Lippen breitete. „Klar, du weißt ja auch nicht, was ich jetzt alles mit dir anstellen könnte."

Sie ließ einige Zeit verstreichen und beobachtete Annalisas panischen und von Furcht zerfressenen Blick und wie ihr Körper schlotterte. Letztlich trat sie einen Schritt zurück. „Weißt du was? Du musst keine Angst vor mir haben. Ich bin nicht wie du. Und wer weiß, vielleicht kann ich dir sogar irgendwann verzeihen. Wer weiß ..."

Deborah stand noch einige Augenblicke lang da, hörte sich das Getöse der Maschinen an und sah zu der Frau hinüber, die lahm und wehrlos in ihrem Patientenbett lag.

„Lebe wohl", sagte sie. Anschließend wandte sie sich um und begab sich dem Ausgang entgegen.

Noch bevor sie die Klinke berührte, schoss bereits die Tür nach innen auf und eine besorgte Krankenschwester stürmte ins Zimmer. „Was ist passiert?"

„Sie hat sich über irgendetwas furchtbar aufgeregt“, antwortete Deborah tonlos. „Bitte sehen Sie mal nach ihr.“

Dann schritt sie an der Schwester vorüber und trat nach draußen. Denn nun wollte sie nur noch nach Hause.

Das war ich der alten Deborah noch schuldig. Und jetzt Schluss mit der Vergangenheit. Für immer ...

45

Deborah lag in der Badewanne, bedeckt von einer dicken Schicht Schaum. Es war warm und das Badeöl roch nach Rosen und Lavendel. Eine nasse, blonde Haarsträhne haftete an ihrer Wange, geschwungen wie ein großes *S*. Durch das gekippte Fenster klang das Rauschen der Wellen zu ihr herein, und sie genoss es. Das Rot der untergehenden Abendsonne gemeinsam mit dem Schein der vielen Kerzen, die sie im Badezimmer verteilt hatte, tauchten den Raum in ein gedämmtes Gemisch aus orangen und rosa Lichtern.

Bisher hatte sie immer nur geduscht, es war ihr erstes Bad seit ihrem Erwachen. Ihrer Wiedergeburt. Und sie betrachtete es nicht nur als körperliche Reinigung, sondern auch als innere. Eine Reinigung ihrer Seele. Ein Fortschwämmen des Klinikbesuchs, des Tages sowie ihrer gesamten Vergangenheit. Denn nun konnte sie endlich abschließen. Alles war getan. Jetzt konnte ihr Leben beginnen.

Vielleicht würde sie anschließend versuchen, Don mit einem leckeren Essen zu überraschen. *Oops!* Konnte sie denn überhaupt kochen? Sie hatte keinen blassen Schimmer. Wenn nicht, gäbe es zur Genüge Rezepte-Apps oder Online-Videos, dachte sie so bei sich. Wer weiß, vielleicht hätte sie sogar Talent. Ansonsten; das Talent, die Nummer des Italieners oder des Inders zu wählen, wäre ihr ganz bestimmt gegeben.

Sie hatte keineswegs die Absicht zu einer den Herd hütenden Hausfrau zu werden. Immerhin würde sie sich in Kürze von Olivia Kabbot, dem vorübergehenden *CEO* von *Lorelana Jewellerys,* in sämtliche Firmenabläufe einweisen lassen. Natürlich mit dem Vorwand, um ihrem allmählich wiederkehrenden Gedächtnis etwas auf die Sprünge zu helfen. Um den öffentlichen Schein zu wahren und um das Hoberman-Erbe zu ehren. Sie und Don hatten jenes Vorhaben bereits mehrmals besprochen und Dons Wissen im Bereich Management und Unternehmensführung würde ihr dabei eine stützende Hilfe sein.

Ab jenem Zeitpunkt wäre sie offiziell eine Geschäftsfrau, obgleich sie sich als Ziel gesetzt hatte, immer mehr Mutter zu sein als das. Und sofern sie sich dort als fehl am Platz erweisen würde, könnte sie das Geschäft auch einfach weiterlaufen lassen wie bisher und sich lediglich einmal im Monat beim Personal blicken lassen. Letztlich würde das Schicksal entscheiden, welcher jener Fälle einträfe.

Aber was auch immer auf sie zukäme, nichts sollte sie davon abhalten, sich auch in der Küche zu versuchen. Von nun an wollte sie nämlich alles einmal ausprobieren, egal, worum es sich handelte.

Als Deborah nach gut zwanzig Minuten wohltuender Ruhe und Entspannung beinahe eingenickt wäre, zog sie den Stöpsel und stieg aus der Wanne. Sie griff nach einem der flauschigen Badetücher, die sich auf einer Ablage stapelten und trocknete sich ab. Im Anschluss streifte sie sich eine lockere Trainingshose und ein enges Top über und stellte sich vor den Spiegel. Einen Moment lang betrachtete sie ihr mittlerweile nicht mehr so fremdes Gesicht und blickte in ihre meerblauen Augen. Sie waren wohl das Letzte, das von ihrer Vergangenheit übriggeblieben war. Dann nahm sie den Föhn zur Hand und führte den Anschluss an die Steckdose, als sie plötzlich ein lautes Geräusch vernahm. Es kam nicht von draußen, von der Einfahrt oder dem Garten. Vielmehr schien es aus einem der Innenräume zu ertönen und hörte sich an wie das Zerspringen von Glas mitsamt einem Klirren. Darauf hörte sie ein lautes Poltern. Es hallte durchs Gemäuer und ließ sie blitzartig zusammenzucken. Ihre Brust zog sich zusammen und ihr Herz raste. Sie spürte das Adrenalin, das ihr durch die Adern schoss, gleichzeitig fuhr ihr ein eiskalter Schauer über den Nacken.

Sie bewegte sich nicht mehr und versuchte ihr Gehör zu schärfen. Klacksende Schritte erklangen, lauter und lauter. Erneut zuckte sie ungewollt zusammen – bis es dann schlagartig still war.

Sie wartete und lauschte, während sie krampfhaft hoffte, dass sie sich alles nur eingebildet hatte. Sekunden vergingen und nichts passierte. Zögernd trat sie einen Schritt auf die Badezimmertür zu, dann hielt sie erneut inne und horchte angespannt. Aber da war nichts. Nicht das kleinste Geräusch.

Vorsichtig streckte Deborah ihre Hand nach der Klinke aus – als die Tür ruckartig und mit einem Knall nach innen aufgestoßen wurde. Sie schreckte instinktiv zurück und stieß einen lauten Schrei aus.

Und ehe sie begriff, wie ihr geschah, kam er bereits wie ein wildes Tier über sie.

46

Bisher war Don die gesamte Zeit über recht gelassen gewesen und hatte versucht der Gewalt seiner Gefühle Herr zu sein. Er wollte der Standhafte sein, die Stütze. Doch je näher der Tag rückte, an dem sie Violett für immer und rechtmäßig ihre Tochter nennen könnten, wurde auch er immer aufgeregter und nervöser. Er würde dann immerhin Vater sein. *Vater… wow*, dachte er unentwegt.

Er hatte die Kleine inzwischen sehr liebgewonnen, sie stets gemeinsam mit Deborah besucht und sie verstanden sich prächtig. Die anderen Tage hatten sie zu dritt über FaceTime gesprochen und nun freute er sich, dass sie das Mädchen schon am übernächsten Morgen zu sich holen könnten.

In einem der Gästezimmer des Strandhauses befanden sich ein Einzelbett, ein Schreibtisch und ein Klamottenschrank. Dies würde Violetts Eigen werden. Sie hatten es bewusst in kein Kinderzimmer verwandelt, denn Violett sollte selbst entscheiden können, was sie alles darin würde haben wollen. Welche Farbe die Wände bekommen sollten, welche Spielsachen und was sie sonst noch so benötigte. Sie würden gemeinsam mit ihr einige Einkaufsbummel unternehmen, wobei die Kleine aussuchen dürfte, was ihr Herz begehrte. – Und er konnte es tatsächlich kaum erwarten. Ja, er freute sich sogar darauf. Er freute sich auf *sie*.

Darum hatte er es sich nicht verkneifen können, bereits heute schon an einem Spielzeugladen vorbeizufahren, wo ihm prompt ein Plüschtier in Form eines Riesendinos ins Auge gefallen war. Gesehen – gekauft. Und als er das überdimensional große Plüschding auf die Rückbank des Wagens verfrachtet hatte, war ihm ein Schmunzeln über die Lippen geglitten, und zwar seiner selbst wegen. *Na und? Dann bin ich eben ein kindischer Narr.*

Während des Nachhausewegs war es bereits dunkel geworden und die schwarzen Schatten der Nacht umgaben die beleuchtete, einsame Straße. Links und rechts, jenseits der Lichtkegel der Laternen, schien es, als existierte nichts weiter als Finsternis und Leere. Eine unbekannte, fremde Welt.

Als er ihr Anwesen erreicht hatte, öffnete er per Fernbedienung das Tor zur Auffahrt und rollte langsam bis zum Haus vor. Er stieg aus und erfasste die vorherrschende Stille der Nacht. Nachdem er eine der hinteren Fahrzeugtüren geöffnet hatte, zog er das Plüschtier an seinem Schwanz aus dem Wagen. Was gar nicht so einfach war, das Ding war größer als er selbst und im Zwischenraum der Vorder- und Rücksitze eingequetscht. Als er es geschafft hatte, schlang er den Arm um den Hals des Dinos und schliff ihn auf dem Weg zur Eingangstür hinter sich her. Unterdessen kramte er in einer seiner Hosentaschen nach den Hausschlüsseln. Fündig geworden, schloss er auf und trat über die Schwelle.

Im gesamten Haus brannte kein einziges Licht und es war stockfinster. Er wusste, dass Deborah eigentlich hier sein müsste, als er vorhin mit ihr telefoniert hatte, war sie nämlich definitiv noch zu Hause gewesen.

„Hallo?", rief er.

Er wartete einen Moment lang. Als er keine Antwort bekam, trat er einen Schritt vor und stellte den Plüschdino ab, gleich hinter dem Eingang. Hinterher legte er die Schlüssel auf die Kommode und blickte sich um.

„Deborah?"

Die Räume schienen menschenleer. Vielleicht war sie in einem der oberen Stockwerke und konnte ihn nicht hören. Dennoch hätte er dann wenigstens den Hall von Getrampel, des Fernsehers oder eines Radios vernommen. Aber das gesamte Haus schien so still, dass man eine Stecknadel hätte fallen hören können. Nichtsdestotrotz blieb er einige Sekunden stillstehen und lauschte. Er hielt den Atem an und konzentrierte sich. Doch da war nichts.

Unversehens vernahm er einen sanften Luftzug auf seiner Haut. Er blickte zur anderen Seite des Wohnraumes, wo sich die gläserne Schiebetür zur Gartenterrasse befand. Der Mondschein erhellte den gesamten Außenbereich, sodass er erkannte, dass sie sperrangelweit offenstand. Rasch tastete er nach dem Lichtschalter in der Diele, doch als er ihn fand und betätigte, war es noch genauso finster wie zuvor.

Was zum ...

Er schritt langsam durch den Raum und sah sich angestrengt um. Alles, was er ausmachen konnte, waren die schattendunkeln Konturen der Möbel, die vom seichten, weißblauen Licht des Mondes umrahmt wurden. Schritt für Schritt arbeitete er sich vor, bis er die Schwelle zur Terrasse erreicht hatte.

Er trat nach draußen, wo das gedämmte Rauschen der Meeresbucht und das leise Brechen der Wellen in sein Ohr drangen. Dort blickte er über den Pool und das Grundstück hinweg. Am anderen Ende des Gartens erkannte er den von Hecken und Sträuchern umwucherten Zaun, der das Grundstück von den kantigen Meeresklippen und dem dahinterliegenden Abgrund trennte. Dessen morsche Holztür stand offen. Er wusste nicht, was er davon halten sollte. Hatte sich Deborah entgegen seiner Empfehlung auf die andere Seite begeben? Verwundert überquerte er das vom Mondschein beleuchtete Gelände, als er plötzlich eine Stimme hörte.

„Hallo, Don."

Er zuckte vor Schreck zusammen und hielt inne. Mit zusammengekniffenen Augen versuchte er etwas zu erkennen, worauf sich ihm die Silhouetten zweier Personen offenbarten. Sie befanden sich weit draußen, inmitten der spitzzackigen Klippen. Er trat näher und schärfte seinen Blick; es waren Deborah und Elliot. Sie stand an einer Felskante, vor ihr der schluchtentiefe Abhang. Ihr Haar wehte im seichten Wind des Wellenschlages, während ein verängstigtes Wimmern zwischen ihren Lippen hervordrang. Schwarze Straßen aus Wimperntusche zierten ihr tränenüberfülltes Gesicht und sie bewegte sich nicht. Dicht hinter ihr stand Elliot, der mit ausgestrecktem Arm den Lauf eines Revolvers auf ihren Hinterkopf richtete.

Schlagartig schlug Dons Herz ihm bis zum Hals und er erstarrte.

„Na, na, nun mal nicht so schreckhaft“, sagte Elliot
mit gelassener Stimme. „Los, komm rüber. Und zwar
ein bisschen schnell, wenn ich bitten darf.“

„Was ist hier los, Elliot? Was soll das?“

„Ich sagte, du sollst rüberkommen.“

Schlichtend hob Don beide Hände und ging langsam
durch die Öffnung der Gartentür. Als er mit seinen
Lackschuhen über die kantigen Felsen trat, hatte er alle
Mühe, die Balance zu halten, worauf Elliot ihm ungeduldig zurief: „Na los, Beeilung!“

Gestresst versuchte sich Don schneller zu bewegen,
wobei er fast ausrutschte. „Ist ja gut! Ist ja gut!“ Als Don
vielleicht noch drei Meter von ihnen entfernt war, wies
Elliot ihn mit einer Geste zum Stehenbleiben an. „So,
das reicht.“

Don war von Angst zerfressen, zugleich schoss aber
auch überschüssiges Adrenalin durch seinen Körper
und seine Ungeduld stieg ins Unermessliche. „Sag mir
jetzt endlich, was hier los ist! Was hast du vor?“

„Du willst wissen, was los ist?“, stieß Elliot erzürnt
hervor. „Da will ich lieber wissen, was verdammt mit
euch los ist! Habe ich denn nicht alles für dich getan?
Ich habe alles geplant, organisiert und das gesamte Risiko auf mich genommen! Aber ihr seid so rücksichtslos und gefährdet alles!“ Erbost sah er Don in die Augen
und machte eine Pause. Ganz allmählich schien er sich
wieder ein wenig zu fangen. „Aber ich werde es nicht
zulassen. Dass du alles, wofür ich gearbeitet habe, den
Bach runtergehen lässt. Jetzt ist die Zeit gekommen, in
der ich handeln muss – wer weiß, was euch als Nächstes einfällt.“

„Womöglich hast du recht, Elliot. Lass uns reingehen und darüber reden." Don bemühte sich, ruhig und bestimmt zu sprechen. „Wie vernünftige Menschen."

Elliot schüttelte den Kopf. „Nein. Zu spät, Don. Reden haben wir hinter uns. Es muss hier und jetzt enden, damit ich mich endlich wieder in Ruhe meiner Forschung widmen kann. Ohne dabei ständig im Hinterkopf zu behalten, was ihr wohl als Nächstes ausheckt."

„Nein, Elliot, es wird nichts weiter folgen! Du musst dir keine Sorgen mehr machen."

Aber Elliot nahm kaum wahr, was Don zu ihm sagte und wandte seinen Blick zu Deborah. Er betrachtete ihren zitternden Körper und gab ein verächtliches Zischen von sich. „Wenn du wüsstest, wie viel Kraft und Energie ich in deinen Körper gesteckt habe ... und so dankst du es mir. Dass mir so eine beschissene Junkiefotze wie du derartige Probleme einbrocken würde, damit hätte ich um nichts in der Welt gerechnet."

Don erkannte, wie Elliots Gesicht immer mehr einer wutentbrannten Teufelsfratze glich, die jeden Moment etwas furchtbar Böses tun würde. Deborah hingegen ließ all die Beleidigungen stillschweigend über sich ergehen. Ihre Kinnlade zitterte, während sie in den tiefen, finsteren Abgrund blickte, der sich dicht vor ihr erstreckte. Don konnte ihr förmlich ansehen, dass sie ahnte, was ihr bevorstand. Dasselbe ungute Gefühl beschlich auch ihn, denn er wusste, dass Elliot es ernst meinte.

„Du ...", schallte plötzlich Deborahs Stimme durch das Finster der Nacht.

Gemeinsam richtete sich Don und Elliots Aufmerksamkeit auf sie und Don konnte erkennen, wie Elliot hellhörig wurde.

„Du opferst rücksichtslos Menschenleben und das einzig und allein für deine Ziele. Was bist du nur für ein Mensch?"

Don wusste nicht, ob sie ihn provozieren oder bloß Zeit schinden wollte. Ihr Blick war weiterhin auf den Ozean gerichtet, dessen gebrochene Wellen das Licht des Mondscheins reflektierten. Ohne sich zu Elliot umzudrehen, fuhr sie fort. „Dass mit dir etwas nicht stimmt, wusste ich von Anfang an. Ich hatte schon immer ein ungutes Gefühl bei dir."

Elliots Blick erboste sich schlagartig. „Jemand wie du wagt es, mir sowas zu sagen?"

„Ich hab doch recht! Oder willst du mir erzählen, du seist ein rechtschaffender Mann? Schon nur, dass du uns jetzt hier mit 'ner Knarre bedrohst, beweist doch, wie es um dich steht."

„Ach ja? Und was ist mit dir?"

Egal, was Deborah vorhatte, es schien zu klappen. Wie Don sah, ging Elliot nämlich voll und ganz darauf ein.

„Sag bloß nicht, dass sich durch all das, was ich getan habe, keine Vorteile für dich ergeben hätten. Es hat sich doch ausgezahlt für dich ... ein reicher Mann, ein Leben im Glamour. So wie dein Leben vorher war, bin ich mir sicher, dass du alle diese Vorzüge jetzt schamlos auszunutzen weißt!"

Deborah schwieg und überlegte wohl, was sie als Nächstes sagen konnte, doch Elliot kam ihr zuvor. „Aber warum rede ich überhaupt mit dir? Du bist für mich nichts weiter als ein Versuchsobjekt – ein ziemlich gelungenes, wenn ich mich mal selbst loben darf. Aber das war's dann auch schon. Nur ein entbehrliches Objekt. Eine Laborratte, mehr bist du nicht."

Elliot musterte sie von oben bis unten und bemerkte, wie sich eine ihrer Fäuste zu ballen begann. „Was?", sprach er weiter auf sie ein. „Fehlen dir jetzt die Worte? Oder willst du etwa wieder durchdrehen, so wie früher?"

Beschämt senkte sich Deborahs Haupt und Elliot ließ einen Augenblick verstreichen.

„Ach ja, du kannst dich ja nicht mehr daran erinnern", fuhr er anschließend fort. „Daran, wie du warst. Aber ich schon. Ich hab dich nämlich gesehen. Du warst sowas von assi, das kannst du dir gar nicht ausdenken. Ein richtiger Untermensch."

Nun hatte er sie an ihrem wundesten Punkt getroffen, worauf es ihr endgültig die Sprache verschlug. Don wollte noch nicht einmal versuchen zu erahnen, was ihr nun wohl alles durch den Kopf ging. Unterdessen schüttelte Elliot angewidert seinen Kopf. Dann setzte er einen entschlossenen Ausdruck auf und sagte: „Aber egal, Schluss jetzt. Nun werde ich diese gesamte Farce ein für alle Mal beenden."

War es jetzt soweit? War das nun der Moment, an dem Elliot tun würde, wofür er hergekommen war? Don spürte, wie sein Herz in seinem Brustkorb mit einem Schlag zu toben begann. Denn würde Deborah etwas geschehen, würde er sich das niemals verzeihen. Sie hatte nichts, aber auch gar nichts mit der ganzen Sache zu tun. *Sie* hatten es verbockt, Elliot und er. Deborah war bloß eine unschuldige Person, die ohne ihr

Wissen und Einwilligung in all das hineingezogen worden war. Sie war für Elliots Zwecke benutzt worden und hatte es nicht verdient, dass man ihr deswegen Leid zufügte – oder gar Schlimmeres. Nein, das durfte nicht passieren. Bei dem Gedanken an seine Hilflosigkeit zogen sich Dons Eingeweide schmerzhaft zusammen. Er liebte sie, er liebte sie unendlich, und würde er sie verlieren, würde er sich selbst gleich mit in den Tod stürzen.

Er musste etwas unternehmen. Doch Elliot war kaum zu bremsen. Irgendetwas in ihm schien außer Kontrolle geraten zu sein. Und nun war er nur noch einen Atemzug davon entfernt, eine folgenschwere und grausame Dummheit zu begehen. Ein kleiner Impuls eines kranken Geistes, und schon wäre es um Deborah geschehen. *Bitte nicht, Gott. Bitte lass das nicht zu …*

„Das mit Sebastian Miller warst du, nicht wahr?", versuchte Don ihn in ein Gespräch zu verwickeln, um ebenfalls Zeit zu gewinnen. Vielleicht würde ihm ja noch etwas einfallen. Eine Lösung, irgendein Ausweg.

Elliots Blick richtete sich ihm entgegen. „Miller war nichts weiter als ein kleiner Bastard. Und er war abkömmlich. Ebenso wie du und dieses Miststück hier. Und auf dieselbe Weise werde ich mich jetzt um *euch* kümmern." Er sah kurz zum nachtdunklen Sternenhimmel hoch und der Ton in seiner Stimme klang plötzlich ganz und gar verträumt. „Wisst ihr, ich habe da eine Vision vor Augen. Und zwar, wie das Ehepaar Cullen die Weite ihres wundervollen Anwesens erforscht und Mrs. Cullen dann versehentlich die Klippen hinabstürzt. Mr. Cullen will sie noch retten, wobei er leider ebenfalls mit in den Abgrund gerissen wird." Er blickte wieder zu Don und auf seiner gemeinen Fratze hatte sich ein Grinsen breit gemacht. „Solche Dinge passieren. Sogar öfter, als du denkst." Unmittelbar darauf sah er in Deborahs Richtung. „Sie ist nicht mehr von Nöten. Alles, was ich von ihr brauchte, habe ich. Es ist alles niedergeschrieben und dokumentiert."

„Don! Oh Gott!" In Deborahs tobsüchtigem Schrei war pure Angst zu vernehmen. Die Angst vor dem Tod.

Panisch rief Don Elliot zu: „Warte, Elliot! Hör zu –"

Doch dann trat Elliot Deborah von hinten ins Gesäß und sie stürzte über die Klippen.

Ein langgezogenes *Nein!* gefolgt von einem aus Leibeskräften entsprungenen Schrei drang aus Dons Mund und hallte durch die Dunkelheit. Er sank auf die Knie, Tränen schossen aus seinen Augen und er stöhnte und wimmerte. „Du verfluchter Hurensohn!" Dons Stimme erstickte, während sich sein Innerstes zusammenkrampfte und er keine Luft mehr bekam. Sein gesamter Körper schmerzte von innen heraus und er begriff, dass es vorbei war – Deborahs Leben, sein Leben, einfach alles.

Eine bittere Stille legte sich über das felsige Gelände. Don war wie gelähmt und wusste weder ein noch aus. Sein Verstand hatte ausgesetzt, wie eine Lampe, die man einfach ausgeknipst hatte. Alles, was er noch fühlte, war Leere. Nichts als Leere.

Mit zufriedenem Ausdruck trat Elliot einen Schritt vor und blickte in den Abgrund hinab.

„Was verdammt nochmal ..." Elliots Satz brach in der Mitte ab, während aus der Tiefe des Schlunds ein kraftloses und klägliches Stöhnen erklang. Sofort wusste Don, dass Deborah noch lebte. Er hatte keine Ahnung wie, ob sie sich an einer der scharfen Kanten der Klippen hatte festkrallen können oder ob sie eine der dicken Wurzeln zu fassen bekommen hatte, die dicht unter dem Klippenrand aus einer Spalte ragten – und es war ihm auch herzlich egal. Wichtig war, dass sie lebte und er nach wie vor eine Chance hatte. Eine Chance, den Ausgang der Situation doch noch zu beeinflussen. Eilig sah er auf und erkannte, wie Elliot entgeistert und mit großen Augen den Abhang hinabblickte.

Unverzüglich ergriff Don die Gelegenheit, richtete sich auf und sprang wie ein Verrückter auf Elliot ein. Dieser war von Don völlig überrascht worden und die beiden Männer prallten zu Boden. Dabei wurde Elliots Pistole durch die Luft katapultiert und landete klappernd irgendwo auf einem der Felsen.

Don und Elliot wälzten und wanden sich erbittert über den harten, scharfkantigen Klippenboden. Sie krächzten und schrien und versuchten sich verzweifelt gegenseitig zu bezwingen. Don gelang es, Elliot von sich wegzustoßen und richtete sich blitzschnell wieder auf. Auch Elliot erhob sich, worauf sich die beiden einen Moment lang finster anstarrten. Schließlich stürmte Elliot wie wild geworden auf Don zu und die beiden Männer stürzten sich erneut in ein Gefecht. Elliot schien völlig außer Kontrolle und verhielt sich wie ein tollwütiges Tier. Sie teilten einander Schläge aus und versenkten gegenseitig je mehrere Fausthiebe in ihren Gesichtern. Gequälte Laute dröhnten durch die nächtliche Stille und Blutspritzer verstreuten sich über den steinigen Felsenboden.

Aus den Augenwinkeln erkannte Don, wie Deborahs Hände hinter dem Klippenvorsprung zum Vorschein kamen und wie sie sich mühselig hocharbeitete. Sie stöhnte vor Schmerzen und er hoffte bei Gott, dass er Elliot noch so lange in Schach halten könnte, bis sie es bis ganz nach oben geschafft hätte.

Deborah tastete nach Halt, als sie ungewollt an ein loses Gestein fasste, das sich augenblicklich aus dem Felsen löste. Sie schlüpfte ab und drohte erneut in die Tiefe zu stürzen. In allerletzter Sekunde schaffte sie es, mit ihren zerkratzten Fingern ein morsches Geäst zu umklammern, welches aus den Klippen ragte. Deborah verschnaufte kurz, dann versuchte sie ihr Glück aufs Neue.

Währenddessen setzte sich das Gemetzel zwischen Don und Elliot fort, wobei die beiden Männer unentwegt auf sich einschlugen. Dabei schaffte es Don, einen von Elliots Hieben abzuwehren, worauf er einen präzisen Treffer mitten in Elliots Visage landen konnte. Dieser stieß einen lauten Schmerzlaut aus, ließ sich davon jedoch keineswegs abschrecken. In einem weiteren Handgemenge glückte es Elliot, Don mit beiden Händen am Hals zu packen. Mit aller Kraft drückte er zu, während Don röchelte und verzweifelt nach Luft rang. Don spürte, wie sein Gesicht anschwoll und seine Augen beinahe aus ihren Höhlen zu platzen drohten. Mit aller Gegenwehr versuchte er sich aus Elliots Fängen zu befreien, jedoch ohne Erfolg.

Allmählich schien es, als würden Don seine Kräfte verlassen und er das Bewusstsein verlieren. Er fühlte förmlich, wie sich seine Halsschlagader aufquoll und vergeblich versuchte das angestaute Blut in sein Gehirn zu pumpen. Als hätte er seinen Körper nicht mehr unter Kontrolle, erschlafften seine Gliedmaßen, wodurch er unweigerlich zusammenbrach. Kläglich und langsam sank er zu Boden. Als er dann mit dem Rücken auf dem felsigen Untergrund liegen blieb, ließ Elliot endlich von ihm ab und prustete erschöpft vor sich hin.

Unterdessen versuchte Don mit aller Gewalt durch seine gequetschte Luftröhre zu atmen, was ihm allerdings nur teilweise gelang. Unfähig sich zu bewegen, sah er, wie Elliot nach einem schweren Felsbrocken fasste und diesen anhob. Das Teil war massiger als ein Ziegelstein und Don konnte erkennen, wie Elliot alle Kraft anwenden musste, um es hochzuhieven. Dann stellte sich Elliot über ihn, den Stein in seinen Händen und die Arme ausgestreckt über dem Kopf. Bereit dazu, Don den Schädel zu zertrümmern. Plötzlich vernahmen sie das Klicken eines Revolverhahns, der soeben gespannt wurde.

Langsam drehte sich Elliot um – und da stand Deborah. Mit blutigen Fingern und Schürfwunden im Gesicht zielte sie mit der Pistole auf seine Brust. Sie sah mitgenommen aus und atmete schwer.

Elliot überkam ein Grinsen. Durch die immense Last des Felsenteils senkten sich nach und nach seine Arme, als Deborah ihn sofort mahnte: „Nein, nein, schön oben halten."

Er hob das Teil wieder über seinen Kopf und ihm war anzusehen, wie ihm das Gewicht des Steins zu schaffen machte.

„Das tust du nicht", erwiderte er, während er noch immer bis über beide Ohren grinste. „Du kannst mich nicht erschießen. Erstens bist du nicht im Stande dazu und zweitens: Was wirst du der Polizei erzählen, weshalb du mich töten musstest? Weil ich als reicher Chirurg bei euch eingebrochen bin, um was zu stehlen? Oder willst du denen etwa die Wahrheit erzählen? Womit du dann wieder als Deborah Knox gelten würdest und dir das Sorgerecht für deine Tochter für immer abschminken könntest." Er gab ein verächtliches Lachen von sich. „Erbärmlich seid ihr. Alle beide!"

„Weißt du, Elliot", meinte Deborah, „ich habe die Vision vor Augen, wie das Ehepaar Cullen mit ihrem Freund, dem Chirurgen, gemeinsam das Anwesen erkundet und dieser leider in einem Moment der Unachtsamkeit die Klippen hinabstürzt. Tja, sowas passiert eben."

Noch immer belächelte er sie hämisch. „Und was wird die Polizei wohl sagen, wenn sie mich mit einer Schusswunde am Grund der Klippen entdeckt?"

Da entwich Deborahs Lippen ein kaum auszumachendes Lächeln, worauf sie ihm einen Moment lang schweigend entgegensah.

„Du wirst keine Schusswunde haben", sagte sie, neigte den Lauf der Waffe etwas höher und nahm den Felsbrocken, den er über sich fest in den Händen hielt, ins Visier.

Er warf ihr einen verwunderten Blick zu, seine Pupillen starr vor Entsetzen.

„Du Wichser." Dann drückte sie ab. Der Rückstoß des Revolvers erschütterte ihren gesamten Körper, wobei sie ihn beinahe aus der Hand verlor, zeitgleich schallte ein ohrenbetäubender Knall durch das Dunkel der Nacht. Die Kugel traf auf das Felsgestein und prallte an ihm ab, worauf dieses im selben Moment ruckartig nach hinten kippte. Elliots eben noch so selbstgefälliger

Ausdruck weitete sich augenblicklich zu einem verstörten Zerrbild. Dann verlor er das Gleichgewicht und wankte nach hinten, dorthin, wo der Abgrund bereits auf ihn wartete. Von seinem höhnischen Grinsen war nichts mehr zu erkennen, alles, was noch da war, waren Erschütterung und Angst. Die pure Angst vor dem Tod. So, wie sie einst auch seine Opfer verspürt haben mussten. Die beiden Jungs Henry und Adrien, die er von der Straße abgedrängt hatte, ebenso wie Sebastian Miller.

Schließlich wurde er von dem schweren Felsbrocken kopfüber in die Tiefe gerissen. Das Letzte, was er von sich gab, war ein verzweifelter, langer und schriller Schrei, der anschließend leise in der Atmosphäre versiegte. Bis letztlich nur noch das sanfte Rauschen der Wellen übrig blieb.

Starr stand Deborah da und blickte wie versteinert ins Leere. Sie bewegte sich nicht, regungslos wie eine Statue. Don begann sich Sorgen zu machen und wollte sich gerade aufrichten, als Deborah plötzlich wieder zu Sinnen kam. Sie warf ihm einen kurzen Blick zu, dann katapultierte sie die Waffe in weitem Bogen ins Meer. Sie blickte dem Revolver noch hinterher, bis die schäumenden Fluten des Ozeans ihn endgültig verschlungen hatten.

Don röchelte noch, bekam aber wieder genug Luft, um sich zu ihr zu begeben. Er sah, wie sich Deborah zu ihm umwandte und ihm eilig entgegenkam. Als sie sich in die Arme fielen, umklammerte sie sein Gesicht und presste ihre schweißgebadete Stirn gegen seine.

Arm in Arm atmeten sie durch und schlossen gemeinsam ihre Augen. Indes hoffte Don, dass, sobald er diese wieder öffnete, sich alles als ein Traum herausstellte. Er atmete schnell und wartete darauf, dass sein Körper endlich das ganze Adrenalin loswurde. Zweifellos erging es ihr ebenso. Er fühlte ihren Brustkorb, wie er sich mit jedem Atemstoß gegen seinen presste. Fiebrig und aufgeregt.

Sie schwiegen und hielten sich einfach nur fest. Worte waren nicht nötig. Er wusste, was in ihr vorging, denn er spürte ihr Zittern – und sein eigenes. Dann fühlte er, wie sie ihn noch enger an sich drückte und einige Tränen auf sein blutverschmiertes Hemd tropften. Die Schmerzen in seinem Gesicht, seiner Brust und seinem Rücken spielten keine Rolle. Was zählte, war einzig und allein, dass sie noch lebten.

Und so verblieben sie in dieser Position noch eine ganze Weile. Froh darüber, dass sie überstanden hatten, was ihnen widerfahren war.

Epilog

Violett hatte bereits auf den Treppen zum Eingang auf sie gewartet. Mit Rucksack und Koffer. Heimleiterin Kruger stand mit einem Lächeln an ihrer Seite und hielt ihre kleine Hand.

Sowie Deborah den ersten Fuß aus dem Wagen setzte, stürmte Violett los. Deborah kniete sich auf den gepflasterten Weg der Auffahrt und streckte die Arme nach beiden Seiten weit aus. Als sie das Mädchen fest umschlang, vergoss sie eine flüchtige Träne, die kaum zu erhaschen war.

Don konnte Deborah förmlich ansehen, wie ihr Mutterherz in jenem Moment dahinschmolz. Der Anblick rührte ihn und er spürte, dass auch sein Herz unwillkürlich schneller schlug. Zugleich breitete sich eine liebliche Wärme in seinem Brustraum aus und er konnte kaum glauben, dass es nun endlich so weit war. Und wie er die beiden so beobachtete, durchströmte ihn ein Gefühl von Glück, Vertrauen und Zuversicht.

So folgte er Deborah, beugte sich zu ihnen und legte seine Arme um die beiden Frauen, die nun für immer der Inhalt seines Lebens sein würden.

***

Das weitläufige Grundstück hatte auf dem Weg gelegen. Jener Ort in Brea, wo all die Lieben, die verstorben waren, ihre letzte Ruhe fanden. Der rote *Beetle* parkte abseits der Grabmäler auf einem Teerweg. Deborah und Violett blieben beim Wagen und er spürte in seinem Nacken ihre Blicke, wie sie ihn gemeinsam aus dem Hintergrund beobachteten. Schweigsam und respektvoll.

Bedächtig schritt Don auf das Familiengrab der Cullens zu. Mit verschränkten Händen stellte er sich direkt davor und betrachtete es. Es war gut gepflegt, womit der Friedhofsservice jeden Penny wert zu sein schien.

An beiden Seiten des Mahnmals türmten sich kleine Engel um eine Säule und in der Mitte befand sich der massive Grabstein aus Marmor. Don roch den Duft von Jasminbüschen, die rings um das Monument wuchsen und er las die Inschrift des Steins. Bereits vor einer Woche, noch während des aufreibenden Adoptionsverfahrens, hatte er dafür gesorgt, dass Beckys Urne aus dem staatlichen Grabfeld in die Ruhestätte der Cullens umgesiedelt wurde. Er hatte dafür eine Gebühr bezahlen und einen Berg an Dokumenten sowie eine nachträgliche Verwandtschaftsanerkennung unterzeichnen müssen. Was ebenso mit einer Schuldenübernahme von einigen tausend Dollar verbunden gewesen war, doch darüber hatte er hinwegsehen können.

Und so waren nun auf dem Denkmal der Cullens die Namen seiner Eltern eingraviert – und der einer weiteren Person.

*Osmond Cullen * 03.11.1941 - † 01.12.2010*

*Jane Cullen * 18.02.1944 - † 01.12.2014*

*Deborah Knox * 12.10.1995 - † 22.06.2024*

Irgendwann, dachte er, würden auch die Namen *Becky Cullen* und *Don Cullen* darauf stehen. Und dann hätte alles wieder seine Richtigkeit. *Am Ende kommen wir alle wieder zusammen.*

Plötzlich sah er vor seinem inneren Auge, wie sie vor ihm stand, und wie sie ihm mit ihrer ganz eigenen Art dieses unverkennbare Augenzwinkern entgegenwarf. *Ja, wir werden uns wiedersehen …*

Dann ging er zurück zu seiner Familie.

Danksagung

Allen voran danke ich meiner Agentin Alisha Bionda – ohne dich wäre nichts, wie es nun ist. Auch danke ich sämtlichen Verlagsmitarbeitern, vor allem meiner Lektorin Regina Meißner für ihr scharfsinniges Gespür und Feingefühl, ebenso wie meinen Ansprechpartnern Ina Lütjen und Elena Würtz.

Meiner Frau Monika für ihre unerschütterliche Geduld, die sie mir während der Erarbeitung eines jeden neuen Werks stets entgegenbringt und für die Liebe, die sie mir an jedem Tag angedeihen lässt – ich liebe dich.

Ein großes Dankeschön gebührt allerdings all jenen, welche diesen Roman in diesem Augenblick in ihren Händen halten und soeben diese Zeilen lesen – vielen Dank dafür!

Ich kenne das Gefühl nur zu gut, wenn man den Tod eines bestimmten Menschen nicht akzeptieren kann und will, diesem Umstand ist auch diese Geschichte entsprungen.

– Und nein, es wird nicht besser. Aber leichter.

Daniel Tappeiner